NOVELAS EJEMPLARES, I

COLECCIÓN FUNDADA POR
DON ANTONIO RODRÍGUEZ-MOÑINO

DIRECTOR
DON ALONSO ZAMORA VICENTE

Colaboradores de los volúmenes publicados:

MIGUEL DE CERVANTES

NOVELAS EJEMPLARES, I

Edición,
introducción y notas
de
JUAN BAUTISTA AVALLE-ARCE

clásicos castalia

Madrid

Copyright © Editorial Castalia, S. A., 1982
Zurbano, 39 - 28010 Madrid - Tel. 319 58 57

Cubierta de Víctor Sanz

Impreso en España - Printed in Spain
Unigraf, S. A. Móstoles (Madrid)

I.S.B.N.: 84-7039-392-8 (O. C.)
I.S.B.N.: 84-7039-393-6 (T. I.)
Depósito Legal: M. 25.523-1992

SUMARIO

Maitetxurenzat,
maitasunarekin,
betirako.

INTRODUCCIÓN

I

PARA mediados de 1612 Miguel de Cervantes Saavedra terminó el manuscrito de su nueva obra, las *Novelas ejemplares,* y comenzó el lento proceso dictaminado por la ley de censura, por así llamarla, que había sido sistematizada por edicto de 1558 y que duraría en España hasta las Cortes de Cádiz de 1812. Con rebrotes posteriores, como es bien sabido. El Consejo Real nombró al doctor Gutierre de Cetina (homónimo del poeta sevillano) para que comenzase el despacho de las provisiones de la ley, y en julio y agosto de 1612 se firman las primeras *aprobaciones,* por el propio doctor Cetina y los trinitarios fray Juan Bautista Capataz y fray Diego de Hortigosa. Un año más tarde, en agosto de 1613, se daban los últimos toques, tasa y fe de erratas y para aminorar las posibilidades de bibliopiraterías tan de moda entonces se sacó privilegio para el reino de Aragón. Las *Novelas ejemplares* quedaban, de tal manera, a la puerta.

El año que salieron a la calle estas novelitas Cervantes contaba con sesenta y seis primaveras, así bien denominadas dados los impulsos creativos y la capacidad de trabajo de esta persona que, en otras circunstancias, se llamaría un anciano. Tres años más de vida le quedaban, pero da vértigo pensar lo que este novelista de lento madurar todavía estaba por dar a la imprenta. La segunda parte del *Quijote* (¡nada menos!), *Ocho comedias y ocho entreme-*

ses, el *Viaje del Parnaso,* todo esto entre 1614 y 1615, y ya póstumo saldría el *Persiles y Sigismunda* (1617), su novela más querida, según atestiguan estas palabras estampadas en la dedicatoria al conde de Lemos de la segunda parte del *Quijote*:

> Con esto me despido, ofreciendo a Vuestra Excelencia los *Trabajos de Persiles y Sigismunda,* libro a quien daré fin dentro de cuatro meses, *Deo volente,* el cual ha de ser o el más malo o el mejor que en nuestra lengua se haya compuesto, quiero decir de los de entretenimiento; y digo que me arrepiento de haber dicho *el más malo,* porque según la opinión de mis amigos, ha de llegar al estremo de bondad posible.

Con anterioridad a 1613 la producción literaria de Cervantes había sido menor en número pero no en calidad. A la vuelta del cautiverio (1580), había escrito un número indeterminado de comedias, que no se preocuparía por recoger hasta el ocaso de su vida, junto con ocho entremeses que constituyen la delicia del público lector. En 1585 y en Alcalá de Henares el impresor Juan Gracián había sacado la *Primera parte de la Galatea,* cuya segunda parte Cervantes aún prometía en su lecho de muerte, lo que contribuye a dar aún más relieve a la importancia del tema pastoril en toda su obra. La novela demuestra una franca audacia experimental que la destaca del resto del género pastoril en España, pero que no contribuyó al éxito deseado. [1] Lo que sí anuncia la *Galatea* es la entrada en el ruedo ibérico de un gran novelista en cierne.

Es evidente que con la *Galatea* Cervantes no dio con la solución deseada a ese nuevo género literario europeo que ya se comenzaba a llamar *novela.* En consecuencia, Cervantes se impone un silencio de veinte años en los cuales no podemos ni adivinar sus actitudes y actividades mentales. Pero es un silencio errabundo, trashumante, en que Cervantes anda de ceca en meca por tierras andalu-

---

[1] Me explayo con bastante amplitud sobre el asunto en mi *La novela pastoril española,* 2.ª ed. (Madrid, 1974), cap. viii.

zas, con trastornos que en más de una ocasión le impone la ley. Pero ni aun así se interrumpe ese ensimismamiento empecinado, con el cual vuelve a tierras de Castilla la Vieja, a la nueva capital de España que había designado la codicia del duque de Lerma: Valladolid, donde se instalan la corte y los consejos. Y allí Cervantes sufre su última prisión, pero al mismo tiempo el Consejo Real, instalado en Valladolid, claro está, comienza a despachar los preliminares para que se publique la nueva novela de Cervantes, producto de esos ensimismados veinte años. En 1605 saldrá impresa en Madrid, por las prensas de Juan de la Cuesta, y constituye la primera del *Quijote*. El éxito es fulminante, al punto que el propio Juan de la Cuesta tiene que sacar segunda tirada en ese mismo año. Ahora no puede caber duda que si en 1585, y con la *Galatea*, Cervantes había comenzado a meter en un brete ideológico a ese nuevo invento literario llamado *novela*, ahora, con el *Quijote* de 1605, ha abierto triunfalmente la puerta por la cual él mismo sacará a ese novelero artefacto de las letras.

Y así llega Cervantes al año de 1612, cuando entrega al Consejo Real el manuscrito de sus *Novelas ejemplares*. Está en la plenitud de un triunfal movimiento ascendente de creación y maduración. Los años de vagancia quedan bien atrás; desde 1605 Cervantes está instalado de fijo en Madrid, y allí morirá en abril de 1616, considerado y admirado en vida por "nuestra nación como las estrañas", según escribirá el licenciado Márquez Torres en una de las *aprobaciones* del *Quijote* de 1615, "como a milagro". Y nadie ha podido discutir tal afirmación, con la más mínima sombra de éxito, desde entonces a ahora.

Cervantes tenía muy clara conciencia del milagro de su ingenio, y veinte años antes de rematar las *Novelas ejemplares* había firmado en Sevilla un contrato para escribir seis comedias para el *autor de comedias* (no olvidemos, empresario de teatros), Rodrigo Osorio, cuyos sorprendentes términos nos dan clara idea de la distancia que separan a la normalidad de lo genial. Como todo esto tiene íntima relación con aspectos prologales y archioriginales de las *Novelas ejemplares,* que paso a discutir a continuación, citaré dicho contrato con bastante extensión. Apunto que fue firmado en Sevilla, el 5 de septiembre de 1592, y cito: [2]

Sepan quantos esta carta vieren como yo Miguel de Cervantes Saavedra … otorgo e conosco que soy convenido y concertado con vos Rodrigo Osorio … que estais presente en tal manera que yo tengo de ser obligado e me obligo de componer dende hoy en adelante y entregaros en los tiempos que pudiere seis comedias de los casos y nombres que a mí me paresciere para que las podais representar y os las daré escritas con la claridad que convenga una a una como las fuere componiendo con declaracion que dentro de veinte dias primeros siguientes que se cuenten dende el día que os entregare cada comedia aueis de ser obligado de la representar en público y paresciendo que es una de las mejores comedias que se han representado en España seais obligado de me dar e pagar por cada una de las dichas comedias cincuenta ducados los cuales me aueis de dar e pagar el día que la representardes o dentro de ocho dias de como la ovierdes representado y si dentro de los dichos veinte días no representardes en publico cada una de las dichas comedias se ha de entender que estais contento y satisfecho dellas … y si aviendo representado cada comedia paresciere que no es una de las mejores que se han representado en España no seais obligado de me pagar por la tal comedia cosa alguna porque asi soy con vos de acuerdo y concierto las cuales dichas comedias me aueis de pagar siendo tales como esta dicho a mi o a quien mi poder ouiere en la parte y lugar donde os la entregare.

El punto de mira a que nos invitan a asestarnos los términos de tan extraordinario contrato es, justamente, la atalaya desde la cual quiero otear algunas afirmaciones del *Prólogo al lector* de las *Novelas ejemplares.* Y creo

[2] Se puede leer todo el contrato en José María Asensio y Toledo, *Nuevos documentos para ilustrar la vida de Miguel de Cervantes Saavedra* (Sevilla, 1864), 26-29.

inútil insistir en el hecho fundamental de que en Cervantes nunca hubo baladronada, sino ciencia y conciencia. Así debemos leer las siguientes manifestaciones de dicho prólogo:

> A esto se aplicó mi ingenio, por aquí me lleva mi inclinación, y más que me doy a entender, y es así, que yo soy el primero que he novelado en lengua castellana, que las muchas novelas que en ella andan impresas, todas son traducidas de lenguas extranjeras, y éstas son mías propias, no imitadas ni hurtadas; mi ingenio las engendró, y las parió mi pluma, y van creciendo en los brazos de la estampa.

Cervantes presenta su nueva creación literaria haciendo hincapié en la novedad del intento: *yo soy el primero...* Y el público lector de la España de su tiempo se tiene que rendir a la evidencia. Inútil hacer listas de mayor extensión, que el lector curioso puede consultar en los *Orígenes de la novela* de Marcelino Menéndez y Pelayo (II, 1907), o bien en la obra de Agustín G. de Amezúa y Mayo, *Cervantes, creador de la novela corta española* (I, 1956). Dos ejemplos, y bien conocidos, bastarán para demostrar lo obvio. En la obra del multifacético valenciano Juan de Timoneda destaca su labor como colector de cuentos (*Sobremesa y aviso de caminantes*, 1563; *Buen aviso y portacuentos*, 1564), y dentro de este aspecto su libro de mayor importancia y envergadura es *El Patrañuelo* (1567). Pero sin tratar de quitarle méritos a esta obra, es del dominio público que sus fuentes italianas están perfectamente determinadas y analizadas: Masuccio, Boccaccio, Bandello, Ariosto, etc. Desde este ángulo no puede caber la menor duda de que Cervantes tiene toda la razón del mundo al estampar: "Todas son traducidas de lenguas extranjeras." Sí, señor, ciencia y conciencia.

El segundo ejemplo es aún más claro para poner en evidencia la absoluta justicia que respalda el aserto cervantino. En Sevilla, y en 1575, el benemérito erudito y linajista Gonzalo Argote de Molina sacaba una primorosa edición del *Conde Lucanor* de don Juan Manuel, termi-

nado en 1335. Es bien sabido que fuera de algunas anéc-
dotas históricas, todos los demás cuentos son de origen
folklórico oriental. No se ha pretendido nunca colocar los
indiscutibles méritos del *Conde Lucanor* al nivel de la
originalidad, y un rápido vistazo a la monumental monografía de Daniel Devoto basta para demostrarlo. [3] Con
total ciencia y conciencia puede decir Cervantes al hablar
de sus *Novelas ejemplares*: "Estas son mías propias, no
imitadas ni hurtadas."

El haber denominado en el título a estas novelitas *ejemplares* desencadenó en años recientes una tormentilla crítica, en la que terciaron entre otros críticos Américo Castro y Joaquín Casalduero. [4] El busilis está en poner el dedo
sobre la *ejemplaridad* de las doce novelas y creo que ciertas afirmaciones del propio Cervantes han despistado más
de lo conveniente a ciertos sectores de la crítica. En el
prólogo a estas novelas el propio autor escribió: "Heles
dado nombre de *ejemplares*, y si bien lo miras, no hay
ninguna de quien no se pueda sacar algún ejemplo provechoso; y si no fuera por no alargar este sujeto, quizá te
mostrara el sabroso y honesto fruto que se podría sacar,
así de todas juntas, como de cada una de por sí." Cervantes usa en estas afirmaciones un tono concesivo que algunos críticos han entendido en forma conminatoria, y entonces surgió la necesidad de buscar la ejemplaridad de la
obra. Y la ejemplaridad se ha entendido siempre al nivel
moral, y como algunas de estas novelas no son propia-

---

[3] Daniel Devoto, *Introducción al estudio de don Juan Manuel
y en particular de "El conde Lucanor". Una bibliografía* (Madrid,
1972).

[4] Américo Castro, "La ejemplaridad de las novelas cervantinas", *Hacia Cervantes*, 3.ª ed. (Madrid, 1967); Joaquín Casalduero, *Sentido y forma de las "Novelas ejemplares"* (Buenos Aires,
1943), *passim*, pero esta afirmación de la p. 40 es buena ilustra-
ción: "Las *Novelas ejemplares* no deben leerse para aprender
algo, no se tiene que buscar en ellas moral o moraleja de ninguna
clase. Hay que penetrarlas ardientemente hasta llegar a ver toda
su belleza, que al calar el alma la deja en estado propicio para
que se compenetre con el bien, la gracia y la noble dignidad, sin
que se pierda la sonrisa."

mente de catecismo (*El celoso extremeño, El casamiento engañoso*), aquí entraron las perplejidades y condenaciones.

Pero repasemos las afirmaciones citadas y hagamos insistencia en su tono concesivo, y lo que surge entonces es la admisión por parte del autor de que algún ejemplo se puede encontrar, si el lector está dispuesto a buscarlo, pero esto no es necesario para paladear "el sabroso y honesto fruto" del conjunto. Pero no le busquemos tres pies al gato, y recordemos que los primeros juicios críticos sobre toda obra de nuestra edad dorada son los preliminares de la censura. Allí se encuentran las reacciones de los primeros lectores del nuevo libro, y éstas nos deben alertar a cómo el público lector de entonces entendería la obra entre manos. Lo que los censores de las *Novelas ejemplares* destacan en ellas son la "eutrapelia" (aprobación de fray Juan Bautista), "la fecundidad del ingenio de su autor" (aprobación de fray Diego de Hortigosa), y por último se declara taxativamente ser "el dicho libro de las *Novelas ejemplares* de honestísimo entretenimiento" (privilegio de Aragón). Por lo demás, creo yo discernir en las afirmaciones citadas arriba una muy original y personalísima reelaboración de un lugar común de la edad dorada. Aludo a un dicho de Plinio el Viejo que citó Plinio el Mozo: "Dicere etiam solebat nullum esse librum tam malum ut non aliqua parte prodesset" (*Epístolas,* III, v, 10). Entre los muchos ecos de este dicho baste recordar el prólogo del *Lazarillo de Tormes* ("no hay libro, por malo que sea, que no tenga alguna cosa buena") y la forma en que lo recuerda el bachiller Sansón Carrasco: "No hay libro tan malo, que no tenga algo bueno" (*Quijote,* II, iii, y asimismo en II, lix).[5]

De todo lo anterior creo que se desprende que no hay que buscar la ejemplaridad exclusivamente al nivel moral. El mejor consejo creo que nos lo da el trinitario fray Juan

---

[5] Acerca de la fortuna del dicho de Plinio el Viejo en aquella época se debe consultar la edición de Francisco Rico del *Lazarillo* (Barcelona, 1976), 5.

Bautista al colocar la ejemplaridad de las novelitas al nivel eutrapélico. Y el primero en concurrir con la afirmación de fray Juan Bautista es el propio Cervantes en el prólogo de sus propias *Novelas ejemplares*: "Sí, que no siempre se está en los templos; no siempre se ocupan los oratorios; no siempre se asiste a los negocios por calificados que sean. Horas hay de recreación, donde el afligido espíritu descanse." Bien es cierto que unas pocas líneas más abajo escribe Cervantes: "Si por algún modo alcanzara que la lección de estas novelas pudiera inducir a quien las leyera a algún mal deseo o pensamiento, antes me cortara la mano con que las escribí, que sacarlas en público. Mi edad no está ya para burlarse con la otra vida." Pero cuando el afligido espíritu del inmortal manco descansa, será para darnos muy pocos años después nueva versión de la preciosa novelita del *Celoso extremeño,* donde lo que acentúa es, precisamente, la nota lasciva. Me refiero, claro está, a las lubricidades sin tapujos del entremés de *El viejo celoso.* Y no hay que desatender la regocijada ironía encerrada en la risueña amenaza "antes me cortara la mano". ¡Bien hubiese quedado la historia de la literatura española!

Desviemos, en consecuencia, los problemas de la ejemplaridad de estas novelitas al campo neutro de la eutrapelia. Con tal maniobra relucen con más luz aún aquellas palabras "yo soy el primero que he novelado en lengua castellana", que el propio Cervantes se encarga de recuadrar en forma categórica y rotunda: "Me doy a entender, *y es así."* Esta taxativa afirmación de originalidad y prioridad no es ni más ni menos que una nueva declaración de la libertad del artista. El no tiene modelos literarios, ni los ha querido buscar, inmenso himno de liberación artística que Cervantes comenzó a modular con do de pecho en el *Quijote* de 1605.[6] Suponer que después del

---

[6] Muy ampliadas expreso las mismas ideas en *Nuevos deslindes cervantinos* (Barcelona, 1975), cap. vi, y en *Don Quijote como forma de vida* (Madrid, 1976), cap. iii.

Quijote de 1605 Cervantes podría imitar a otros artistas sería suponer un retroceso intelectual equivalente a la anulación homicida del artista liberado. "Mi ingenio las engendró, y las parió mi pluma."

En este nuevo terreno creo que podemos, y debemos, replantear el problema de la ejemplaridad de estas novelas. Son *ejemplares*, evidentemente, porque pueden servir de ejemplo y modelo a las nuevas generaciones artísticas españolas. Esto lo tuvo que reconocer hasta el propio Lope de Vega, aunque bien a regañadientes, por cierto. En circunstancias bien poco "ejemplares" Lope dialoga con su amante de turno, Marta de Nevares, a quien llama, con transparente velo, Marcia Leonarda. Debo recordar al lector que para la ocasión de este diálogo (1621) Cervantes llevaba muerto cinco años. Según lo cuenta Lope, parece ser que fue Marcia Leonarda quien le indujo a experimentar con la novela corta, género que había creado para los españoles el difunto Miguel de Cervantes. Convencido por su amante, Lope puso manos a la obra y escribió su primera novela corta, *Las fortunas de Diana,* que incluyó en el volumen heterogéneo *La Filomena* (1621). Allí, en las primeras líneas, escribe Lope:

> No he dejado de obedecer a vuestra merced por ingratitud, sino por temor de no acertar a servirla; porque mandarme que escriba una novela ha sido novedad para mí ... En España también se intenta, por no dejar de intentarlo todo, también hay libros de novelas, dellas traducidas de italianos, y dellas proprias, en que no faltó gracia y estilo a Miguel de Cervantes. Confieso que son libros de grande entretenimiento, y que podrían ser ejemplares, como algunas de las historias trágicas del Bandello; pero habían de escribirlos hombres científicos, o por lo menos grandes cortesanos, gente que halla en los desengaños notables sentencias y aforismos.

Lo más evidente es que sólo después de muerto Cervantes se atreve Lope de Vega a entrar en competencia con él en el campo de la novela. Con mal disimulada displicencia tiene que reconocer, sin embargo, que el ejemplo a seguir en España es Cervantes, que sus *Novelas ejemplares* son el modelo a imitar. Pero de inmediato esboza Lope una teoría de la novela que, *velis nolis,* pretende anular al novelista Cervantes. Porque Lope entiende que la novela, como la poesía en la teoría y práctica de la época, era ciencia, y, en consecuencia, la buena novela debía ser escrita por el hombre científico. Y con esto queda acotado un campo de la novela que tenazmente deja por fuera a Cervantes, *ingenio lego.* [7]

Pero lo valedero, y justiciero, es que Lope tuvo que reconocer la ejemplaridad de las novelas cervantinas, por más a regañadientes que lo hiciese, en el sentido de que el único modelo a seguir en España, el único que él puede recordar y citar, es Miguel de Cervantes y sus *Novelas ejemplares.* Para escribir novelas cortas había que modelarse en las de Cervantes, que en este sentido eran ejemplares. Detrás de Cervantes, en España, no había nada. Y esto lo sabía muy bien el manco sano, como lo demuestra cada línea del prólogo que él puso a sus novelitas. Y con esto vuelvo a mi muletilla de hoy, pero esta vez ya sin insistir, porque no vale la pena: ciencia y conciencia.

[7] Para mí, algo de lo más interesante de las relaciones literarias entre Cervantes y Lope de Vega ocurre después de la muerte del máximo novelista. Por lo pronto, esa suerte de desafío póstumo, que discuto en el texto, acerca de quién novela mejor. Y además, es bueno recordar ahora que Lope de Vega había publicado su novela de aventuras *El peregrino en su patria* en 1604, sin éxito de mayor monta. En 1617, la viuda de Cervantes sacó póstumo su *Persiles y Sigismunda,* novela del mismo tipo de la novela de Lope y que tuvo éxito inmediato y aun más grande que el del *Quijote* de 1605, con lo que queda dicho todo. En 1605 el *Quijote* tuvo seis ediciones, en 1617 el *Persiles* tuvo siete ediciones. Y en 1618 Lope saca segunda edición de su *Peregrino,* lo que, si no me paso de listo y de mal pensado, es claro signo de que el Fénix quiso capitalizar con el inmenso éxito de la novela análoga de su rival, a quien con tanta condescendencia trataría en 1621, la ocasión del texto.

II

Como no es éste el lugar para entrar en lucubraciones de mayor o menor envergadura acerca de la forma y el sentido de las *Novelas ejemplares,* paso ya a mi próximo cometido que es una presentación decorosa de cada una de las novelitas que forman este volumen. Lo mismo ocurrirá en cada uno de los volúmenes restantes. Para mayor información acerca de las normas que rigen en esta edición remito al lector a la nota final de esta Introducción, que se intitula Nota Previa. Paso, pues, a tratar brevemente de *La gitanilla,* primera de las novelitas en la *editio princeps* de 1613.

La gitanilla, como es evidente, forma el pórtico de esta colección de doce novelitas y es preciso indagar los motivos que pueden haber motivado a Cervantes para ponerla como primera muestra de un conjunto que le causaba la íntima satisfacción que he discutido en el primer apartado. A mí no me cabe duda que la tipología literaria de los personajes y el tipo de argumento que allí se expone fueron los motivos decisivos. Y para explicar esto debo explayarme un poco.

Los gitanos habían llegado a España en el siglo xv y la primera fulminación contra ellos data del último año de este siglo: Real Cédula de los Reyes Católicos para que los egipcianos no anden vagando por el reino, Madrid, 4 de marzo de 1499. [8] El próximo golpe contra los gitanos cayó en 1539, en pleno reinado del emperador Carlos V, y se trata ya de un conato de expulsión: Real Cédula para que los egipcianos tomen oficio y se asienten, o salgan del reino, Toledo, 24 de mayo de 1539. Ya entrado el siglo xvii la opinión oficial les es unánimemente desfavorable. Sancho de Moncada en su *Restauración política de España* (Madrid, 1619), el doctor Salazar de Mendoza en *Memo-*

---

[8] Esta Real Cédula fue publicada íntegra por Timoteo Domingo Palacio, *Documentos del Archivo General de la villa de Madrid,* III (Madrid, 1907), 505-10.

*rial del hecho de los gitanos, para informar el ánimo del
Rey nuestro señor, de lo mucho que conuiene al seruicio
de Dios y bien destos Reynos desterrallos de España* (Toledo, 1618), Pedro Fernández Navarrete en su *Conservación de monarquías* (Madrid, 1626), y muchos más, cla-
man y truenan contra los gitanos e invocan contra ellos
las más severas medidas. La historia política de aquellos
siglos nos presenta un frente sólido y severo contra los
gitanos. [9]

La historia literaria, sin embargo, se ofrece pronta a
plasmar en tipo literario al gitano, pero esto es en la primera mitad del siglo XVI. Gitanos y gitanas aparecen con
frecuencia en el teatro de Gil Vicente, Diego de Negue-
ruela, Lope de Rueda, Juan de Timoneda, y presentados
hasta con cierta simpatía. [10] Pero, tras los rigorismos étni-
cos y religiosos que caracterizan el reinado de Felipe II,
para la época de las *Novelas ejemplares* la literatura ame-
na ha formado cerrada falange contra la gitanería. Basta
repasar el *Marcos de Obregón* (Madrid, 1618) de Vicente
Espinel, el *Soldado Píndaro* (Lisboa, 1626) de don Gonzalo de Céspedes y Meneses, el *Donado hablador* (Valladolid, 1626) de Jerónimo de Alcalá, para que surja nítida
y unánime la enemiga que se sentía contra el gitano. La
condenación general del gitano en las primeras décadas
del siglo XVII queda acabadamente ilustrada por esta de-
finición del gran lexicógrafo Sebastián de Covarrubias
Orozco, quien en su *Tesoro de la lengua castellana o española* (Madrid, 1611) escribe sobre el nombre *conde de
gitanos*: "El capitán y caudillo desta mala canalla, que
tienen por oficio hurtar en poblado y robar en el campo."

[9] Hoy en día comienza a menudear la interpretación histórica de estos fenómenos. Escojo, y no al azar: J. Moreno Casado,
"Los gitanos de España bajo Carlos I", *Chronica Nova* (Granada), 4 (1969), 181-98; Antonio Domínguez Ortiz, "Documentos
sobre los gitanos españoles en el siglo XVII", *Homenaje a Julio
Caro Baroja* (Madrid, 1978), 319-26. En ambos trabajos se hallará
bibliografía adicional.
[10] Ver M. Romera-Navarro, "La andante gitanería", *La Lectura*,
XVII, 3 (1917), 399-407.

No puede caber duda de que en la España de las *Novelas ejemplares* el gitano vivía en los extrarradios de la sociedad, que ni siquiera afectaba un gesto de tolerancia hacia él. Todo esto hace más extraordinaria la actitud que adopta Cervantes en *La gitanilla* hacia la gitanería. Hay una simpatía cordial por parte del autor hacia esta gente que le lleva a acentuar sus rasgos positivos (como ser, todos los aspectos que caracterizan la vida natural de ellos), y a atenuar aquellos que más odio les concitaba, muy en particular sus hurtos y latrocinios. El discurso del viejo gitano, que actúa como una suerte de columna central a la estructura de la novelita, es buen ejemplo de la dialéctica cervantina en la ocasión. [11] Como resultado de este limpio vuelo idealizante de la imaginación de Cervantes el personaje de Preciosa se nos aparece como la más cautivadora y lograda de sus creaciones femeninas.

Ahora bien, escribir una novela poblada por tipos literarios extrarradiados por las letras de la época, y que actuaban como definitorios de la obra a leer desde el propio título, todo esto constituía audacia y seguridad creativas. Además, y esto es muy importante, el hecho de que la protagonista fuese gitana (al parecer), y que su presencia en la escena siempre provocase aparición casi simultánea de una comparsa de su propia tribu, todo esto, para el lector de la época tiene un valor revelatorio. Más aún si consideramos que las palabras iniciales del relato son: "Parece que los gitanos y gitanas solamente nacieron en

---

[11] En otras dos ocasiones vuelve Cervantes a presentar gitanos en su obra, lo que no deja de ser significativo dado el desprecio general de la época hacia este tipo humano. En esta colección, en el *Coloquio de los perros,* hay gitanos episódicos, y con mayor desarrollo vuelven a aparecer en su compleja comedia *Pedro de Urdemalas.* En ambas obras la actitud es muy distinta, pero tiempo habrá de hablar de todo ello al comentar el *Coloquio.* De momento sólo quiero anotar que la importancia que adquiere el gitano en la obra cervantina se destaca aún más si pensamos que en el mundo dramático de Lope de Vega el gitano aparece en menos de media docena de comedias y como personaje muy de segundo orden: *El ganso de oro, El tirano castigado, El primer rey de Castilla, La madre de la mejor.*

el mundo para ser ladrones: nacen de padres ladrones, críanse con ladrones, estudian para ladrones, y, finalmente, salen con ser ladrones corrientes y molientes a todo ruedo." Dadas las proclividades de la novelística de la época un comienzo semejante, más los conocimientos al alcance de todos acerca de los gitanos, todo esto sólo podía apuntar la novelita hacia el género picaresco. Mi sentir es que para el lector del siglo XVII *La gitanilla* tiene arranque de novela picaresca. Y todo esto lo cohonesta la calidad de los personajes (gitanos-ladrones), el ambiente urbano (la picaresca no se puede desempeñar en ambiente rural), fiestas y refocilaciones.

Pero esto no dura mucho, ya que Cervantes sólo ha querido encandilar al lector, como en forma análoga, pero mucho más sostenida, lo hará con la verdadera identidad de Preciosa. Las repetidas poesías y músicas del comienzo bien pronto introducen el tema del amor, dado el pitagorismo imperante de la época, que explicaba que amor y armonía eran las dos caras de la misma medalla.[12] El amor, sin embargo, el buen amor, es ajeno, más aún, antitético a toda novela picaresca. Porque el pícaro es el solitario (de ahí, en parte, la maravilla artística de *Rinconete y Cortadillo*), el victimario de sus semejantes, el personaje radicalmente insolidario con la sociedad. El lector comenzaba a seguir de prisa una pista, cuando Cervantes con ademán de maestro, le desengaña y le hace ver que la novela está apuntada a otros nortes.

Una vez que se ha puesto en juego el tema del amor, éste se presenta sucesivamente bajo diversos aspectos. El primero es el del paje anónimo (que sólo más tarde será identificado como Clemente) por Preciosa, que es eminentemente un amor ambiguo en sus manifestaciones. Después el amor-pasión (buena pasión, entendamos) de don Juan de Cárcamo (Andrés Caballero) por Preciosa. Como éste es el buen amor, recibirá la retribución máxima en

---

[12] Sobre este tema es de imprescindible consulta la obra póstuma de Leo Spitzer, *Classical and Christian Ideas of World Harmony* (Baltimore, 1963).

el idearío cervantino: el matrimonio cristiano. [13] Y luego
el amor lascivo de Juana Carducha por Andrés Caballero,
que siendo *mal amor* casi provoca una catástrofe final, de
la cual, sin embargo, dada la pureza de las intenciones
de Andrés y Preciosa, la única víctima es ella, la Carducha. En resumidas cuentas, Cervantes al comienzo de *La
gitanilla* nos propone una novela picaresca, para muy
poco después, y con elegante esguince, ponernos ante los
ojos una acabada novela amorosa, en la cual resuenan de-
cididos ecos del *omnia vincit Amor* virgiliano. [14]

Por lo demás, el amor de Andrés por Preciosa es puesto
a severas pruebas, primero por la propia Preciosa, quien
le impone el cambio de nombre de don Juan de Cárcamo
a Andrés Caballero, como consecuencia del cambio de
clase social, de noble a gitano, y cerca del final de la
novela la más dura prueba a que es puesto el amor de
Andrés es a manos de la Carducha. El amor de don Juan
se manifiesta en Madrid, y allí, antes de ponerse en marcha la tribu ocurre su metamorfosis a Andrés Caballero.
En compañía ahora del aduar de Preciosa, todos se en-
caminan hacia Extremadura, pero antes de llegar a su
destino la peregrinante tribu cambia de rumbo y se interna por Castilla la Nueva, la Mancha, hasta llegar, después de múltiples peripecias, a su nuevo destino que es
Murcia, donde todo se finiquita con el matrimonio cris-

---

[13] Debe leerse el artículo clásico de Marcel Bataillon, "Cervantes y el 'matrimonio cristiano'", *Varia lección de clásicos españoles* (Madrid, 1964), 238-55. Ahora esto debe complementarse con
el excelente estudio de Alban K. Forcione, "Cervantes's *La Gitanilla* as Erasmian Romance", *Cervantes and the Humanist Vision:
A Study of Four "Exemplary Novels"* (Princeton, 1982), 93-223.

[14] Sobre la renuencia cervantina a escribir una novela picaresca
insistiré más adelante, en este mismo volumen, al disertar, con
la brevedad del caso, acerca de *Rinconete y Cortadillo*. Y al referirme a *La gitanilla* como "novela amorosa" lo hago porque
me parece demasiado fuerte usar anacronismos como novela sentimental o novela romántica para referirme a ella. Ruth El Saffar,
Novel to Romance. A study of Cervantes's "Novelas ejemplares"
(Baltimore, 1974), 86-102, acentúa el carácter "pastoril" de *La
gitanilla* en lo que no le falta razón.

tiano. Un amor puesto a continuas pruebas que se manifiestan a lo largo de una peregrinación más o menos extensa de inmediato nos debe alertar a un buscado bosquejo de novela bizantina, o de aventuras, como prefiero llamarla. [15] Todo esto se hace aún más sensible si tenemos en cuenta el muy significativo hecho de que a lo largo de toda su larga peregrinación amorosa don Juan de Cárcamo y doña Costanza de Meneses son identificados únicamente por sus nombres peregrinos gitanescos: Andrés y Preciosa. Lo mismo ocurre en el *Persiles y Sigismunda,* donde la pareja central de peregrinos enamorados son identificados a lo largo de toda la novela como Periandro y Auristela. Sólo en Roma, previa catequesis, pueden adoptar sus nombres originales, como prolegómeno a su matrimonio cristiano.

Creo que basta lo expuesto hasta ahora para comprender mejor el sistema de prioridades que utilizó Cervantes cuando decidió poner a la cabeza de su peregrina colección de *Novelas ejemplares* a *La gitanilla.* Esta nos ofrece total singularidad de protagonistas y marco. Este es gitanesco en lo humano, y aquéllos son seudogitanos. En este tipo de singularidad de personajes claro está que estas novelitas rápidamente se remontan a esos dos protagonistas únicos, esos dos cínicos filósofos que comparten opiniones y reacciones, esos dos perros, Cipión y Berganza que son, sin otra apoyatura, el *Coloquio de los perros.* Además, *La gitanilla,* en su reducido marco de novela corta (aunque sólo el *Coloquio* la excede en extensión) apunta a dos posibilidades novelísticas distintas (picaresca, bizantina), antes de plasmar en una tercera, que es una imbricación de la vieja sentimental y la nueva novela bizantina, que he llamado novela amorosa, a falta de mejor denominación. Bien merecía *La gitanilla,* a los ojos de su creador y de la posteridad, abrir la puerta a esa galería de pequeñas maravillas literarias.

---

[15] Mis supuestos mentales acerca de todo este asunto los puede consultar el curioso lector en el prólogo a mi edición del *Persiles* o del *Peregrino* de Lope, ambas en esta misma colección.

Para alumbrar la belleza de este pórtico hay un verdadero juego de luminarias de temas, ideas, estructuras, efectos estilísticos, y sobre todo mucha poesía, ya que bien podría Andrés haber dicho a Preciosa "Poesía eres tú." [16] Pero me resulta imposible, en la ocasión, ni siquiera asomarme a esos temas. Quede para otro momento. Pero en buena conciencia debo tocar, siquiera, uno de los temas de cuyo tratamiento debe haberse ufanado Cervantes, al ceder a *La gitanilla* el puesto de honor. Y para ahorrarme mayores filigranas iré a lo más manido, el uso del folklore. Desde este punto de vista, pronto se ve que las relaciones entre Andrés y Clemente, ya en marcha la peregrinación, son un sutil replanteamiento del viejísimo cuento de *los dos amigos,* que se remonta a la *Disciplina clericalis* de Pedro Alfonso (siglo XI), y que tiene múltiples reelaboraciones en España hasta la romántica leyenda de José Zorrilla, *Dos hombres generosos.* Cervantes ya había sido tentado por el tema, y ya le había desarrollado con máxima extensión en dos ocasiones distintas, y con planteamientos radicalmente diferentes. Me refiero al tratamiento del folklórico cuento en la *Galatea* (Timbrio y Silerio), y al sorprendente desarrollo del mismo en el *Quijote* de 1605 (*Curioso impertinente*). [17] En consecuencia, ahora, en *La gitanilla,* ya no se siente más necesidad de abundar en los bien sabidos episodios del cuento tradicional. La reelaboración del cuento ya no es más el fin buscado; ahora se trata de desvalijar al cuento folklórico de aquellos elementos que más económicamente hiciesen resaltar la pureza de intenciones de Andrés. Por eso, el largo torneo de sacrificios mutuos entre los dos amigos,

[16] Aunque un poco extremoso en sus conclusiones, es de muy interesante lectura sobre este tema el artículo de Georges Güntert, "*La gitanilla* y la poética de Cervantes", *BRAE,* LII (1972), 107-134.

[17] Todo este asunto de la tradición literaria del cuento de *los dos amigos* en España lo he estudiado con el debido espacio en mis *Nuevos deslindes cervantinos* (Barcelona, 1975), cap. V, "El cuento de los dos amigos. Cervantes y la tradición literaria", donde estudio detenidamente el cuento en la *Galatea* y en *Quijote,* I.

que tanto espacio acaparan en la *Galatea,* queda reducido a rasgos mínimos, que bastan para hacer ver que Andrés y Clemente, los dos amigos enamorados de la misma mujer, tienen muchos parientes, antepasados y descendientes, en la tradición literaria española.

El secuestro de Preciosa y su anagnórisis son tan reconocidamente folklóricos que no vale la pena de detenerse en ellos, al menos hoy. Mucho más interés ofrece el estudio de la falsa denuncia de Juana Carducha, que apresura el desenlace. Arrebatada la Carducha por la lascivia, y rechazada por la honestidad de Andrés, para impedir la partida de éste coloca entre sus prendas unas alhajas, y de inmediato denuncia el robo, con incalculables consecuencias para todos. Antes de seguir adelante, conviene llamar la atención al hecho de que esta falsa denuncia es folklórica, como se verá de inmediato, pero que lo folklórico aquí está puesto al servicio de una fina intención artística que estructura las dos partes de *La gitanilla.* En la primera mitad los gitanos, desde las primeras líneas, son identificados con el robo. Cuando don Juan de Cárcamo se metamorfosea en gitano, para cumplir con los deseos de Preciosa, su noble sangre considera con alarma los robos a que le obliga su nueva identidad, e *in mente* decide no participar en esos latrocinios. En la segunda mitad, episodio de la Carducha, todos esos robos cuidadosamente evitados por don Juan, bruscamente le son imputados, de sopetón, a su *alias* Andrés, simbolizados en esa denuncia tan falsa como el robo con que escandaliza la Carducha.

En un breve estudio el llorado maestro Marcel Bataillon demostró que el episodio de la Carducha, en su meollo, está íntimamente relacionado con un viejo milagro atribuido a Santiago, y ocurrido a peregrinos en el camino de Compostela. Desde el venerable *Codex Calixtinus* (siglo XII) este milagro rueda por la tradición dentro y fuera de la Península, y llega a adquirir dimensiones folklóricas. Aunque no se ha señalado hasta ahora, el episodio de la Carducha, firmemente arraigado en la tradición del camino de Santiago, ha sido catalogado con múltiples ejemplos en el monumental *Motif-Index of Folk Literature* de Stith Thompson, H151.4. No puede quedar lugar a duda acerca de la categoría folklórica de la falsa denuncia de la Carducha, pero como el maestro Bataillon no encontró ningún ejemplo impreso, en los siglos XV o XVI, del milagro del peregrino, supuso que Cervantes tuvo que recogerlo de la tradición oral. Y hasta llegó a asociarlo a la tradición italiana, dudoso camino por el que lo ha seguido Celina Sabor de Cortázar. [18] Pero no hay necesidad alguna de postular tan hipotética relación. El milagro del peregrino está narrado en un libro español impreso en el siglo XVI, y reimpreso varias veces, lo que hace muy probable el hecho de que lo haya leído Cervantes. Se trata de la interesantísima obra del maestro Pedro de Medina, *Libro de grandezas y cosas memorables de España* (Sevilla, 1548). [19] Las concomitancias y diferencias

[18] Marcel Bataillon, "La denuncia mentirosa en *La gitanilla*", *Varia lección de clásicos españoles* (Madrid, 1964), 256-59. La asociación que destacó Bataillon era con *Representatione d'un miracolo di tre peregrini che andavano a Santo Jacobo di Gallitia*, de la cual Fernando Colón había comprado un ejemplar en Roma en 1515. Esta falsa pista italiana la siguió Celina Sabor de Cortázar, "La 'denuncia mentirosa' en Cervantes y en Ortensio Lando", *Estudios de literatura española ofrecidos a Marcos A. Morínigo* (Madrid, 1971), 119-30, quien asoció el episodio de la Carducha con las *Novelle* de Lando (1552).

[19] Aunque hay problemas bibliográficos anejos, se puede considerar la edición de Sevilla, 1549, como segunda, y después se reimprimió en Alcalá, 1566, y en Alcalá, 1590. Todo esto fue corregido y ampliado por Diego Pérez de Mesa, *Primera y segunda parte de las grandezas y cosas memorables de España* (Alcalá, 1595), que parece que tuvo una tirada con fecha adulterada de Alcalá, 1590. Sobre todo esto, v. *Obras de Pedro de Medina*, ed. A. González Palencia (Madrid, 1944), xx y xxviii-ix, el milagro aludido en p. 143. Conviene tener presente, en este momento, que Medina fue fuente muy frecuentada por Agustín de Rojas Villandrando, *El viaje entretenido* (Madrid, 1603), para trazar itinerarios y describir lugares, lo que no se ha tenido en cuenta hasta ahora, v. mi libro *Dintorno de una época dorada* (Madrid, 1978), cap. x, "Literatura y vida en *El viaje entretenido*". La asimilación que postulo en el texto entre Cervantes y Medina queda de tal manera cohonestada.

entre el cuento del peregrino, según lo recoge Medina,
quien responde con rigor a la tradición narrativa del milagro, y hasta lo localiza en Santo Domingo de la Calzada, y la versión que nos da Cervantes en el episodio
de la Carducha, son tan fáciles de explicar como de entender. El maestro Cervantes toma un cuento folklórico
(así lo reconozca como tal o no, tanto monta) y lo asimila
a una narración suya, donde servirá funciones propias del
novelista, y ya no más del folklore. Toda variante que se
le imprima al original será para servir los nuevos fines.
Y a mí me resulta incomprensible pensar que Cervantes
podría imitar (si de esto se trata) de cualquier otra manera. La materia artística adquirida sirve de trampolín,
es el punto de partida, no el punto de llegada. Y para
ilustrar todo esto ahí están gitanos, secuestros, anagnórisis. No hay duda: *La gitanilla* es bastante más que la
suma de sus partes.

III

El amante liberal no ofrece la variedad temática de *La
gitanilla,* pero Cervantes lo escogió para suceder en el
orden de lectura a ésta por el contraste y choque entre
los personajes y motivos fundamentales de ambas novelas.
La gitanilla, desde su título, queda asociada a la libertad
tradicional que se ha relacionado con la vida de los gitanos, lo que subrayan las primeras palabras del elocuente
discurso del viejo gitano a Andrés Caballero: "La libre
y ancha vida. nuestra no está sujeta a melindres ni a muchas ceremonias." [20] *El amante liberal,* en deseado y artís-
tico contraste, comenzará *in medias res,* con las amargas
quejas de un personaje anónimo, por el momento, que en
un *crescendo* de dolor rematan: "Tal es mi desdicha, que
en la libertad fui sin ventura, y en el cautiverio, ni la

---

[20] Ampliamente desarrolla el tema Luis Rosales, *Cervantes y
la libertad,* I (Madrid, 1959), parte III, cap. II, "La libertad de
los gitanos", 297-322.

tengo ni la espero." La libertad de los gitanos en sus vagabundeos por los caminos de España es el trasfondo de la primera novela. El cautiverio entre los turcos, la opresiva falta de libertad, es el trasfondo de la otra.

También contribuye, y mucho, a este sabio juego de contrastes el hecho de que *La gitanilla* se encierra firmemente en la Península Ibérica, y cuando Clemente parte para Italia la narrativa no le sigue. Madrid, Extremadura, la Mancha y Murcia, éste es el escenario propio de *La gitanilla*. En contraposición, el compás de la narrativa se tiene que abrir ampliamente para abarcar los escenarios de *El amante liberal*. Las quejas del comienzo se pronuncian ante los muros de Nicosia, en Chipre. Pero pronto hay que dar un gran salto geográfico a Sicilia, donde se inician los infortunios de Ricardo que es el quejumbroso cautivo. Imaginativamente se recorre todo el litoral de Sicilia, desde Trápani hasta Messina, luego se baja a la isla de Pantelleria, frente a Túnez, y el hilo narrativo casi nos lleva hasta la propia Constantinopla. O sea que frente a la circunscripción geográfica del relato de *La gitanilla,* el ámbito narrativo de *El amante liberal* es nada menos que todo el Mediterráneo oriental. [21] Con todas estas consideraciones creo que queda explicada la elección de Cervantes, de que *La gitanilla* encabezase la colección y que *El amante liberal* la secundase. Cervantes era demasiado buen crítico para no saber que si en una colección de cuentos los dos primeros atraen al lector, éste ya ha quedado enganchado hasta el final. Y en esta colección,

---

[21] De las doce *Novelas ejemplares* sólo tres ocurren fuera de España: *La española inglesa,* y ésta sólo en parte, *El amante liberal* y *La señora Cornelia,* que transcurre en Bolonia. Dentro de la unidad ideal de las *Novelas ejemplares* que nos propone Cervantes en el Prólogo al Lector las novelitas nos dan una variedad de escenarios, ya que los hay peninsulares y extrapeninsulares. Y aun dentro de los peninsulares se da la misma variedad, ya que el escenario puede ser Sevilla (*Rinconete y Cortadillo*), o bien Toledo (*La fuerza de la sangre*). Unidad en la variedad es la prédica fundamental de la estética neoaristotélica, y la diversidad de escenarios apuntados en esta nota es una forma más de cumplir con el precepto.

¡qué final!, nada menos que *El coloquio de los perros.*
Pero tiempo habrá para hablar de todo ello.

El caso es que *El amante liberal* se nos presenta como
una novela de cautivos, imantada por el tema del amor,
con piratas, viajes marítimos, tormentas. Todo esto nos
da, cabalmente, el contorno de una novela bizantina clásica, la de un Heliodoro o de un Aquiles Tacio. Pero en
el caso de la novelita cervantina hay varios factores dife-
renciadores y calificadores que conviene tener bien en
cuenta, para no caer en el paralogismo de referirnos a esta
obrita como una novela bizantina en miniatura. Por lo
pronto, el cautivo es un noble siciliano, y Sicilia era parte
del imperio español desde hacía ya varios siglos. Los cau-
tivadores eran piratas turcos, el flagelo del Mediterráneo
en los siglos XVI y XVII. Las quejas iniciales de Ricardo
frente a los muros de Nicosia de inmediato establecen la
cronología: Nicosia cayó en manos de los turcos en 1570.
Y todos los artilugios de la novela bizantina están puestos
aquí al servicio de la religión católica, ya que las continuas revulsiones en las vidas de los protagonistas están
destinadas a aquietarse en la paz del matrimonio cristiano.

A deducir de todo esto está el hecho de que ya no se
debe hablar, con nomenclatura errónea, de novela bizantina, sino más bien, de novela de aventuras, para apuntar
a la sustancial diferencia de conceptos rectores. De esto
algo he dicho más arriba, y mucho más en otra oportu-
nidad. Pero a lo que voy en esta ocasión es al hecho fundamental de que Cervantes en *El amante liberal* nos brin-
da una novelita bizantina a la altura de las circunstancias
de la España imperial de 1570. Y todo esto da validez a
mi tesón de que ya no se debe hablar más de novela bizantina en la España del siglo XVII, sino, más bien, de
novela de aventuras. [22]

---

[22] No en balde toda la trama de *El amante liberal* da validez
a la larga disquisición del canónigo toledano acerca de la nueva
novela de aventuras que él ideaba, que tendría verdadera validez
intelectual, *Quijote,* I, xlvii.

El embutido argumental de esta novelita despliega dos particularidades dignas de mencionar. La primera es que el argumento está presentado con un riguroso balance estructural, que es nueva forma de demostrar el absorbente interés que la novela de aventuras demuestra por este aspecto de la creación literaria.[23] Una vez que el desdichado Ricardo comienza el relato de sus desgracias, de inmediato surge el tema de su malhadado amor por Leonisa, obstaculizado, en la ocasión, por el cortejo simultáneo de Cornelio. Al caer en la cuenta de esto, Ricardo entona un violento discurso contra ambos, y esto se resuelve en el arribo de los bajeles de los piratas turcos, que ponen violento fin a las circunstancias del momento. Al final de la acción, regresan a Trápani Ricardo y Leonisa a bordo de un bajel turco del que se han adueñado cristianos, y la entrada al puerto siciliano es un simulacro de triunfo romano. Una vez en tierra, y rodeado de sus compatriotas, Ricardo entona un nuevo y muy solemne discurso, que remata con la oferta del amor de Leonisa a Cornelio: "Esta sí quiero que se tenga por liberalidad, en cuya comparación dar la hacienda, la vida y la honra no es nada." O sea, que toda la acción queda encerrada entre estos dos esquemas estructurales: amores de Leonisa y Cornelio —discurso de Ricardo—, llegada de bajeles; con esta contraposición final, llegada de bajeles —discurso de Ricardo—, amores de Leonisa y Ricardo, matrimonio cristiano. En este esquema ha caído víctima Cornelio, que queda marginalizado y sin premio alguno, como bien le corresponde por su calidad de gallina, que tan de relieve quedó desde el momento inicial.

Esta armónica y trabada estructura narrativa sirve para poner de relieve el hecho de que las dos columnas argumentales ya dichas, sirven para sostener una fábrica argumental de no ordinaria textura. Claro está que las aventuras que sacuden a Ricardo y a Leonisa son de extraor-

---

[23] Jennifer Lowe, "A Note on Cervantes' *El amante liberal*", *Romance Notes*, XII (1971), 400-403, fue la que apuntó lo más sustancial de lo que sigue en el texto.

dinarias características en su naturaleza, pero ante los
repetidos toques de atención del autor bien será que veamos si hay algo más bajo la superficie argumental, que
se nos presenta con características tan propias. Y entonces el lector debe caer en la cuenta de que el tropel de
aventuras siniestras vela discretamente su sentido alegó-
rico, que es la cadena de trabajos que debe padecer la
pareja de cristianos enamorados antes de llegar al matrimonio cristiano. [24] En esto radica la ejemplaridad de esta
novelita, y en esto radica el particular sentido de ejemplaridad que ha impartido Cervantes al vocablo, y que ha
despistado a ciertos aspectos de la crítica. Porque la ejemplaridad en esta ocasión, y en otras, representa la catarsis
argumental imprescindible para alcanzar la meta anhe-
lada. Y si el concepto *catarsis* es fundamental dentro de
la *Poética* de Aristóteles, no es menor su importancia en
las doctrinas neoaristotélicas que propagan los tratadistas
del siglo xvi. En consecuencia, la inesperada profundidad
psicológica que adquieren los protagonistas se debe explicar en función de este complejo ideológico que ha dejado
muy atrás las meras sutilezas argumentales de la novela
bizantina.

IV

Rinconete y Cortadillo es la tercera novela de la serie
original, y es la tercera y última que constituye este primer
volumen de mi edición de las *Novelas ejemplares,* porque,
rompiendo con la tradición, he agregado al texto impreso
del *Rinconete* el texto manuscrito, que hasta comienzos
del siglo pasado se había conservado en la copia del pun-
tual racionero de la catedral de Sevilla Francisco Porras
de la Cámara. Sobre los criterios de esta edición habrá
más al final de esta introducción, y sobre el manuscrito
Porras y algunos de los problemas que suscita volveré un
poco más adelante, en este mismo apartado.

[24] Ruth S. El Saffar, *Novel to Romance. A Study of Cervantes's
"Novelas ejemplares"* (Baltimore, 1974), 143 *seq.,* fue la primera
en apuntar, con perspicacia, a la alegoría argumental.

Rinconete y Cortadillo nos propone la máxima diversidad argumental dentro del elenco que podemos repasar en este volumen, y desde el ángulo de vista que he adoptado, no puede caber la menor duda acerca de la perspicacia en hacerla seguir después de una novela de cautivos. El tema picaresco había quedado insinuado, pero rápidamente eludido, en *La gitanilla* para acercarse con paso seguro al tema del amor. El amor imanta *El amante liberal,* bien es cierto, pero para llegar a la felicidad final el protagonista tiene que pasar por todas las vicisitudes del cautiverio, y, por lo demás, el tema picaresco queda cuidadosamente sorteado. Y en esta tercera novela ese mismo tema surge en forma impetuosa e irrefrenable. Además, la primera novela canta la libertad de los gitanos, la segunda novela llora la pérdida de la libertad, y esta tercera novela armoniza la libertad en caución del pícaro.

Debo agregar, de inmediato, que se trata del pícaro según la tipología literaria de Cervantes, que no obedece en absoluto los cánones esbozados hacía más de medio siglo en el *Lazarillo de Tormes* (1554), y que Mateo Alemán, en su *Guzmán de Alfarache* (1599, 1604), había elevado a la categoría de modelo del nuevo género novelístico.[25] Conviene, en consecuencia, señalar algunas de las diferencias que crearán un golfo artístico-ideológico entre la picaresca que practica Cervantes y los cánones redefinidos y confirmados por Mateo Alemán. Por lo pronto, y desde las primeras líneas, *Rinconete* nos transporta a un territorio intransitado por los pícaros canónicos. Los dos muchachos que protagonizarán la novela se encuentran en la venta del Molinillo por *acaso.* Este es el primer rechazo de la práctica establecida del nuevo género. La novela picaresca dictaminada por el *Guzmán de Alfarache* no

[25] Acerca de las muy peculiares características de la picaresca cervantina se deben leer los artículos de Carlos Blanco Aguinaga y de Richard L. Predmore recogidos en la bibliografía. Para que no se despiste algún lector incauto debo afirmar, desde ya, que Cervantes nunca tuvo la menor intención ni gana de escribir una novela picaresca según los cánones explotados al máximo por Mateo Alemán.

puede dar la menor entrada al acaso, al azar, en la vida
del protagonista, ya que ésta está férreamente dictada por
el determinismo. De entrar en juego el azar queda coar-
tado el determinismo, la herencia de sangre; Guzmán de
Alfarache, a pesar de la inmensa carga de infamias que
se acumulan sobre él, podría, por acaso, ser un individuo
honrado.

Por lo demás, la picaresca canónica se expresa siempre
en primera persona, ya que es la autobiografía de una sabandija. La narración por escrito de la vida de un infame
sólo puede interesar al afectado. Pero desde el momento
en que la narrativa está toda puesta en primera persona se
eliminan todos los otros puntos de vista. La perspectiva
de la novela picaresca es la única permitida a los ojos del
narrador. Pero esto es inaceptable para Cervantes: la uni-
cidad del punto de vista desvirtúa las inmensas riquezas
de la realidad. En consecuencia, la picaresca cervantina
nunca estará narrada en primera persona, sino en contrapunto amistoso entre dos amigos, por lo menos, como
ocurre aquí, o ocurrirá asimismo en el *Coloquio de los
perros,* una inverosímil creación picaresca de Cervantes
de la que hablaré más largo en su lugar.

La novela picaresca de Mateo Alemán es eminentemente
urbana, la ciudad siendo el campo propicio para el des-
pliegue de las habilidades del pícaro. Pero *Rinconete* comienza en el campo, en "los famosos campos de la Alcudia", en la Mancha, porque estos dos muchachos, que no
son fruto de ningún determinismo, entran y salen de la
picaresca a placer y por voluntad propia. Bien es cierto
que poco después entramos en la ciudad, en Sevilla, y
allí nos demoramos hasta el final de la novela, pero aun
aquí ocurre un interesantísimo experimento literario. De
la inmensidad de los campos de Alcudia pasamos a los
horizontes más reducidos, pero aún muy amplios, de la
metrópolis de Sevilla. A seguida el ámbito novelesco se
reduce un poco más, ya que los muchachos van a practicar
sus artes en la plaza de San Salvador, pero esta limitación
espacial queda compensada por un aumento de personajes. Lo que nos lleva de la mano al próximo escenario que

es la reducción al máximo del espacio, como que es el patín de Monipodio, pero que se halla transitado por un buen sector de la jacarandana sevillana. Y en este momento, cuando resulta improbable una nueva reducción del espacio novelesco, los dos muchachos, *de motu proprio,* abandonan el mundo de la picaresca: "Propuso en sí de aconsejar a su compañero no durasen mucho en aquella vida tan perdida y tan mala, tan inquieta, y tan libre y disoluta."

Si seguimos por esta hilada pronto caemos en la cuenta de que la dualidad de protagonistas es una norma cervantina, impuesta, seguramente, por la necesidad de puntos de vista múltiples, o al menos doble. Y aquí mismo, en esta colección, basta repasar los títulos de las novelitas para leer algunos tan significativos como *Las dos doncellas* o *Coloquio de los perros,* para no entrar en la dualidad de protagonistas que encubren títulos menos indicativos. Claro está que la dualidad-diálogo máximo es el propio *Quijote.* La dualidad de protagonistas, además, es la forma cervantina de presentar la amistad, y aquí volvemos al desencuentro total con la picaresca canónica, ya que, como dije más arriba, el pícaro es el ser eminentemente insolidario, el enemigo de la sociedad. Y sigamos. La amistad se expresa en el diálogo, como Platón y Erasmo dijeron a boca llena, y esta hilada, en consecuencia, nos lleva directamente al *Coloquio de los perros.* Pero quede esto para su ocasión. [26]

La propia amistad es un placer del alma. En su diálogo *Lysis* Platón nos dice que Sócrates sentía "una verdadera pasión por la amistad" (211), y el propio Sócrates se encarga de redondear el concepto poco más tarde al decir que "Dios mismo hace a los amigos y los atrae recíprocamente" (214). La amistad, en consecuencia, es doblemente

---

[26] Mucho de lo que antecede, y no poco de lo que viene después, lo he desarrollado con mayor amplitud de miras en diversos capítulos de mis *Nuevos deslindes cervantinos* (Barcelona, 1975), y a ellos queda remitido el lector, para no repetirme más de lo conveniente.

gozosa, por lo que la picaresca cervantina, fundamentada sólidamente sobre tal concepto, no puede tener la menor nota tétrica, lúgubre, como armoniza de continuo el tremebundo *Guzmán de Alfarache.* En directa y reveladora antítesis, *Rinconete y Cortadillo* resuena con alegría y desenfado. No cabe duda, la amistad redime hasta la sordidez de la vida, que no se infiltra ni siquiera en el patio de Monipodio.

La versión del *Rinconete* que normalmente se lee es la impresa en la *editio princeps.* Pero tenemos testimonio del propio Cervantes de que una versión de la novelita existía en 1604, ya que lo menciona en *Quijote,* I, xlvii. Por extraña casualidad hacia fines del siglo XVIII se descubrió una copia manuscrita y distinta a la impresa del *Rinconete.* Todo esto ocurrió en 1788, cuando Isidoro Bosarte, secretario de la Real Academia de San Fernando, fue comisionado para arreglar y catalogar papeles y libros de los colegios de los jesuitas recientemente expulsados. [27] Bosarte se había topado con una colección de obras de entretenimiento manuscritas, recogidas por Francisco Porras de la Cámara, racionero de la catedral de Sevilla (h. 1560-1616), que las había reunido, sobre los mismos años de publicación del *Quijote,* I (1605), para alegrar las siestas de su superior el cardenal arzobispo de Sevilla don Fernando Niño de Guevara (m. 1609). Y Porras había copiado dos novelitas cervantinas (*Rinconete y Cortadillo* y *El celoso extremeño*), y otra novelita anónima, *La tía fingida,* que se ha atribuido a Cervantes. Lo capital es que los textos manuscritos de las novelitas ejemplares diferían notablemente de la versión impresa, muy en especial el

---

[27] La historia de la versión manuscrita del *Rinconete* se puede leer en Julián Apráiz, "Curiosidades cervantinas", *Homenaje a Menéndez y Pelayo,* I (Madrid, 1899), 223-51. La historia posterior del manuscrito Porras de la Cámara, hasta su pérdida para siempre en la jornada de San Antonio de 1823, se debe leer en la preciosa monografía de mi llorado amigo Antonio Rodríguez-Moñino, *La de San Antonio de 1823. Realidad y leyenda de lo sucedido con los libros y papeles de don Bartolomé José Gallardo* (Madrid, 1957).

del *Celoso extremeño*.[28] Pues bien, el manuscrito Porras
de la Cámara tuvo peregrina, breve y trágica historia. Después de misteriosas andanzas el manuscrito Porras, en el
año de 1820, fue encontrado por el príncipe de los biblió-
filos españoles, Bartolomé José Gallardo, en una librería
de viejo, y ya dueño del precioso manuscrito lo vino a perder, con tantos otros papeles suyos, cuando los liberales
trataron de huir de la reacción absolutista, desde Sevilla,
Guadalquivir abajo, en el triste día de San Antonio
de 1823. El río tragó para siempre todos esos tesoros.

O sea, que hoy no tenemos texto original del manuscrito Porras que editar, sino que nos tenemos que conten-
tar con reeditar la versión que imprimió Bosarte. Esto
implica que todo intento de crítica textual es eminentemente inútil. El interés absorbente se debe desplazar a un
estudio comparativo de las dos versiones, la manuscrita y
la impresa, porque tal operación nos depara la ocasión
única de enfrentarnos con un Cervantes en trance de escribir novelas. Qué descartaba y por qué lo descartaba de su
versión original al pasar a su versión impresa; qué añadía
y por qué añadía, bajo las mismas circunstancias. Estas
son algunas de las preguntas a las que debe atender el
lector, el crítico. Yo no considero que ésta es la ocasión
apropiada para meterme en tales honduras. Pero quiero
dejar al lector bien alertado acerca de lo que le pongo en
las manos. Adelante, y *Dios y ayuda*.

JUAN BAUTISTA AVALLE-ARCE

[28] Bosarte publicó las novelitas cervantinas en *Gabinete de lectura española*, IV-V (Madrid, ¿1788?). Dado que nos hallamos
ante una tradición manuscrita, he mantenido la ortografía de la
edición Bosarte, aunque no su acentuación ni puntuación. *La tía
fingida* fue publicada más tarde, y ya trataré de esta novelita y
del *Celoso* en el momento de prologarlos.

NOTICIA BIBLIOGRÁFICA

EDICIONES DE LAS *Novelas ejemplares*

A. *Hechas en vida de Cervantes*

1. *Novelas exemplares de Migvel de Ceruantes Saauedra* ...
   Año 1613 ... En Madrid, Por Iuan de la Cuesta.
2. *Novelas exemplares de Migvel de Ceruantes Saauedra* ...
   Año (escudo del impresor) 1614 ... En Madrid. por Iuan
   de la Cuesta.
3. *Novelas exemplares de Migvel de Ceruantes Saauedra* ...
   Año (florón) 1614. Con licencia. En Pamplona, por Ni-
   colas de Assiayn, Impressor del Reyno de Nauarra.
4. *Novelas exemplares de Migvel de Ceruantes Saauedra* ...
   En Brusselas, Por Roger Velpio, Y Huberto Antonio, Im-
   pressores de sus Altezas al Aguila de oro, cerca de Palacio, año de 1614.
5. *Novelas exemplares de Migvel de Ceruantes Saauedra* ...
   Año de M.DC.XV ... En Pamplona, por Nicolás de Assiayn.
6. *Novelas exemplares de Migvel de Ceruantes Saauedra* ...
   En Milán, A costa de Iuan Baptista Bidelo Librero.
   M.DC.XV.

B. *Modernas*

Novelas ejemplares, ed., prólogo y notas de Francisco Rodríguez Marín, 2 vols., Madrid, Clásicos Castellanos, 1914
(como todos los volúmenes de esta colección éstos están
en continua reimpresión). Edición incompleta, pues faltan
*El amante liberal, La española inglesa, La fuerza de la san-
gre, Las dos doncellas* y *La señora Cornelia*.

Novelas ejemplares, con un estudio preliminar, presentación de cada obra y bibliografía seleccionada por D. Juan Alcina Franch, Barcelona, Bruguera, 1968.

——, edición preparada por Mariano Baquero Goyanes, 2 volúmenes, Madrid, Editora Nacional, 1976.

——, ed. Agustín del Saz, 2 vols., Barcelona, Ediciones Acervo, 1978.

——, ed. Harry Sieber, 2 vols., Madrid, Ediciones Cátedra, 1980.

——, ed. R. Schevill y A. Bonilla, 3 vols., Madrid, B. Rodríguez, 1922-25.

C. *Ediciones sueltas*

Rinconete y Cortadillo, ed. y notas de Francisco Rodríguez Marín, Sevilla, Real Academia Española, 1905.

El licenciado Vidriera, ed. y notas de Narciso Alonso Cortés, Valladolid, Imp. Castellana, 1916.

El celoso extremeño: Two Cervantes Short Novels: El curioso impertinente and El celoso extremeño, edited with notes and Introduction by Frank Pierce, Oxford, Pergamon Press, 1970.

La ilustre fregona, ed. crítica por Francisco Rodríguez Marín, Madrid, Imp. de la Revista de Archivos, Bibliotecas y Museos, 1917.

El casamiento engañoso y *Coloquio de los perros,* ed. crítica con introducción y notas por Agustín G. de Amezúa y Mayo, Madrid, Bailly-Baillière, 1912.

Le Mariage Trompeur et Colloque des Chiens, ed. bilingüe, prólogo y traducción de Maurice Molho, París, Aubier-Flammarion, 1970.

Three Exemplary Novels. El licenciado Vidriera, El casamiento engañoso, El coloquio de los perros, Introduction and notes by Juan Bautista Avalle-Arce, Nueva York, Dell Publishing Co., 1964.

BIBLIOGRAFÍA SELECTA

Amezúa y Mayo, Agustín G. de, *Cervantes, creador de la novela corta*, 2 vols., Madrid, Consejo Superior de Investigaciones Científicas, 1956-58.

Apráiz y Sáenz del Burgo, Julián, *Estudio histórico-crítico sobre las "Novelas ejemplares" de Cervantes*, Vitoria, Domingo Sar, 1901.

Asensio y Toledo, José María, *Cervantes y sus obras*, Barcelona, F. Seix, 1902 *(La española inglesa)*.

Astrana Marín, Luis, *Vida ejemplar y heroica de Miguel de Cervantes Saavedra*, 7 vols., Madrid, Edit. Reus, 1948-57.

Atkinson, William C., "Cervantes, El Pinciano, and the *Novelas ejemplares*", *Hispanic Review*, XVI (1948), 189-208.

Avalle-Arce, Juan Bautista y E. C. Riley, eds. *Suma cervantina*, Londres, Támesis, 1973.

Avalle-Arce, Juan Bautista, ed., *Persiles y Sigismunda*, Madrid, Castalia, 1969.

——, ed. *Don Quijote*, 2 vols., Madrid, Alhambra, 1979.

——, *Nuevos deslindes cervantinos*, Barcelona, Ariel, 1975.

Barrenechea, Ana María, "*La ilustre fregona* como ejemplo de la estructura novelesca cervantina", *Filología*, VII (1961), 13-32.

Blanco Aguinaga, Carlos, "Cervantes y la picaresca. Notas sobre dos tipos de realismo", *Nueva Revista de Filología Hispánica*, XI (1957), 313-42.

Bonilla y San Martín, *Cervantes y su obra*, Madrid, Beltrán, 1916.

Bustos Tovar, José Jesús de (coordinador), *Lenguaje, ideología y organización textual en las "Novelas ejemplares"*, Madrid-Toulouse, 1983.

Casa, Frank P., "The Structural Unity of *El licenciado Vidriera*", *Bulletin of Hispanic Studies*, XLI (1964), 242-46.

Casalduero, Joaquín, *Sentido y forma de las "Novelas ejemplares"*, Buenos Aires, Instituto de Filología, 1943, 2.ª ed., Madrid, Gredos, 1974.

Castro, Américo, *El pensamiento de Cervantes*, 2.ª ed. ampliada y con notas del autor y de Julio Rodríguez Puértolas, Barcelona-Madrid, Noguer, 1972.

——, *Hacia Cervantes*, 3.ª ed., Madrid, Taurus, 1967.

——, *Cervantes y los casticismos españoles*, Madrid, Alfaguara, 1966.

——, *De la edad conflictiva*, Madrid, Taurus, 1964.

Chacón y Calvo, José María, "El realismo ideal de *La gitanilla*", *Boletín de la Academia Cubana de la Lengua*, II (1953), 246-67.

Cluff, David, "The Structure and Theme of *La española inglesa*: A Reconsideration", *Revista de Estudios Hispánicos*, IV (1976), 262-81.

Criado del Val, Manuel, "De estilística cervantina", *Anales cervantinos*, II (1953), 233-48.

Drake, Dana B., *Cervantes. A Critical Bibliography. I. The "Novelas ejemplares"*, Blacksburg, Virginia, Virginia Polytechnic Institute, 1968.

Díaz Plaja, Guillermo, *En torno a Cervantes*, Pamplona, EUNSA, 1977.

El Saffar, Ruth S., *Novel to Romance. A Study of Cervantes's "Novelas ejemplares"*, Baltimore, The Johns Hopkins University Press, 1974.

——, *Cervantes: "El casamiento engañoso" and "El coloquio de los perros"*, Londres, Grant and Cutler, 1976.

Entwistle, William J., *Cervantes*, Oxford, Clarendon Press, 1940.

——, "Cervantes, the Exemplary Novelist", *Hispanic Review*, IX (1941), 103-09.

Fitzmaurice-Kelly, James, *Miguel de Cervantes Saavedra. Reseña documentada de su vida*, Oxford, Humphrey Milford, 1917.

Forcione, Alban K., *Cervantes, Aristotle and the "Persiles"*, Princeton, Princeton University Press, 1970.

——, *Cervantes' Christian Romance. A Study of "Persiles y Sigismunda"*, Princeton, Princeton University Press, 1971.

——, *Cervantes and the Humanist Vision: A Study of Four "Exemplary Novels"*, Princeton, 1982.

Green, Otis. H., "El licenciado Vidriera": Its Relation to the

Viaje del Parnaso and the *Examen de ingenios* of Huarte", en *Linguistic and Literary Studies in Honor of Helmut A. Hatzfeld,* Washington, Catholic University of America Press, 1964.

Güntert, Georges, "*La gitanilla* y la poética de Cervantes", *BRAE,* LII (1972), 107-34.

Hainsworth, G., *Les "Novelas ejemplares" de Cervantes en France au XVIIe. siècle,* París, Champion, 1933.

Icaza, Francisco A. de, *Las "Novelas ejemplares" de Cervantes. Sus críticos. Sus modelos literarios. Sus modelos vivos,* Madrid, Ateneo de Madrid, 1916.

Lacadena Calero, Esther, "*La señora Cornelia* y su técnica narrativa", *Anales cervantinos,* XV (1976), 199-210.

Laffranque, Marie, "Encuentro y co-existencia de dos sociedades en el Siglo de Oro: *La gitanilla* de Miguel de Cervantes", *Actas del V Congreso Internacional de Hispanistas,* II, Burdeos, Instituto de Estudios Ibéricos e Iberoamericanos, 1977, 549-61.

Lapesa, Rafael, "En torno a *La española inglesa* y *El Persiles*", *Homenaje a Cervantes,* ed. Francisco Sánchez-Castañer, Valencia, Mediterráneo, 1950.

Lowe, Jennifer, "The Structure of Cervantes's *La española inglesa*", *Romance Notes,* IX (1968), 287-90.

——, "A Note on Cervantes' *El amante liberal*", *Romance Notes,* XII (1970-71), 400-03.

——, *Cervantes: Two "Novelas ejemplares". "La gitanilla". La ilustre fregona",* Londres, Grant and Cutler, 1971.

Mele, Eugenio, "La novela *El celoso extremeño* de Cervantes", *Nuova Antologia,* 1906, 475-90.

Meregalli, Franco, "Le *Novelas ejemplares* nello svolgimento della personalità di Cervantes", *Letterature Moderne,* X (1960), 334-51.

——, "La literatura italiana en la obra de Cervantes", *Arcadia,* VI (1971), 1-15.

Pabst, Walter, *Novellentheorie und Novellendichtung. Zur Geschichte ihrer Antinomie in den romanischen Literaturen,* Hamburg, Abhandlungen aus dem Gebiet der Auslandskunde, Cram de Gruyter, 1953; trad. española, *La novela corta en la teoría y en la creación literaria,* Madrid, Gredos, 1972.

Pierce, Frank, "Reality and Realism in the *Exemplary Novels*", *Bulletin of Hispanic Studies,* XXX (1953), 134-42.

Piluso, Robert V., *"La fuerza de la sangre:* un análisis estructural", *Hispania*, XLVII (1964), 485-90.

Predmore, Richard L., *"Rinconete y Cortadillo.* Realismo, carácter picaresco, alegría", *Insula*, XXIII (1969), 17-18.

Rauhut, Franz, "Consideraciones sociológicas sobre *La gitanilla* y otras novelas cervantinas", *Anales cervantinos*, III (1950), 143-60.

Riley, Edward C., *Cervantes's Theory of the Novel*, Oxford, Clarendon Press, 1960; trad. española de Carlos Sahagún, *La teoría de la novela en Cervantes*, Madrid, Taurus, 1966.

——, "Cervantes and the Cynics *(El licenciado Vidriera* and *El coloquio de los perros)"*, *Bulletin of Hispanic Studies*, LIII (1976), 189-99.

Rodríguez-Luis, Julio, *Novedad y ejemplo de las Novelas de Cervantes*, dos vols., Madrid, José Porrúa Turanzas, 1980-1984.

Rodríguez Marín, Francisco, *El Loaysa de "El celoso extremeño"*, Sevilla, P. Díaz, 1901.

Rosales, Luis, *Cervantes y la libertad*, 2 vols., Madrid, Valera, 1959-60.

Schevill, Rodolfo, *Cervantes*, Nueva York, Duffield, 1919.

Selig, Karl-Ludwig, "Concerning the Structure of Cervantes' *La gitanilla"*, *Romanistisches Jahrbuch* XIII (1962), 273-76.

——, "The Metamorphosis of the *Ilustre fregona" Filología y crítica hispánica. Homenaje al Profesor Federico Sánchez Escribano*, Madrid, Ediciones Alcalá, 1969.

Soons, Alan, "An Interpretation of the Form of *El casamiento engañoso y Coloquio de los perros"*, *Anales cervantinos*, IX (1961-62), 203-12.

Thompson, Jennifer, "The Structure of Cervantes' *Las dos doncellas"*, *Bulletin of Hispanic Studies*, XL (1963), 144-50.

Varela, José Luis, "Sobre el realismo cervantino en *Rinconete"*, *Atlántida*, VI (1968), 434-49.

Yndurain Muñoz, Domingo, "'Rinconete y Cortadillo'. De entremés a novela", *BRAE*, XLVI (1966), 321-33.

ABREVIATURAS EMPLEADAS

Alonso Hernández: José Luis Alonso Hernández, *Léxico del marginalismo del Siglo de Oro* (Salamanca, 1977).

Bib. Aut. Esp.: Biblioteca de Autores Españoles.

BRAE: Boletín de la Real Academia Española, I (1914).

Campos-Barella: Juana G. Campos y Ana Barella, *Diccionario de refranes* (Madrid, 1975), Anejos del Boletín de la Real Academia Española, XXX.

Corominas: J. Corominas, *Diccionario crítico etimológico de la lengua castellana,* 4 vols. (Madrid, 1954). Está en curso de impresión la segunda ed. ampliada, *Diccionario crítico etimológico castellano e hispánico,* con la ayuda de José A. Pascual, que será en 6 vols. (Madrid, 1980). Mis referencias, salvo indicación en contrario, son siempre a la primera edición.

Correas: Gonzalo Correas, *Vocabulario de refranes y frases proverbiales (1627),* ed. de Louis Combet (Burdeos, 1967).

Covarrubias: Sebastián de Covarrubias Orozco, *Tesoro de la lengua castellana o española,* según la reimpresión de 1611, con las adiciones de Benito Remigio Noydens publicadas en la de 1674, ed. preparada por Martín de Riquer (Barcelona, 1943).

Dicc. Ac.: Diccionario de la lengua española, Real Academia Española, decimonovena ed. (Madrid, 1970).

Dicc. Aut.: Diccionario de la lengua castellana, en que se explica el verdadero sentido de las voces, su naturaleza y calidad, Real Academia Española, 6 vols. (Madrid, 1726-1739). Es más conocido por el nombre de *Diccionario de Autoridades.*

NBAE: Nueva Biblioteca de Autores Españoles, dirigida por Marcelino Menéndez y Pelayo (Madrid, 1905-1928).

NE: Novelas ejemplares, precedidas por el nombre del editor, si no lo hay la referencia es a esta edición.

Rodríguez Marín, *Rinconete:* Miguel de Cervantes Saavedra, *Rinconete y Cortadillo,* ed. crítica por Francisco Rodríguez Marín (Sevilla, 1905).

NOTA PREVIA

L A S brillantes contribuciones de R. M. Flores al estudio
textual de la obra cervantina han demostrado amplia y
sólidamente que al leer el texto de las ediciones príncipes
no hacemos más que leer las idiosincrasias de impresores
y cajistas. [1] En ningún momento podemos ilusionarnos y
pensar que tenemos ante nuestros ojos el texto auténtico
de Cervantes. Todos los textos impresos originales constituyen afeamientos de mayor o menor monta sobre unos
originales desaparecidos. En consecuencia, constituye casi
una pedantería reproducir, con mayor o menor fidelidad,
el texto de la edición príncipe. Fuera del texto, en el sentido más amplio de la palabra, nada específicamente cervantino hallaremos allí. Todas las particularidades textua-
les deben ser atribuidas al cajista de turno. En este sentido yo he pecado como el que más, y con estas líneas va
mi firme propósito de enmienda. Una vez que hemos su-
perado ese complejo filológico que nos hacía reproducir la
edición príncipe en todas sus menudencias, con los con-
secuentes sinsabores de lectura, se cae de su peso que urge
presentar al lector una edición que represente a la *princeps* en sus mayores líneas, sin aferrarse a ella en nada
de lo que tenga que ver con los detalles.

[1] Me refiero, en particular, al estudio de R. M. Flores, *The
Compositors of the First and Second Madrid Editions of "Don
Quixote" Part I* (Londres, 1975).

Todo esto es una forma de precaver al lector de que la edición que tiene ante sus ojos está totalmente modernizada: acentos, puntuación, mayúsculas, ortografía. Dado que la *editio princeps* no hizo más que reproducir el texto cervantino, cuajándolo de idiosincrasias y peculiaridades del cajista, no hay para qué reproducir en nimio detalle esa edición. La modernizo, a ultranza y a sabiendas, para que el aficionado lea el texto con las mismas facilidades, hoy en día, que tuvieron los lectores de 1613.

Otra novedad de excepción tiene esta edición. Ya he indicado, brevemente, en la Introducción que dos de estas novelitas se conocen en versión anterior, manuscrita y de distinta lección, que se identifica con el nombre de versión del manuscrito Porras de la Cámara. Los dos textos implicados son los de *Rinconete y Cortadillo* y *El celoso extremeño*. Porras, además, copió en su manuscrito una novelita anónima, *La tía fingida,* que, con razones buenas y malas, se ha atribuido a Cervantes y que, con razones malas y buenas, se le ha negado. Yo no pienso terciar en esta cuestión, al menos hoy, al preparar esta edición. Pero como la paternidad cervantina no es categóricamente cierta ni falsa, he optado por la línea de menor resistencia, suponer que Cervantes la compuso —y lo anterior, repito y subrayo, no implica ningún criterio mío acerca de la paternidad de la novelita.

En consecuencia, y para facilitar la labor del cervantista efectivo o en ciernes, lo que he hecho es imprimir el texto de Porras de la Cámara de *Rinconete y Cortadillo* y de *El celoso extremeño* como apéndices a los textos impresos en la edición príncipe. Y el texto de *La tía fingida* irá como apéndice al texto completo de las *Novelas ejemplares.* De esta manera el estudioso tendrá entre sus manos todos los textos relacionados con las *Novelas ejemplares,* de cerca o de lejos, con justicia o sin ella.

La edición que modernizo a conciencia es la príncipe de Madrid, Juan de la Cuesta, 1613. La que se denomina segunda, de Madrid, 1614, y asimismo por Juan de la Cuesta, es, con seguridad, una falsificación, y si no lo fuese es utópico pensar en una posible participación cervantina en ella. Al modernizar el texto no he tocado, en absoluto, la integridad del relato original. He mantenido hasta las erratas, y las he salvado en el texto o en las notas, pero siempre queda esto anotado. Con todo, he conservado arcaísmos de formas verbales y de tratamiento, para no caer en el paralogismo de que Cervantes escribía en el español del siglo xx. He modernizado, sin embargo, y debido a su misma numerosidad, las formas de infinitivo más pronombre enclítico: *contarlo,* no *contallo.* Pero para no defraudar del todo al lector en su búsqueda de antiguallas y dejar algún tanto de saborcillo arcaico, mantengo la ortografía original de los nombres propios, personales y geográficos. En el resto de las anotaciones he tratado de resolver los problemas que todo texto del siglo xvii puede traer a un lector de hoy en día, de cualquier índole que fuesen. *Ave atque vale.*

J. B. A.-A.

NOVELAS
EXEMPLARES
DE MIGVEL DE
Ceruantes Saauedra.

DIRIGIDO A DON PEDRO FERNAN-
dez de Castro, Conde de Lemos, de Andrade, y de Villalua,
Marques de Sarria, Gentilhombre de la Camara de su
Magestad, Virrey, Gouernador, y Capitan General
del Reyno de Napoles, Comendador de la En-
comienda de la Zarça de la Orden
de Alcantara.

Año ✠ 1613.

LVCEM · POST · TENEBRAS · SPERO

Cõ priuilegio de Castilla, y de los Reynos de la Corona de Aragõ.
EN MADRID, Por Iuan de la Cuesta.

Vendese en casa de Frãcisco de Robles, librero del Rey nro Señor.

Portada facsímile de la primera edición de las *Novelas ejem-*
plares, Juan de la Cuesta, 1613.

TABLA DE
las Nouelas.

¶ 2   FEE

Tabla (índice) que aparece en la primera edición (1613) de
las *Novelas ejemplares*.

FE DE ERRATAS [1]

Vi las doce *Novelas,* compuestas por Miguel de Cervantes, y en ellas no hay cosa digna que notar, que no corresponda con su original.

Dada en Madrid, a siete de agosto de 1613.

EL LICENCIADO MURCIA DE LA LLANA [2]

TASA [3]

Yo, Hernando de Vallejo, escribano de cámara del rey nuestro Señor, de los que residen en su Consejo, doy fe,

---

[1] Todos estos preliminares son parte de la ley de imprenta o censura de la época, que remonta a la reglamentación de los Reyes Católicos de 1502, que sólo hubo que retocar en 1554. Pero de inmediato, en 1558, ante el descubrimiento de los primeros focos luteranos en la Península, todo se rigorizó considerablemente.

[2] *Murcia de la Llana*: abuelo, padre e hijo formaron una verdadera dinastía de correctores de libros. El del texto se llamaba Francisco, fue médico y corrector de libros de 1609 hasta su muerte en 1639, también corrigió las dos partes del *Quijote* y el *Persiles,* v. mi ed. de esta última novela en esta misma colección, nota 2.

[3] *Tasa*: era el precio de la obra encuadernada a la rústica, fijado también por el Consejo Real, no por el impresor o el librero. Su inclusión era obligatoria entre los preliminares.

que habiéndose visto por los señores de él un libro, que con su licencia fue impreso, intitulado *Novelas ejemplares*, compuesto por Miguel de Cervantes Saavedra, le tasaron a cuatro maravedís el pliego, el cual tiene setenta y un pliegos y medio, que al dicho precio suma y monta docientos y ochenta y seis maravedís en papel; y mandaron que a este precio, y no más, se venda, y que esta tasa se ponga al principio de cada volumen del dicho libro, para que se sepa y entienda lo que por el se ha de pedir y llevar, como consta y parece por el auto y decreto que está y queda en mi poder, a que me refiero.

Y para que de ello conste, de mandamiento de los dichos señores del Consejo, y pedimiento de la parte del dicho Miguel de Cervantes, di esta fe, en la villa de Madrid, a doce días del mes de agosto de mil y seiscientos y trece años.

HERNANDO DE VALLEJO [4]

Monta ocho reales y catorce maravedís en papel. [5]

Vea este libro el padre presentado Fr. Juan Bautista, [6] de la orden de la Santísima Trinidad, y dígame si tiene cosa contra la fe o buenas costumbres, y si será justo imprimirse.

Fecho en Madrid, a 2 de julio de 1612.

EL DOCTOR CETINA [7]

[4] *Hernando de Vallejo*: era escribano del Consejo Real y firmó la tasa del *Quijote* de 1615.

[5] *En papel*: vale decir encuadernado a la rústica.

[6] *Fr. Juan Bautista*: el trinitario fray Juan Bautista Capataz, amigo de Cervantes y elogiado por éste en *Viaje del Parnaso*, cap. III, vv. 301-303: "Fray Juan Baptista Capataz se llama, / descalzo y pobre, pero bien vestido / con el adorno que le da la fama." Era natural de Benavente, diócesis de Cuenca, y dos documentos suyos de 1603 publicó N. Alonso Cortés, "Acervo biográfico", *BRAE*, XXIX (1949), 299.

[7] *El Doctor Cetina*: el doctor Gutierre de Cetina, homónimo del poeta, fue vicario general de Madrid, y normalmente era el censor general a quien el Consejo Real encargaba la obra en

APROBACIÓN

Por comisión del señor doctor Gutierre de Cetina, vicario general por el ilustrísimo cardenal D. Bernardo de Sandoval y Rojas, en Corte, he visto y leído las doce *Novelas ejemplares,* compuestas por Miguel de Cervantes Saavedra; y supuesto que es sentencia llana del angélico doctor Santo Tomás, [8] que la eutropelia es virtud, la que consiste en un entretenimiento honesto, juzgo que la verdadera eutropelia está en estas *Novelas,* porque entretienen con su novedad, enseñan con sus ejemplos a huir vicios y seguir virtudes, y el autor cumple con su intento, con que da honra a nuestra lengua castellana, y avisa a las repúblicas de los daños que de algunos vicios se siguen, con otras muchas comodidades, y así me parece se le puede y debe dar la licencia que pide, salvo &c.

En este convento de la Santísima Trinidad, calle de Atocha, en 9 de julio de 1612.

EL PADRE PRESENTADO FR. JUAN BAUTISTA

APROBACIÓN

Por comisión, y mandado de los señores del Consejo de su Majestad, he hecho ver este libro de *Novelas ejemplares*, y no contiene cosa contra la fe ni buenas costumbres, antes con semejantes argumentos nos pretende enseñar su autor cosas de importancia, y el cómo nos hemos

---

cuestión. Era él quien introducía las enmiendas necesarias para obtener la *aprobación*, o bien negaba terminantemente la licencia, secundado por otros censores designados por él. Es curioso que el *Quijote* de 1605 salió sin *aprobación*, mientras que el de 1615 salió con tres, dirigidas por el doctor Gutierre de Cetina, por cierto, una menos que las *Novelas ejemplares*.

[8] *Doctor Santo Tomás*: es referencia a su *Summa theologica*, II, 2, quest. 168, art. 2: "Philosophus etiam ... ponit virtutem *eutrapeliae* circa ludos, quam nos possumus dicere iucunditatem." La forma alterada del texto, *eutropelia*, desembocará en *tropelía*.

de haber en ellas; y este fin tienen los que escriben novelas y fábulas; y así me parece se puede dar licencia
para imprimir.

En Madrid, a nueve de julio de mil y seiscientos y doce.

EL DOCTOR CETINA

APROBACIÓN

Por comisión de vuestra Alteza he visto el libro intitulado *Novelas ejemplares,* de Miguel de Cervantes Saavedra, y no hallo en él cosa contra la fe y buenas costumbres,
por donde no se pueda imprimir, antes hallo en él cosas
de mucho entretenimiento para los curiosos lectores, y
avisos y sentencias de mucho provecho, y que proceden
de la fecundidad del ingenio de su autor, que no lo muestra en éste menos que en los demás que ha sacado a la luz.

En este monasterio de la Santísima Trinidad, en ocho
de agosto de mil y seiscientos y doce.

FRAY DIEGO DE HORTIGOSA [9]

APROBACIÓN

Por comisión de los señores del Supremo Consejo de
Aragón vi un libro intitulado *Novelas ejemplares,* de honestísimo entretenimiento, su autor Miguel de Cervantes
Saavedra, y no sólo [no] hallo en él cosa escrita en ofensa
de la religión cristiana y perjuicio de las buenas costumbres, antes bien confirma el dueño de esta obra la justa es-
timación que en España y fuera de ella se hace de su claro
ingenio, singular en la invención y copioso en el lenguaje,
que con lo uno y lo otro enseña y admira, dejando de esta
vez concluidos con la abundancia de sus palabras a los

[9] *Fray Diego de Hortigosa*: no tengo más datos acerca de este
trinitario.

que, siendo émulos de la lengua española, la culpan de corta y niegan su fertilidad, y así se debe imprimir; tal es mi parecer.

En Madrid, a treinta y uno de julio de mil y seiscientos y trece.

ALONSO GERÓNIMO DE SALAS BARBADILLO [10]

EL REY

Por cuanto, por parte de vos, Miguel de Cervantes, nos fue hecha relación que habíades compuesto un libro intitulado: *Novelas ejemplares,* de honestísimo entretenimiento, donde se mostraba la alteza y fecundidad de la lengua castellana, que os había costado mucho trabajo el componerle, y nos suplicastes os mandásemos dar licencia y facultad para le poder imprimir, y privilegio por el tiempo que fuésemos servido, [11] o como la nuestra merced fuese, lo cual, visto por los del nuestro Consejo, por cuanto en el dicho libro se hizo la diligencia que la pragmática por nos sobre ello hecha dispone, fue acordado que debíamos mandar dar esta nuestra cédula en la dicha razón, y nos tuvímoslo por bien.

Por la cual vos damos licencia y facultad para que, por tiempo y espacio de diez años cumplidos primeros siguientes, que corran y se cuenten desde el día de la fecha de esta nuestra cédula en adelante, vos, o la persona que para ello vuestro poder hubiere, y no otra alguna, podais

[10] *Alonso Gerónimo de Salas Barbadillo*: escritor madrileño (1581-1635) de apicarada vida, entremesista, comediógrafo y novelista, siendo su obra capital la novela *La hija de Celestina* (1612). Fue muy amigo de Cervantes, quien dice de él en el *Viaje del Parnaso,* cap. II, vv. 97-99: "Este sí que podrás tener en precio, / que es Alonso de Salas Barbadillo, / a quien me inclino y sin medida aprecio."

[11] *Por el tiempo que fuésemos servido*: el *privilegio* real se extendía por períodos variables, así, por ejemplo, el *Viaje del Parnaso* y el *Guzmán de Alfarache* lo recibieron por seis años cada uno, mientras que las *Novelas ejemplares* y el *Quijote* lo recibieron por diez años cada uno.

imprimir y vender el dicho libro, que de suso se hace mención.

Y por la presente damos licencia y facultad a cualquier impresor de estos nuestros reinos, que nombráredes, para que durante el dicho tiempo lo pueda imprimir por el original que en el nuestro Consejo se vio, que va rubricado, y firmado al fin, de Antonio de Olmedo, nuestro escribano de Cámara, y uno de los que en el nuestro Consejo residen, con que antes que se venda le traigais ante ellos, juntamente con el dicho original, para que se vea si la dicha impresión está conforme a él, o traigais fe en pública forma, como por corrector por nos nombrado se vio y corrigió la dicha impresión por el dicho original.

Y mandamos al impresor que así imprimiere el dicho libro, no imprima el principio y primer pliego de él, ni entregue más de un solo libro con el original al autor y persona a cuya costa lo imprimiere, ni a otra alguna, para efecto de la dicha corrección y tasa, hasta que antes, y primero, el dicho libro esté corregido y tasado por los de nuestro Consejo.

Y estando hecho, y no de otra manera, pueda imprimir el dicho principio y primer pliego, en el cual, inmediatamente, se ponga esta nuestra licencia, y la aprobación, tasa y erratas; ni lo podais vender ni vendais vos, ni otra persona alguna, hasta que esté el dicho libro en la forma susodicha, so pena de caer e incurrir, en las penas contenidas en la dicha pragmática y leyes de nuestros reinos, que sobre ellos disponen.

Y mandamos que durante el dicho tiempo persona alguna, sin vuestra licencia, no lo pueda imprimir ni vender, so pena que, el que lo imprimiere y vendiere, haya perdido y pierda cualesquier libros, moldes y aparejos que de él tuviere, y más incurra en pena de cincuenta mil maravedís por cada vez que lo contrario hiciere.

De la cual dicha pena sea la tercia parte para nuestra Cámara, y la otra tercia parte para el juez que lo sentenciare, y la otra tercia parte para el que lo denunciare.

Y mandamos a los de nuestro Consejo, presidente y oidores de las nuestras Audiencias, alcaldes, alguaciles de la nuestra Casa y Corte y Chancillerías, y otras cualesquier justicias de todas las ciudades, villas y lugares de estos nuestros reinos y señoríos, y a cada uno de ellos, así a los que ahora son, como a los que serán de aquí adelante, que vos guarden y cumplan esta nuestra cédula y merced, que así vos hacemos, y contra ella no vayan, ni pasen, ni consientan ir, ni pasar en manera alguna, so pena de la nuestra merced, y de diez mil maravedís para la nuestra Cámara.

Fecha en Madrid, a veinte y dos días del mes de noviembre de mil y seiscientos y doce años.

YO EL REY

Por mandado del Rey nuestro Señor,
JORGE DE TOVAR [12]

PRIVILEGIO DE ARAGÓN [13]

Nos, Don Felipe, por la gracia de Dios Rey de Castilla, de Aragón, de León, de las dos Sicil[i]as, de Jerusalén, de Portugal, de Hungría, de Dalmacia, de Croacia, de Navarra, de Granada, de Toledo, de Valencia, de Galicia, de Mallorca, de Sevilla, de Cerdeña, de Córdoba, de Córcega,

---

[12] *Jorge de Tovar*: toledano, secretario y valido de Felipe III, no hay que confundirle con su hijo Jorge de Tovar Valderrama, a quien Lope de Vega dedicó la comedia *Quien ama, no haga fieros,* donde dice, en parte, refiriéndose al firmante del *privilegio* de las *Novelas ejemplares*: "Por agradecer los [favores] que he recibido siempre del señor Jorge de Tobar, su padre, persona tan digna de la confidencia de los papeles de Estado, y de mayores lugares."

[13] *Privilegio de Aragón*: el *privilegio* firmado por Jorge de Tovar sólo afectaba a la Corona de Castilla. Cervantes ahora quiere impedir lo que ocurrió en 1605 con el *Quijote,* que de seis ediciones que tuvo sólo dos fueron madrileñas (las famosas de Juan de la Cuesta), otras dos fueron de Lisboa y otras dos de Valencia.

de Murcia, de Jaén, de los Algarbes, de Algecira, de Gibraltar, de las islas de Canaria, de las Indias Orientales y Occidentales, Islas y Tierra Firme del mar Océano, Archiduque de Austria, Duque de Borgoña, de Bravante, de Milán, de Atenas y Neopatria, Conde de Abspurg, de Flandes, de Tyrol, de Barcelona, de Rosellón y Cerdeña, Marqués de Oristán y Conde de Goceano.

Por cuanto por parte de vos, Miguel de Cervantes Saavedra, nos ha sido hecha relación, que con vuestra industria y trabajo habeis compuesto un libro intitulado *Novelas ejemplares,* de honestísimo entretenimiento, el cual es muy útil y provechoso, y le deseais imprimir en los nuestros reinos de la Corona de Aragón, suplicándonos fuésemos servidos de haceros merced de licencia para ello.

Y nos, teniendo consideración a lo sobredicho, y que ha sido el dicho libro reconocido por persona experta en letras, y por ella aprobado, para que os resulte de ello alguna utilidad, y, por la común, lo habemos tenido por bien.

Por ende, con tenor de las presentes, de nuestra cierta ciencia y real autoridad, deliberadamente y consulta, damos licencia, permiso y facultad a vos, Miguel de Cervantes, que, por tiempo de diez años, contaderos desde el día de la data de las presentes en adelante, vos, o la persona o personas que vuestro poder tuvieren, y no otro alguno, podais y puedan hacer imprimir y vender el dicho libro de las *Novelas ejemplares,* de honestísimo entretenimiento, en los dichos nuestros reinos de la corona de Aragón, prohibiendo y vedando expresamente que ningunas otras personas lo puedan hacer por todo el dicho tiempo, sin vuestra licencia, permiso y voluntad, ni le puedan entrar en los dichos reinos, para vender, de otros adonde, se hubiere imprimido.

Y si, después de publicadas las presentes, hubiere alguno o algunos que durante el dicho tiempo intentaren de imprimir o vender el dicho libro, ni meterlos impresos para vender, como dicho es, incurran en pena de quinientos florines de oro de Aragón, dividideros en tres partes, a saber: es, una, para nuestros cofres reales; otra, para vos, el dicho Miguel de Cervantes Saavedra; y otra, para el acusador. Y demás de la dicha pena, si fuere impresor, pierda los moldes y libros que así hubiere imprimido, mandando con el mismo tenor de las presentes a cualesquier lugartenientes y capitanes generales, regentes la Cancellaría, regente el oficio, y por tant[a]s veces de nuestro general gobernador, alguaciles, vergueros,[14] porteros y otros cualesquier oficiales y ministros nuestros mayores y menores en los dichos nuestros reinos y señoríos constituidos y constituideros, y a sus lugartenientes y regentes los dichos oficios, so incurrimiento de nuestra ira e indignación y pena de mil florines de oro de Aragón de bienes del que lo contrario hiciere exigideros, y a nuestros reales cofres aplicaderos, que la presente nuestra licencia y prohibición, y todo lo en ella contenido, os tengan guardar, tener, guardar y cumplir hagan, sin contradicción alguna, y no permitan ni den lugar a que sea hecho lo contrario en manera alguna, si de más de nuestra ira e indignación, en la pena susodicha desean no incurrir.

En testimonio de lo cual, mandamos despachar las presentes, con nuestro sello real común en el dorso selladas.

Datt. en San Lorenzo el Real, a nueve días del mes de agosto, año del nacimiento de nuestro Señor Jesucristo mil y seiscientos y trece.

YO EL REY

Dominus rex mandauit mihi D. Francisco Gassol, visa per Roig Vicecancellarium, Comitem generalem Thesaurarium, Guardiola, Fontanet, Martinez, &. Perez Manrique, regentes Cancellariam.

---

[14] *Vergueros*: "Lo mismo que alguacil de vara. Es usado en Aragón", *Dicc. Aut.*, s. v.

PRÓLOGO AL LECTOR

Quisiera yo, si fuera posible, lector amantísimo, excusarme de escribir este prólogo, porque no me fue tan bien con el que puse en mi *Don Quijote,* que quedase con gana de segundar con éste. De esto tiene la culpa algún amigo, de los muchos que en el discurso de mi vida he granjeado, antes con mi condición que con mi ingenio, el cual amigo bien pudiera, como es uso y costumbre, grabarme y esculpirme en la primera hoja de este libro, pues le diera mi retrato el famoso don Juan de Jáurigui, [15] y con esto quedara mi ambición satisfecha, y el deseo de algunos que querrían saber qué rostro y talle tiene quien se atreve a salir con tantas invenciones en la plaza del mundo, a los ojos de las gentes, poniendo debajo del retrato: "Este que veis aquí, de rostro aguileño, de cabello castaño, frente lisa y desembarazada, de alegres ojos y de nariz corva, aunque bien proporcionada; las barbas de plata, que no ha veinte años que fueron de oro, los bigotes grandes, la boca pequeña, los dientes ni menudos ni crecidos, porque no tiene sino seis, y ésos mal acondicionados y peor puestos, porque no tienen correspondencia los unos con los otros; el cuerpo entre dos extremos, ni grande, ni pequeño, la color viva, antes blanca que morena; algo cargado de espaldas, y no muy ligero de pies; éste digo que es el rostro del autor de *La Galatea* y de *Don Quijote de la*

---

[15] *Don Juan de Jáurigui*: él se firmaba Jáuregui, era sevillano de abolengo navarro (1583-1641), y le recuerda otra vez Cervantes en el *Quijote,* II, lxii, esta vez como poeta. El retrato mencionado en el texto, y que se ha reproducido a menudo, hoy en día es propiedad de la Real Academia Española y es una superchería.

Mancha, y del que hizo el *Viaje del Parnaso,* [16] a imitación del de César Caporal Perusino, y otras obras que andan por ahí descarriadas, y, quizá, sin el nombre de su dueño. Llámase comúnmente Miguel de Cervantes Saavedra. Fue soldado muchos años, y cinco y medio cautivo, donde aprendió a tener paciencia en las adversidades. Perdió en la batalla naval de Lepanto la mano izquierda de un arcabuzazo, herida que, aunque parece fea, él la tiene por hermosa, por haberla cobrado en la más memorable y alta ocasión que vieron los pasados siglos, ni esperan ver los venideros, militando debajo de las vencedoras banderas del hijo del rayo de la guerra, Carlo Quinto, de felice memoria." Y cuando a la de este amigo, de quien me quejo, no ocurrieran otras cosas de las dichas que decir de mí, yo me levantara a mí mismo dos docenas de testimonios, y se los dijera en secreto, con que extendiera mi nombre y acreditara mi ingenio. Porque pensar que dicen puntualmente la verdad los tales elogios, es disparate, por no tener punto preciso ni determinado las alabanzas ni los vituperios.

En fin, pues ya esta ocasión se pasó, y yo he quedado en blanco y sin figura, será forzoso valerme por mi pico, que aunque tartamudo, no lo será para decir verdades, que, dichas por señas, suelen ser entendidas. Y así te digo otra vez, lector amable, que de estas novelas que te ofrezco, en ningún modo podrás hacer pepitoria, porque no tienen pies, ni cabeza, ni entrañas, ni cosa que les parezca; quiero decir que los requiebros amorosos que en algunas hallarás, [16a] son tan honestos y tan medidos con la razón y discurso cristiano, que no podrán mover a mal pensamiento al descuidado o cuidadoso que las leyere.

Heles dado nombre de *ejemplares,* [17] y si bien lo miras, no hay ninguna de quien no se pueda sacar algún ejem-

[16] *Viaje del Parnaso*: sólo salió al año siguiente de las *Novelas ejemplares,* Madrid, por la viuda de Alonso Martín, 1614. Como declara Cervantes, su modelo fue el *Viaggi di Parnaso* (1582) de Cesare Caporali de Perusa (1531-1601).

[16a] "algunas hallarás": 1613: *algunos.*

[17] *Nombre de ejemplares*: la ejemplaridad de estas novelitas ha

plo provechoso; y si no fuera por no alargar este sujeto,
quizá te mostrara el sabroso y honesto fruto que se podría
sacar, así de todas juntas, como de cada una de por sí.

Mi intento ha sido poner en la plaza de nuestra repú-
blica una mesa de trucos, [18] donde cada uno pueda llegar
a entretenerse, sin daño de barras; [19] digo sin daño del
alma ni del cuerpo, porque los ejercicios honestos y agra-
dables, antes aprovechan que dañan.

Sí, que no siempre se está en los templos; no siempre
se ocupan los oratorios; no siempre se asiste a los negocios, por calificados que sean. Horas hay de recreación,
donde el afligido espíritu descanse.

Para este efeto se plantan las alamedas, se buscan las
fuentes, se allanan las cuestas y se cultivan, con curiosidad, los jardines. Una cosa me atreveré a decirte, que
si por algún modo alcanzara que la lección destas novelas
pudiera inducir a quien las leyera a algún mal deseo o
pensamiento, antes me cortara la mano con que las escribí, que sacarlas en público. Mi edad no está ya para
burlarse con la otra vida, que al cincuenta y cinco de los
años gano por nueve más y por la mano.

A esto se aplicó mi ingenio, por aquí me lleva mi inclinación, y más que me doy a entender, y es así, que yo soy
el primero que he novelado [20] en lengua castellana, que las

---

creado una tormentilla crítica de la que me he hecho cargo en
la Introducción.

[18] *Mesa de trucos*: juego parecido al billar, y que describe lar-
gamente Covarrubias, s. v. *truco*.

[19] *Daño de barras*: "Sin daño de barras, suele por alusión si-
nificar tanto como sin perjuyzio de tercero. Está tomada esta manera de hablar de los jugadores de argolla, no siendo su intento
tirar a ella, sino a la bola del contrario", Covarrubias, s. v. *daño*.
"*Argolla*: juego assí dicho, porque se pone clavada en tierra una
punta o espiga de hierro, que tiene por cabeza una argolla, dicha
comúnmente aro, con unas rayas hechas al borde de uno de los
lados de ella, y con una pala acanalada se tiran unas bolas a
embocar por ella, que si se meten por donde no tiene las rayas,
no solo no se gana, pero es necesario tirar otra vez a deshacer
lo hecho", *Dicc. Aut.*, s. v.

[20] *Primero que he novelado*: a lo largo de toda su vida Cervantes demostró plena y clara conciencia de sus méritos literarios, y

muchas novelas que en ella andan impresas, todas son traducidas de lenguas extranjeras, y éstas son mías propias,
no imitadas ni hurtadas; mi ingenio las engendró, y las
parió mi pluma, y van creciendo en los brazos de la estampa. Tras ellas, si la vida no me deja, te ofrezco los
Trabajos de Persiles, [21] libro que se atreve a competir con
Heliodoro, [22] si ya por atrevido no sale con las manos en
la cabeza; y primero verás, y con brevedad dilatadas, las
hazañas de don Quijote y donaires de Sancho Panza, y
luego las *Semanas del jardín*. [23]

Mucho prometo, con fuerzas tan pocas como las mías;
pero ¿quién pondrá rienda a los deseos? Sólo esto quiero
que consideres, que pues yo he tenido osadía de dirigir
estas novelas al gran Conde de Lemos, [24] algún misterio
tienen escondido que las levanta.

No más, sino que Dios te guarde y a mí me dé paciencia para llevar bien el mal que han de decir de mí más
de cuatro sutiles y almidonados. Vale.

---

la afirmación del texto no es excepción, como estudié en la Introducción.

[21] *Trabajos de Persiles*: *Los trabajos de Persiles y Sigismunda.
Historia setentrional* salieron como obra póstuma, Madrid, Juan
de la Cuesta, 1617. Pero los dos primeros libros de la novela
deben fecharse entre 1599 y 1605, como demostré en mi edición
citada.

[22] *Heliodoro*: novelista griego (siglo III de Cristo), cuya *Aethio-
pica* o *Teágenes y Cariclea* tuvo enorme difusión en la Europa
del siglo XVI. En español se hicieron dos traducciones, una anónima de Amberes, 1554, y la otra de Fernando de Mena (Alcalá
de Henares, 1587), que, probablemente, es la que conoció y leyó
Cervantes: 1613: *Eliodoro*.

[23] *Semanas del jardín*: una obra inacabada y perdida, como
lo fue la segunda parte de la *Galatea,* todavía prometida en el
Quijote de 1615.

[24] *Gran Conde de Lemos*: sus principales títulos siguen de inmediato. En 1610, cuando Lemos fue nombrado virrey de Nápoles, Cervantes soñó con una vuelta a Nápoles en la comitiva vi-
rreinal, que no se cumplió para bien de la posteridad. Fue el verdadero y simpático mecenas de Cervantes, quien le dedicó las
Ocho comedias y ocho entremeses (1615), segunda parte del *Quijote* (1615) y los *Trabajos de Persiles y Sigismunda* (1617).

A DON PEDRO FERNÁNDEZ DE CASTRO
Conde de Lemos, de Andrade y de Villalba,
Marqués de Sarriá, Gentilhombre de la Cámara
de su Majestad, Virrey, Gobernador
y Capitán General del reino de Nápoles,
Comendador de la Encomienda de la Zarza
de la Orden de Alcántara.

*En dos errores, casi de ordinario, caen los que dedican
sus obras a algún príncipe. El primero es, que en la carta
que llaman dedicatoria, que ha de ser muy breve y su-
cinta, muy de propósito y espacio, ya llevados de la verdad o de la lisonja, se dilatan en ella en traerle a la memoria, no sólo las hazañas de sus padres y abuelos, sino
las de todos sus parientes, amigos y bienhechores. En el
segundo, decirles que las ponen debajo de su protección
y amparo, porque las lenguas maldicientes y murmurado-
ras no se atrevan a morderlas y lacerarlas.*

*Yo, pues, huyendo de estos dos inconvenientes, paso en
silencio aquí las grandezas y títulos de la antigua y Real
Casa de vuestra Excelencia, con sus infinitas virtudes, así
naturales como adquiridas, dejándolas a que los nuevos
Fidias y Lisipos busquen mármoles y bronces adonde gra-
barlas y esculpirlas, para que sean émulas a la duración
de los tiempos.*

*Tampoco suplico a vuestra Excelencia reciba en su tu-
tela este libro, porque sé que, si él no es bueno, aunque*

le ponga debajo de las alas del hipogrifo de Astolfo [25] *y a
la sombra de la clava de Hércules, no dejarán los Zoilos,
los Cínicos, los Aretinos* [26] *y los Bernias* [27] *de darse un filo
en su vituperio, sin guardar respeto a nadie. Sólo suplico que advierta vuestra Excelencia que le envío, como
quien no dice nada, doce cuentos que, a no haberse labrado en la oficina de mi entendimiento, presumieran
ponerse al lado de los más pintados.*

*Tales cuales son, allá van, y yo quedo aquí contentísi-
mo por parecerme que voy mostrando en algo el deseo que
tengo de servir a vuestra Excelencia, como a mi verdadero
señor y bienhechor mío. Guarde nuestro Señor, &c.*

*De Madrid, a catorce de julio de mil y seiscientos y
trece.*

Criado de vuestra Excelencia,
MIGUEL DE CERVANTES SAAVEDRA

DEL MARQUÉS DE ALCAÑICES [28]
A MIGUEL DE CERVANTES

Soneto

Si en el moral ejemplo y dulce aviso,
Cervantes, de la diestra grave lira,
en docta frasis el concepto mira
el lector retratado un paraíso;

---

[25] *Hipogrifo de Astolfo*: caballo alado, hijo de grifo y yegua, en
el *Orlando Furioso* de Ariosto, canto IV.

[26] *Aretinos*: Pietro Aretino (1492-1557), "el flagelo de los príncipes", prolífico autor de escandalosa fama.

[27] *Bernias*: Francesco Berni (1496-1536), poeta satírico y jocoso,
en una manera que se llamó *bernesca*.

[28] *Marqués de Alcañices*: don Álvaro Antonio Enríquez de Al-
mansa, elevado a la Grandeza de España en 1626. En el *Viaje
del Parnaso*, cap. V, vv. 313-14, Cervantes declaró reconocer a
"cinco poetas titulados" en Castilla, y los había nombrado con
anticipación, cap. II, vv. 247-49, en este orden: el conde de Salinas, el príncipe de Esquilache, el conde de Saldaña, el conde de
Villamediana y el marqués de Alcañices.

mira mejor que con el arte quiso
vuestro ingenio sacar de la mentira
la verdad, cuya llama sólo aspira
a lo que es voluntario hacer preciso.

Al asunto ofrecidas las memorias
dedica el tiempo, que en tan breve suma
caben todos sucintos los extremos;

y es noble calidad de vuestras glorias,
que el uno se le deba a vuestra pluma,
y el otro a las grandezas del de Lemos.

DE FERNANDO BERMÚDEZ Y CARVAJAL [29]
CAMARERO DEL DUQUE DE SESSA,
A MIGUEL DE CERVANTES

Hizo la memoria clara
de aquel Dédalo ingenioso,
el laberinto famoso,
obra peregrina y rara;
mas si tu nombre alcanzara
Creta en su monstr[u]o cruel,
le diera al bronce y pincel,
cuando, en términos distintos,
viera en doce laberintos
mayor ingenio que en él;

y si la naturaleza,
en la mucha variedad
enseña mayor beldad,
más artificio y belleza,
celebre con más presteza,
Cervantes raro y sutil,
aqueste florido abril,
cuya variedad admira
la fama veloz, que mira
en él variedades mil.

---

[29] *Fernando Bermúdez y Carvajal*: elogiado también en el *Viaje del Parnaso*, cap. II, vv. 202-04, y asimismo le elogia Lope de Vega en su *Laurel de Apolo* (1630), silva III.

DE DON FERNANDO DE LODEÑA [30]
A MIGUEL DE CERVANTES

Soneto

Dejad, Nereidas, del albergue umbroso
las piezas de cristales fabricadas,
de la espuma ligera mal techadas,
si bien guarnidas de coral precioso;

salid del sitio ameno y deleitoso,
Dríades de las selvas no tocadas,
y vosotras, ¡oh Musas celebradas!,
dejad las fuentes del licor copioso;

todas juntas traed un ramo solo
del árbol en quien Dafne convertida,
al rubio Dios mostró tanta dureza,

que, cuando no lo fuera para Apolo,
hoy se hiciera laurel, por ver ceñida
a Miguel de Cervantes la cabeza.

DE JUAN DE SOLÍS MEJÍA [31]
GENTILHOMBRE CORTESANO,
A LOS LECTORES

Soneto

¡Oh tú, que aquestas fábulas leíste:
si lo secreto de ellas contemplaste,
verás que son de la verdad engaste,
que por tu gusto tal disfraz se viste!

[30] *Don Fernando de Lodeña*: el apellido también se escribía
Ludeña. Le elogia Cervantes en el *Viaje del Parnaso,* cap. IV,
vv. 382-87, y Lope de Vega, *Laurel de Apolo,* silva III. Lope
también le dedicó su comedia *El primer rey de Castilla.* Lodeña
era madrileño y militar y murió en 15 de julio de 1634.
[31] *Juan de Solís Mejía*: le elogia Cervantes en el *Viaje del Parnaso,* cap. V, vv. 283-85. Hay versos suyos en *El Monte Vesuvio*
del doctor Juan de Quiñones (Madrid, 1632) y en los *Elogios al
Palacio Real del Buen Retiro* de Don Diego de Covarrubias y
Leiva (Madrid, 1635).

Bien, Cervantes insigne, conociste
la humana inclinación, cuando mezclaste
lo dulce con lo honesto, y lo templaste
tan bien que plato al cuerpo y alma hiciste.

Rica y pomposa vas, filosofía;
ya, doctrina moral, con este traje
no habrá quién de ti burle o te desprecie.

Si agora te faltare compañía,
jamás esperes del mortal linaje
que tu virtud y tus grandezas precie.

NOVELA DE LA GITANILLA

Parece que los gitanos [1] y gitanas solamente nacieron en el mundo para ser ladrones: nacen de padres ladrones, críanse con ladrones, estudian para ladrones, y, finalmente, salen con ser ladrones corrientes y molientes [2] a todo ruedo, [3] y la gana del hurtar y el hurtar son en ellos como ac[c]identes inseparables, que no se quitan sino con la muerte. Una, pues, de esta nación, gitana vieja, que podía ser jubilada en la ciencia de Caco, [4] crió una muchacha

[1] *Los gitanos*: comenzaron a llegar a la Península los primeros gitanos en el siglo xv, como consecuencia de los avances turcos en los Balcanes, pero como tipo literario en las letras españolas sólo nace en el primer tercio del siglo xvi con Gil Vicente y Lope de Rueda. Pero su consagración literaria sólo se lleva a cabo un siglo más tarde, justamente en esta novelita cervantina. Para el trasfondo histórico de la gitanería en época de Cervantes, v. Antonio Domínguez Ortiz, "Documentos sobre los gitanos españoles en el siglo xvii", *Homenaje a Julio Caro Baroja* (Madrid, 1978), 319-26.

[2] *Corrientes y molientes*: la expresión comenzó por aplicarse en sentido literal a los molinos de agua, y ya en el siglo xv, v. Pedro de Escavias, *Hechos del condestable Miguel Lucas de Iranzo,* ed. J. de M. Carriazo (Madrid, 1940), 274. Pero para la época de Cervantes la expresión ya ha adquirido un valor tropológico, *lisa y llanamente,* v. Miguel Herrero, "Nota a Cervantes: corriente y moliente", *RFE,* XXVII (1943), 93-94.

[3] *A todo ruedo*: "Significa lo mismo que en todo lance, próspero o adverso, en todo caso, desgraciado o dichoso", *Dicc. Aut.,* s. v. *ruedo.*

[4] *Ciencia de Caco*: los latrocinios gitanescos se han convertido en parte del folklore universal. En época de Cervantes, escribe el

en nombre de nieta suya, a quien puso [por] nombre Preciosa, [5] y a quien enseñó todas sus gitanerías, y modos
de embelecos, y trazas de hurtar. Salió la tal Preciosa la
más única bailadora que se hallaba en todo el gitanismo,
y la más hermosa y discreta que pudiera hallarse, no entre
los gitanos, sino entre cuantas hermosas y discretas pudiera pregonar la fama. Ni los soles, ni los aires, ni todas
las inclemencias del cielo a quien [6] más que otras gentes
están sujetos los gitanos, pudieron deslustrar su rostro ni
curtir las manos; y lo que es más, que la crianza tosca en
que se criaba no descubría en ella sino ser nacida de mayores prendas que de gitana, porque era en extremo cortés
y bien razonada. Y, con todo esto, era algo desenvuelta;
pero no de modo que descubriese algún género de des-
honestidad; antes, con ser aguda, era tan honesta, que en
su presencia no osaba alguna gitana, vieja ni moza, cantar
cantares lascivos ni decir palabras no buenas. Y, finalmente, la abuela conoció el tesoro que en la nieta tenía,
y así, determinó el águila vieja sacar a volar su aguilucho
y enseñarle a vivir por sus uñas.

Salió Preciosa rica de villancicos, de coplas, seguidillas [7]
y zarabandas, [8] y de otros versos, especialmente de romances, que los cantaba con especial donaire. Porque su tai-

---

doctor Jerónimo de Alcalá Yáñez y Ribera, *Segunda parte de
Alonso, mozo de muchos amos* (Valladolid, 1626), cap. III, que
en un aduar de gitanos "salió Isabel con media cabra, que según
entendí después la otra media se había comido por la mañana,
hurtada, según su costumbre, del hato de unos pastores que cerca
de allí estaban".

[5] *Preciosa*: delicado rebrote lírico tuvo este nombre de gitana
en nuestro siglo, en el gran poema de Federico García Lorca,
"Preciosa y el aire", *Primer Romancero gitano* (1928).

[6] *Quien*: valía para singular y plural en el español clásico, y no
lo anotaré más.

[7] *Seguidillas*: composición poética para canto de la que escribió
Tomás Navarro: "Una parte principal de los cancioneros populares españoles corresponde a las seguidillas simples y compuestas", *Métrica española* (Nueva York, 1966), 543.

[8] *Zarabandas*: "Tañido y danza viva y alegre, que se hace con
repetidos movimientos del cuerpo poco modestos", *Dicc. Aut.*,
s. v.

mada abuela echó de ver que tales juguetes y gracias, en los pocos años y en la mucha hermosura de su nieta, habían de ser felicísimos atractivos e incentivos para acrecentar su caudal; y así, se los procuró y buscó por todas las vías que pudo, y no faltó poeta que se los diese; que también hay poetas que se acomodan con gitanos, y les venden sus obras, como los hay para ciegos, que les fingen milagros y van a la parte de la ganancia. De todo hay en el mundo, y esto del hambre tal vez hace arrojar los ingenios a cosas que no están en el mapa.

Crióse Preciosa en diversas partes de Castilla, y a los quince años de su edad, su abuela putativa la volvió a la Corte y a su antiguo rancho, [9] que es adonde ordinariamente le tienen los gitanos, en los campos de Santa Bárbara, [10] pensando en la Corte vender su mercadería, donde todo se compra y todo se vende. Y la primera entrada que hizo Preciosa en Madrid fue un día de Santa Ana, [11] patrona y abogada de la villa, con una danza en que iban ocho gitanas, cuatro ancianas y cuatro muchachas, y un gitano, gran bailarín, que las guiaba. Y aunque todas iban limpias y bien aderezadas, el aseo de Preciosa era tal, que poco a poco fue enamorando los ojos de cuantos la miraban. De entre el son del tamborín y castañetas y fuga del baile salió un rumor que encarecía la belleza y donaire de la gitanilla, y corrían los muchachos a verla, y los hombres a mirarla. Pero cuando la oyeron cantar, por ser la

[9] *Rancho*: en el sentido, propio de la época, de 'vivienda provisional, pasajera'.

[10] *Campos de Santa Bárbara*: en las afueras de la puerta de Santa Bárbara, al norte de Madrid, a finales de la calle de Hortaleza.

[11] *Día de Santa Ana*: la fiesta de la madre de la Virgen se celebra el 26 de julio. A fines del siglo XVI, y con motivos de pestilencia en Madrid, el cabildo de la clerecía, regidores de la villa y demás jerarcas imploraron a Santa Ana y a San Roque que fuesen patronos y abogasen por la villa de Madrid. Por lo demás, Harry Sieber, en su reciente ed. de las *NE,* nos recuerda que en la calle de Santa Ana, fuera de la puerta de la Latina, había un arrabal de gitanos y allí un nicho con una imagen de Santa Ana que era la especial devoción de los gitanos del lugar.

danza cantada, ¡allí fue ello! Allí sí que cobró aliento la
fama de la gitanilla, y de común consentimiento de los
diputados de la fiesta, desde luego le señalaron el premio
y joya de la mejor danza; y cuando llegaron a hacerla en
la iglesia de Santa María, [12] delante de la imagen de Santa
Ana, después de haber bailado todas, tomó Preciosa unas
sonajas, [13] al son de las cuales, dando en redondo largas
y ligerísimas vueltas, cantó el romance siguiente:

> —Árbol preciosísimo [14]
> que tardó en dar fruto
> años que pudieron
> cubrirle de luto,
>   y hacer los deseos
> del consorte puros,
> contra su esperanza
> no muy bien seguros;
>   de cuyo tardarse
> nació aquel disgusto
> que lanzó del templo
> al varón más justo:
>   santa tierra estéril,
> que al cabo produjo
> toda la abundancia
> que sustenta el mundo;

[12] *Iglesia de Santa María*: o sea, Nuestra Señora de la Almudena. Para la época de Cervantes era "la iglesia mayor y más antigua de Madrid", según la describió su maestro Juan López de
Hoyos, *Real aparato y sumptuoso recebimiento* (Madrid, Juan
Gracián, 1572), en *Bib. Aut. Esp.*, CCII, 261. En el siglo pasado,
a instancias de la reina Mercedes, esposa de Alfonso XII, se comenzó a levantar el nuevo templo de la Almudena, futura catedral, pero para vergüenza de los madrileños el templo de extraor-
dinarias dimensiones todavía está inacabado.
[13] *Sonajas*: "Un cerco de madera, que a trechos tiene unas ro-
dajas de metal que se hieren unas con otras y hacen un gran
ruido", Covarrubias, s. v.
[14] *Árbol preciosísimo*: más que *romance* éste es un *romancillo
hexasílabo*, y bien cojo, por cierto, con todo su comienzo en consonantes.

casa de moneda,
do se forjó el cuño
que dio a Dios la forma
que como hombre tuvo;
    madre de una hija
en quien quiso y pudo
mostrar Dios grandezas
sobre humano curso.

    Por vos y por ella
sois, Ana, el refugio
do van por remedio
nuestros infortunios.

    En cierta manera,
teneis, no lo dudo,
sobre el Nieto imperio
piadoso y justo.

    A ser comunera
del alcázar sumo,
fueran mil parientes
con vos de consuno.

    ¡Qué hija, y qué nieto,
y qué yerno! Al punto
a ser causa justa,
cantárades triunfos.

    Pero vos, humilde,
fuistes el estudio
donde vuestra Hija
hizo humildes cursos,

    y agora a su lado,
a Dios el más junto,
gozáis de la alteza
que apenas barrunto.

El cantar de Preciosa fue para admirar a cuantos la escuchaban. Unos decían: "¡Dios te bendiga la muchacha!" Otros: "¡Lástima es que esta mozuela sea gitana! En verdad, en verdad que merecía ser hija de un gran señor." Otros había más groseros, que decían: "¡Dejen crecer a la rapaza, que ella hará de las suyas! ¡A fe que

se va añudando en ella gentil red barredera [15] para pescar
corazones!" Otro más humano, más basto y más modorro, [16] viéndola andar tan ligera en el baile, le dijo: "¡A
ello, hija, a ello! ¡Andad, amores, y pisad el polvito atán
menudito!" Y ella respondió, sin dejar el baile: "¡Y pisá-
relo yo atán menudó!" [17]

Acabáronse las vísperas, y la fiesta de Santa Ana, y quedó Preciosa algo cansada; pero tan celebrada de hermosa,
de aguda y de discreta, y de bailadora, que a corrillos se
hablaba de ella en toda la Corte. De allí a quince días volvió a Madrid con otras tres muchachas, con sonajas y con
un baile nuevo, todas apercibidas de romances y de can-
tarcillos alegres, pero todos honestos; que no consentía
Preciosa que las que fuesen en su compañía cantasen cantares descompuestos, ni ella los cantó jamás, y muchos
miraron en ello, y la tuvieron en mucho. Nunca se apartaba de ella la gitana vieja, hecha su Argos, [18] temerosa no
se la despabilasen [19] y traspusiesen; llamábala nieta, y ella
la tenía por abuela. Pusiéronse a bailar a la sombra en la

[15] *Red barredera*: "La red grande que se atraviesa de una a
otra parte del río y saca todo quanto encuentra, y suele traherse
hasta las piedras. Díxose assí porque en cierta manera barre y recoge toda la pesca que hai en el parage donde se echa", *Dicc.
Aut.*, s. v. *barredera*.

[16] *Modorro*: "Algunas veces se dice del hombre muy tardo, ca-
llado y cabizbajo", Covarrubias, s. v.

[17] *Atán menudó*: estribillo de un cantar antiguo que se halla
también en el entremés cervantino de *La elección de los alcaldes
de Daganzo*, donde cantan unos gitanos: "Pisaré yo el polvico /
atán menudico; / pisaré yo el polvó / atán menudó. / Pisaré
yo la tierra / por más que esté dura, / puesto que me abra en
ella / amor sepultura, / pues ya mi buena ventura / amor la
pisó, atán menudó. / Pisaré yo lozana / el más duro suelo, / si
en él acaso pisas / el mal que recelo; / mi bien se ha pasado
en vuelo / y el polvo dejó, / atán menudó." Evidentemente, el
cantar acompañaba la danza.

[18] *Hecha su Argos*: Hera, celosa de Zeus, puso como guardián
de Io a Argos Panoptes, así llamado porque tenía ojos por todo
el cuerpo.

[19] *Despabilasen*: "*Despabilar*, hurtar con disimulo", Alonso Hernández, s. v.

calle de Toledo, y de los que las venían siguiendo se hizo luego un gran corro; y en tanto que bailaban, la vieja pedía limosna a los circunstantes, y llovían en ella ochavos y cuartos como piedras a tablado, [20] que también la hermosura tiene fuerza de despertar la caridad dormida.

Acabado el baile, dijo Preciosa:

—Si me dan cuatro cuartos, les cantaré un romance yo sola, lindísimo en extremo, que trata de cuando la Reina nuestra señora Margarita [21] salió a misa de parida en Valladolid y fue a San Llorente; dígoles que es famoso, y compuesto por un poeta de los del número, como capitán del batallón. [22]

Apenas hubo dicho esto, cuando casi todos los que en la rueda estaban dijeron a voces:

—¡Cántala, Preciosa, y ves aquí mis cuatro cuartos!

Y así granizaron sobre ella cuartos, que la vieja no se daba manos a cogerlos. Hecho, pues, su agosto y su vendimia, [23] repicó Preciosa sus sonajas, y al tono correntío y loquesco [24] cantó el siguiente romance:

[20] *Piedras a tablado*: según Rodríguez Marín en su ed. de las *NE*, era "comparación vulgar, todavía en uso hoy", y remite a sus *Mil trescientas comparaciones populares andaluzas* (Sevilla, 1889), núm. 1305.

[21] *Señora Margarita*: se trata de la reina Margarita de Austria, única mujer del rey de España Felipe III, muerta en Valladolid, de sobreparto, en 1611.

[22] *Capitán de batallón*: el poeta es persona de respeto, como un escribano de número o un capitán de batallón.

[23] *Su agosto y su vendimia*: refrán, "Agosto y vendimia no es cada día, y sí cada año; unos con ganancia y otros con daño", Campos-Barella, 9. O sea, que Preciosa hace su ganancia de inmediato, coge el dinero al momento.

[24] *Tono correntío y loquesco*: "No sabemos qué era el tono *loquesco* y *correntío*, ni qué era el *verso correntío*, el *romance correntío*... Yo creo que *tono correntío* se relaciona claramente con el nombre de *corridos* que se da a los romances en Andalucía y en América, canto seguido, propio para una larga relación en monorrima, a diferencia del canto de mayor desarrollo musical, propio para una copla suelta", Ramón Menéndez Pidal, *Romancero hispánico*, II (Madrid, 1953), 190. Y hace notar el maestro que el repertorio de Preciosa eran todos romances, la recreación general de la época.

—Salió a misa de parida [25]
la mayor reina de Europa,
en el valor y en el nombre
rica y admirable joya.

Como los ojos se lleva,
se lleva las almas todas
de cuantos miran y admiran
su devoción y su pompa.

Y para mostrar que es parte
del cielo en la tierra toda,
a un lado lleva el Sol de Austria;
al otro, la tierna Aurora.

A sus espaldas le sigue
un Lucero que a deshora
salió, la noche del día
que el cielo y la tierra lloran. [26]

Y si en el cielo hay estrellas
que lucientes carros forman,
en otros carros su cielo
vivas estrellas adornan.

Aquí el anciano Saturno
la barba pule y remoza,
y aunque es tardo, va ligero;
que el placer cura la gota.

El dios parlero va en lenguas
lisonjeras y amorosas,
y Cupido en cifras varias,
que rubíes y perlas bordan.

---

[25] *Salió a misa de parida*: con el mismo primer verso se abre un romance del Cid que se encuentra en Juan de Escobar, *Romancero e historia del muy valeroso caballero el Cid Ruy Díaz de Vivar, en lenguaje antiguo* (Alcalá de Henares, 1612), y más tarde otro de Álvaro Cubillo de Aragón, *El enano de las musas* (Madrid, 1654).

[26] *El cielo y la tierra lloran*: aunque la reina Margarita tuvo ocho hijos, esta alusión aclara y define: se trata del príncipe don Felipe, futuro Felipe IV, nacido en Valladolid, 8 de abril de 1605, que fue la noche del Viernes Santo.

Allí va el furioso Marte [27]
en la persona curiosa
de más de un gallardo joven,
que de su sombra se asombra.

Junto a la casa del Sol
va Júpiter; [28] que no hay cosa
difícil a la privanza
fundada en prudentes obras.

Va la Luna en las mejillas
de una y otra humana diosa;
Venus casta, en la belleza
de las que este cielo forman.

Pequeñuelos Ganimedes
cruzan, van, vuelven y tornan
por el cinto tachonado
de esta esfera milagrosa.

Y para que todo admire
y todo asombre, no hay cosa
que de liberal no pase
hasta el extremo de pródiga.

Milán con sus ricas telas
allí va en vista curiosa;
las Indias con sus diamantes,
y Arabia con sus aromas.

---

[27] *El furioso Marte*: seguramente el marqués de Falces, capitán de los archeros de la guardia, que marchaba al estribo de la carroza que llevaba a la reina a la iglesia de San Lorenzo, v. N. Alonso Cortés, *La corte de Felipe III en Valladolid* (Valladolid, 1908), 45.

[28] *Va Júpiter*: la casa (término astrológico de la época) del Sol, y este Sol es el de Austria (Felipe III), la tierna Aurora (*ut supra*) es la hija mayor del matrimonio real, Ana de Austria, futura reina de Francia y nacida en Valladolid en 1601. Y Júpiter, claro está, es el privado (por eso *privanza*) duque de Lerma, mientras que el *anciano Saturno*, mencionado tres estrofas antes, es el tío de Lerma, cardenal arzobispo de Toledo don Bernardo de Sandoval y Rojas, que bautizó al real infante, v. Luis Cabrera de Córdoba, *Relaciones de las cosas sucedidas en la corte de España desde 1599 hasta 1614* (Madrid, 1857), 247.

Con los mal intencionados
va la envidia mordedora,
y la bondad en los pechos
de la lealtad española.

La alegría universal,
huyendo de la congoja,
calles y plazas discurre,
descompuesta y casi loca.

A mil mudas bendiciones
abre el silencio la boca,
y repiten los muchachos
lo que los hombres entonan.

Cuál dice: "Fecunda vid,
crece, sube, abraza y toca
el olmo felice tuyo
que mil siglos te haga sombra

para gloria de ti misma,
para bien de España y honra,
para arrimo de la Iglesia,
para asombro de Mahoma."

Otra lengua clama y dice:
"Vivas, ¡oh blanca paloma!,
que nos has de dar por crías
águilas de dos coronas,

para ahuyentar de los aires
las de rapiña furiosas;
para cubrir con sus alas
a las virtudes medrosas."

Otra, más discreta y grave,
más aguda y más curiosa,
dice, vertiendo alegría
por los ojos y la boca:

"Esta perla que nos diste,
nácar de Austria, única y sola,
¡qué de máquinas que rompe!,
¡qué [de] designios que corta!,

¡qué de esperanzas que infunde!,
¡qué de deseos mal logra!,

¡qué de temores aumenta!,
¡qué de preñados aborta!"

En esto, se llegó al templo
del Fénix santo que en Roma
fue abrasado, [29] y quedó vivo
en la fama y en la gloria.

A la imagen de la vida,
a la del cielo Señora,
a la que por ser humilde
las estrellas pisa agora,

a la Madre y Virgen junto,
a la Hija y a la Esposa
de Dios, hincada de hinojos,
Margarita así razona:

"Lo que me has dado te doy,
mano siempre dadivosa;
que a do falta el favor tuyo,
siempre la miseria sobra.

Las primicias de mis frutos
te ofrezco, Virgen hermosa:
tales cuales son las mira,
recibe, ampara y mejora.

A su padre [30] te encomiendo,
que, humano Atlante, se encorva
al peso de tantos reinos
y de climas tan remotas. [31]

Sé que el corazón del Rey
en las manos de Dios mora,
y sé que puedes con Dios
cuanto quieres piadosa."

---

[29] *Fue abrasado*: alude a la iglesia de San Lorenzo en Valladolid, donde fue bautizado el futuro Felipe IV.

[30] *A su padre*: Felipe III.

[31] *Climas tan remotas*: como tantos helenismos terminados
en -*a*, éste mantuvo el género femenino hasta épocas recientes.
Remotas alude a las dimensiones geográficas mundiales del imperio español en aquella época.

>   Acabada esta oración,
> otra semejante entonan
> himnos y voces que muestran
> que está en el suelo la Gloria.
>   Acabados los oficios
> con reales ceremonias,
> volvió a su punto este cielo
> y esfera maravillosa.

Apenas acabó Preciosa su romance, cuando del ilustre auditorio y grave senado [32] que la oía, de muchas se formó una voz sola, que dijo:

—¡Torna a cantar, Preciosica, que no faltarán cuartos como tierra! [33]

Más de docientas personas estaban mirando el baile y escuchando el canto de las gitanas, y en la fuga de él acertó a pasar por allí uno de los tenientes [34] de la villa, y viendo tanta gente junta preguntó qué era, y fuele respondido que estaban escuchando a la gitanilla hermosa, que cantaba. Llegóse el teniente, que era curioso, y escuchó un rato, y por no ir contra su gravedad, no escuchó el romance hasta la fin; y habiéndole parecido por todo extremo bien la gitanilla, mandó a un paje suyo dijese a la gitana vieja que al anochecer fuese a su casa con las gitanillas, que quería que las oyese doña Clara, su mujer. Hízolo así el paje, y la vieja dijo que sí iría.

Acabaron el baile y el canto, y mudaron lugar; y en esto, llegó un paje muy bien aderezado a Preciosa, y dándole un papel doblado, le dijo:

—Preciosica, canta el romance que aquí va porque es muy bueno, y yo te daré otros de cuando en cuando, con que cobres fama de la mejor romancera del mundo.

---

[32] *Senado*: el público oyente, expresión que comienza por entonado latinismo, pero que para la época de Cervantes ya era donairosa cuchufleta.

[33] Como tierra: "Komo barro. Komo tierra. Sinifikando muchedumbre", Correas, 713b.

[34] 1613: *Tinientes:* tenientes, en este caso probablemente *alguacil mayor.*

—Eso aprenderé yo de muy buena gana —respondió Preciosa—; y mire, señor, que no me deje de dar los romances que dice, con tal condición que sean honestos; y si quisiere que se los pague, concertémonos por docenas, y docena cantada, y docena pagada; porque pensar que le tengo de pagar adelantado es pensar lo imposible.

—Para papel siquiera que me dé la señora Preciosica —dijo el paje—, estaré contento; y más, que el romance que no saliere bueno y honesto, no ha de entrar en cuenta.

—A la mía quede el escogerlos —respondió Preciosa.

Y con esto, se fueron la calle adelante, y desde una reja llamaron unos caballeros a las gitanas. Asomóse Preciosa a la reja, que era baja, y vio en una sala muy bien aderezada y muy fresca muchos caballeros que, unos paseándose y otros jugando a diversos juegos, se entretenían.

—¿Quiérenme dar barato, [35] ceñores? —dijo Preciosa, que, como gitana, hablaba ceceoso, [36] y esto es artificio en ellas, que no naturaleza.

A la voz de Preciosa y a su rostro, dejaron los que jugaban el juego, y el paseo los paseantes, y los unos y los otros acudieron a la reja por verla, que ya tenían noticia de ella, y dijeron:

—Entren, entren las gitanillas, que aquí les daremos barato.

—Caro sería ello —respondió Preciosa— si nos pellizcacen.

—No, a fe de caballero —respondió uno—; bien puedes entrar, niña, segura que nadie te tocará a la vira [37]

---

[35] *Barato*: "Dar barato, sacar los que juegan del montón común, o del suyo, para dar a los que sirven o asisten al juego", Covarrubias, s. v.

[36] *Hablaba ceceoso*: como insiste Cervantes en su comedia *Pedro de Urdemalas*, jornada primera: "Sale Maldonado, conde de gitanos; y adviértase que todos los que hicieren figura de gitanos, han de hablar ceceoso". Amado Alonso, *De la pronunciación medieval a la moderna en español*, I (Madrid, 1955), 400: "Los gitanos, ceceosos en todas partes".

[37] *Vira*: "una corregüela que se insiere en el zapato entre la suela y el cordobán, y se dijo así porque le dan fuerza con ella", Covarrubias, s. v.

de tu zapato; no, por el hábito [38] que traigo en el pecho.

Y púsose la mano sobre uno de Calatrava. [39]

—Si tú quieres entrar, Preciosa —dijo una de las tres gitanillas que iban con ella—, entra enhorabuena; que yo no pienso entrar adonde hay tantos hombres.

—Mira, Cristina —respondió Preciosa—: de lo que has de guardar es de un hombre solo y a solas, y no de tantos juntos; porque antes el ser muchos quita el miedo y el recelo de ser ofendidas. Advierte, Cristinica, y está cierta de una cosa: que la mujer que se determina a ser honrada, entre un ejército de soldados lo puede ser. Verdad es que es bueno huir de las ocasiones; pero han de ser de las secretas, y no de las públicas.

—Entremos, Preciosa —dijo Cristina—; que tú sabes más que un sabio.

Animólas la gitana vieja, y entraron; y apenas hubo entrado Preciosa, cuando el caballero del hábito vio el papel [40] que traía en el seno, y llegándose a ella se le tomó, y dijo Preciosa:

—¡Y no me le tome, señor; que es un romance que me acaban de dar ahora, que aun no le he leído!

—Y ¿sabes tú leer, hija? —dijo uno.

—Y escribir —respondió la vieja—; que a mi nieta hela criado yo como si fuera hija de un letrado.

Abrió el caballero el papel y vio que venía dentro de él un escudo de oro, y dijo:

—En verdad, Preciosa, que trae esta carta el porte dentro: toma este escudo que en el romance viene.

---

[38] *Hábito*: "caballero de hábito, el que trae en el pecho la insignia de alguna orden de caballería, que comúnmente llaman hábito", Covarrubias, s. v. Las Órdenes castellanas eran tres: Santiago, Calatrava y Alcántara.

[39] *Calatrava*: "fue instituida en el año 1158, reinando don Sancho III, por Raimundo de Fitero... Fue la Orden de Calatrava, después de la de Santiago, la más rica de las Órdenes españolas... Su insignia es una cruz de gules, flordelisada", Julio de Atienza, *Nobiliario español*, 3.ª ed. (Madrid, 1959), 32.

[40] *Vio el papel*, 1613: *Papol*.

—Basta —dijo Preciosa—, que me ha tratado de pobre el poeta. Pues cierto que es más milagro darme a mí un poeta un escudo que yo recibirle; si con esta añadidura han de venir sus romances, traslade todo el *Romancero general*, [41] y envíemelos uno a uno, que yo les tentaré el pulso, y si vinieren duros, seré yo blanda en recibirlos.

Admirados quedaron los que oían a la gitanica, así de su discreción como del donaire con que hablaba.

—Lea, señor —dijo ella—, y lea alto; veremos si es tan discreto ese poeta como es liberal.

Y el caballero leyó así:

> —Gitanica, que de hermosa [42]
> te pueden dar parabienes:
> por lo que de piedra tienes
> te llama el mundo *Preciosa*.
>   De esta verdad me asegura
> esto, como en ti verás;
> que no se apartan jamás
> la esquiveza y la hermosura.
>   Si como en valor subido
> vas creciendo en arrogancia,
> no le arriendo la ganancia
> a la edad en que has nacido;
>   que un basilisco [43] se cría
> en ti, que mata [44] mirando,
> y un imperio que, aunque blando,
> nos parezca tiranía.

---

[41] *Romancero general*: *Romancero general, en que se contienen todos los romances que andan impressos en las nueue partes de romanceros. Aora nvevamente impresso, añadido y emendado. Año 1600. Con licencia, en Madrid, por Luis Sánchez. A costa de Miguel Martínez*. Así lee la portada de la edición príncipe de esta opulenta colección de romances artísticos, o sea, tardíos.

[42] *Gitanica, que de hermosa*: claro está que esto no es un romance, sino redondillas.

[43] *Basilisco*: "con su silvo ahuyenta las demás serpientes y con su vista y resuello mata", Covarrubias, s. v.

[44] *Que mata*: 1613: *mate*.

Entre pobres y aduares,
¿cómo nació tal belleza?
O ¿cómo crió tal pieza
el humilde Manzanares?

Por eso será famoso
al par del Tajo dorado
y por Preciosa preciado
más que el Ganges caudaloso.

Dices la buenaventura,
y dasla mala contino; [45]
que no van por un camino
tu intención y tu hermosura.

Porque en el peligro fuerte
de mirarte o contemplarte,
tu intención va a disculparte,
y tu hermosura a dar muerte.

Dicen que son hechiceras
todas las de tu nación:
pero tus hechizos son
de más fuerzas y más veras;

pues por llevar los despojos
de todos cuantos te ven,
haces, ¡oh niña!, que estén
tus hechizos en tus ojos.

En sus fuerzas te adelantas,
pues bailando nos admiras,
y nos matas si nos miras,
y nos encantas si cantas.

De cien mil modos hechizas:
hables, calles, cantes, mires,
o te acerques, o retires,
el fuego de amor atizas.

Sobre el más exento pecho
tienes mando y señorío,
de lo que es testigo el mío,
de tu imperio satisfecho.

---

[45] *Contino*: continuamente, forma normal de la época.

Preciosa joya de amor,
esto humildemente escribe
el que por ti muere y vive,
pobre, aunque humilde amador.

—En *pobre* acaba el último verso —dijo a esta sazón
Preciosa—: ¡mala señal! Nunca los enamorados han de
decir que son pobres, porque a los principios, a mi parecer, la pobreza es muy enemiga del amor.

—¿Quién te enseña eso, rapaza? —dijo uno.

—¿Quién me lo ha de enseñar? —respondió Preciosa—. ¿No tengo yo mi alma en mi cuerpo? ¿No tengo ya
quince años? Y no soy manca, ni renca, ni estropeada del
entendimiento. Los ingenios de las gitanas van por otro
norte que los de las demás gentes: siempre se adelantan
a sus años; no hay gitano necio, ni gitana lerda; que como
el sustentar su vida consiste en ser agudos, astutos y em-
busteros, despabilan el ingenio a cada paso, y no dejan
que críe moho en ninguna manera. ¿Ven estas muchachas,
mis compañeras, que están callando y parecen bobas?
Pues éntrenles el dedo en la boca [46] y tiéntenlas las cordales, [47] y verán lo que verán. No hay muchacha de doce
que no sepa lo que de veinte y cinco, porque tienen por
maestros y preceptores al diablo y al uso, que les enseña
en una hora lo que habían de aprender en un año.

Con esto que la gitanilla decía tenía suspensos a los
oyentes y los que jugaban le dieron barato, y aun los que
no jugaban. Cogió la hucha de la vieja treinta reales, y
más rica y más alegre que una Pascua de Flores, anteco-
gió sus corderas y fuese en casa del señor teniente, quedando que otro día volvería con su manada a dar contento [a] aquellos tan liberales señores.

Ya tenía aviso la señora doña Clara, mujer del señor
teniente, como habían de ir a su casa las gitanillas, y

[46] *Dedo en la boca*: expresión tradicional para motejar de tonto
o inteligente, según se use.
[47] *Cordales*: muelas del juicio o de la cordura. Queda implícita
la agudeza y astucia de las gitanas.

estábalas esperando como el agua de mayo ella y sus
doncellas y dueñas, con las de otra señora vecina suya,
que todas se juntaron para ver a Preciosa. Y apenas hubieron entrado las gitanas, cuando entre las demás res-
plandeció Preciosa como la luz de una antorcha entre
otras luces menores. Y así, corrieron todas a ella: unas la
abrazaban, otras la miraban, éstas la bendecían, aquéllas
la alababan. Doña Clara decía:

—¡Éste sí que se puede decir cabello de oro! ¡Éstos sí
que son ojos de esmeraldas!

La señora su vecina la desmenuzaba toda, y hacía pepitoria de todos sus miembros y coyunturas. Y llegando a
alabar un pequeño hoyo que Preciosa tenía en la barba,
dijo:

—¡Ay, qué hoyo! En este hoyo han de tropezar cuantos
ojos le miraren.

Oyó esto un escudero de brazo[48] de la señora doña
Clara, que allí estaba, de luenga barba y largos años, y
dijo:

—¿Ése llama vuesa merced hoyo, señora mía? Pues yo
sé poco de hoyos, o ése no es hoyo, sino sepultura de deseos vivos. ¡Por Dios, tan linda es la gitanilla, que hecha
de plata o de alcorza no podría ser mejor! ¿Sabes decir
la buenaventura, niña?

—De tres o cuatro maneras —respondió Preciosa.

—¿Y eso más? —dijo doña Clara—. Por vida del teniente, mi señor, que me la has de decir, niña de oro, y
niña de plata, y niña de perlas, y niña de carbuncos,[49]
y niña del cielo, que es lo más que puedo decir.

—Denle, denle la palma de la mano a la niña, y con
que haga la cruz —dijo la vieja—, y verán qué de cosas
les dice; que sabe más que un doctor en medicina.

---

[48] *Escudero de brazo*: "el criado que sirve a las señoras, acom-
pañándolas cuando salen de casa, y asistiendo en su antecámara",
Dicc. Aut., s. v. Sólo don Quijote, para esta época, en su colosal
anacronismo, se sirve de escudero militante.

[49] *Carbunco*: rubí, carbúnculo, carbunclo.

Echó mano a la faldriquera la señora tenienta, y halló
que no tenía blanca.[50] Pidió un cuarto a sus criadas, y
ninguna le tuvo, ni la señora vecina tampoco. Lo cual
visto por Preciosa, dijo:

—Todas las cruces, en cuanto cruces, son buenas; pero
las de plata o de oro son mejores; y el señalar la cruz en
la palma de la mano con moneda de cobre sepan vuesas
mercedes que menoscaba la buenaventura, a lo menos la
mía; y así, tengo afición a hacer la cruz primera con algún
escudo de oro, o con algún real de a ocho, o, por lo
menos, de a cuatro; que soy como los sacristanes: que
cuando hay buena ofrenda, se regocijan.

—Donaire tienes, niña, por tu vida —dijo la señora
vecina.

Y volviéndose al escudero, le dijo:

—Vos,[51] señor Contreras, ¿tendréis a mano algún real
de a cuatro? Dádmele, que en viniendo el doctor, mi marido, os le volveré.

—Sí tengo —respondió Contreras—; pero téngole em-
peñado en veinte y dos maravedís, que cené anoche. Dén-
melos, que yo iré por él en volandas.[52]

—No tenemos entre todas un cuarto —dijo doña Clara—, ¿y pedís veintidós maravedís? Andad, Contreras,
que siempre fuisteis impertinente.

Una doncella de las presentes, viendo la esterilidad de
la casa, dijo a Preciosa:

—Niña, ¿hará algo al caso que se haga la cruz con un
dedal de plata?

---

[50] *No tenía blanca*: sin mayores tiquismiquis las monedas que
se citan a continuación tenían el siguiente valor aproximado:
blanca = medio maravedí; *cuarto* = cuatro maravedís; *escudo de
oro* = había 61 en un marco, y un marco era media libra (230 gra-
mos) de oro; *real de a ocho* = ocho reales de plata; *real de a
cuatro* = cuatro reales de plata. Y a todo esto el *real* = 34 maravedís.

[51] *Vos*: "no todas vezes es bien recebido", Covarrubias, s. v.
Era el tratamiento para inferiores.

[52] *En volandas*: "muy rápidamente, y como que va volando",
Dicc. Aut.

—Antes —respondió Preciosa— se hacen las cruces mejores del mundo con dedales de plata, como sean muchos.

—Uno tengo yo —replicó la doncella—; si éste basta, hele aquí, con condición que también se me ha de decir a mí la buenaventura.

—¿Por un dedal tantas buenas venturas? —dijo la gitana vieja—. Nieta, acaba presto, que se hace noche.

Tomó Preciosa el dedal y la mano de la señora tenienta, y dijo:

—Hermosita, hermosita,
la de las manos de plata,
más te quiere tu marido
que el Rey de las Alpujarras.

Eres paloma sin hiel;
pero a veces eres brava
como leona de Orán,
o como tigre de Ocaña. [53]

Pero en un tras, en un tris,
el enojo se te pasa,
y quedas como alfeñique,
o como cordera mansa.

Riñes mucho y comes poco:
algo celosita andas;
que es juguetón el teniente,
y quiere arrimar la vara.

Cuando doncella, te quiso
uno de una buena cara;
que mal hayan los terceros,
que los gustos desbaratan.

Si a dicha tú fueras monja,
hoy tu convento mandaras,
porque tienes de abadesa
más de cuatrocientas rayas.

---

[53] *Tigre de Ocaña*: gracioso disparate por *tigre de Hircania* que se repite en *Rinconete y Cortadillo*.

No te lo quiero decir...;
pero poco importa; vaya,
enviudarás, y otra vez,
y otras dos, serás casada.

No llores, señora mía;
que no siempre las gitanas
decimos el Evangelio; [54]
no llores, señora; acaba.

Como te mueras primero
que el señor teniente, basta
para remediar el daño
de la viudez que amenaza.

Has de heredar, y muy presto,
hacienda en mucha abundancia;
tendrás un hijo canónigo;
la iglesia no se señala.

De Toledo no es posible.
Una hija rubia y blanca
tendrás, que si es religiosa,
también vendrá a ser perlada. [55]

Si tu esposo no se muere
dentro de cuatro semanas,
verásle corregidor
de Burgos o Salamanca.

Un lunar tienes, ¡qué lindo!
¡Ay Jesús, qué luna clara!
¡Qué sol, que allá en los antípodas
oscuros valles aclara!

Más de dos ciegos por verle [56]
dieran más de cuatro blancas.
¡Agora sí es la risica!
¡Ay, que bien haya esa gracia!

---

[54] *Decimos el Evangelio*: en el sentido etimológico y literal, *buenas noticias*.

[55] *Perlada*: metátesis vulgar por *prelada*.

[56] *Dos ciegos por verle*: chiste tradicional y que entró en el refranero bajo diversas formas, como estas dos: "¿Para qué quiere el ciego la casa enjalbegada, si no ve nada?", "Soñaba el ciego que veía, y soñaba lo que quería", Campos-Barella, 126.

Guárdate de las caídas,
principalmente de espaldas;
que suelen ser peligrosas
en las principales damas.
    Cosas hay más que decirte;
si para el viernes me aguardas,
las oirás, que son de gusto,
y algunas hay de desgracias.

Acabó su buena ventura Preciosa, y con ella encendió el deseo de todas las circunstantes en querer saber la suya, y así se lo rogaron todas; pero ella las remitió para el viernes venidero, prometiéndole que tendrían reales de plata para hacer las cruces.

En esto vino el señor teniente, a quien contaron maravillas de la gitanilla; él las hizo bailar un poco, y confirmó por verdaderas y bien dadas las alabanzas que a Preciosa habían dado, y poniendo la mano en la faldriquera, hizo señal de querer darle algo, y habiéndola espulgado, y sacudido, y rascado muchas veces, al cabo sacó la mano vacía y dijo:

—¡Por Dios, que no tengo blanca! Dadle vos, doña Clara, un real a Preciosica, que yo os le daré después.

—¡Bueno es eso, señor, por cierto! ¡Sí, ahí está el real de manifiesto! No hemos tenido entre todas nosotras un cuarto para hacer la señal de la cruz, ¿y quiere que tengamos un real?

—Pues dadle alguna valoncica [57] vuestra, o alguna cosita; que otro día nos volverá a ver Preciosa, y la regalaremos mejor.

A lo cual dijo doña Clara:

—Pues porque otra vez venga, no quiero dar nada ahora a Preciosa.

---

[57] *Valoncica:* "*Valona.* Adorno que se ponía al cuello, por lo regular unido al cabezón de la camisa, el qual consistía en una tira angosta de lienzo fino, que caía sobre la espalda y hombros, y por la parte de adelante era larga hasta la mitad del pecho", *Dicc. Aut.,* s. v.

—Antes si no me dan nada —dijo Preciosa—, nunca
más volveré acá. Mas sí volveré, a servir a tan principales
señores; pero traeré tragado que no me han de dar nada,
y ahorraréme la fatiga del esperarlo. Coheche vuesa merced, señor teniente; coheche, y tendrá dineros, y no haga
usos nuevos, que morirá de hambre. Mire, señora: por
ahí he oído decir (y aunque moza, entiendo que no son
buenos dichos) que de los oficios se ha de sacar dineros
para pagar las condenaciones de las residencias [58] y para
pretender otros cargos.

—Así lo dicen y lo hacen los desalmados —replicó el
teniente—; pero el juez que da buena residencia no tendrá que pagar condenación alguna, y el haber usado bien
su oficio será el valedor para que le den otro.

—Habla vuesa merced muy a lo santo, señor teniente
—respondió Preciosa—; ándese a eso y cortarémosle de
los harapos para reliquias.

—Mucho sabes, Preciosa —dijo el teniente—. Calla,
que yo daré traza que sus Majestades te vean, porque eres
pieza de reyes. [59]

—Querránme para truhana [60] —respondió Preciosa— y
yo no lo sabré ser, y todo irá perdido. Si me quisiesen
para discreta, aún llevarme hían; [61] pero en algunos pala-

[58] *Residencias*: "Residencia, la cuenta que da de sí el gover-
nador, corregidor o administrador, ante juez nombrado para ello,
y porque a de estar presente y residir en aquellos días se dixo
residencia", Covarrubias, s. v.
[59] *Pieza de reyes*: "Es pieza de Rrei. Alabando una kosa buena
i una persona agraziada; i tanbién se tomó en mala parte para
tratar a uno de píkaro", Correas, 143b. En el último sentido insiste el *Dicc. Aut.*, s. v.: "Se llama comúnmente el truhán o bu-
fón, y assí al que es sabandija palaciega se dice que es pieza
de rey."
[60] *Truhana*: evidentemente, Preciosa ha entendido *pieza de rey*
en el segundo sentido. Hubo *truhanas* y desde muy temprano,
v. don Francesillo de Zúñiga, *Crónica burlesca,* ed. Diana P. de
Avalle-Arce (Barcelona, 1980), Introducción.
[61] *Llevarme hían*: en vida de Cervantes se forma el condicio-
nal moderno, pero la forma medieval (llevarme hían) persiste
como rusticismo.

cios más medran los truhanes que los discretos. Yo me hallo bien con ser gitana y pobre, y corra la suerte por donde el cielo quisiere.

—Ea, niña —dijo la gitana vieja—, no hables más, que has hablado mucho, y sabes más de lo que yo te he enseñado. No te asotiles [62] tanto, que te despuntarás; [63] habla de aquello que tus años permiten, y no te metas en altanerías, que no hay ninguna que no amenace caída.

—¡El diablo tienen estas gitanas en el cuerpo! —dijo a esta sazón el teniente.

Despidiéronse las gitanas, y al irse, dijo la doncella del dedal:

—Preciosa, dime la buenaventura, o vuélveme mi dedal; que no me queda con qué hacer labor.

—Señora doncella —respondió Preciosa—, haga cuenta que se la he dicho, y provéase de otro dedal, o no haga vainillas [64] hasta el viernes, que yo volveré y le diré más venturas y aventuras que las que tiene un libro de caballerías.

Fuéronse, y juntáronse con las muchas labradoras que a la hora de las avemarías suelen salir de Madrid para volverse a sus aldeas, y entre otras vuelven muchas, con quien siempre se acompañaban las gitanas, y volvían seguras. (Porque la gitana vieja vivía en continuo temor no le salteasen a su Preciosa.)

Sucedió, pues, que la mañana de un día que volvían a Madrid a coger la garrama [65] con las demás gitanillas, en

---

[62] *No te asotiles*: de *sotil, sutil.* "*Sutilizar.* Vale también discurrir ingeniosamente o con profundidad", *Dicc. Aut.,* s. v.

[63] *Te despuntarás*: "*Despuntar.* Quebrar la punta. Despuntar de agudo, del que por mucha sutileza viene a dar en algún absurdo, como la punta de muy aguda suele quebrar", Covarrubias, s. v.

[64] *Vainillas*: "*Vainica o vainilla.* Entre las costureras significa aquellos menudos y sutiles deshilados que se hacen a la orilla junto a los dobladillos", *Dicc. Aut.,* s. v.

[65] *Garrama*: en su sentido original era tributo que pagaban los musulmanes a sus príncipes, pero en castellano "el vocablo existió, pero sólo como voz semijergal, aplicada a los hurtos de los gitanos", Corominas, s. v. *derramar.*

un valle pequeño que está obra de [66] quinientos pasos antes de que se llegue a la villa, vieron un mancebo gallardo y ricamente aderezado de camino. La espada y daga que traía eran, como decirse suele, una ascua de oro; sombrero con rico cintillo y con plumas de diversas colores adornado. Repararon las gitanas en viéndole, y pusiéronsele a mirar muy de espacio, admiradas de que a tales horas un tan hermoso mancebo estuviese en tal lugar, a pie y solo.

Él se llegó a ellas, y hablando con la gitana mayor, le dijo:

—Por vida vuestra, amiga, que me hagais placer que vos y Preciosa me oyais [67] aquí aparte dos palabras, que serán de vuestro provecho.

—Como no nos desviemos mucho, ni nos tardemos mucho, sea en buen hora —respondió la vieja.

Y llamando a Preciosa, se desviaron de las otras obra de veinte pasos, y así en pie, como estaban, el mancebo les dijo:

—Yo vengo de manera rendido a la discreción y belleza de Preciosa, que después de haberme hecho mucha fuerza para excusar llegar a este punto, al cabo he quedado más rendido y más imposibilitado de excusarlo. Yo, señoras mías (que siempre os he de dar este nombre, si el cielo mi pretensión favorece), soy caballero, como lo puede mostrar este hábito [68] —y apartando el herreruelo, [69] descubrió en el pecho uno de los más calificados que hay en España—; soy hijo de Fulano —que por buenos respetos aquí no se declara su nombre—, estoy debajo de su tutela y amparo; soy hijo único, y el que espera un razonable mayorazgo. Mi padre está aquí en la Corte preten-

---

[66] *Obra de*: modo adverbial que expresaba un cálculo aproximado.

[67] *Me oyais*: el presente (de indicativo o de subjuntivo) de *oír* (audire) dio en castellano medieval *oyo, oyais*, pero en vida de Cervantes ya predominaban las formas modernas *oigo, oigas*.

[68] *Hábito*: v. nota 38.

[69] *Herreruelo*: "género de capa, con sólo cuello sin capilla y algo largo", Covarrubias, s. v. *ferreruelo*.

diendo un cargo, y ya está consultado,[70] y tiene casi ciertas esperanzas de salir con él. Y con ser de la calidad y nobleza que os he referido, y de la que casi se os debe ya de ir trasluciendo, con todo eso, quisiera ser un gran señor para levantar a mi grandeza la humildad de Preciosa, haciéndola mi igual y mi esposa. Yo no la pretendo para burlarla, ni en las veras del amor que la tengo puede caber género de burla alguna; sólo quiero servirla del modo que ella más gustare: su voluntad es la mía. [71] Para con ella es de cera mi alma, donde podrá imprimir lo que quisiere; y para conservarlo y guardarlo no será como impreso en cera, sino como esculpido en mármoles, cuya dureza se opone a la duración de los tiempos. Si creéis esta verdad, no admitirá ningún desmayo mi esperanza; pero si no me creéis, siempre me tendrá temeroso vuestra duda. Mi nombre es éste —y díjosele—; el de mi padre ya os lo he dicho. La casa donde vive es en tal calle, y tiene tales señas; vecinos tiene de quien podreis informaros, y aun de los que no son vecinos también, que no es tan oscura la calidad y el nombre de mi padre y el mío que no le sepan en los patios de palacio, y aun en toda la corte. Cien escudos traigo aquí en oro para daros en arra [72] y señal de lo que pienso daros; porque no ha de negar la hacienda el que da el alma.

En tanto que el caballero esto decía, le estaba mirando Preciosa atentamente, y sin duda que no le debieron de

---

[70] *Está consultado: "Consulta.* La proposición que hacen los Consejos, Tribunales, Ministros, Capitanes generales o Virreyes al Rey, proponiéndole las personas que hallan más dignas para que se provea en ellas algún empleo vacante", *Dicc. Aut.*, s. v. O sea, que el padre de don Juan de Cárcamo-Andrés Caballero está *al nombramiento.*

[71] *Su voluntad es la mía*: es el caso opuesto al de don Fernando y Dorotea en el *Quijote* de 1605, el aristócrata que burla a la aldeana.

[72] *Arra: "Arras.* Comúnmente se toma este vocablo por el donativo que haze el esposo como señal de que cumplirá lo prometido de casarse con ella", Covarrubias, s. v. La forma plural ha prevalecido netamente.

parecer mal ni sus razones ni su talle; y volviéndose a la vieja, le dijo:

—Perdóneme, abuela, de que me tomo licencia para responder a este tan enamorado señor.

—Responde lo que quisieres, nieta —respondió la vieja—; que yo sé que tienes discreción para todo.

Y Preciosa dijo:

—Yo, señor caballero, aunque soy gitana pobre y humildemente nacida, tengo un cierto espiritillo fantástico acá dentro, que a grandes cosas me lleva. A mí ni me mueven promesas, ni me desmoronan dádivas, ni me inclinan sumisiones, ni me espantan finezas enamoradas; y aunque de quince años (que, según la cuenta de mi abuela, para este San Miguel los haré), soy ya vieja en los pensamientos y alcanzo más de aquello que mi edad promete, más por mi buen natural que por la experiencia. Pero con lo uno o con lo otro sé que las pasiones amorosas en los recién enamorados son como ímpetus indiscretos que hacen salir a la voluntad de sus quicios; la cual, atropellando inconvenientes, desatinadamente se arroja tras su deseo, y pensando dar con la gloria de sus ojos, da con el infierno de sus pesadumbres. Si alcanza lo que desea, mengua el deseo con la posesión de la cosa deseada, y quizá abriéndose entonces los ojos del entendimiento, se ve ser bien que se aborrezca lo que antes se adoraba. Este temor engendra en mí un recato tal, que ningunas palabras creo y de muchas obras dudo. [73] Una sola joya tengo, que la estimo en más que a la vida, que es la de mi entereza y virginidad, y no la tengo de vender a precio de promesas ni dádivas, porque, en fin, será vendida, y si puede [74] ser comprada, será de muy poca estima; ni me la han de llevar trazas ni embelecos: antes pienso irme con ella a la sepultura, y quizá al cielo, que ponerla

---

[73] *Ningunas palabras creo y de muchas obras dudo*: Preciosa va mucho más allá del precepto evangélico *operibus credite, et non verbis,* que en el *Quijote* de 1615 se recordará en dos ocasiones, la primera vez por un pícaro (maese Pedro, II, XXV) y la segunda por un taimado escolar (Sansón Carrasco, II, L).

[74] *Si puede*: 1613: *si puedo.*

en peligro que quimeras y fantasías soñadas la embistan
o manoseen. Flor es la de la virginidad que, a ser posible,
aun con la imaginación no había de dejar ofenderse. Cortada la rosa del rosal, ¡con qué brevedad y facilidad se
marchita! Éste la toca, aquél la huele, el otro la deshoja,
y, finalmente, entre las manos rústicas se deshace. Si vos,
señor, por sola esta prenda venís, no la habeis de llevar
sino atada con las ligaduras y lazos del matrimonio; que
si la virginidad se ha de inclinar, ha de ser a este santo
yugo; que entonces no sería perderla, sino emplearla en
ferias que felices ganancias prometen. Si quisiéredes ser
mi esposo, yo lo seré vuestra; pero han de preceder muchas condiciones y averiguaciones primero. Primero tengo
que saber si sois el que decís; luego, hallando esta verdad, habéis de dejar la casa de vuestros padres y la habeis de trocar con nuestros ranchos, [75] y tomando el traje
de gitano, habeis de cursar dos años en nuestras escuelas,
en el cual tiempo me satisfaré yo de vuestra condición, y
vos de la mía; al cabo del cual, si vos os contentáredes
de mí, y yo de vos, me entregaré por vuestra esposa; pero
hasta entonces tengo de ser vuestra hermana en el trato,
y vuestra humilde en serviros. Y habeis de considerar que
en el tiempo de este noviciado podría ser que cobrásedes
la vista, que ahora debeis de tener perdida, o, por lo menos, turbada, y viésedes que os convenía huir de lo que
ahora seguís con tanto ahinco. Y cobrando la libertad perdida, con un buen arrepentimiento se perdona cualquier
culpa. Si con estas condiciones quereis entrar a ser soldado de nuestra milicia, en vuestra mano está, pues fal-
tando alguna de ellas, no habeis de tocar un dedo de la
mía.

Pasmóse el mozo a las razones de Preciosa, y púsose
como embelesado, mirando al suelo, dando muestras que

---

[75] *Ranchos*: "Germanía. La casa donde viven y se recogen los
maleantes... Campamento de gitanos. A veces tiene un sentido
más restringido y concreto y es el de campamento que sirve de
corte o centro a todos los demás dispersos en un territorio", Alonso Hernández, s. v.

consideraba lo que responder debía. Viendo lo cual Preciosa, tornó a decirle:

—No es este caso de tan poco momento, que en los que aquí nos ofrece el tiempo pueda ni deba resolverse; volveos, señor, a la villa, y considerad despacio lo que viéredes que más os convenga, y en este mismo lugar me podeis hablar todas las fiestas que quisiéredes, al ir o venir de Madrid.

A lo cual respondió el gentilhombre:

—Cuando el cielo me dispuso para quererte, Preciosa mía, determiné de hacer por ti cuanto tu voluntad acertase a pedirme, aunque nunca cupo en mi pensamiento que me habías de pedir lo que me pides; pero pues es tu gusto que el mío al tuyo se ajuste y acomode, cuéntame por gitano,[76] desde luego, y haz de mí todas las experiencias que más quisieres; que siempre me has de hallar el mismo que ahora te significo. Mira cuándo quieres que mude el traje, que yo querría que fuese luego; que con ocasión de ir a Flandes[77] engañaré a mis padres y sacaré dineros para gastar algunos días, y serán hasta ocho los que podré tardar en acomodar mi partida. A los que fueren conmigo yo los sabré engañar de modo que salga con mi determinación. Lo que te pido es (si es que ya puedo tener atrevimiento de pedirte y suplicarte algo), que si no es hoy, donde te puedes informar de mi calidad y de la de mis padres, que no vayas más a Madrid; porque no querría que algunas de las demasiadas ocasiones que allí pueden ofrecerse, me salteáse la buena ventura que tanto me cuesta.

—Eso no, señor galán —respondió Preciosa—; sepa que conmigo ha de andar siempre la libertad desenfadada, sin que la ahogue ni turbe la pesadumbre de los celos; y

---

[76] *Cuéntame por gitano*: el amor produce en don Juan de Cárcamo la misma metamorfosis que ya había producido en el muy sabio y leído estudiante de Salamanca Grisóstomo, que por amores de Marcela se convirtió en pastor, *Quijote*, I, XII.

[77] *Ir a Flandes*: las guerras de Flandes alteran la vida española a todos los niveles desde mediados del siglo XVI hasta la paz de Utrecht (1713).

entienda que no la tomaré tan demasiada, que no se eche de ver desde bien lejos que llega mi honestidad a mi desenvoltura; y en el primero cargo en que quiero estaros es en el de la confianza que habéis de hacer de mí. Y mirad que los amantes que entran pidiendo celos, o son simples, o confiados.

—Satanás tienes en tu pecho, muchacha —dijo a esta sazón la gitana vieja—: ¡mira que dices cosas que no las diría un colegial de Salamanca! Tú sabes de amor, tú sabes de celos, tú de confianzas: ¿cómo es esto, que me tienes loca, y te estoy escuchando como a una persona espiritada, [78] que habla latín sin saberlo?

—Calle, abuela —respondió Preciosa—, y sepa que todas las cosas que me oye son nonada y son de burlas, para las muchas que de más veras me quedan en el pecho.

Todo cuanto Preciosa decía, y toda la discreción que mostraba, era añadir leña al fuego que ardía en el pecho del enamorado caballero. Finalmente, quedaron en que de allí a ocho días se verían en aquel mismo lugar, donde él vendría a dar cuenta del término en que sus negocios estaban, y ellas habrían tenido tiempo de informarse de la verdad que les había dicho. Sacó el mozo una bolsilla de brocado, donde dijo que iban cien escudos de oro, y dióselos a la vieja; pero no quería Preciosa que los tomase en ninguna manera; a quien la gitana dijo:

—Calla, niña; que la mejor señal que este señor ha dado de estar rendido es haber entregado las armas en señal de rendimiento; y el dar, en cualquiera ocasión que sea, siempre fue indicio de generoso pecho. Y acuérdate de aquel refrán que dice: "Al cielo rogando. y con el mazo dando." [79] Y más, que no quiero yo que por mí

---

[78] *Persona espiritada*: "Espíritus, en número plural, algunas veces sinifica los demonios que se han apoderado del cuerpo de algún hombre. Sacar espíritus, echarlos con exorcismos aprovados por la Yglesia. Espiritado, el que tiene tales espíritus", Covarrubias, s. v.

[79] *Al cielo rogando, y con el mazo dando*: este refrán lo recuerda dos veces en el *Quijote*, II, xxxv y lxxi, bajo la forma "A Dios rogando, y con el mazo dando". En la interpretación de Correas,

pierdan las gitanas el nombre que por luengos siglos tienen adquirido [80] de codiciosas y aprovechadas. ¿Cien escudos quieres tú que deseche, Preciosa, y de oro en oro, [81] que pueden andar cosidos en el alforza de una saya [82] que no valga dos reales, y tenerlos allí como quien tiene un juro [83] sobre las yerbas de Extremadura? Y si alguno de nuestros hijos, nietos o parientes cayere, por alguna desgracia, en manos de la justicia, ¿habrá favor tan bueno que llegue a la oreja del juez y del escribano como de estos escudos, si llegan a sus bolsas? Tres veces por tres delitos diferentes me he visto casi puesta en el asno para ser azotada, y de la una me libró un jarro de plata, y de la otra una sarta de perlas, y de la otra cuarenta reales de a ocho que había trocado por cuartos, dando veinte reales más por el cambio. Mira, niña, que andamos en oficio muy peligroso y lleno de tropiezos y de ocasiones forzosas, y no hay defensas que más presto nos amparen y socorran como las armas invencibles del gran Filipo: no hay pasar adelante de su *plus ultra*. Por un doblón de dos caras [84] se nos muestra alegre la triste del procurador y de todos los ministros de la muerte, que son arpías de nosotras las po-

---

13a: "Kiere dezir ke nosotros obremos i nos aiudará Dios; i no keramos ke nos sustente holgando."

[80] 1613: *Adquerido.*

[81] *De oro en oro*: desde las quiebras del Estado español de la segunda mitad del siglo XVI las crisis económicas socavaban la vida española al punto que la gitana del texto sólo acepta pagos en monedas de oro.

[82] *Alforza de una saya*: "*Alforza.* Es aquella porción que se recoge a las basquiñas y guardapieses de las mugeres por lo alto, para que no se arrastren y puedan soltarla cuando quieran", *Dicc. Aut.*, s. v. La saya era ropa exterior de la cintura a los pies.

[83] *Un juro*: "Cierta calidad de renta real, situada en las ciudades, villas y lugares del reyno", Covarrubias, s. v. Sobre estas rentas reales el Estado, con alarmante frecuencia, se vio obligado a conceder pensiones perpetuas, por diversos conceptos, con resultados cada vez más apremiantes.

[84] *Doblón de dos caras*: moneda de oro del doble del ducado y *de dos caras* porque llevaba los bustos afrontados de los Reyes Católicos.

bres gitanas, y más precian pelarnos y desollarnos a nosotras que a un salteador de caminos; jamás, por más ro-
tas y desastradas que nos vean, nos tienen por pobres; que
dicen que somos como los jubones de los gabachos de
Belmonte: [85] rotos y grasientos, y llenos de doblones.

—Por vida suya, abuela, que no diga más; que lleva
término de alegar tantas leyes en favor de quedarse con
el dinero, que agote las de los emperadores: quédese con
ellos, y buen provecho le hagan, y plega a Dios que los

---

[85] *Los jubones de los gabachos de Belmonte*: "*Gabacho*, francés con carácter despectivo, se decía sobre todo de los que tra-
bajaban en España en oficios bajos", Alonso Hernández, s. v. Correas, 16a: "A Belmonte, kaldereros, ke dan xubones i dineros."
Caldereros era uno de los oficios ínfimos practicados por los
gabachos. Tirso de Molina, *Cigarrales de Toledo* (Madrid, 1621),
cigarral III: "Los próvidos franceses que vendiendo hilo portu-
gués en nuestra patria y amolando tiseras, sin ser alquimistas con-
vierten el yerro en oro a costa de malas comidas y peores cenas,
escarmentados de los vestidos nuevos que en Belmonte su Marqués los forçava a trocar por los viejos, y con capa de caridad
quitándoles las suyas amontonó un tesoro" (texto citado por
Schevill-Bonilla, *NE*). Circulaba, pues, a comienzos del siglo XVII
una expresión proverbial apicarada que recomendaba irónicamen-
te a los gabachos (caldereros) el viaje a Belmonte (probablemente
Belmonte de Tajo, en la provincia de Madrid) porque allí daban
jubones y dineros. Cervantes no explica la frase en 1613, probablemente por considerarla del dominio universal. Tirso de Molina
(1621) explica la frase, atribuyéndolo todo a las astucias y tram-
pantojos del marqués de Belmonte, que así había acumulado un
tesoro. La abundancia de detalles, y su lógica, me inclina a creer
la explicación de Tirso. Cierta vacilación me entra al pensar que
el marquesado de Belmonte había sido creación de 1613, en cabeza de don Bernardo Antonio de Sandoval, primogénito del duque
de Uceda, y, en consecuencia, nieto del duque de Lerma, el valido
todopoderoso de Felipe III. Para 1627 Correas nos da el refrán
en su forma canónica, pero sin la menor explicación. La comunidad de detalles entre Cervantes y Tirso me hace pensar que la
explicación "histórica" de éste es la cierta y veraz, que los gabachos lo pasaban muy mal en Belmonte a manos del señor marqués. Y la frase que sigue en el texto ("leyes en favor de quedarse
con el dinero") da aún más visos de probabilidad a que la declaración de Tirso de la frase proverbial sea la acertada. Más ejemplos
se pueden ver en Maxime Chevalier, *Cuentecillos tradicionales en
la España del Siglo de Oro* (Madrid, 1975), 377-79.

entierre en sepultura donde jamás tornen a ver la claridad del sol, ni haya necesidad que la vean. A estas nuestras compañeras será forzoso darles algo; que ha mucho
que nos esperan, y ya deben de estar enfadadas.

—Así verán ellas —replicó la vieja— moneda de éstas,
como ven al turco ahora. Este buen señor verá si le ha
quedado alguna moneda de plata, o cuartos, y los repartirá entre ellas, que con poco quedarán contentas.

—Sí traigo —dijo el galán.

Y sacó de la faldriquera tres reales de a ocho, que repartió entre las tres gitanillas, con que quedaron más
alegres y más satisfechas que suele quedar un autor de
comedias cuando, en competencia de otro, le suelen ro-
tular por las esquinas: "Víctor, Víctor." [86]

En resolución, concertaron, como se ha dicho, la venida
de allí a ocho días, y que se había de llamar cuando fuese
gitano Andrés Caballero, porque también había gitanos
entre ellos de este apellido.

No tuvo atrevimiento Andrés (que así le llamaremos de
aquí adelante) de abrazar a Preciosa; antes, enviándole
con la vista el alma, sin ella, si así decirse puede, las dejó,
y se entró en Madrid, y ellas, contentísimas, hicieron lo
mismo. Preciosa, algo aficionada, más con benevolencia
que con amor, [87] de la gallarda disposición de Andrés, ya
deseaba informarse si era el que había dicho. Entró en
Madrid, y a pocas calles andadas, encontró con el paje
poeta de las coplas y el escudo, y cuando él la vio, se
llegó a ella, diciendo:

---

[86] *Víctor, Víctor*: antigua costumbre universitaria fue enalma-
grar las paredes y muros de la universidad con la voz latina *víctor*
(vencedor) y con el nombre del sujeto festejado, por lo general
un catedrático vencedor en sus oposiciones, un graduado vencedor en sus oposiciones. Pero para la época de Cervantes la costumbre había descendido a la farándula, como este pasaje evidencia.

[87] *Benevolencia que con amor*: curioso caso de enamoramiento
que se sale por completo de los cánones del amor cortés, que
imponían el amor instantáneo, de un flechazo, a primera vista,
como cuenta del suyo propio Dante en la *Vita Nuova*, cap. II.

—Vengas en buen hora, Preciosa: ¿leíste por ventura las coplas que te di el otro día?

A lo que Preciosa respondió:

—Primero que le responda palabra, me ha de decir una verdad, por vida de lo que más quiere.

—Conjuro es ése —respondió el paje— que aunque el decirla me costase la vida, no la negaré en ninguna manera.

—Pues la verdad que quiero que me diga —dijo Preciosa— es si por ventura es poeta.

—A serlo —replicó el paje—, forzosamente había de ser por ventura. Pero has de saber, Preciosa, que ese nombre de poeta [88] muy pocos le merecen, y así yo no lo soy, sino un aficionado a la poesía. Y para lo que he menester, no voy a pedir ni a buscar versos ajenos: los que te di son míos, y éstos que te doy ahora, también; mas no por esto soy poeta, ni Dios lo quiera.

—¿Tan malo es ser poeta? —replicó Preciosa.

—No es malo —dijo el paje—; pero el ser poeta a solas no lo tengo por muy bueno. Hase de usar de la poesía como una joya preciosísima, cuyo dueño no la trae cada día, ni la muestra a todas gentes, ni a cada paso, sino cuando convenga y sea razón que la muestre. La poesía es una bellísima doncella, [89] casta, honesta, discreta, aguda, retirada, y que se contiene en los límites de la discreción más alta. Es amiga de la soledad. Las fuentes la entretienen, los prados la consuelan, los árboles la desenojan, las flores la alegran, y, finalmente, deleita y enseña a cuantos con ella comunican.

---

[88] *Ese nombre de poeta*: así reacciona don Lorenzo de Miranda ante los encendidos elogios de don Quijote en la visita a la casa de sus padres, *Quijote*, II, xviii.

[89] *La poesía es una bellísima doncella*: afirmaciones semejantes pronuncia don Quijote al enterarse de que el hijo del Caballero del Verde Gabán era poeta (II, xvi): "La poesía, señor hidalgo, a mi parecer, es como una doncella tierna y de poca edad, y en todo estremo hermosa..." Este paralelo y el indicado en la nota anterior son posible evidencia de que la redacción de *La gitanilla* y el episodio de los leones fueron relativamente simultáneos.

—Con todo eso —respondió Preciosa—, he oído decir
que es pobrísima, y que tiene algo de mendiga.

—Antes es al revés —dijo el paje—, porque no hay
poeta que no sea rico, pues todos viven contentos con
su estado, filosofía que la alcanzan pocos. Pero ¿qué te
ha movido, Preciosa, a hacer esta pregunta?

—Hame movido —respondió Preciosa— porque como
yo tengo a todos o los más poetas por pobres, causóme
maravilla aquel escudo de oro que me distes entre vuestros versos envuelto; mas ahora que sé que no sois poeta,
sino aficionado de la poesía, podría ser que fuésedes rico,
aunque lo dudo, a causa que por aquella parte que os toca
de hacer coplas se ha de desaguar cuanta hacienda tuviéredes; que no hay poeta, según dicen, que sepa conservar
la hacienda que tiene, ni granjear la que no tiene.

—Pues yo no soy de ésos —replicó el paje—: versos
hago, y no soy rico ni pobre; y sin sentirlo ni descontarlo,
como hacen los genoveses sus convites, bien puedo dar un
escudo, y dos, a quien yo quisiere. Tomad, preciosa perla,
este segundo papel y este escudo segundo que va en él,
sin que os pongais a pensar si soy poeta o no; sólo quiero
que penseis y creais que quien os da esto quisiera tener
para daros las riquezas de Midas.

Y en esto le dio un papel, y tentándole Preciosa, halló
que dentro venía el escudo, y dijo:

—Este papel ha de vivir muchos años, porque trae dos
almas consigo: una, la del escudo, y otra, la de los versos, que siempre vienen llenos de *almas* y *corazones*. Pero
sepa el señor paje que no quiero tantas almas conmigo, y
si no saca la una, no haya miedo de que reciba la otra;
por poeta le quiero, y no por dadivoso, y de esta manera
tendremos amistad que dure; pues más aína [90] puede faltar un escudo, por fuerte que sea, que la hechura de un
romance.

—Pues así es —replicó el paje— que quieres, Preciosa,

---

[90] *Aína*: presto. Así y todo, tan fino catador de estilos como
Juan de Valdés, más de medio siglo antes había dictaminado en
su *Diálogo de la lengua*: "Antes [digo] *presto* que *aína*."

que yo sea pobre por fuerza, no deseches el alma que en
ese papel te envío, y vuélveme el escudo; que como le
toques con la mano, le tendré por reliquia mientras la
vida me durare.

Sacó Preciosa el escudo del papel, y quedóse con el papel, y no le quiso leer en la calle. El paje se despidió, y
se fue contentísimo, creyendo que ya Preciosa quedaba
rendida, pues con tanta afabilidad le había hablado.

Y como ella llevaba puesta la mira en buscar la casa
del padre de Andrés, sin querer detenerse a bailar en ninguna parte, en poco espacio se puso en la calle do estaba,
que ella muy bien sabía; y habiendo andado hasta la mitad, alzó los ojos a unos balcones de hierro dorados, que
le habían dado por señas, y vio en ella a un caballero de
hasta edad de cincuenta años, con un hábito de cruz colorada [91] en los pechos, de venerable gravedad y presencia;
el cual apenas también hubo visto la gitanilla, cuando dijo:

—Subid, niñas, que aquí os darán limosna.

A esta voz acudieron al balcón otros tres caballeros, y
entre ellos vino el enamorado Andrés, que cuando vio a
Preciosa perdió la color y estuvo a punto de perder los
sentidos, tanto fue el sobresalto que recibió con su vista.
Subieron las gitanillas todas, sino la grande, que se quedó
abajo para informarse de los criados de las verdades de
Andrés.

Al entrar las gitanillas en la sala, estaba diciendo el caballero anciano a los demás:

—Ésta debe ser, sin duda, la gitanilla hermosa que dicen que anda por Madrid.

—Ella es —replicó Andrés—, y sin duda es la más hermosa criatura que se ha visto.

—Así lo dicen —dijo Preciosa, que lo oyó todo en entrando—; pero en verdad que se deben de engañar en la
mitad del justo precio. Bonita, bien creo que lo soy; pero
tan hermosa como dicen, ni por pienso.

—¡Por vida de don Juanico mi hijo —dijo el ancia-

---

[91] *Hábito de cruz colorada*: o sea, caballero cruzado por la
Orden de Santiago o de Calatrava.

no—, que aun sois más hermosa de lo que dicen, linda gitana!

—Y ¿quién es don Juanico su hijo? —preguntó Preciosa.

—Ese galán que está a vuestro lado —respondió el caballero.

—En verdad que pensé —dijo Preciosa— que juraba vuesa merced por algún niño de dos años. ¡Mirad qué don Juanico, y qué brinco! [92] A mi verdad que pudiera ya estar casado, y que, según tiene unas rayas en la frente, no pasarán tres años sin que lo esté, y muy a su gusto, si es que desde aquí allá no se le pierde, o se le trueca.

—Basta —dijo uno de los presentes—; ¿qué sabe la gitanilla de rayas?

En esto, las tres gitanillas que iban con Preciosa, todas tres se arrimaron a un rincón de la sala, y cosiéndose las bocas unas con otras, se juntaron por no ser oídas. Dijo la Cristina:

—Muchachas, éste es el caballero que nos dio esta mañana los tres reales de a ocho.

—Así es la verdad —respondieron ellas—; pero no se lo mentemos, ni le digamos nada, si él no nos lo mienta: ¿qué sabemos si quiere encubrirse?

En tanto que esto entre las tres pasaba, respondió Preciosa a lo de las rayas:

—Lo que veo con los ojos, con el dedo lo adivino: yo sé del señor don Juanico, sin rayas, que es algo enamoradizo, impetuoso y acelerado, y gran prometedor de cosas que parecen imposibles; y plega a Dios que no sea mentirosito, que sería lo peor de todo. Un viaje ha de hacer ahora muy lejos de aquí, y uno piensa el bayo y otro el que le ensilla; el hombre pone y Dios dispone; quizá pensará que va a Óñez, y dará en Gamboa. [93]

A esto respondió don Juan:

[92] *Brinco*: "También llaman las damas brinco a ciertos joyelitos pequeños que cuelgan de las tocas", Covarrubias, s. v. *brincar*.

[93] *Óñez... Gamboa*: las dos grandes parcialidades que desangraron al País Vasco por generaciones, hasta finales del reinado de los Reyes Católicos: *oñacinos* y *gamboínos*.

—En verdad, gitanica, que has acertado en muchas cosas de mi condición; pero en lo de ser mentiroso vas muy
fuera de la verdad, porque me precio de decirla en todo
acontecimiento. En lo del viaje largo has acertado, pues,
sin duda, siendo Dios servido, dentro de cuatro o cinco
días me partiré a Flandes, aunque tú me amenazas que he
de torcer el camino, y no querría que en él me sucediese
algún desmán que lo estorbase.

—Calle, señorito —respondió Preciosa—, y encomién-
dese a Dios, que todo se hará bien. Y sepa que yo no
sé nada de lo que digo, y no es maravilla que como hablo
mucho y a bulto, [94] acierte en alguna cosa, y yo querría
acertar en persuadirte a que no te partieses, sino que so-
segases el pecho y te estuvieses con tus padres, para darles buena vejez; porque no estoy bien con estas idas y
venidas a Flandes, principalmente los mozos de tan tierna
edad como la tuya. Déjate crecer un poco, para que pue-
das llevar los trabajos de la guerra, cuanto más que harta
guerra tienes en tu casa: hartos combates amorosos te so-
bresaltan el pecho. Sosiega, sosiega, alborotadito, y mira
lo que hacer primero que te cases, y danos una limosnita
por Dios y por quien tú eres; que en verdad que creo que
eres bien nacido. Y si a esto se junta el ser verdadero, yo
cantaré la gala [95] al vencimiento de haber acertado en
cuanto te he dicho.

—Otra vez te he dicho, niña —respondió el don Juan
que había de ser Andrés Caballero—, que en todo acier-
tas sino en el temor que tienes que no debo de ser muy
verdadero; que en esto te engañas, sin alguna duda. La
palabra que yo doy en el campo, la cumpliré en la ciudad
y adonde quiera, sin serme pedida, pues no se puede pre-

---

[94] *A bulto*: "modo adverbial que vale lo proprio que por mayor, indistintamente, sin separar una cosa de otra, poco más o
menos, y como se suele decir a ojo", *Dicc. Aut.*, s. v. *bulto*.
[95] *Cantaré la gala*: la *gala* era un canto popular para celebrar
las virtudes de alguien, normalmente femenino y descollante por
su hermosura, o sea, cantos populares de tema amoroso, que per-
duran hoy en día, v. E. M. Torner, *Lírica hispánica. Relaciones
entre lo popular y lo culto* (Madrid, 1966), 29-32.

ciar de caballero quien toca en el vicio de mentiroso. Mi padre te dará limosna por Dios y por mí; que en verdad que esta mañana di cuanto tenía a unas damas, que a ser tan lisonjeras como hermosas, especialmente una de ellas, no me arriendo la ganancia.

Oyendo esto Cristina, con el recato de la otra vez, dijo a las demás gitanas:

—¡Ay, niñas, que me maten si no lo dice por los tres reales de a ocho que nos dio esta mañana!

—No es así —respondió una de las dos—, porque dijo que eran damas, y nosotras no lo somos. Y siendo él tan verdadero como dice, no había de mentir en esto.

—No es mentira de tanta consideración —respondió Cristina— la que se dice sin perjuicio de nadie y en provecho y crédito del que la dice. Pero, con todo esto, veo que no nos dan nada, ni nos mandan bailar.

Subió en esto la gitana vieja, y dijo:

—Nieta, acaba, que es tarde y hay mucho que hacer y más que decir.

—Y ¿qué hay, abuela? —preguntó Preciosa—. ¿Hay hijo o hija?

—Hijo, y muy lindo —respondió la vieja—. Ven, Preciosa, y oirás verdaderas maravillas.

—¡Plega a Dios que no muera de sobreparto! —dijo Preciosa.

—Todo se mirará muy bien —replicó la vieja—. Cuanto más, que hasta aquí todo ha sido parto derecho, y el infante es como un oro.

—¿Ha parido alguna señora? —preguntó el padre de Andrés Caballero.

—Sí, señor —respondió la gitana—; pero ha sido el parto tan secreto, que no le sabe sino Preciosa y yo, y otra persona, y así no podemos decir quién es.

—Ni aquí lo queremos saber —dijo uno de los presentes—; pero desdichada de aquella que en vuestras lenguas deposita su secreto y en vuestra ayuda pone su honra.

—No todas somos malas —respondió Preciosa—; quizá hay alguna entre nosotras que se precia de secreta y de verdadera tanto cuanto el hombre más estirado que hay en esta sala. Y vámonos, abuela, que aquí nos tienen en poco. ¡Pues en verdad que no somos ladronas ni rogamos a nadie!

—No os enojeis, Preciosa —dijo el padre—; que, a lo menos de vos, imagino que no se puede presumir cosa mala; que vuestro buen rostro os acredita y sale por fiador de vuestras buenas obras. Por vida de Preciosita que baileis un poco con vuestras compañeras; que aquí tengo un doblón de oro de a dos caras, que ninguna es como la vuestra, aunque son de dos reyes.

Apenas hubo oído esto la vieja, cuando dijo:

—Ea, niñas, faldas en cinta, [96] y dad contento a estos señores.

Tomó las sonajas Preciosa, y dieron sus vueltas, hicieron y deshicieron todos sus lazos, con tanto donaire y desenvoltura, que tras los pies se llevaban los ojos de cuantos las miraban, especialmente los de Andrés, que así se iban entre los pies de Preciosa como si allí tuvieran el centro de su gloria. Pero turbósela la suerte de manera, que se la volvió en infierno; y fue el caso que en la fuga del baile se le cayó a Preciosa el papel que le había dado el paje, y apenas hubo caído, cuando le alzó el que no tenía buen concepto de las gitanas, y abriéndole al punto, dijo:

—¡Bueno! ¡Sonetico tenemos! Cese el baile, y escúchenle; que según el primer verso, en verdad que no es nada necio.

Pesóle a Preciosa, por no saber lo que en él venía, y rogó que no le leyesen, y que se le volviesen, y todo el ahinco que en esto ponía eran espuelas que apremiaban el deseo de Andrés para oírle. Finalmente, el caballero le leyó en alta voz, y era éste:

"Cuando Preciosa el panderete toca
y hiere el dulce son los aires vanos,
perlas son que derrama con las manos;
flores son que despide de la boca.

[96] 1613: *Haldas en cinta*: poner las faldas en la cinta como preliminar al baile.

Suspensa el alma, y la cordura loca,
queda a los dulces actos sobrehumanos,
que, de limpios, de honestos y de sanos,
su fama al cielo levantado toca.

Colgadas del menor de sus cabellos
mil almas lleva, y a sus plantas tiene
amor rendidas una y otra flecha. [97]

Ciega y alumbra con sus soles bellos,
su imperio amor por ellas le mantiene,
y aún más grandezas de su ser sospecha."

—¡Por Dios —dijo el que leyó el soneto—, que tiene donaire el poeta que le escribió!

—No es poeta, señor, sino un paje muy galán y muy hombre de bien —dijo Preciosa.

(Mirad lo que habéis dicho, [98] Preciosa, y lo que vais a decir; que ésas no son alabanzas del paje, sino lanzas que traspasan el corazón de Andrés, que las escucha. ¿Quereislo ver, niña? Pues volved los ojos y vereisle desmayado encima de la silla, con un trasudor de muerte; no penseis, doncella, que os ama tan de burlas Andrés que no le hiera y sobresalte [99] el menor de vuestros descuidos. Llegaos a él enhorabuena, y decidle algunas palabras al oído, que vayan derechas al corazón y le vuelvan de su desmayo. ¡No, sino andaos a traer sonetos cada día en vuestra alabanza, y vereis cuál os le ponen!)

Todo esto pasó así como se ha dicho: que Andrés, en oyendo el soneto, mil celosas imaginaciones le sobresaltaron. No se desmayó, pero perdió la color de manera, que viéndole su padre, le dijo:

---

[97] *Una y otra flecha*: las flechas de Cupido, una de las cuales era de oro, y engendraba amor, y la otra era de plomo, y engendraba odio.

[98] *Mirad lo que habéis dicho*: esta directa intromisión del autor en el relato es una forma de avivar el dinamismo del ritmo narrativo, y constituye lo que Helmut Hatzfeld ha llamado *irrupción subjetiva, El "Quijote" como obra de arte del lenguaje* (Madrid, 1966), parte vi.

[99] *Hiera y sobresalte*: 1613: *hieran y sobresalten*.

—¿Qué tienes, don Juan, que parece que te vas a desmayar, según se te ha mudado el color?

—Espérense —dijo a esta sazón Preciosa—: déjenmele decir unas ciertas palabras al oído, y verán como no se desmaya.

Y llegándose a él, le dijo, casi sin mover los labios:

—¡Gentil ánimo para gitano! ¿Cómo podreis, Andrés, sufrir el tormento de toca, [100] pues no podéis llevar el de un papel?

Y haciéndole media docena de cruces sobre el corazón, se apartó de él, y entonces Andrés respiró un poco y dio a entender que las palabras de Preciosa le habían aprovechado.

Finalmente, el doblón de dos caras se le dieron a Preciosa, y ella dijo a sus compañeras que le trocaría y repartiría con ellas hidalgamente. El padre de Andrés le dijo que le dejase[n] por escrito las palabras que había dicho a don Juan, que las quería saber en todo caso. Ella dijo que las diría de muy buena gana, y que entendiesen que, aunque parecían cosa de burla, tenían gracia especial para preservar el mal de corazón y los vaguidos de cabeza, y que las palabras eran:

> "Cabecita, cabecita,
> tente en ti, no te resbales,
> y apareja dos puntales
> de la paciencia bendita.
> Solicita
> la bonita
> confiancita;
> no te inclines
> a pensamientos ruines;
> verás cosas
> que toquen en milagrosas,
> Dios delante
> y San Cristóbal gigante."

[100] *Tormento de toca*: también llamado el *tormento de agua*; para sus detalles, v. H. C. Lea, *A History of the Inquisition of Spain*, III (Nueva York, 1907), 19-20.

—Con la mitad destas palabras que le digan, y con seis cruces que le hagan sobre el corazón a la persona que tuviese vaguidos de cabeza —dijo Preciosa—, quedará como una manzana.

Cuando la gitana vieja oyó el ensalmo y el embuste, quedó pasmada, y más lo quedó Andrés, que vio que todo era invención de su agudo ingenio. Quedáronse con el soneto, porque no quiso pedirle Preciosa, por no dar otro tártago [101] a Andrés; que ya sabía ella, sin ser enseñada, lo que era dar sustos, y martelos, [102] y sobresaltos celosos a los rendidos amantes.

Despidiéronse las gitanas, y al irse, dijo Preciosa a don Juan:

—Mire, señor, cualquiera día de esta semana es próspero para partidas, y ninguno es aciago. Apresure el irse lo más presto que pudiere, que le aguarda una vida ancha, libre y muy gustosa, si quiere acomodarse a ella.

—No es tan libre la del soldado, a mi parecer —respondió don Juan—, que no tenga más de sujeción que de libertad; pero, con todo esto, haré como viere.

—Más vereis de lo que pensais —respondió Preciosa—, y Dios os lleve y traiga con bien, como vuestra buena presencia merece.

Con estas últimas quedó contento Andrés, y las gitanas se fueron contentísimas.

Trocaron el doblón, repartiéronle entre todas igualmente, aunque la vieja guardiana llevaba siempre parte y media de lo que se juntaba, así por la mayoridad, como por ser ella la aguja por quien se guiaban en el maremagno de sus bailes, donaires, y aun de sus embustes.

Llegóse, en fin, el día que Andrés Caballero se apareció una mañana en el primer lugar de su aparecimiento, sobre una mula de alquiler, sin criado alguno. Halló en él

---

[101] *Dar otro tártago*: "dar tártago a uno es congojarle y ponerle en bascas", Covarrubias, s. v.

[102] *Martelos*: exitosamente había abogado Juan de Valdés, en su *Diálogo de la lengua*, por la introducción del italianismo "*martelo*, porque no parece que es lo mesmo que celos".

a Preciosa y a su abuela, de las cuales conocido, le recibieron con mucho gusto. Él les dijo que le guiasen al rancho antes que entrase el día y con él se descubriesen las señas que llevaba, si acaso le buscasen. Ellas, que, como advertidas, vinieron solas, dieron la vuelta, y de allí a poco rato llegaron a sus barracas.

Entró Andrés en la una, que era la mayor del rancho, y luego acudieron a verle diez o doce gitanos, todos mozos y todos gallardos y bien hechos, a quien ya la vieja había dado cuenta del nuevo compañero que les había de venir, sin tener necesidad de encomendarles el secreto; que, como ya se ha dicho, ellos le guardan con sagacidad y puntualidad nunca vista. Echaron luego ojo a la mula, y dijo uno de ellos:

—Ésta se podrá vender el jueves en Toledo.

—Eso no— dijo Andrés—, porque no hay mula de alquiler que no sea conocida de todos los mozos de mulas que trajinan por España.

—Por Dios, [103] señor Andrés —dijo uno de los gitanos—, que aunque la mula tuviera más señales que las que han de preceder al día tremendo, [104] aquí la transformáramos de manera que no la conociera la madre que la parió, ni el dueño que la ha criado.

—Con todo eso —respondió Andrés—, por esta vez se ha de seguir y tomar el parecer mío. A esta mula se ha de dar muerte, y ha de ser enterrada donde aun los huesos no parezcan.

—¡Pecado grande! —dijo otro gitano—: ¿a una inocente se ha de quitar la vida? No diga tal el buen Andrés, sino haga una cosa: mírela bien ahora, de manera que se le queden estampadas todas sus señales en la memoria, y déjenmela llevar a mí; y si de aquí a dos horas la conociere, que me lardeen [105] como a un negro fugitivo.

---

[103] 1613: *Par Dios*: el *par* es apócope de *para,* que valía *por* en los juramentos.

[104] *Día tremendo*: el del Juicio Final, desde luego.

[105] *Me lardeen*: bárbaro castigo para los esclavos huidos. *"Pringar.* Es lardar lo que se assa, y los que pringan los esclavos son hombres inhumanos y crueles", Covarrubias, s. v.

—En ninguna manera consentiré —dijo Andrés— que
la mula no muera, aunque más me aseguren su transfor-
mación. Yo temo ser descubierto si a ella no la cubre la
tierra. Y si se hace por el provecho de que venderla puede seguirse, no vengo tan desnudo a esta cofradía, que no
pueda pagar de entrada más de lo que valen cuatro mulas.

—Pues así lo quiere el señor Andrés Caballero —dijo
otro gitano—, muera la sin culpa, y Dios sabe si me pesa,
así por su mocedad, pues aún no ha cerrado (cosa no
usada entre mulas de alquiler), como porque debe ser
andariega, [106] pues no tiene costras en las ijadas, ni llagas
de la espuela.

Dilatóse su muerte hasta la noche, y en lo que quedaba
de aquel día se hicieron las ceremonias de la entrada de
Andrés a ser gitano, que fueron: desembarazaron luego
un rancho de los mejores del aduar, [107] y adornáronle de
ramos y juncia; y sentándose Andrés sobre un medio alcornoque, pusiéronle en las manos un martillo y unas te-
nazas, y al son de dos guitarras que dos gitanos tañían, le
hicieron dar dos cabriolas: luego le desnudaron, y con una
cinta de seda nueva y un garrote le dieron dos vueltas
blandamente.

A todo se halló presente Preciosa, y otras muchas gitanas, viejas y mozas, que las unas con maravilla, otras con
amor, le miraban: tal era la gallarda disposición de Andrés, que hasta los gitanos le quedaron aficionadísimos.

Hechas, pues, las referidas ceremonias, un gitano viejo
tomó por la mano a Preciosa, y puesto delante de Andrés
dijo:

—Esta muchacha, que es la flor y la nata de toda la
hermosura de las gitanas que sabemos que viven en España, te la entregamos, ya por esposa, o ya por amiga;
que en esto puedes hacer lo que fuere más de tu gusto,

---

[106] *Andariega*: de buen andar, como en el refrán "La mula buena, komo la biuda, gorda i andariega", Correas, 203b.

[107] *Aduar*: "Campamento de gitanos... Todos los elementos
que constituyen el campamento de gitanos; baterías de cocina,
carros, etc.", Alonso Hernández, s. v.

porque la libre y ancha vida nuestra no está sujeta a melindres ni a muchas ceremonias. Mírala bien, y mira si te
agrada, o si ves en ella alguna cosa que te descontente, y
si la ves, escoge entre las doncellas que aquí están la que
más te contentare; que la que escogieres te daremos; pero
has de saber que una vez escogida, no la has de dejar por
otra, ni te has de empachar ni entremeter, ni con las ca-
sadas, ni con las doncellas. Nosotros guardamos inviola-
blemente la ley de la amistad: ninguno solicita la prenda
del otro; libres vivimos de la amarga pestilencia de los
celos. Entre nosotros, aunque hay muchos incestos, no hay
ningún adulterio; y cuando le hay en la mujer propia, o
alguna bellaquería en la amiga, no vamos a la justicia a
pedir castigo; nosotros somos los jueces y los verdugos
de nuestras esposas o amigas; con la misma facilidad las
matamos y las enterramos por las montañas y desiertos
como si fueran animales nocivos: no hay pariente que las
vengue, ni padres que nos pidan su muerte. Con este temor y miedo ellas procuran ser castas, y nosotros, como
ya he dicho, vivimos seguros. Pocas cosas tenemos que
no sean comunes a todos, excepto la mujer o la amiga, que
queremos que cada una sea del que le cupo en suerte. Entre nosotros así hace divorcio la vejez como la muerte. El
que quisiere, puede dejar la mujer vieja, como él sea
mozo, y escoger otra que corresponda al gusto de sus
años. Con estas y con otras leyes y estatutos nos conserva-
mos y vivimos alegres; somos señores de los campos, de
los sembrados, de las selvas, de los montes, de las fuentes
y de los ríos. Los montes nos ofrecen leña de balde; los
árboles, frutas; las viñas, uvas; las huertas, hortalizas; las
fuentes, agua; los ríos, peces, y los vedados, caza; sombra
las peñas, aire fresco las quiebras, y casas las cuevas. Para
nosotros, las inclemencias del cielo, son oreos, refrigerio
las nieves, baños la lluvia, música los truenos y hachas
los relámpagos. Para nosotros son los duros terrenos col-
chones de blandas plumas; el cuero curtido de nuestros
cuerpos nos sirve de arnés impenetrable que nos defiende; a nuestra ligereza no la impiden grillos, ni la detienen
barrancos, ni la contrastan paredes; a nuestro ánimo no

le tuercen cordeles, ni le menoscaban garruchas, [108] ni le
ahogan tocas, ni le doman potros. Del sí al no, no hacemos diferencia cuando nos conviene: siempre nos precia-
mos más de mártires que de confesores. Para nosotros se
crían las bestias de carga en los campos y se cortan las
faldriqueras en las ciudades. No hay águila, ni ninguna
otra ave de rapiña, que más presto se abalance a la presa
que se le ofrece que nosotros nos abalanzamos a las ocasiones que algún interés nos señalen; y, finalmente, tenemos muchas habilidades que feliz fin nos prometen; porque en la cárcel cantamos, en el potro callamos, de día
trabajamos, y de noche hurtamos, o, por mejor decir, avi-
samos que nadie viva descuidado de mirar dónde pone su
hacienda. No nos fatiga el temor de perder la honra, ni
nos desvela la ambición de acrecentarla, ni sustentamos
bandos, ni madrugamos a dar memoriales, ni [a] acom-
pañar magnates, ni a solicitar favores. Por dorados techos
y suntuosos palacios estimamos estas barracas y movibles
ranchos; por cuadros y países de Flandes, [109] los que nos
da la naturaleza en esos levantados riscos y nevadas peñas, tendidos prados y espesos bosques que a cada paso a
los ojos se nos muestran. Somos astrólogos rústicos, porque como casi siempre dormimos al cielo descubierto, a
todas horas sabemos las que son del día y las que son de
la noche; vemos cómo arrincona y barre la aurora las
estrellas del cielo, y cómo ella sale con su compañera el
alba, alegrando el aire, enfriando el agua y humedeciendo
la tierra, y luego, tras ella, el sol, *dorando cumbres* (como

---

[108] *Garruchas*: la referencia a 'torcer cordeles' alude al tormento del potro y las garruchas eran otro tormento inquisitorial, de
los más antiguos, conocido en Italia con el nombre de *strappado,*
y que consistía en colgar al reo de los brazos y colocarle pesos
en las piernas y la espalda, v. Lea, *History of the Inquisition of
Spain* (*supra,* nota 100), III, 18-22.

[109] *Países de Flandes*: "*País.* Significa también la pintura en
que están pintados villas, lugares, fortalezas, casas de campo y
campañas", *Dicc. Aut.,* s. v. El paisajismo es característica propia
de la escuela flamenca.

dijo el otro poeta) *y rizando montes*; [110] ni tememos quedar helados por su ausencia cuando nos hiere a soslayo con sus rayos, ni quedar abrasados cuando con ellos particularmente nos toca: un mismo rostro hacemos al sol que al hielo, a la esterilidad que a la abundancia. En conclusión, somos gente que vivimos por nuestra industria y pico, y sin entremeternos con el antiguo refrán: "Iglesia, o mar, o casa real", tenemos lo que queremos, pues nos contentamos con lo que tenemos. Todo esto os he dicho, generoso mancebo, porque no ignoreis la vida a que habeis venido y el trato que habeis de profesar, el cual os he pintado aquí en borrón; que otras muchas e infinitas cosas ireis descubriendo en él con el tiempo, no menos dignas de consideración que las que habeis oído.

Calló en diciendo esto el elocuente y viejo gitano, y el novicio dijo que se holgaba mucho de haber sabido tan loables estatutos, y que él pensaba hacer profesión en aquella orden tan puesta en razón y en políticos fundamentos, y que sólo le pesaba no haber venido más presto en conocimiento de tan alegre vida, y que desde aquel punto renunciaba la profesión de caballero y la vanagloria de su ilustre linaje, y lo ponía todo debajo del yugo, o, por mejor decir, debajo de las leyes con que ellos vivían, pues con tan alta recompensa le satisfacían el deseo de servirlos, entregándole a la divina Preciosa, por quien él dejaría coronas e imperios, y sólo los desearía para servirla.

A lo cual respondió Preciosa:

—Puesto que estos señores legisladores han hallado por sus leyes que soy tuya, y que por tuya te me han entregado, yo he hallado por la ley de mi voluntad, que es la más fuerte de todas, que no quiero serlo si no es con las condiciones que antes que aquí vinieses entre los dos concertamos. Dos años has de vivir en nuestra compañía primero que de la mía goces, por que tú no te arrepientas

---

[110] *Rizando montes*: no identifico el poema, aunque todo bien puede ser una chuscada de Cervantes.

por ligero, ni yo quede engañada por presurosa. Condiciones rompen leyes; las que te he puesto sabes: si las quisieres guardar, podrá ser que sea tuya y tú seas mío, y
donde no, aun no es muerta la mula, tus vestidos están
enteros, y de tus dineros no te falta un ardite; la ausencia
que has hecho no ha sido aún de un día; que de lo que
de él falta te puedes servir y dar lugar que consideres lo
que más te conviene. Estos señores bien pueden entregarte
mi cuerpo; pero no mi alma, que es libre y nació libre, [111]
y ha de ser libre en tanto que yo quisiere. Si te quedas, te
estimaré en mucho; si te vuelves, no te tendré en menos;
porque, a mi parecer, los ímpetus amorosos corren a rienda suelta, hasta que encuentran con la razón o con el
desengaño; y no querría yo que fueses tú para conmigo
como es el cazador, que en alcanzando la liebre que sigue, la coge y la deja por correr tras la otra que le huye.
Ojos hay engañados que a la primera vista tan bien les
parece el oropel como el oro; pero a poco rato bien conocen la diferencia que hay de lo fino a lo falso. Esta mi
hermosura que tú dices que tengo, que la estimas sobre
el sol y la encareces sobre el oro, ¿qué sé yo si de cerca
te parecerá sombra, y tocada, caerás en que es de alquimia? Dos años te doy de tiempo para que tantees y ponderes lo que será bien que escojas o será justo que deseches; que la prenda que una vez comprada nadie se
puede deshacer de ella sino con la muerte, bien es que haya
tiempo, y mucho, para mirarla y remirarla, y ver en ella
las faltas o las virtudes que tiene; que yo no me rijo por
la bárbara e insolente licencia que estos mis parientes se
han tomado de dejar las mujeres, o castigarlas, cuando
se les antoja; y como yo no pienso hacer cosa que llame

---

[111] *Nació libre*: el tema de la libertad resuena por todos lados
en la obra cervantina (él, que estuvo cautivo por cinco años),
como estudia la obra de Luis Rosales, *Cervantes y la libertad*,
2 vols. (Madrid, 1959-1960), y el caso específico de la libertad de
amar en la mujer ya había tenido una extraordinaria obertura en
el discurso de Marcela, *Quijote*, I, xiv, esbozado en el episodio
de Galercio y Gelasia (*Galatea*, VI).

al castigo, no quiero tomar compañía[112] que por su gusto me deseche.

—Tienes razón, ¡oh Preciosa! —dijo a este punto Andrés—; y así, si quieres que asegure tus temores y menoscabe tus sospechas jurándote que no saldré un punto de las órdenes que me pusieres, mira qué juramento quieres que haga, o qué otra seguridad puedo darte, que a todo me hallarás dispuesto.

—Los juramentos y promesas que hace el cautivo por que le den libertad pocas veces se cumplen con ella —dijo Preciosa—; y así son, según pienso, los del amante; que, por conseguir su deseo, prometerá las alas de Mercurio y los rayos de Júpiter, como me prometió a mí un cierto poeta, y juraba por la laguna Estigia. No quiero juramentos, señor Andrés, ni quiero promesas; sólo quiero remitirlo todo a la experiencia de este noviciado, y a mí se me quedará el cargo de guardarme, cuando vos le tuviéredes de ofenderme.

—Sea así —respondió Andrés—. Sola una cosa pido a estos señores y compañeros míos, y es que no me fuercen a que hurte ninguna cosa, por tiempo de un mes siquiera; porque me parece que no he de acertar a ser ladrón si antes no preceden muchas lecciones.

—Calla, hijo —dijo el gitano viejo—; que aquí te industriaremos de manera que salgas un águila en el oficio; y cuando le sepas, has de gustar de él de modo que te comas las manos tras él. ¡Ya es cosa de burla salir vacío por la mañana y volver cargado a la noche al rancho!

—De azotes he visto yo volver a algunos de esos vacíos —dijo Andrés.

—No se toman truchas, etcétera[113] —replicó el viejo—: todas las cosas de esta vida están sujetas a diversos peligros, y las acciones del ladrón al de las galeras, azotes y horca;

---

[112] *No quiero tomar compañía*: este es el tema que desarrolla el discurso de Marcela: "Yo nací libre, y para poder vivir escogí la soledad de los campos."

[113] *No se toman truchas*: "a bragas enjutas", dice el resto del refrán.

pero no por que corra un navío tormenta, o se anega, han
de dejar los otros de navegar. ¡Bueno sería que porque la
guerra come los hombres y los caballos, dejase de haber
soldados! Cuanto más, que el que es azotado por justicia
entre nosotros, es tener un hábito en las espaldas que le
parece mejor que si le trajese en los pechos, y de los buenos. El toque está [en] no acabar acoceando el aire en la
flor de nuestra juventud y a los primeros delitos; que el
mosqueo [114] de las espaldas, ni el apalear el agua en las
galeras, no lo estimamos en un cacao. Hijo Andrés, repo-
sad ahora en el nido debajo de nuestras alas, que a su
tiempo os sacaremos a volar, y en parte donde no volvais
sin presa, y lo dicho dicho: que os habeis de lamer los
dedos tras cada hurto.

—Pues para recompensar —dijo Andrés— lo que yo
podía hurtar en este tiempo que se me da de venia, quiero
repartir docientos escudos de oro entre todos los del
rancho.

Apenas hubo dicho esto, cuando arremetieron a él muchos gitanos, y levantándole en los brazos y sobre los hombros, le cantaban el "¡Víctor, víctor, y el grande Andrés!",
añadiendo: "¡Y viva, viva Preciosa, amada prenda suya!"

Las gitanas hicieron lo mismo con Preciosa, no sin envidia de Cristina y de otras gitanillas que se hallaron presentes, que la envidia tan bien se aloja en los aduares de
los bárbaros y en las chozas de pastores como en palacios
de príncipes, [115] y esto de ver medrar al vecino que me
parece que no tiene más méritos que yo, fatiga.

Hecho esto, comieron lautamente; [116] repartióse el dinero prometido con equidad y justicia; renováronse las ala-

---

[114] *Mosqueo*: "Golpes, latigazos que da el verdugo al reo en
cumplimiento del castigo de azotes", Alonso Hernández, s. v.

[115] *Palacios de príncipes*: originalísima paráfrasis de Horacio,
Carminum, I, 4: *Pallida mors aequo pulsat pede pauperum taber-
nas / regumque turres.* En latín había citado estos versos en *Quijote*, I, prólogo, y con nueva paráfrasis apuntada al amor los
volvió a recordar en *Quijote*, II, lviii.

[116] *Lautamente*: basado en el latín *lautitia*, 'esplendidez, ele-
gancia, magnificencia'.

banzas de Andrés, subieron al cielo la hermosura de Preciosa.

Llegó la noche, acogotaron [117] la mula y enterráronla de modo que quedó seguro Andrés de ser por ella descubierto; y también enterraron con ella sus alhajas, como fueron silla y freno y cinchas, a uso de los indios, que sepultan con ellos sus más ricas preseas.

De todo lo que había visto y oído, y de los ingenios de los gitanos, quedó admirado Andrés y con propósito de seguir y conseguir su empresa sin entremeterse nada en sus costumbres, o, a lo menos, excusarlo por todas las vías que pudiese, pensando exentarse de la jurisdic[c]ión de obedecerlos en las cosas injustas que le mandasen, a costa de su dinero.

Otro día les rogó Andrés que mudasen de sitio y se alejasen de Madrid, porque temía ser conocido si allí estaba; ellos dijeron que ya tenían determinado irse a los montes de Toledo, y desde allí correr y garramar [118] toda la tierra circunvecina.

Levantaron, pues, el rancho, y diéronle a Andrés una pollina en que fuese; pero él no la quiso, sino irse a pie, sirviendo de lacayo a Preciosa, que sobre otra iba, ella contentísima de ver cómo triunfaba de su gallardo escudero, y él ni más ni menos, de ver junto a sí a la que había hecho señora de su albedrío.

¡Oh poderosa fuerza [119] de este que llaman dulce dios de la amargura —título que le ha dado la ociosidad y el descuido nuestro—, y con qué veras nos avasallas, y cuán sin respeto nos tratas! Caballero es Andrés, y mozo de muy buen entendimiento, criado casi toda su vida en la Corte y con el regalo de sus ricos padres, y desde ayer acá ha hecho tal mudanza, que engañó a sus criados y a sus amigos, defraudó las esperanzas que sus padres en él

[117] 1613: *Acocotaron.*

[118] *Correr y garramar*: *correr* en el sentido de 'saquear la tierra enemiga', y sobre *garramar* v. nota 65.

[119] *Oh poderosa fuerza*: nueva irrupción subjetiva del autor, v. nota 98.

tenían, dejó el camino de Flandes, donde había de ejercitar el valor de su persona y acrecentar la honra de su linaje, y se vino a postrarse a los pies de una muchacha, y a ser su lacayo, que, puesto que [120] hermosísima, en fin, era gitana: privilegio de la hermosura, que trae al redopelo [121] y por la melena a sus pies a la voluntad más exenta.

De allí a cuatro días llegaron a una aldea dos leguas de Toledo, donde asentaron su aduar, dando primero algunas prendas de plata al alcalde del pueblo, en fianzas de que en él ni en todo su término no hurtarían ninguna cosa. Hecho esto, todas las gitanas viejas, y algunas mozas, y los gitanos, se esparcieron por todos los lugares, o, a lo menos, apartados por cuatro o cinco leguas de aquel donde habían asentado su real. Fue con ellos Andrés a tomar la primera lección de ladrón; pero aunque le dieron muchas en aquella salida, ninguna se le asentó; antes, correspondiendo a su buena sangre, con cada hurto que sus maestros hacían se le arrancaba a él el alma, y tal vez hubo que pagó de su dinero los hurtos que sus compañeros habían hecho, conmovido de las lágrimas de sus dueños; de lo cual los gitanos se desesperaban, diciéndole que era contravenir a sus estatutos y ordenanzas, que prohibían la entrada a la caridad en sus pechos, la cual, en teniéndola, habían de dejar de ser ladrones, cosa que no les estaba bien en ninguna manera.

Viendo, pues, esto Andrés, dijo que él quería hurtar por sí solo, sin ir en compañía de nadie; porque para huir del peligro tenía ligereza, y para [a]cometerle no le faltaba el ánimo; así, que el premio o el castigo de lo que hurtase quería que fuese suyo.

Procuraron los gitanos disuadirle de este propósito, diciéndole que le podrían suceder ocasiones donde fuese necesaria la compañía, así para acometer como para defenderse, y que una persona sola no podía hacer grandes pre-

---

[120] *Puesto que*: en el español clásico tenía el valor de *aunque*, ya no se anotará más.
[121] 1613: *Redopelo*: hoy, más común *redropelo*, 'a contrapelo'.

sas. Pero, por más que dijeron, Andrés quiso ser ladrón solo y señero, [122] con intención de apartarse de la cuadrilla y comprar por su dinero alguna cosa que pudiese decir que la había hurtado, y de este modo cargar lo que menos pudiese sobre su conciencia.

Usando, pues, de esta industria, en menos de un mes trajo más provecho a la compañía que trajeron cuatro de los más estirados ladrones de ella; de que no poco se holgaba Preciosa, viendo a su tierno amante tan lindo y tan despejado ladrón; pero, con todo eso, estaba temerosa de alguna desgracia; que no quisiera ella verle en afrenta por todo el tesoro de Venecia, obligada a tenerle aquella buena voluntad [por] los muchos servicios y regalos que su Andrés le hacía.

Poco más de un mes se estuvieron en los términos de Toledo, donde hicieron su agosto, aunque era por el mes de setiembre, y desde allí se entraron en Extremadura, por ser tierra rica y caliente. Pasaba Andrés con Preciosa honestos, discretos y enamorados coloquios, y ella poco a poco se iba enamorando de la discreción y buen trato de su amante, y él, del mismo modo, si pudiera crecer su amor, fuera creciendo: tal era la honestidad, discreción y belleza de su Preciosa. A doquiera que llegaban, él se llevaba el precio [123] y las apuestas de corredor y de saltar más que ninguno; jugaba a los bolos y a la pelota extremadamente; tiraba la barra con mucha fuerza y singular destreza; finalmente, en poco tiempo voló su fama por toda Extremadura, y no había lugar donde no se hablase de la gallarda disposición del gitano Andrés Caballero y de sus gracias y habilidades, y al par de esta fama corría la de la hermosura de la gitanilla, y no había villa, lugar ni aldea donde no los llamasen para regocijar las fiestas votivas suyas, o para otros particulares regocijos. De esta

[122] *Solo y señero*: expresión común y tautológica, ya que *señero* es del latín *singularius* 'solo'.
[123] *Precio*: premio, como en *Persiles,* mi ed., 153: "Con cuanta facilidad se había llevado el estranjero el precio de la carrera."

manera iba el aduar rico, próspero y contento, y los amantes, gozosos con sólo mirarse.

Sucedió, pues, que teniendo el aduar entre unas encinas, algo apartado del camino real, oyeron una noche, casi a la mitad de ella, ladrar sus perros con mucho ahínco y más de lo que acostumbraban; salieron algunos gitanos, y con ellos Andrés, a ver a quién ladraban, y vieron que se defendía de ellos un hombre vestido de blanco, a quien tenían dos perros asido de una pierna; llegaron y quitáronle, y uno de los gitanos le dijo:

—¿Quién diablos os trajo por aquí, hombre, a tales horas y tan fuera de camino? ¿Venís a hurtar por ventura? Porque en verdad que habeis llegado a buen puerto.

—No vengo a hurtar —respondió el mordido— ni sé si vengo o no fuera de camino, aunque bien veo que vengo descaminado. Pero decidme, señores, ¿está por aquí alguna venta o lugar donde pueda recogerme esta noche y curarme de las heridas que vuestros perros me han hecho?

—No hay lugar ni venta donde podamos encaminaros —respondió Andrés—; mas para curar vuestras heridas y alojaros esta noche no os faltará comodidad en nuestros ranchos. Veníos con nosotros, que, aunque somos gitanos, no lo parecemos en la caridad.

—Dios la use con vosotros —respondió el hombre—, y llevadme donde quisiéredes; que el dolor de esta pierna me fatiga mucho.

Llegóse a él Andrés y otro gitano caritativo —que aun entre los demonios hay unos peores que otros, y entre muchos malos hombres suele haber alguno [124] bueno—, y entre los dos le llevaron.

Hacía la noche clara con la luna, de manera que pudieron ver que el hombre era mozo de gentil rostro y talle; venía vestido todo de lienzo blanco, y atravesada por las espaldas y ceñida a los pechos una como camisa o talega de lienzo. Llegaron a la barraca o toldo de Andrés, y con presteza encendieron lumbre y luz, y acudió luego la abuela de Preciosa a curar el herido, de quien ya le habían

[124] 1613: *algún*.

dado cuenta. Tomó algunos pelos de los perros, friólos en aceite, y, lavando primero con vino dos mordeduras que tenía en la pierna izquierda, le puso los pelos con el aceite en ellas, y encima un poco de romero verde mascado; lióselo muy bien con paños limpios, y santiguóle [125] las heridas, y díjole:

—Dormid, amigo; que, con la ayuda de Dios, no será nada.

En tanto que curaban al herido, estaba Preciosa delante, y estúvole mirando ahincadamente, y lo mismo hacía él a ella; de modo que Andrés echó de ver en la atención con que el mozo la miraba; pero echólo a que la mucha hermosura de Preciosa se llevaba tras sí los ojos. En resolución, después de curado el mozo, le dejaron solo sobre un lecho hecho de heno seco, y por entonces no quisieron preguntarle nada de su camino ni de otra cosa.

Apenas se apartaron de él, cuando Preciosa llamó a Andrés aparte, y le dijo:

—¿Acuérdaste, Andrés, de un papel que se me cayó en tu casa cuando bailaba con mis compañeras, que, según creo, te dio un mal rato?

—Sí acuerdo —respondió Andrés—, y era un soneto en tu alabanza, y no malo.

—Pues has de saber, Andrés —replicó Preciosa—, que el que hizo aquel soneto es ese mozo mordido que dejamos en la choza; y en ninguna manera me engaño, porque me habló en Madrid dos o tres veces, y aun me dio un romance muy bueno. Allí andaba, a mi parecer, como paje; mas no de los ordinarios, sino de los favorecidos de algún príncipe; y en verdad te digo, Andrés, que el mozo

---

[125] *Santiguóle*: "*Santiguar*. Es dezir algunas oraciones devotas y santas sobre algún enfermo, haziendo algunas cruzes y echándole bendiciones *in modum crucis*. Todo esto es santo y bueno, especialmente quando los que santiguan son sacerdotes y dizen sobre los enfermos los Evangelios... Pero este ministerio está muy estragado, porque ombres embaidores y perdidos y mugeres engañadoras, dan en ser santiguaderos y santiguaderas, y dizen mil impertinencias sólo porque les den un pedaço de pan y algunos quartos", Covarrubias, s. v.

es discreto, y bien razonado, y sobremanera honesto, y no sé qué pueda imaginar de esta su venida y en tal traje

—¿Qué puedes imaginar, Preciosa? —respondió Andrés—. Ninguna otra cosa sino que la misma fuerza que a mí me ha hecho gitano le ha hecho a él parecer molinero y venir a buscarte. ¡Ah, Preciosa, Preciosa, y cómo se va descubriendo que te quieres preciar de tener más de un rendido! Y si esto es así, acábame a mí primero, y luego matarás a este otro, y no quieras sacrificarnos juntos en las aras de tu engaño, por no decir de tu belleza.

—¡Válame Dios —respondió Preciosa—, Andrés, y cuán delicado andas, y cuán de un sutil cabello tienes colgadas tus esperanzas y mi crédito, pues con tanta facilidad te ha penetrado el alma la dura espada de los celos! Dime, Andrés; si en esto hubiera artificio o engaño alguno, ¿no supiera yo callar y encubrir quién era este mozo? ¿Soy tan necia, por ventura, que te había de dar ocasión de poner en duda mi bondad y buen término? Calla, Andrés, por tu vida, y mañana procura sacar del pecho de este tu asombro [126] adónde va, o a lo que viene. Podría ser que estuviese engañada tu sospecha, como yo no lo estoy de que sea el que he dicho. Y para más satisfacción tuya, pues ya he llegado a términos de satisfacerte, de cualquiera manera y con cualquiera intención que ese mozo venga, despídele luego y haz que se vaya; pues todos los de nuestra parcialidad te obedecen, y no habrá ninguno que contra tu voluntad le quiera dar acogida en su rancho; y cuando esto así no suceda, yo te doy mi palabra de no salir del mío, ni dejarme ver de sus ojos, ni de todos aquellos que tú quisieres que no me vean. Mira, Andrés, no me pesa a mí de verte celoso; pero pesarme ha mucho si te veo indiscreto.

—Como no me veas loco, Preciosa —respondió Andrés—, cualquiera otra demostración será poca o ninguna para dar a entender adónde llega y cuánto fatiga la amarga y dura presunción de los celos. Pero, con todo

[126] 1613: *Deste tu assombro*: "*Asombro*. Temor", Alonso Hernández, s. v.

eso, yo haré lo que me mandas, y sabré, si es que es posible, qué es lo que este señor paje poeta quiere, dónde
va, o qué es lo que busca; que podría ser que por algún
hilo que sin cuidado muestre, sacase yo todo el ovillo con
que temo viene a enredarme.

—Nunca los celos, a lo que imagino —dijo Preciosa—,
dejan el entendimiento libre para que pueda juzgar las
cosas como ellas son: siempre miran los celosos con antojos de allende, [127] que hacen las cosas pequeñas, grandes;
los enanos, gigantes, y las sospechas, verdades. Por vida
tuya y por la mía, Andrés, que procedas en esto y en todo
lo que tocare a nuestros conciertos cuerda y discretamente; que si así lo hicieres, sé que me has de conceder la
palma de honesta y recatada, y de verdadera en todo extremo.

Con esto se despidió de Andrés, y él se quedó esperando
el día para tomar la confesión al herido, llena de turbación
el alma y de mil contrarias imaginaciones. No podría creer
sino que aquel paje había venido allí atraído de la hermosura de Preciosa; porque piensa el ladrón que todos
son de su condición. Por otra parte, la satisfacción que
Preciosa le había dado le parecía ser de tanta fuerza, que
le obligaba a vivir seguro y a dejar en las manos de su
bondad toda su ventura.

Llegóse el día, visitó al mordido; preguntóle cómo se
llamaba y adónde iba, y cómo caminaba tan tarde y tan
fuera de camino; aunque primero le preguntó cómo estaba, y si se sentía sin dolor de las mordeduras. A lo cual
respondió el mozo que se hallaba mejor y sin dolor alguno, y de manera que podía ponerse en camino. A lo de
decir su nombre y adónde iba, no dijo otra cosa sino que
se llamaba Alonso Hurtado, y que iba a Nuestra Señora
de la Peña de Francia [128] a un cierto negocio, y que por

---

[127] *Antojos de allende*: de alinde, anteojos de aumento, de larga vista. La interpretación de *alinde-allende* dio lugar a una
tormentilla crítica cuyo resumen se puede leer en Julio Casares,
"Alinde", *BRAE*, II (1915), 101-06.
[128] *Peña de Francia*: en la provincia de Salamanca, cerca de
Sequeros, santuario que ha tenido ajetreadísima historia desde el

llegar con brevedad caminaba de noche, y que la pasada
había perdido el camino, y acaso había dado con aquel
aduar, donde los perros que le guardaban le habían puesto del modo que había visto.

No le pareció a Andrés legítima esta declaración, sino
muy bastarda, y de nuevo volvieron a hacerle cosquillas
en el alma sus sospechas, y así le dijo:

—Hermano, si yo fuera juez y vos hubiérades caído debajo de mi jurisdicción por algún delito, el cual pidiera
que se os hicieran las preguntas que yo os he hecho, la
respuesta que me habeis dado obligara a que os apretara
los cordeles. Yo no quiero saber quién sois, cómo os lla-
mais o adónde vais: pero adviértoos que si os conviene
mentir en este vuestro viaje, mintais con más apariencia
de verdad. Decís que vais a la Peña de Francia, y dejaisla
a la mano derecha, más atrás de este lugar donde estamos
bien treinta leguas; caminais de noche por llegar presto,
y vais fuera de camino por entre bosques y encinares que
no tienen sendas apenas, cuanto más caminos. Amigo, le-
vantaos y aprended a mentir, y andad enhorabuena. Pero
por este buen aviso que os doy, ¿no me direis una verdad?
(Que sí direis, pues tan mal sabeis mentir.) Decidme:
¿sois por ventura uno que yo he visto muchas veces en la
Corte, entre paje y caballero, que tenía fama de ser gran
poeta, uno que hizo un romance y un soneto a una gitanilla que los días pasados andaba en Madrid, que era tenida por singular en la belleza? Decídmelo, que yo os
prometo por la fe de caballero gitano de guardaros el secreto que vos viéredes que os conviene. Mirad que negarme
la verdad, de que no sois el que yo digo, no llevaría camino, porque este rostro que yo veo aquí es el que vi en
Madrid. Sin duda alguna que la gran fama de vuestro
entendimiento me hizo muchas veces que os mirase como
a hombre raro e insigne, y así se me quedó en la memoria

---

siglo xv hasta la coronación canónica de la imagen de Nuestra
Señora de la Peña de Francia en Salamanca, en 1952; sobre estos
altibajos, v. *Diccionario de historia eclesiástica de España,* III
(Madrid, 1975), 2313-14.

vuestra figura, que os he venido a conocer por ella, aun
puesto en el diferente traje en que estais ahora del en que
yo os vi entonces. No os turbeis; animaos, y no penseis
que habeis llegado a un pueblo de ladrones, sino a un
asilo que os sabrá guardar y defender de todo el mundo.
Mirad: yo imagino una cosa, y si es así como la imagino, vos habeis topado con vuestra buena suerte en haber encontrado conmigo: lo que imagino es que, enamorado de Preciosa, aquella hermosa gitanica a quien hicis-
teis los versos, habeis venido a buscarla, por lo que yo
no os tendré en menos, sino en mucho más; que, aunque
gitano, la experiencia me ha mostrado adónde se extiende
la poderosa fuerza de amor y las transformaciones que
hace hacer a los que coge debajo de su jurisdicción y
mando. Si esto es así, como creo que sin duda lo es, aquí
está la gitanica.

—Sí, aquí está; que yo la vi anoche —dijo el mordido;
razón con que Andrés quedó como difunto, pareciéndole
que había salido al cabo con la confirmación de sus sospechas—. Anoche la vi —tornó a referir el mozo—; pero
no me atreví a decirle quién era, porque no me convenía.

—De esa manera —dijo Andrés—, vos sois el poeta que
yo he dicho.

—Sí soy —replicó el mancebo—; que no lo puedo ni lo
quiero negar. Quizá podía ser que donde he pensado per-
derme hubiese venido a ganarme, si es que hay fidelidad
en las selvas y buen acogimiento en los montes.

—Hayle, sin duda —respondió Andrés—, y entre nosotros, los gitanos, el mayor secreto del mundo. Con esta
confianza podeis, señor, descubrirme vuestro pecho; que
hallareis en el mío lo que vereis, sin doblez alguno. La
gitanilla es parienta mía, y está sujeta a lo [que] quisiere
hacer de ella. Si la quisiéredes por esposa, yo y todos sus
parientes gustaremos de ello; y si por amiga, no usaremos
de ningún melindre, con tal que tengais dineros, porque
la codicia por jamás sale de nuestros ranchos.

—Dinero traigo —respondió el mozo—; en estas man-
gas de camisa que traigo ceñida por el cuerpo vienen cuatrocientos escudos de oro.

Éste fue otro susto mortal que recibió Andrés, viendo
que el traer tanto dinero no era sino para conquistar o
comprar su prenda; y con lengua ya turbada, dijo:

—Buena cantidad es ésa; no hay sino descubriros, y
manos a labor; que la muchacha, que no es nada boba,
verá cuán bien le está ser vuestra.

—¡Ay, amigo! —dijo a esta sazón el mozo—. Quiero
que sepais que la fuerza que me ha hecho mudar de traje
no es la de amor, que vos decís, ni de desear a Preciosa,
que hermosas tiene Madrid que pueden y saben robar los
corazones y rendir las almas tan bien y mejor que las más
hermosas gitanas, puesto que confieso que la hermosura
de vuestra parienta a todas las que yo he visto se aventa-
ja. Quien me tiene en este traje, a pie y mordido de perros, no es amor, sino desgracia mía.

Con estas razones que el mozo iba diciendo iba Andrés
cobrando los [129] espíritus perdidos, pareciéndole que se en-
caminaban a otro paradero del que él se imaginaba. Y
deseoso de salir de aquella confusión, volvió a reforzarle
la seguridad con que podía descubrirse, y así, él prosiguió
diciendo:

—Yo estaba en Madrid en casa de un título, a quien
servía no como a señor, sino como a pariente. Éste tenía
un hijo único heredero suyo, el cual, así por el parentesco
como por ser ambos de una edad y de una condición misma, me trataba con familiaridad y amistad grande. Sucedió que este caballero se enamoró de una doncella principal, a quien él escogiera de bonísima gana para su esposa, si no tuviera la voluntad sujeta como buen hijo a
la de sus padres, que aspiraban a casarle más altamente;
pero, con todo eso, la servía a hurto de todos los ojos que
pudieran, con las lenguas, sacar a la plaza [130] sus deseos.
Solos los míos eran testigos de sus intentos. Y una noche,
que debía de haber escogido la desgracia para el caso que
ahora os diré, pasando los dos por la puerta y calle de esta

[129] 1613: *lo.*
[130] *Sacar a la plaza*: "publicar y hacer notoria alguna cosa que
estaba oculta, o se ignoraba", *Dicc. Aut.*, s. v. *plaza.*

señora, vimos arrimados a ella dos hombres, al parecer, de buen talle. Quiso reconocerlos mi pariente y apenas se encaminó hacia ellos, cuando echaron con mucha ligereza mano a las espadas y a dos broqueles, y se vinieron a nosotros, que hicimos lo mismo, y con iguales armas nos acometimos. Duró poco la pendencia, porque no duró mucho la vida de los dos contrarios, que de dos estocadas que guiaron los celos de mi pariente y la defensa que yo le hacía, las perdieron, caso extraño y pocas veces visto. Triunfando, pues, de lo que no quisiéramos, volvimos a casa, y secretamente, tomando todos los dineros que podimos, nos fuimos a San Jerónimo, [131] esperando el día, que descubriese lo sucedido y las presunciones que se tenían de los matadores. Supimos que de nosotros no había indicio alguno, y aconsejáronnos los prudentes religiosos que nos volviésemos a casa y que no diésemos ni despertásemos con nuestra ausencia alguna sospecha contra nosotros; y ya que estábamos determinados de seguir su parecer, nos avisaron que los señores alcaldes de Corte habían preso en su casa a los padres de la doncella y a la misma doncella, y que entre otros criados a quien tomaron la confesión, una criada de la señora dijo como mi pariente paseaba a su señora de noche y de día; y que con este indicio habían acudido a buscarnos, y no hallándonos sino muchas señales de nuestra fuga, se confirmó en toda la Corte ser nosotros los matadores de aquellos dos caballeros, que lo eran, y muy principales. Finalmente, con parecer del Conde mi pariente, y del de los religiosos, después de quince días que estuvimos escondidos en el monasterio, mi camarada, en hábito de fraile, con otro fraile se fue la vuelta de [132] Aragón, con intención de

---

[131] San Jerónimo: "Acogerse a la iglesia. Ger. Refugiarse en la iglesia para huir de la persecución de la justicia que no tenía jurisdicción en ese lugar. A veces era cualquier iglesia y otras las señaladas para ello", Alonso Hernández, s. v. La de San Jerónimo databa del reinado de los Reyes Católicos hasta que se destruyó en la Guerra de la Independencia. Allí se reunían las Cortes hasta el reinado de Fernando VII.

[132] La vuelta de: en la dirección de.

pasarse a Italia, y desde allí a Flandes, hasta ver en qué paraba el caso. Yo quise dividir y apartar nuestra fortuna, y que no corriese nuestra suerte por una misma derrota; seguí otro camino diferente al suyo, y en hábito de mozo de fraile, a pie, salí con un religioso, que me dejó en Talavera. Desde allí aquí he venido solo y fuera de camino, hasta que anoche llegué a este encinal, donde me ha sucedido lo que habeis visto. Y si pregunté por el camino de la Peña de Francia fue por responder algo a lo que se me preguntaba; que en verdad que no sé dónde cae la Peña de Francia, puesto que sé que está más arriba de Salamanca.

—Así es verdad —respondió Andrés—, y ya la dejais a mano derecha, casi veinte leguas de aquí; porque veais cuán derecho camino llevábades si allá fuérades.

—El que yo pensaba llevar —replicó el mozo— no es sino a Sevilla; que allí tengo un caballero genovés, [133] grande amigo del Conde mi pariente, que suele enviar a Génova gran cantidad de plata, y llevo designio que me acomode con los que la suelen llevar, como uno de ellos, y con esta estratagema seguramente podré pasar hasta Cartagena, y de allí a Italia, porque han de venir dos galeras muy presto a embarcar esta plata. Esta es, buen amigo, mi historia: mirad si puedo decir que nace más de desgracia pura que de amores aguados. Pero si estos señores gitanos quisiesen llevarme en su compañía hasta Sevilla, si es que van allá yo se lo pagaría muy bien; que me doy a entender que en su compañía iría más seguro, y no con el temor que llevo.

—Sí llevarán —respondió Andrés—; y si no fuérades en nuestro aduar, porque hasta ahora no sé si va al Andalucía, ireis en otro que creo que habemos de topar dentro de dos días, y con darles algo de lo que llevais, facilitareis con ellos otros imposibles mayores.

---

[133] 1613: *Caballero genovés*: los banqueros genoveses llevaban más de dos siglos en Sevilla. El caballero Vivaldo del *Quijote*, I, xiii, fue uno de ellos, además de poeta y amigo de Cervantes. Sobre la influencia de la banca genovesa en Sevilla, v. Ruth Pike, *Enterprise and Adventure. The Genoese in Seville and the Opening of the New World* (Ithaca, N. Y., 1966).

Dejóle Andrés, y vino a dar cuenta a los demás gitanos de lo que el mozo había contado y de lo que pretendía, con el ofrecimiento que hacía de la buena paga y recompensa. Todos fueron de parecer que se quedase en el aduar. Sólo Preciosa tuvo el contrario, y la abuela dijo que ella no podía ir a Sevilla, ni a sus contornos, a causa que los años pasados había hecho una burla en Sevilla a un gorrero llamado Triguillos, muy conocido en ella, al cual le había hecho meter en una tinaja de agua hasta el cuello, desnudo en carnes, y en la cabeza puesta una corona de ciprés, esperando el filo de la media noche para salir de la tinaja a cavar y sacar un gran tesoro que ella le había hecho creer que estaba en cierta parte de su casa. Dijo que como oyó el buen gorrero tocar a maitines, por no perder la coyuntura, se dio tanta prisa a salir de la tinaja, que dio con ella y con él en el suelo, y con el golpe y con los cascos se magulló las carnes, derramóse el agua y él quedó nadando en ella, y dando voces que se anegaba. Acudieron su mujer y sus vecinos con luces, y halláronle haciendo efectos de nadador, soplando y arrastrando la barriga por el suelo, y meneando brazos y piernas con mucha prisa, y diciendo a grandes voces: "¡Socorro, señores, que me ahogo!"; tal le tenía el miedo, que verdaderamente pensó que se ahogaba. Abrazáronse con él, sacáronle de aquel peligro, volvió en sí, contó la burla de la gitana, y, con todo eso, cavó en la parte señalada más de un estado [134] en hondo, a pesar de todos cuantos le decían que era embuste mío; y si no se lo estorbara un vecino suyo, que tocaba ya en los cimientos de su casa, él diera con entrambas en el suelo, si le dejaran cavar todo cuanto él quisiera. Súpose este cuento por toda la ciudad, y hasta los muchachos le señalaban con el dedo y contaban su credulidad y mi embuste.

Esto contó la gitana vieja, y esto dio por excusa para no ir a Sevilla. Los gitanos, que ya sabían de Andrés Caballero que el mozo traía dineros en cantidad, con facili-

---

[134] *Estado*: "es cierta medida de la estatura de un hombre", Covarrubias, s. v.

dad le acogieron en su compañía y se ofrecieron de guardarle y encubrirle todo el tiempo que él quisiese, y determinaron de torcer el camino a mano izquierda y entrarse en La Mancha y en el reino de Murcia.

Llamaron al mozo y diéronle cuenta de lo que pensaban hacer por él; él se lo agradeció, y dio cien escudos de oro para que los repartiesen entre todos. Con esta dádiva quedaron más blandos que unas martas; sólo a Preciosa no contentó mucho la quedada de don Sancho, que así dijo el mozo que se llamaba; pero los gitanos se le mudaron en el de Clemente, y así le llamaron desde allí adelante. También quedó un poco torcido Andrés, y no bien satisfecho de haberse quedado Clemente, por parecerle que con poco fundamento había dejado sus primeros designios; mas Clemente, como si le leyera la intención, entre otras cosas le dijo que se holgaba de ir al reino de Murcia, por estar cerca de Cartagena, adonde si viniesen galeras, como él pensaba que habían de venir, pudiese con facilidad pasar a Italia. Finalmente, por traerle más ante los ojos, y mirar sus acciones y escudriñar sus pensamientos, quiso Andrés que fuese Clemente su camarada, y Clemente tuvo esta amistad por gran favor que se le hacía. Andaban siempre juntos, gastaban largo, llovían escudos, corrían, saltaban, bailaban y tiraban la barra mejor que ninguno de los gitanos, y eran de las gitanas más que medianamente queridos, y de los gitanos en todo extremo respetados.

Dejaron, pues, a Extremadura y entráronse en la Mancha, y poco a poco fueron caminando al reino de Murcia. En todas las aldeas y lugares que pasaban había desafíos de pelota, de esgrima, de correr, de saltar, de tirar la barra y de otros ejercicios de fuerza, maña y ligereza, y de todos salían vencedores Andrés y Clemente, como de solo Andrés queda dicho; y en todo este tiempo, que fueron más de mes y medio, nunca tuvo Clemente ocasión, ni él la procuró, de hablar a Preciosa, hasta que un día, estando juntos Andrés y ella, llegó él a la conversación, porque le llamaron, y Preciosa le dijo:

—Desde la vez primera que llegaste a nuestro aduar te conocí, Clemente, y se me vinieron a la memoria los versos que en Madrid me diste; pero no quise decir nada, por no saber con qué intención venías a nuestras estancias; y cuando supe tu desgracia, me pesó en el alma, y se aseguró mi pecho, que estaba sobresaltado, pensando que como había don Juanes en el mundo, y que se mudaban en Andreses, así podía haber don Sanchos que se mudasen en otros nombres. Háblote de esta manera porque Andrés me ha dicho que te ha dado cuenta de quién es y de la intención con que se ha vuelto gitano —y así era la verdad; que Andrés le había hecho sabedor de toda su historia, por poder comunicar con él sus pensamientos—. Y no pienses que te fue de poco provecho el conocerte, pues por mi respeto y por lo que yo de ti dije, se facilitó el acogerte y admitirte en nuestra compañía, donde plega a Dios te suceda todo el bien que acertares a desearte. Este buen deseo quiero que me pagues en que no afees a Andrés la bajeza de su intento, ni le pintes cuán mal le está perseverar en este estado; que puesto que yo imagino que debajo de los candados de mi voluntad está la suya, todavía me pesaría de verle dar muestras, por mínimas que fuesen, de algún arrepentimiento.

A esto respondió Clemente:

—No pienses, Preciosa única, que don Juan con ligereza de ánimo me descubrió quién era: primero le conocí yo, y primero me descubrieron sus ojos sus intentos; primero le dije yo quién era, y primero le adiviné la prisión de su voluntad, que tú señalas; y él, dándome el crédito que era razón que me diese, fió de mi secreto el suyo, y él es buen testigo si alabé su determinación y escogido empleo; que no soy, ¡oh Preciosa!, de tan corto ingenio, que no alcance hasta dónde se extienden las fuerzas de la hermosura, y la tuya, por pasar de los límites de los mayores extremos de belleza, es disculpa bastante de mayores yerros, si es que deben llamarse yerros los que se hacen con tan forzosas causas. Agradézcote, señora, lo que en mi crédito dijiste, y yo pienso pagártelo en desear que estos enredos amorosos salgan a fines felices, y que tú goces de tu Andrés, y Andrés de su Preciosa, en conformidad y gusto de sus padres, porque de tan hermosa junta veamos en el mundo los más bellos renuevos que pueda formar la bien intencionada naturaleza. Esto desearé yo, Preciosa, y esto le diré siempre a tu Andrés, y no cosa alguna que le divierta de sus bien colocados pensamientos.

Con tales afectos dijo las razones pasadas Clemente, que estuvo en duda Andrés si las había dicho como enamorado, o como comedido; que la infernal enfermedad celosa es tan delicada y de tal manera, que en los átomos del sol se pega, y de los que tocan a la cosa amada se fatiga el amante y desespera. Pero, con todo esto, no tuvo celos confirmados, más fiado de la bondad de Preciosa que de la ventura suya, que siempre los enamorados se tienen por infelices en tanto que no alcanzan lo que desean. En fin, Andrés y Clemente eran camaradas y grandes amigos, asegurándolo todo la buena intención de Clemente y el recato y prudencia de Preciosa, que jamás dio ocasión a que Andrés tuviese de ella celos.

Tenía Clemente sus puntas de poeta, como lo mostró en los versos que dio a Preciosa, y Andrés se picaba un poco, y entrambos eran aficionados a la música. Sucedió, pues, que estando el aduar alojado en un valle cuatro leguas de Murcia, una noche, por entretenerse, sentados los dos, Andrés al pie de un alcornoque, Clemente al de una encina, cada uno con una guitarra, convidados del silencio de la noche, comenzando Andrés y respondiendo Clemente, cantaron estos versos:

ANDRÉS

Mira, Clemente, el estrellado velo [135]
con que esta noche fría
compite con el día,
de luces bellas adornando el cielo;

---

[135] *El estrellado velo*: estas son estrofas aliradas. Este canto amebeo tiene la característica de que el último verso de una estrofa es el primero de la próxima, forma de *leixapren* que ya había practicado Cervantes en las octavas reales del canto amebeo de Elicio y Erastro al final del libro IV de la *Galatea*.

y en esta semejanza,
si tanto tu divino ingenio alcanza,
aquel rostro figura
donde asiste el extremo de hermosura.

CLEMENTE

Donde asiste el extremo de hermosura
y adonde la Preciosa
honestidad hermosa
con todo extremo de bondad se apura,
en un sujeto cabe,
que no hay humano ingenio que le alabe,
si no toca en divino,
en alto, en raro, en grave y peregrino.

ANDRÉS

En alto, en raro, en grave y peregrino
estilo nunca usado,
al cielo levantado,
por dulce al mundo y sin igual camino,
tu nombre, ¡oh gitanilla!,
causando asombro, espanto y maravilla,
la fama yo quisiera
que le llevara hasta la octava esfera. [135a]

CLEMENTE

Que le llevara hasta la octava esfera
fuera decente y justo,
dando a los cielos gusto,
cuando el son de su nombre allá se oyera,
y en la tierra causara,
por donde el dulce nombre resonara,
música en los oídos
paz en las almas, gloria en los sentidos.

[135a] La octava esfera era la de las estrellas fijas o *stellatum*.

ANDRÉS

Paz en las almas, gloria en los sentidos
se siente cuando canta
la sirena, que encanta
y adormece a los más apercibidos;
y tal es mi Preciosa,
que es lo menos que tiene ser hermosa:
dulce regalo mío,
corona del donaire, honor del brío.

CLEMENTE

Corona del donaire, honor del brío
eres, bella gitana,
frescor de la mañana,
céfiro blando en el ardiente estío;
rayo con que Amor ciego
convierte el pecho más de nieve en fuego;
fuerza que así la hace,
que blandamente mata y satisface.

Señales iban dando de no acabar tan presto el libre y el
cautivo, si no sonara a sus espaldas la voz de Preciosa,
que las suyas había escuchado. Suspendiólos el oírla, y sin
moverse, prestándola maravillosa atención, la escucharon.
Ella (o no sé [136] si de improviso, o si en algún tiempo los
versos que cantaba le compusieron), con extremada gracia, como si para responderles fueran hechos, cantó los
siguientes: [137]

—En esta empresa amorosa
donde el amor entretengo,
por mayor ventura tengo
ser honesta que hermosa.

[136] *O no sé*: nueva irrupción subjetiva del autor, v. nota 98.
[137] *Los siguientes*: Preciosa canta redondillas.

La que es más humilde planta,
si la subida endereza,
por gracia o naturaleza
a los cielos se levanta.

En este mi bajo cobre,
siendo honestidad su esmalte,
no hay buen deseo que falte
ni riqueza que no sobre.

No me causa alguna pena
no quererme o no estimarme;
que yo pienso fabricarme
mi suerte y ventura buena.

Haga yo lo que en mí es,
que a ser buena me encamine,
y haga el cielo y determine
lo que quisiere después.

Quiero ver si la belleza
tiene tal prer[r]ogativa,
que me encumbre tan arriba,
que aspire a mayor alteza.

Si las almas son iguales, [137a]
podrá la de un labrador
igualarse por valor
con las que son imperiales.

De la mía lo que siento
me sube al grado mayor,
porque majestad y amor
no tienen un mismo asiento.

Aquí dio fin Preciosa a su canto, y Andrés y Clemente
se levantaron a recibirla. Pasaron entre los tres discretas
razones, y Preciosa descubrió en las suyas su discreción,
su honestidad y su agudeza, de tal manera, que en Clemente halló disculpa la intención de Andrés, que aun

---

[137a] La igualdad de las almas era doctrina común en la época
y constituye el presupuesto ideológico del *Examen de ingenios para
las ciencias* (1575), de Juan Huarte de San Juan, y la repite Cervantes en su *Persiles*, I, xviii.

hasta entonces no la había hallado, juzgando más a mocedad que a cordura su arrojada determinación.

Aquella mañana se levantó el aduar, y se fueron a alojar en un lugar de la jurisdicción de Murcia, tres leguas de la ciudad, donde le sucedió a Andrés una desgracia que le puso en punto de perder la vida. Y fue que, después de haber dado en aquel lugar algunos vasos y prendas de plata en fianzas, como tenían de costumbre, Preciosa y su abuela, y Cristina con otras dos gitanillas, y los dos, Clemente y Andrés, se alojaron en un mesón de una viuda rica, la cual tenía una hija de edad de diecisiete o dieciocho años, algo más desenvuelta que hermosa, y, por más señas, se llamaba Juana Carducha. Ésta, habiendo visto bailar a las gitanas y gitanos, la tomó el diablo, y se enamoró de Andrés tan fuertemente, que propuso de decírselo y tomarle por marido, si él quisiese, aunque a todos sus parientes les pesase; y así, buscó coyuntura para decírselo, y hallóla en un corral donde Andrés había entrado a requerir dos pollinos. Llegóse a él, y con prisa, por no ser vista, le dijo:

—Andrés (que ya sabía su nombre), yo soy doncella y rica; que mi madre no tiene otro hijo sino a mí, y este mesón es suyo, amén de esto tiene muchos majuelos y otros dos pares de casas. [138] Hasme parecido bien: si me quieres por esposa, a ti está; respóndeme presto, y si eres discreto, quédate, y verás qué vida nos damos.

Admirado quedó Andrés de la resolución de la Carducha, y con la presteza que ella pedía le respondió:

—Señora doncella, yo estoy apalabrado para casarme, y los gitanos no nos casamos sino con gitanas; guárdela Dios por la merced que me quería hacer, de quien yo no soy digno.

No estuvo en dos dedos de caerse muerta la Carducha con la aceda respuesta de Andrés, a quien replicara si no viera que entraban en el corral otras gitanas. Salióse co-

---

[138] *Dos pares de casas*: Rodríguez Marín demostró que no se trata de cuatro casas, sino simplemente de dos.

rrida y asendereada, [139] y de buena gana se vengara si pudiera. Andrés, como discreto, determinó de poner tierra en medio y desviarse de aquella ocasión que el diablo le ofrecía; que bien leyó en los ojos de la Carducha que sin los lazos matrimoniales se le entregara a toda su voluntad, y no quiso verse pie a pie y solo en aquella estacada; y así, pidió a todos los gitanos que aquella noche se partiesen de aquel lugar. Ellos, que siempre le obedecían, lo pusieron luego por obra, y cobrando sus fianzas aquella tarde, se fueron.

La Carducha, que vio que en irse Andrés se le iba la mitad de su alma, [140] y que no le quedaba tiempo para solicitar el cumplimiento de sus deseos, ordenó de hacer quedar a Andrés por fuerza, ya que de grado no podía; y así, con la industria, sagacidad y secreto que su mal intento le enseñó, puso entre las alhajas de Andrés, que ella conoció por suyas, unos ricos corales y dos patenas de plata, con otros brincos suyos, y apenas habían salido del mesón, cuando dio voces, diciendo que aquellos gitanos le llevaban robadas sus joyas; a cuyas voces acudió la justicia y toda la gente del pueblo.

Los gitanos hicieron alto, y todos juraban que ninguna cosa llevaban hurtada y que ellos harían patentes todos los sacos y repuestos de su aduar. De esto se congojó mucho la gitana vieja, temiendo que en aquel escrutinio no se manifestasen los dijes de la Preciosa y los vestidos de Andrés, que ella con gran cuidado y recato guardaba; pero la buena de la Carducha lo remedió con mucha brevedad todo, porque al segundo envoltorio que miraron dijo que preguntasen cuál era el de aquel gitano tan bailador, que ella le había visto entrar en su aposento dos veces y que podría ser que aquél las llevase. Entendió Andrés que por él lo decía, y, riéndose, dijo:

[139] *Asendereada*: perseguida, como en *Quijote,* II, ix, y II, xlviii.
[140] *La mitad de su alma*: eco del *dimidium animae meae* horaciano.

—Señora doncella, ésta es mi recámara y éste es mi pollino; si vos halláredes en ella ni en él lo que os falta, yo
os lo pagaré con las setenas, [141] fuera de sujetarme al castigo que la ley da a los ladrones.

Acudieron luego los ministros de la justicia a desvalijar
el pollino, y a pocas vueltas dieron con el hurto; de que
quedó tan espantado Andrés, y tan absorto, que no pareció sino estatua, sin voz, de piedra dura.

—¿No sospeché yo bien? —dijo a esta sazón la Carducha—. ¡Mirad con qué buena cara se encubre un ladrón
tan grande!

El alcalde, que estaba presente, comenzó a decir mil in-
jurias a Andrés y a todos los gitanos, llamándolos de pú-
blicos ladrones y salteadores de caminos. A todo callaba
Andrés, suspenso e imaginativo, y no acababa de caer en
la traición de la Carducha. En esto se llegó a él un soldado
bizarro, sobrino del alcalde, diciendo:

—¿No veis cuál se ha quedado el gitanico podrido de
hurtar? Apostaré yo que hace melindres y que niega el
hurto, con habérsele cogido en las manos; que bien haya
quien no os echa en galeras a todos. ¡Mirad si estuviera
mejor este bellaco en ellas, sirviendo a su Majestad, que
no andarse bailando de lugar en lugar y hurtando de venta
en monte! A fe de soldado que estoy por darle una bofe-
tada que le derribe a mis pies—. Y diciendo esto, sin más
ni más, alzó la mano y le dio un bofetón tal, que le hizo
volver de su embelesamiento y le hizo acordar que no
era Andrés Caballero, sino don Juan y caballero. Y arremetiendo al soldado con mucha presteza y más cólera, le
arrancó su misma espada y se la envainó en el cuerpo,
dando con él muerto en tierra.

Aquí fue el gritar del pueblo, aquí el amohinarse el tío
alcalde, aquí el desmayarse Preciosa y el turbarse Andrés
de verla desmayada; aquí el acudir todos a las armas y
dar tras el homicida. Creció la confusión, creció la grita,
y por acudir Andrés al desmayo de Preciosa, dejó de acudir a su defensa, y quiso la suerte que Clemente no se

[141] *Con las setenas*: pagar el valor multiplicado por siete.

hallase al desastrado suceso, que con los bagajes [142] había ya salido del pueblo. Finalmente, tanto cargaron sobre Andrés, que le prendieron y le aherrojaron con dos muy gruesas cadenas. Bien quisiera el Alcalde ahorcarle luego, si estuviera en su mano; pero hubo de remitirle a Murcia, por ser de su jurisdic[c]ión. No le llevaron hasta otro día, [143] y en el que allí estuvo pasó Andrés muchos martirios y vituperios, que el indignado alcalde y sus ministros y todos los del lugar le hicieron. Prendió el alcalde todos los más gitanos y gitanas que pudo, porque los más huyeron, y entre ellos Clemente, que temió ser cogido y descubierto.

Finalmente, con la sumaria del caso y con una gran cáfila [144] de gitanos, entraron el alcalde y sus ministros con otra mucha gente armada en Murcia, entre los cuales iba Preciosa y el pobre Andrés, ceñido de cadenas, sobre un macho y con esposas y piedeamigo. [145] Salió toda Murcia a ver los presos, que ya se tenía noticia de la muerte del soldado. Pero la hermosura de Preciosa aquel día fue tanta, que ninguno la miraba que no la bendecía, y llegó la nueva de su belleza a los oídos de la señora Corregidora, que por curiosidad de verla hizo que el Corregidor, su marido, mandase que aquella gitanica no entrase en la cárcel, y todos los demás sí, y a Andrés le pusieron en un estrecho calabozo, cuya oscuridad y la falta de la luz de Preciosa le trataron de manera, que bien pensó no salir de allí sino para la sepultura. Llevaron a Preciosa con su abuela a que la Corregidora la viese, y así como la vio dijo:

---

[142] *Bagajes*: "*Bagage*. Se toma también por las bestias de carga, que conducen y llevan sobre sí el bagage", *Dicc. Aut.*, s. v.

[143] *Hasta otro día*: en el español clásico significaba "el día siguiente".

[144] *Cáfila*: "compañía de gente libre, que va de una parte a otra", Covarrubias, s. v.

[145] *Piedeamigo*: "cierto género de esposas o prisiones de las manos con una barrilla que ase en la argolla del cuello, que pienso se llama por otro nombre piedeamigo", Covarrubias, s. v. *arropeas*.

—Con razón la alaban de hermosa.

Y llegándola a sí, la abrazó tiernamente, y no se hartaba de mirarla, y preguntó a su abuela que qué edad tendría aquella niña.

—Quince años [146] —respondió la gitana—, dos meses más a menos.

—Ésos tuviera ahora la desdichada de mi Costanza. ¡Ay, amigas, que esta niña me ha renovado mi desventura! —dijo la Corregidora.

Tomó en esto Preciosa las manos de la Corregidora, y besándoselas muchas veces, se las bañaba con lágrimas, y le decía:

—Señora mía, el gitano que está preso no tiene culpa, porque fue provocado: llamáronle ladrón, y no lo es; diéronle un bofetón en su rostro, que es tal que en él se descubre la bondad de su ánimo. Por Dios y por quien vos sois, señora, que le hagais guardar su justicia, y que el señor Corregidor no se dé prisa a ejecutar en él el castigo con que las leyes le amenazan; y si algún agrado os ha dado mi hermosura, entretenedla con entretener el preso, porque en el fin de su vida está el de la mía. Él ha de ser mi esposo, y justos y honestos impedimentos han estorbado que aun hasta ahora no nos habemos dado las manos. [147] Si dineros fueren menester para alcanzar perdón de la parte, todo nuestro aduar se venderá en pública almoneda, y se dará aún más de lo que pidieren. Señora mía, si sabeis qué es amor, y algún tiempo le tuvistes, y ahora le teneis a vuestro esposo, doleos de mí, que amo tierna y honestamente al mío.

En todo el tiempo que esto decía, nunca la dejó las manos, ni apartó los ojos de mirarla atentísimamente, derramando amargas y piadosas lágrimas en mucha abundancia. Asimismo la Corregidora la tenía a ella asida de las suyas, mirándola ni más ni menos con no menos ahinco y con no más pocas lágrimas. Estando en esto, entró el

[146] *Quince años*: edad importante en vista de la fecha que trae el escrito que bien pronto aparecerá.

[147] *Dado las manos*: en señal de desposorio.

Corregidor, y hallando a su mujer y a Preciosa tan lloro-
sas y tan encadenadas, quedó suspenso, así de su llanto
como de la hermosura. Preguntó la causa de aquel sentimiento, y la respuesta que dio Preciosa fue soltar las
manos de la Corregidora, y asirse de los pies del Corregidor, diciéndole:

—¡Señor, misericordia, misericordia! ¡Si mi esposo muere, yo soy muerta! Él no tiene culpa; pero si la tiene, dé-
seme a mí la pena, y si esto no puede ser, a lo menos
entreténgase el pleito en tanto que se procuran y buscan
los medios posibles para su remedio; que podrá ser que
al que no pecó de malicia le enviase el cielo la salud de
gracia.

Con nueva suspensión quedó el Corregidor de oír las
discretas razones de la gitanilla, y que ya, si no fuera por
no dar indicios de flaqueza, le acompañara en sus lágrimas.
En tanto que esto pasaba, estaba la gitana vieja, considerando grandes, muchas y diversas cosas, y al cabo de toda
esta suspensión e imaginación, dijo:

—Espérenme vuesas mercedes, señores míos, un poco,
que yo haré que estos llantos se conviertan en risa, aunque a mí me cueste la vida.

Y así, con ligero paso, se salió de donde estaba, dejando
a los presentes confusos con lo que dicho había. En tanto,
pues, que ella volvía, nunca dejó Preciosa las lágrimas ni
los ruegos de que se entretuviese la causa de su esposo,
con intención de avisar a su padre que viniese a entender
en ella. Volvió la gitana con un pequeño cofre debajo del
brazo, y dijo al Corregidor que con su mujer y ella se entrasen en un aposento, que tenía grandes cosas que decirles en secreto. El Corregidor, creyendo que algunos hurtos de los gitanos quería descubrirle, por tenerle propicio
en el pleito del preso, al momento se retiró con ella y con
su mujer en su recámara, adonde la gitana, hincándose de
rodillas ante los dos, les dijo:

—Si las buenas nuevas que os quiero dar, señores, no
merecieren alcanzar en albricias el perdón de un gran pecado mío, aquí estoy para recibir el castigo que quisiére-

des darme; pero antes que le confiese quiero que me digais, señores, primero, si conoceis estas joyas.

Y descubriendo un cofrecico donde venían las de Preciosa, se le puso en las manos al Corregidor, y en abriéndole, vio aquellos dijes pueriles; pero no cayó [en] lo que podían significar. Mirólos también la Corregidora, pero tampoco dio en la cuenta; sólo dijo:

—Estos son adornos de alguna pequeña criatura.

—Así es la verdad —dijo la gitana—; y de qué criatura sean lo dice ese escrito que está en ese papel doblado.

Abrióle con prisa el Corregidor, y leyó lo que decía:

"Llamábase la niña doña Constanza de Azevedo y de Meneses; su madre, doña Guiomar de Meneses, y su padre, don Fernando de Azevedo, caballero del hábito de Calatrava. Desparecíla día de la Ascensión del Señor, a las ocho de la mañana, del año de mil quinientos y noventa y cinco. [148] *Traía la niña puestos estos brincos que en este cofre están guardados."*

Apenas hubo oído la Corregidora las razones del papel, cuando reconoció los brincos, se los puso a la boca, y dándoles infinitos besos, se cayó desmayada. Acudió el Corregidor a ella, antes que a preguntar a la gitana por su hija, y habiendo vuelto en sí, dijo:

—Mujer buena, antes ángel que gitana, ¿adónde está el dueño, digo la criatura cúyos eran estos dijes?

—¿Adónde, señora? —respondió la gitana—. En vuestra casa la teneis: aquella gitanica que os sacó las lágrimas de los ojos es su dueño, y es sin duda alguna vuestra hija; que yo la hurté en Madrid de vuestra casa el día y hora que ese papel dice

Oyendo esto la turbada señora, soltó los chapines, y desalada y corriendo salió a la sala adonde había dejado

---

[148] *Año de mil quinientos y noventa y cinco*: Preciosa, de meses, fue raptada en 1595, y en el momento de la acción tiene unos quince años, lo que nos da una fecha novelística de 1610; dado que las *Novelas ejemplares* estaban terminadas en 1612, fecha de los primeros preliminares, es probable que *La gitanilla* fuese una de las últimas novelitas compuestas.

a Preciosa, y hallóla rodeada de sus doncellas y criadas, todavía llorando. Arremetió a ella, y sin decirle nada, con gran prisa le desabrochó el pecho y miró si tenía debajo de la teta izquierda una señal pequeña, a modo de lunar blanco, con que había nacido, y hallólo ya grande, que con el tiempo se había dilatado. Luego, con la misma celeridad, la descalzó, y descubrió un pie de nieve y de marfil, hecho a torno, y vio en él lo que buscaba, que era que los dos dedos últimos del pie derecho se trababan el uno con el otro por medio con un poquito de carne, la cual, cuando niña, nunca se la había querido cortar, por no darle pesadumbre. El pecho, los dedos, los brincos, [149] el día señalado del hurto, la confesión de la gitana y el sobresalto y alegría que habían recibido sus padres cuando la vieron, con toda verdad confirmaron en el alma de la Corregidora ser Preciosa su hija; y así cogiéndola en sus brazos, se volvió con ella adonde el Corregidor y la gitana estaban.

Iba Preciosa confusa, que no sabía a qué efecto se habían hecho con ella aquellas diligencias, y más viéndose llevar en brazos de la Corregidora, y que le daba de un beso hasta ciento. Llegó, en fin, con la preciosa carga doña Guiomar a la presencia de su marido, y trasladándola de sus brazos a los del Corregidor, le dijo:

—Recibid, señor, a vuestra hija Costanza, que ésta es sin duda; no lo dudéis señor, en ningún modo, que la señal de los dedos juntos y la del pecho he visto, y más, que a mí me lo está diciendo el alma desde el instante que mis ojos la vieron.

—No lo dudo —respondió el Corregidor, teniendo en sus brazos a Preciosa—, que los mismos efectos han pasado por la mía que por la vuestra; y más, que tantas puntualidades juntas, ¿cómo podían suceder, si no fuera por milagro?

Toda la gente de casa andaba absorta, preguntando unos a otros qué sería aquello, y todos daban bien lejos

[149] *Los brincos*: v. nota 92.

del blanco; que ¿quién había de imaginar que la gitanilla
era hija de sus señores?

El Corregidor dijo a su mujer, y a su hija, y a la gitana
vieja, que aquel caso estuviese secreto hasta que él le
descubriese; y asimismo dijo a la vieja que él la perdonaba
el agravio que le había hecho en hurtarle el alma, pues la
recompensa de habérsela vuelto mayores albricias recibía,
y que sólo le pesaba de que, sabiendo ella la calidad de
Preciosa, la hubiese desposado con un gitano, y más con
un ladrón y homicida.

—¡Ay! —dijo a esto Preciosa—, señor mío, que ni es
gitano ni ladrón, puesto que es matador. Pero fuelo del
que le quitó la honra, y no pudo hacer menos de mostrar
quién era y matarle.

—¿Cómo que no es gitano, hija mía? —dijo doña Guiomar.

Entonces la gitana vieja contó brevemente la historia
de Andrés Caballero, y que era hijo de don Francisco de
Cárcamo, caballero del hábito de Santiago, y que se llamaba don Juan de Cárcamo; [150] asimismo del mismo hábito,
cuyos vestidos ella tenía, cuando los mudó en los de gitano. Contó también el concierto que entre Preciosa y don
Juan estaba hecho de aguardar dos años de aprobación
para desposarse o no. Puso en su punto la honestidad de
entrambos y la agradable condición de don Juan.

Tanto se admiraron de esto como del hallazgo de su hija,
y mandó el Corregidor a la gitana que fuese por los vestidos de don Juan. Ella lo hizo así, y volvió con otro
gitano que los trajo.

En tanto que ella iba y volvía, hicieron sus padres a Preciosa cien mil preguntas, a quien respondió con tanta discreción y gracia, que aunque no la hubieran reconocido
por hija, los enamorara. Preguntáronla si tenía alguna afi-

---

[150] *Don Juan de Cárcamo*: la obsesión con encontrar modelos
vivos a los personajes de Cervantes (¡muy en particular a don
Quijote!), empresa plausible, en principio, ha hecho malgastar
mucha tinta, y éste es uno de tantos casos. El punto de arranque
está en la larga nota de Rodríguez Marín a este pasaje.

ción a don Juan. Respondió que no más de aquella que le obligaba a ser agradecida a quien se había querido humillar a ser gitano por ella; pero que ya no se extendería a más el agradecimiento de aquello que sus señores padres quisiesen.

—Calla, hija Preciosa —dijo su padre—, que este nombre de Preciosa quiero que se te quede, en memoria de tu pérdida y de tu hallazgo; que yo, como tu padre, tomo a cargo el ponerte en estado que no desdiga de quién eres.

Suspiró oyendo esto Preciosa, y su madre, como era discreta, entendió que suspiraba de enamorada de don Juan, [y] dijo a su marido:

—Señor, siendo tan principal don Juan de Cárcamo como lo es, y queriendo tanto a nuestra hija, no nos estaría mal dársela por esposa.

Y él respondió:

—Aun hoy la hemos hallado ¿y ya quereis que la perdamos? Gocémosla algún tiempo; que en casándola, no será nuestra, sino de su marido.

—Razón teneis, señor —respondió ella—; pero dad orden de sacar a don Juan, que debe de estar en algún calabozo.

—Sí estará —dijo Preciosa—; que a un ladrón, matador, y sobre todo gitano, no le habrán dado mejor estancia.

—Yo quiero ir a verle, como que le voy a tomar la confesión —respondió el Corregidor—, y de nuevo os encargo, señora, que nadie sepa esta historia hasta que yo lo quiera.

Y abrazando a Preciosa, fue luego a la cárcel y entró en el calabozo donde don Juan estaba, y no quiso que nadie entrase con él. Hallóle con entrambos pies en un cepo y con las esposas a las manos, y que aun no le habían quitado el piedeamigo. Era la estancia oscura; pero hizo que por arriba abriesen una lumbrera, por donde entraba luz, aunque muy escasa, y así como le vio, le dijo:

—¿Cómo está la buena pieza? ¡Qué así tuviera yo atraillados cuantos gitanos hay en España, para acabar con ellos en un día, como Nerón quisiera con Roma, sin dar

más de un golpe! Sabed, ladrón puntoso, [151] que yo soy el
Corregidor de esta ciudad, y vengo a saber, de mí a vos, si
es verdad que es vuestra esposa una gitanilla que viene
con vosotros.

Oyendo esto Andrés, imaginó que el Corregidor se debía de haber enamorado de Preciosa; que los celos son de
cuerpos sutiles y se entran por otros cuerpos sin romper-
los, apartarlos ni dividirlos; pero, con todo esto, respondió:

—Si ella ha dicho que yo soy su esposo, es mucha verdad; y si ha dicho que no lo soy, también ha dicho verdad, porque no es posible que Preciosa diga mentira.

—¿Tan verdadera es? —respondió el Corregidor—. No
es poco serlo, para ser gitana. Ahora bien, mancebo, ella
ha dicho que es vuestra esposa; pero que nunca os ha
dado la mano. Ha sabido que, según es vuestra culpa,
habeis de morir por ella, y hame pedido que antes de
vuestra muerte la despose con vos, porque se quiere hon-
rar con quedar viuda de un tan gran ladrón como vos.

—Pues hágalo vuesa merced, señor Corregidor, como
ella lo suplica; que como yo me despose con ella, iré contento a la otra vida, como parta de ésta con nombre de ser
suyo.

—¡Mucho la debeis de querer! —dijo el Corregidor.

—Tanto —respondió el preso—, que a poderlo decir,
no fuera nada. En efecto, señor Corregidor, mi causa se
concluya; yo maté al que me quiso quitar la honra; yo
adoro a esa gitana: moriré contento si muero en su gracia, y sé que no nos ha de faltar la de Dios, pues entrambos habremos guardado honestamente y con puntualidad
lo que nos prometimos.

—Pues esta noche enviaré por vos —dijo el Corregidor—, y en mi casa os desposareis con Preciosica, y mañana a mediodía estareis en la horca; con lo que yo habré cumplido con lo que pide la justicia y con el deseo
de entrambos.

---

[151] *Ladrón puntoso*: de muchas puntas.

Agradecióselo Andrés, y el Corregidor volvió a su casa y dio cuenta a su mujer de lo que con don Juan había pasado, y de otras cosas que pensaba hacer.

En el tiempo que él faltó dio cuenta Preciosa a su madre de todo el discurso de su vida, y de como siempre había creído ser gitana y nieta de aquella vieja; pero que siempre se había estimado en mucho más de lo que de ser gitana se esperaba.

Preguntóle su madre que le dijese la verdad, si quería bien a don Juan de Cárcamo. Ella, con vergüenza y con los ojos en el suelo, le dijo que por haberse considerado gitana, y que mejoraba su suerte con casarse con un caballero de hábito y tan principal como don Juan de Cárcamo, y por haber visto por experiencia su buena condición y honesto trato, alguna vez le había mirado con ojos aficionados; pero que, en resolución, ya había dicho que no tenía otra voluntad que aquella que ellos quisiesen.

Llegóse la noche, y siendo casi las diez, sacaron a Andrés de la cárcel, sin las esposas y el piedeamigo, pero no sin una gran cadena que desde los pies todo el cuerpo le ceñía. Llegó de este modo, sin ser visto de nadie, sino de los que le traían, en casa del Corregidor, y con silencio y recato le entraron en un aposento, donde le dejaron solo. De allí a un rato entró un clérigo y le dijo que se confesase, porque había de morir otro día. A lo cual respondió Andrés:

—De muy buena gana me confesaré; pero ¿cómo no me desposan primero? Y si me han de desposar, por cierto que es muy malo el tálamo que me espera.

Doña Guiomar, que todo esto sabía, dijo a su marido que eran demasiados los sustos que a don Juan daba; que los moderase, porque podría ser perdiese la vida con ellos. Parecióle buen consejo al Corregidor, y así entró a llamar al que le confesaba, y díjole que primero habían de desposar al gitano con Preciosa, la gitana, y que después se confesaría, y que se encomendase a Dios de todo corazón, que muchas veces suele llover sus misericordias en el tiempo que están más secas las esperanzas.

En efecto, Andrés salió a una sala donde estaban solamente doña Guiomar, el Corregidor, Preciosa y otros dos criados de casa. Pero cuando Preciosa vio a don Juan ceñido y aherrojado con tan gran cadena, descolorido el rostro y los ojos con muestra de haber llorado, se le cubrió el corazón y se arrimó al brazo de su madre, que junto a ella estaba, la cual, abrazándola consigo, le dijo:

—Vuelve en ti, niña, que todo lo que ves ha de redundar en tu gusto y provecho.

Ella, que estaba ignorante de aquello, no sabía cómo consolarse, y la gitana vieja estaba turbada, y los circunstantes, colgados del fin de aquel caso.

El Corregidor dijo:

—Señor teniente cura, este gitano y esta gitana son los que vuesa merced ha de desposar.

—Eso no podré yo hacer si no preceden primero las circunstancias que para el caso se requieren. ¿Dónde se han hecho las amonestaciones? ¿Adónde está la licencia de mi superior, para que con ella [152] se haga el desposorio?

—Inadvertencia ha sido mía —respondió el Corregidor—; pero yo haré que el vicario la dé.

—Pues hasta que la vea —respondió el teniente cura—, estos señores perdonen.

Y sin replicar más palabras, porque no sucediese algún escándalo, se salió de casa y los dejó a todos confusos.

—El padre ha hecho muy bien —dijo a esta sazón el Corregidor—, y podría ser fuese providencia del cielo ésta, para que el suplicio de Andrés se dilate, porque, en efecto, él se ha de desposar con Preciosa y han de preceder primero las amonestaciones, donde se dará tiempo al tiempo, que suele dar dulce salida a muchas amargas dificultades; y con todo esto, quería saber de Andrés, si la suerte encaminase sus sucesos de manera que sin estos sustos y sobresaltos se hallase esposo de Preciosa, si se tendría por dichoso, ya siendo Andrés Caballero, o ya don Juan de Cárcamo.

Así como oyó Andrés nombrarse por su nombre, dijo:

[152] 1613: *ellas.*

—Pues Preciosa no ha querido contenerse en los límites del silencio y ha descubierto quién soy, aunque esa buena dicha me hallara hecho monarca del mundo, la tuviera en tanto, que pusiera término a mis deseos, sin osar desear otro bien sino el del cielo.

—Pues por ese buen ánimo que habeis mostrado, señor don Juan de Cárcamo, a su tiempo haré que Preciosa sea vuestra legítima consorte, y ahora os la doy y entrego en esperanza por la más rica joya de mi casa, y de mi vida, y de mi alma; y estimadla en lo que decís, porque en ella os doy a doña Costanza de Meneses, mi única hija, la cual, si os iguala en el amor, no os desdice nada en el linaje.

Atónito quedó Andrés viendo el amor que le mostraban, y en breves razones doña Guiomar contó la pérdida de su hija y su hallazgo, con las certísimas señas que la gitana vieja había dado de su hurto; con que acabó don Juan de quedar atónito y suspenso, pero alegre sobre todo encarecimiento; abrazó a sus suegros, llamólos padres y señores suyos; besó las manos a Preciosa, que con lágrimas le pedía las suyas.

Rompióse el secreto, salió la nueva del caso con la salida de los criados que habían estado presentes; el cual sabido por el alcalde, tío del muerto, vio tomados los caminos de su venganza, pues no había de tener lugar el rigor de la justicia para ejecutarla en el yerno del Corregidor.

Vistióse don Juan los vestidos de camino que allí había traído la gitana; volviéronse las prisiones y cadenas de hierro en libertad y cadenas de oro; la tristeza de los gitanos presos, en alegría, pues otro día los dieron en fiado. [153] Recibió el tío del muerto la promesa de dos mil ducados, que le hicieron porque bajase de la querella y perdonase a don Juan, el cual, no olvidándose de su camarada Clemente, le hizo buscar; pero no le hallaron ni supieron de él, hasta que desde allí a cuatro días tuvo nuevas ciertas que se había embarcado en una de dos galeras de Génova

---

[153] *Los dieron en fiado*: bajo fianza, es la expresión moderna.

que estaban en el puerto de Cartagena, y ya se había [154] partido.

Dijo el corregidor a don Juan que tenía por nueva cierta que su padre, don Francisco de Cárcamo, estaba proveído por Corregidor de aquella ciudad, y que sería bien esperarle, para que con su beneplácito y consentimiento se hiciesen las bodas. Don Juan dijo que no saldría de lo que él ordenase; pero que, ante todas [las] cosas, se había de desposar con Preciosa.

Concedió licencia el Arzobispo para que con sola una amonestación se hiciese. Hizo fiestas la ciudad, por ser muy bienquisto el Corregidor, con luminarias, toros y cañas el día del desposorio; quedóse la gitana vieja en casa, que no se quiso apartar de su nieta Preciosa.

Llegaron las nuevas a la Corte del caso y casamiento de la gitanilla; supo don Francisco de Cárcamo ser su hijo el gitano y ser la Preciosa la gitanilla que él había visto, cuya hermosura disculpó con él la liviandad de su hijo, que ya le tenía por perdido, por saber que no había ido a Flandes; y más porque vio cuán bien le estaba el casarse con hija de tan gran caballero y tan rico como era don Fernando de Azevedo. Dio prisa a su partida, por llegar presto a ver a sus hijos, y dentro de veinte días ya estaba en Murcia, con cuya llegada se renovaron los gustos, se hicieron las bodas, se contaron las vidas, y los poetas de la ciudad,[155] que hay algunos, y muy buenos, tomaron a cargo celebrar el extraño caso, juntamente con la sin igual belleza de la gitanilla. Y de tal manera escribió el famoso

---

[154] 1613: *habían.*

[155] *Poetas de la ciudad*: aunque no está dedicado en particular a la historia literaria, siempre es de interesante consulta el libro del murciano Francisco Cascales, *Discursos históricos de la muy noble y muy leal ciudad de Murcia y su reino* (Murcia, 1621). De tipo estrictamente literario es la obra de J. P. Tejera y R. de Moncada, *Biblioteca del murciano o ensayo de un diccionario biográfico y bibliográfico de la literatura en Murcia,* 2 vols. (Madrid, 1922-1941).

licenciado Pozo, [156] que en sus versos durará la fama de la Preciosa mientras los siglos duraren.

Olvidábaseme de decir cómo la enamorada mesonera descubrió a la justicia no ser verdad lo del hurto de Andrés el gitano, y confesó su amor y su culpa, a quien no respondió pena alguna, porque en la alegría del hallazgo de los desposados se enterró la venganza y resucitó la clemencia.

---

[156] *Licenciado Pozo*: es probable que Cervantes no se refiera a Francisco del Pozo, como quiso Rodríguez Marín, que como *aprobador* de una comedia de Lope de Vega se puede suponer amigo de éste y, en consecuencia, poco amigo de Cervantes, sino más bien al doctor (en 1614) Andrés del Pozo, a quien elogia Cervantes en el *Viaje del Parnaso,* cap. IV, vv. 307-09, v. J. de Entrambasaguas, *Estudios sobre Lope de Vega,* I (Madrid, 1946), 312-14.

NOVELA DEL AMANTE LIBERAL

—¡Oh lamentables ruinas de la desdichada Nicosia,[1] apenas enjutas de la sangre de vuestros valerosos y mal afortunados defensores! Si como careceis de sentido, le tuviérades ahora, en esta soledad donde estamos, pudiéramos lamentar juntas nuestras desgracias, y quizá el haber hallado compañía en ellas aliviara nuestro tormento. Esta esperanza os puede haber quedado, ¡mal derribados torreones!, que otra vez, aunque no para tan justa defensa como la en que os derribaron, os podeis ver levantados. Mas yo, desdichado, ¿qué bien podré esperar en la miserable estrecheza en que me hallo, aunque vuelva al estado en que estaba antes de éste en que me veo? Tal es mi desdicha, que en la libertad fui sin ventura, y en el cautiverio, ni la tengo ni la espero—.

Estas razones decía un cautivo cristiano,[2] mirando des-

---

[1] *Desdichada Nicosia*: este comienzo *in medias res*, y sobre todo con quejas pronunciadas por alguien que se identificará bastante más tarde, es propio de la novela bizantina o novela de aventuras del siglo XVII español. No de otra manera comienza el *Persiles* del propio Cervantes. En cuanto a Nicosia, capital de la isla de Chipre, hay que recordar que toda la isla estaba en poder de los venecianos desde el siglo XV, pero que en 1570 los turcos la invadieron y en unos dos meses tomaron toda la isla, menos el puerto de Famagusta, que se rindió al año siguiente.

[2] *Cautivo cristiano*: aparte de la obra de Luis Rosales (v. nota 111 de *La gitanilla*), ahora se debe consultar la monografía de George Camamis, *Estudios sobre el cautiverio en el Siglo de Oro* (Madrid, 1977), donde se hallan buenos estudios de dos obras

161

de un recuesto las murallas derribadas de la ya perdida Nicosia, y así hablaba con ellas, y hacía comparación de sus miserias a las suyas, como si ellas fueran capaces de entenderle; propia condición de afligidos que, llevados de sus imaginaciones, hacen y dicen cosas ajenas de toda razón y buen discurso.

En esto salió de un pabellón o tienda, de cuatro que estaban en aquella campaña puestas, un turco,[3] mancebo de muy buena disposición y gallardía, y llegándose al cristiano le dijo:

—Apostaría yo, Ricardo amigo, que te traen por estos lugares tus continuos pensamientos.

—Sí traen —respondió Ricardo, que éste era el nombre del cautivo—; mas ¿qué aprovecha si en ninguna parte a do voy hallo tregua ni descanso en ellos, antes me los han acrecentado estas ruinas que desde aquí se descubren?

—Por las de Nicosia dirás —dijo el turco.

—Pues ¿por cuáles quieres que [lo] diga —repitió Ricardo—, si no hay otras que a los ojos por aquí se ofrezcan?

—Bien tendrás que llorar —replicó el turco—, si en esas contemplaciones entras; porque los que vieron habrá dos años a esta nombrada y rica isla de Chipre en su tranquilidad y sosiego, gozando sus moradores en ella de todo aquello que la felicidad humana puede conceder a los hombres, y ahora los ve o contempla, o desterrados de ella o en ella cautivos y miserables, ¿cómo podrá dejar de no dolerse de su calamidad y desventura? Pero dejemos estas cosas, pues no llevan remedio, y vengamos a las tuyas, que quiero ver si le tienen; y así te ruego, por lo que debes a la buena voluntad que te he mostrado y por lo que te obliga el ser entrambos de una misma pa-

---

clásicas de la literatura de cautiverio en España: fray Diego de Haedo, *Topografía e historia general de Argel*, y Diego Galán, *Cautiverio y trabajos*.

[3] *Un turco*: los turcos se habían convertido en fobia obsesiva en la vida española de la época y se derraman por su literatura, v. A. Mas, *Les Turcs dans la littérature espagnole du Siècle d'Or*, 2 vols. (París, 1967).

tria, [4] y habernos criado en nuestra niñez juntos, que me digas qué es la causa que te trae tan demasiadamente triste; que puesto caso que sola la del cautiverio es bastante para entristecer el corazón más alegre del mundo, todavía imagino que de más atrás traen la corriente tus desgracias. Porque los generosos ánimos como el tuyo no suelen rendirse a las comunes desdichas tanto que den muestras de extraordinarios sentimientos: y háceme creer esto, el saber yo que no eres tan pobre que te falte para dar cuanto pidieren por tu rescate; ni estás en las torres del mar Negro, [5] como cautivo de consideración que tarde o nunca alcanza la deseada libertad. Así que, no habiéndote quitado lo la mala suerte las esperanzas de verte libre, y con todo esto, verte rendido a dar miserables muestras de tu desventura, no es mucho que imagine que tu pena procede de otra causa que de la libertad que perdiste, la cual causa te suplico me digas, ofreciéndote cuanto puedo y valgo; quizá para que yo te sirva ha traído la fortuna este rodeo de haberme hecho vestir de este hábito, que aborrezco. Ya sabes, Ricardo, que es mi amo el cadí [6] de esta ciudad, que es lo mismo que ser su obispo. Sabes también lo mucho que vale y lo mucho que con él puedo. Juntamente con esto no ignoras el deseo encendido que tengo de no morir en este estado que parece que profeso, pues cuando más no pueda, tengo de confesar y publicar a voces la fe de Jesucristo, de quien me apartó mi poca edad

---

[4] *Una misma patria*: resulta que este turco es menos turco de lo que parece. Esta técnica, de una lenta pero progresiva revelación de la verdadera identidad de los personajes, es propia, nuevamente, de la novela bizantina, y bien afilada la tenía Cervantes en su *Persiles*.

[5] *Torres del mar Negro*: Andrés Laguna (*olim* Cristóbal de Villalón), *Viaje de Turquía*, NBAE, II, 147b: "Lo primero que yendo de acá topamos de Constantinopla se llama Iedicula, las Siete Torres, donde están juntas siete torres fuertes y bien hechas. Dicen que solían estar llenas de dinero. Yo entré en dos dellas, y no vi sino heno" (citado por Harry Sieber).

[6] *Cadí*: "Y sale con ellos el gran Cadí, que es el juez obispo de los turcos", Cervantes, *La gran Sultana*, jornada II, acotación inicial.

y menos entendimiento, puesto que sé que tal confesión
me ha de costar la vida, que a trueco de no perder la del
alma, daré por bien empleado perder la del cuerpo. De
todo lo dicho quiero que infieras y que considere que te
puede ser de algún provecho mi amistad, y que para saber
qué remedios o alivios puede tener tu desdicha, es menester que me la cuentes como ha menester el médico la relación del enfermo, asegurándote que la depositaré en lo
más escondido del silencio.

A todas estas razones estuvo callando Ricardo, y viéndose obligado de ellas y de la necesidad, le respondió con
éstas:

—Si así como has acertado, ¡oh amigo Mahamut! —que
así se llamaba el turco—, en lo que de mi desdicha imaginas, acertaras en su remedio, tuviera por bien perdida
mi libertad, y no trocara mi desgracia con la mayor ventura que imaginarse pudiera; mas yo sé que ella es tal
que todo el mundo podrá saber bien la causa de donde
procede, mas no habrá en él persona que se atreva, no
sólo a hallarle remedio, pero ni aun alivio. Y para que
quedes satisfecho de esta verdad, te la contaré en las menos
razones que pudiere; pero antes que entre en el confuso
laberinto de mis males, quiero que me digas qué es la
causa que Hazán Bajá, mi amo, ha hecho plantar en esta
campaña estas tiendas y pabellones antes de entrar en Nicosia, adonde viene proveído por virrey o por bajá, como
los turcos llaman a los virreyes.

—Yo te satisfaré brevemente —respondió Mahamut—;
y así has de saber que es costumbre entre los turcos que
los que van por virreyes de alguna provincia no entran en
la ciudad donde su antecesor habita hasta que él salga
de ella y deje hacer libremente al que viene la residencia; [7]
y en tanto que el bajá nuevo la hace, el antiguo se está en
la campaña esperando lo que resulta de sus cargos, los
cuales se le hacen sin que él pueda intervenir a valerse de
sobornos ni amistades, si ya primero no lo ha hecho. Hecha, pues, la residencia, se la dan al que deja el cargo en

[7] *Residencia*: *supra,* nota 58 de *La gitanilla.*

un pergamino cerrado y sellado, y con ella se presenta a la Puerta del Gran Señor, que es como decir en la Corte ante un Gran Consejo del Turco; la cual vista por el visir-bajá, y por los otros cuatro bajás menores, como si dijésemos ante el presidente del Real Consejo y oidores, o le premian o le castigan, según la relación de la residencia; puesto que si viene culpado, con dineros rescata y excusa el castigo. Si no viene culpado y no le premian, como sucede de ordinario, con dádivas y presentes alcanza el cargo que más se le antoja, porque no se dan allí los cargos y oficios por merecimientos, sino por dineros: todo se vende y todo se compra. Los proveedores de los cargos roban [a] los proveídos en ellos y los desuellan; de este oficio comprado sale la sustancia para comprar otro que más ganancia promete. Todo va como digo, todo este imperio es violento, señal que prometía no ser durable; pero a lo que yo creo, y así debe de ser verdad, le tienen sobre sus hombros nuestros pecados, quiero decir, los de aquellos que descaradamente y a rienda suelta ofenden a Dios, como yo hago: Él se acuerde de mí por quien Él es. Por la causa que he dicho, pues, tu amo, Hazán Bajá, ha estado en esta campaña cuatro días, y si el de Nicosia no ha salido como debía, ha sido por haber estado muy malo; pero ya está mejor y saldrá hoy o mañana, sin duda alguna, y se ha de alojar en unas tiendas que están detrás de este recuesto que tú no has visto, y tu amo entrará luego en la ciudad; y esto es lo que hay que saber de lo que me preguntaste.

—Escucha, pues —dijo Ricardo—; mas no sé si podré cumplir lo que antes dije, que en breves razones te contaría mi desventura, por ser ella tan larga y desmedida, que no se puede medir con razón alguna; con todo esto, haré lo que pudiere y lo que el tiempo diere lugar: y así te pregunto primero si conoces en nuestro lugar de Trápana [8] una doncella a quien la fama daba nombre de

---

[8] *Trápana*: Trápani, importante puerto en la parte norte del extremo occidental de Sicilia. Esta aventura, en el tiempo, se corresponde con los años de soldadesca de Cervantes.

la más hermosa mujer que había en toda Sicilia; una doncella, digo, por quien decían todas las curiosas lenguas y afirmaban los más raros entendimientos que era la de más perfecta hermosura que tuvo la edad pasada, tiene la presente y espera tener la que está por venir; una por quien los poetas cantaban que tenía los cabellos de oro, y que eran sus ojos dos resplandecientes soles, y sus mejillas purpúreas rosas, sus dientes perlas, sus labios rubíes, su garganta alabastro, y que sus partes con el todo, y el todo con sus partes, hacían una maravillosa y concertada armonía, esparciendo naturaleza sobre todo una suavidad de colores tan natural y perfecta, que jamás pudo la envidia hallar cosa en que ponerle tacha. Que, ¿es posible, Mahamut, que ya no me has dicho quién es y cómo se llama? Sin duda creo, o que no me oyes, o que cuando en Trápana estabas, carecías de sentido.

—En verdad, Ricardo —respondió Mahamut—, que si la que has pintado con tantos extremos de hermosura no es Leonisa, la hija de Rodolfo Florencio, no sé quién sea; que ésta sola tenía la fama que dices.

—Ésa es, ¡oh Mahamut! —respondió Ricardo—; ésa es, amigo, la causa principal de todo mi bien y de toda mi desventura; ésa es, que no la perdida libertad, por quien mis ojos han derramado, derraman y derramarán lágrimas sin cuento, y la por quien mis suspiros encienden el aire, cerca y lejos, y la por quien mis razones cansan al cielo que las escucha y a los oídos que las oyen; ésa es por quien tú me has juzgado por loco o, por lo menos, por de poco valor y menos ánimo; esta Leonisa, para mí leona, y mansa cordera para otro, es la que me tiene en este miserable estado. Porque has de saber que desde mis tiernos años, o a lo menos desde que tuve uso de razón, no sólo la amé, mas la adoré y serví con tanta solicitud como si no tuviera en la tierra ni en el cielo otra deidad a quien sirviese ni adorase. Sabían sus deudos y sus padres mis deseos, y jamás dieron muestra de que les pesase, considerando que iban encaminados a fin honesto y virtuoso, y así muchas veces sé yo que se lo dijeron a Leonisa, para disponerle la voluntad a que por su esposo me recibiese. Mas ella, que tenía puestos los ojos en Cornelio, el hijo de Ascanio Rótulo, que tú bien conoces: mancebo galán, atildado, de blandas manos y rizos cabellos, de voz meliflua y de amorosas palabras, y, finalmente, todo hecho de ámbar y de alfeñique, guarnecido de telas y adornado de brocados, no quiso ponerlos en mi rostro, no tan delicado como el de Cornelio, ni quiso agradecer siquiera mis muchos y continuos servicios, pagando mi voluntad con desdeñarme y aborrecerme, y a tanto llegó el extremo de amarla, que tomara por partido dichoso que me acabara a pura fuerza de desdenes y desagradecimientos, con que no diera descubiertos aunque honestos favores a Cornelio. ¡Mira, pues, si llegándose a la angustia del desdén y aborrecimiento la mayor y más cruel rabia de los celos, cuál estaría mi alma de dos tan mortales pestes combatida! Disimulaban los padres de Leonisa los favores que a Cornelio hacía, creyendo, como estaba en razón que creyesen, que atraído el mozo de su incomparable y bellísima hermosura, la escogería por su esposa, y en ello granjearían yerno más rico que conmigo; y bien pudiera ser, si así fuera; pero no le alcanzaran, sin arrogancia sea dicho, de mejor condición que la mía, ni de más altos pensamientos, ni de más conocido valor que el mío. Sucedió, pues, que en el discurso de mi pretensión, alcancé a saber que un día del mes pasado de mayo, que éste de hoy hace un año, tres días y cinco horas, Leonisa y sus padres, y Cornelio y los suyos, se iban a solazar con toda su parentela y criados al jardín de Ascanio, que está cercano a la marina, en el camino de las Salinas.

—Bien lo sé —dijo Mahamut—: pasa adelante, Ricardo, que más de cuatro días tuve en él, cuando Dios quiso, más de cuatro buenos ratos.

—Súpelo —replicó Ricardo—, y al mismo tiempo que lo supe me ocupó el alma una furia, una rabia y un infierno de celos, con tanta vehemencia y rigor, que me sacó de mis sentidos, como lo verás por lo que luego hice, que fue irme al jardín donde me dijeron que estaban, y hallé a la más de la gente solazándose, y debajo de un nogal sentados a Cornelio y a Leonisa, aunque desviados un

poco. Cuál ellos quedaron de mi vista, no lo sé; de mí sé
decir que quedé tal con la suya, que perdí la de mis ojos,
y me quedé como estatua sin voz ni movimiento alguno.
Pero no tardó mucho en despertar el enojo a la cólera,
y la cólera a la sangre del corazón, y la sangre [8a] a la ira, y
la ira a las manos y a la lengua; puesto que las manos se
ataron con el respeto a mi parecer debido al hermoso
rostro que tenía delante. Pero la lengua rompió el silencio
con estas razones: "Contenta estarás, ¡oh enemiga mortal
de mi descanso!, [8b] en tener con tanto sosiego delante de tus
ojos la causa que hará que los míos vivan en perpetuo y
doloroso llanto. Llégate, llégate, cruel, un poco más, y en-
rede tu yedra a ese inútil tronco que te busca; peina o
ensortija aquellos cabellos de ese tu nuevo Ganimedes, [9]
que tibiamente te solicita; acaba ya de entregarte a los
banderizos años [10] de ese mozo en quien contemplas, por
que perdiendo yo la esperanza de alcanzarte, acabe con
ella la vida que aborrezco. ¿Piensas, por ventura, soberbia
y mal considerada doncella, que contigo sola se han de
romper y faltar las leyes y fueros que en semejantes casos
en el mundo se usan? ¿Piensas, quiero decir, que este
mozo, altivo por su riqueza, arrogante por su gallardía,
inexperto por su edad poca, confiado por su linaje, ha de
querer, ni poder, ni saber guardar firmeza en sus amores,
ni estimar lo inestimable, ni conocer lo que conocen los
maduros y experimentados años? No lo pienses, si lo piensas, porque no tiene otra cosa buena el mundo, sino hacer
sus acciones siempre de una misma manera, por que no
se engañe nadie sino por su propia ignorancia. En los

[8a] *Cólera* y *sangre* eran dos de los cuatro humores que, según
la fisiología clásica, determinaban el temperamento del hombre.
Los otros dos eran melancolía y bilis.

[8b] Este apóstrofe viene de Jorge de Montemayor, *Diana*, libro I,
y ya lo había usado Cervantes en su *Galatea*, libros I y IV, y en
el *Quijote*, I, xxvii.

[9] *Ganimedes*: guapísimo copero de Júpiter, cuyo nombre se solía asociar con pusilanimidad u homosexualismo.

[10] *Banderizos años*: banderizo, *sensu stricto*, es el que sigue una
bandería o parcialidad, y por extensión, 'fogoso, alborotado'.

pocos años está la inconstancia mucha; en los ricos, la
soberbia; la vanidad, en los arrogantes, y en los hermosos,
el desdén, y en los que todo esto tienen, la necedad, que
es madre de todo mal suceso. Y tú, ¡oh mozo!, que tan a
tu salvo piensas llevar el premio más debido a mis buenos deseos que a los ociosos tuyos, ¿por qué no te levantas
de ese estrado de flores donde yaces, y vienes a sacarme
el alma, que tanto la tuya aborrece? Y no porque me ofen-
das en lo que haces, sino porque no sabes estimar el bien
que la ventura te concede; y vese claro que le tienes en
poco, en que no quieres moverte a defenderle por no ponerte a riesgo de descomponer la afeitada compostura de
tu galán vestido. Si esa tu reposada condición tuviera
Aquiles,[11] bien seguro estuviera Ulises de no salir con su
empresa, aunque más le mostrara resplandecientes armas
y acerados alfanjes. Vete, vete, y recréate entre las doncellas de tu madre, y allí ten cuidado de tus cabellos y de
tus manos, más despiertas a devanar blando sirgo que a
empuñar la dura espada."

"A todas estas razones jamás se levantó Cornelio del
lugar donde le hallé sentado, antes se estuvo quedo, mi-
rándome como embelesado sin moverse; y a las levantadas
voces con que le dije lo que has oído, se fue llegando la
gente que por la puerta andaba, y se pusieron a escuchar
otros más improperios que a Cornelio dije, el cual, tomando ánimo con la gente que acudió, porque todos o los
más eran sus parientes, criados o allegados, dio muestras
de levantarse; mas antes de que se pusiese en pie, puse
mano a mi espada y acometíle, no sólo a él, sino a todos
cuantos allí estaban. Pero apenas vio Leonisa relucir mi
espada, cuando le tomó un recio desmayo, cosa que me
puso en mayor coraje y mayor despecho. Y no te sabré
decir si los muchos que me acometieron atendían no más

---

[11] *Aquiles*: según la leyenda, Tetis, su madre, le disfrazó de
mujer para que no fuese a la guerra de Troya, pero Ulises le descubrió al ponerle armas por delante, que Aquiles impetuoso
tomó. A todo esto alude el insultante consejo de Ricardo a Cornelio: "Recréate entre las doncellas de tu madre."

de a defenderse, como quien se defiende de un loco furioso, o si fue mi buena suerte y diligencia, o el cielo, que
para mayores males quería guardarme, porque, en efecto,
herí siete u ocho de los que hallé más a mano. A Cornelio
le valió su buena diligencia, pues fue tanta la que puso en
los pies, huyendo, que se escapó de mis manos. Estando
en este tan manifiesto peligro, cercado de mis enemigos,
que ya como ofendidos procuraban vengarse, me socorrió
la ventura con un remedio que fuera mejor haber dejado
allí la vida, que no, restaurándola por tan no pensado camino, venir a perderla cada hora mil y mil veces; y fue
que de improviso dieron en el jardín mucha cantidad de
turcos de dos galeotas de corsarios [12] de Biserta, [13] que en
una cala, que allí cerca estaba, habían desembarcado sin
ser sentidos de las centinelas de las torres de la marina, ni
descubiertos de los corredores o atajadores de la costa. [14]
Cuando mis contrarios los vieron, dejándome solo, con
presta celeridad se pusieron en cobro; de cuantos en el
jardín estaban, no pudieron los turcos cautivar más de
a tres personas y a Leonisa, que aun estaba desmayada;
a mí me cogieron con cuatro disformes heridas, vengadas
antes por mi mano con cuatro turcos, que de otras cuatro
dejé sin vida tendidos en el suelo. Este asalto hicieron los
turcos con su acostumbrada diligencia, y no muy contentos del suceso, se fueron a embarcar, y luego se hicieron
a la mar, y a vela y remo en breve espacio se pusieron

---

[12] 1613: *cosarios*: los corsarios turcos recorren toda la obra cervantina, desde la *Galatea* hasta el *Persiles,* lo que debe bastar para
dar una idea del pavoroso problema que enfrentaba a los países
mediterráneos durante esa época, v. F. F. Olesa Muñido, *La organización naval de los estados mediterráneos y en especial de
España durante los siglos XVI y XVII,* 2 vols. (Madrid, 1968).

[13] *Biserta*: puerto en la costa norte de Túnez, no lejos de
Cartago.

[14] *Corredores o atajadores de la costa*: para evitar sorpresivos
desembarcos de turcos, existían los *corredores* o *atajadores,* como
los "cincuenta caballeros, que con gran ligereza, corriendo a media rienda, a nosotros se venían", y que reciben a Zoraida y al
capitán cautivo al desembarcar en la costa española, *Quijote,*
I, xli.

en la Fabiana. [15] Hicieron reseña por ver qué gente les faltaba, y viendo que los muertos eran cuatro soldados de aquellos que ellos llaman leventes, [16] y de los mejores y más estimados que traían, quisieron tomar en mí la venganza, y así mandó el arráez [17] de la capitana bajar la entena para ahorcarme.

"Todo esto estaba mirando Leonisa, que ya había vuelto en sí, y viéndose en poder de los corsarios, derramaba abundancia de hermosas lágrimas, y torciendo sus manos delicadas, sin hablar palabra, estaba atenta a ver si entendía lo que los turcos decían. Mas uno de los cristianos del remo le dijo en italiano cómo el arráez mandaba ahorcar a aquel cristiano, señalándome a mí, porque había muerto en su defensa cuatro de los mejores soldados de las galeotas. Lo cual oído y entendido por Leonisa, la vez primera que se mostró para mí piadosa, dijo al cautivo que dijese a los turcos que no me ahorcasen, porque perderían un gran rescate, y que les rogaba volviesen a Trápana, que luego me rescatarían. Ésta, digo, fue la primera y aun será la última caridad que usó conmigo Leonisa, y todo para mayor mal mío. Oyendo, pues, los turcos lo que el cautivo les decía, le creyeron, y mudóles el interés la cólera. Otro día por la mañana, alzando la bandera de paz volvieron a Trápana; aquella noche la pasé con el dolor que imaginarse puede, no tanto por el que mis heridas me causaban, cuanto por imaginar el peligro en que la cruel enemiga mía entre aquellos bárbaros estaba.

[15] *Fabiana*: la isla de Favignana es la mayor de las Egades, al oeste de Trápani.
[16] *Leventes*: Andrés Laguna, *Viaje de Turquía*, 141b (nota 5): "Gente de la mar, los que nosotros decimos corsarios." Podían ser turcos, pero también cristianos: el capitán Alonso de Contreras, el amigo de Lope de Vega, tenía a gran honra que "llamábannos en Nápoles los leventes del Duque de Maqueda y nos tenían por hombres sin alma", *Bib. Aut. Esp.*, XC, 81b. El duque era a la sazón el virrey de Nápoles; v. nota 37.
[17] *Arráez*: "nombre arábigo; unos dizen que vale capitán, otros añaden capitán de navío", Covarrubias, s. v.

"Llegados, pues, como digo, a la ciudad, entró en el puerto la una galeota y la otra se quedó fuera; coronóse luego todo el puerto y la ribera toda de cristianos, y el lindo de Cornelio, desde lejos, estaba mirando lo que en la galeota pasaba. Acudió luego un mayordomo mío a tratar de mi rescate, al cual dije que en ninguna manera tratase de mi libertad, sino de la de Leonisa, y que diese por ella todo cuanto valía mi hacienda; y más le ordené, que volviese a tierra y dijese a los padres de Leonisa que le dejasen a él tratar de la libertad de su hija, y que no se pusiesen en trabajo por ella. Hecho esto, el arráez principal, que era un renegado griego llamado Yzuf, pidió por Leonisa seis mil escudos, y por mí cuatro mil, añadiendo que no daría el uno sin el otro: pidió esta gran suma, [18] según después supe, porque estaba enamorado de Leonisa y no quisiera él rescatarla, sino darle al arráez de la otra galeota, con quien había de partir las presas que se hiciesen por mitad, a mí, en precio de cuatro mil escudos, y mil en dinero, que hacían cinco mil, y quedarse con Leonisa por otros cinco mil. Y ésta fue la causa por que nos apreció a los dos en diez mil escudos. Los padres de Leonisa no ofrecieron de su parte nada, atenidos a la promesa que de mi parte mi mayordomo les había hecho; ni Cornelio movió los labios en su provecho; y así, después de muchas demandas y respuestas, concluyó mi mayordomo en dar por Leonisa cinco mil, y por mí, tres mil escudos.

"Aceptó Yzuf este partido, forzado de las persuasiones de su compañero y de lo que todos sus soldados le decían. Mas como mi mayordomo no tenía junta tanta cantidad de dinero, pidió tres días de término para juntarlos, con intención de malbaratar mi hacienda hasta cumplir el rescate. Holgóse de esto Yzuf, pensando hallar en este tiempo ocasión para que el concierto no pasase adelante; y volviéndose a la isla de la Fabiana, dijo que llegado el término de los tres días volvería por el dinero. Pero la in-

---

[18] *Esta gran suma*: el trinitario fray Juan Gil pagó 500 escudos en Argel por el rescate del propio Cervantes.

grata fortuna, [19] no cansada de maltratarme, ordenó que
estando desde lo más alto de la isla puesta a la guarda una
centinela de los turcos, bien dentro a la mar, descubrió
seis velas latinas, y entendió, como fue verdad, que debían ser o la escuadra de Malta, [20] o algunas de las de
Sicilia. Bajó corriendo a dar la nueva, y en un pensamiento se embarcaron los turcos que estaban en tierra,
cuál guisando de comer, cuál lavando su ropa; y zarpan-
do con no vista presteza dieron al agua los remos y al
viento las velas, y puestas las proas en [21] Berbería, en menos de dos horas perdieron de vista las galeras; y así, cu-
biertos con la isla y con la noche, que venía cerca, se
aseguraron del miedo que habían cobrado. A tu buena
consideración dejo, ¡oh Mahamut, amigo!, que considere[s] cuál iría mi ánimo en aquel viaje tan contrario del
que yo esperaba; y más cuando otro día, habiendo llegado
las dos galeotas a la isla de la Pantanalea, [22] por la parte
del mediodía, los turcos saltaron en tierra a hacer leña y
carne, [23] como ellos dicen; y más cuando vi que los arráe-
ces saltaron en tierra y se pusieron a hacer las partes de
todas las presas que habían hecho. Cada acción de éstas fue
para mí una dilatada muerte. Viniendo, pues, a la partición mía y de Leonisa, Yzuf dio a Fetala, que así se llamaba el arráez de la otra galeota, seis cristianos, los cuatro para el remo, y dos muchachos hermosísimos, de nación corsos, y a mí con ellos, por quedarse con Leonisa,
de lo cual se contentó Fetala; y aunque estuve presente

---

[19] *Ingrata fortuna*: aquí es la voltaria diosa Fortuna, pero a
menudo es el italianismo *fortuna*, 'tormenta de mar'.

[20] *Escuadra de Malta*: los caballeros hospitalarios de San Juan
de Jerusalén habían pasado a Rodas, cuando la expulsión de los
Santos Lugares. En 1522 los turcos se apoderaron de Rodas y
en 1530 Carlos V les hizo cesión de la isla de Malta para continuar la cruzada contra el infiel. Y así lo hicieron, de allí la
mención del texto de "la escuadra de Malta", o sea, de los caballeros de San Juan de Jerusalén.

[21] *Proas en*: en dirección de, hacia.

[22] *Pantanalea*: Pantelleria, isla a mitad de camino, aproximadamente, entre Sicilia y Túnez.

[23] *Hacer leña y carne*: a reaprovisionarse de bastimentos.

a todo esto, nunca pude entender lo que decían, aunque sabía lo que hacían, ni entendiera por entonces el modo de la partición si Fetala no se llegara a mí y me dijera en italiano: "Cristiano, ya eres mío; en dos mil escudos de oro te me han dado; si quieres libertad, has de dar cuatro mil; si no, acá morir." Preguntéle si era también suya la cristiana: díjome que no, sino que Yzuf se quedaba con ella, con intención de volverla mora y casarse con ella. Y así era la verdad, porque me lo dijo uno de los cautivos del remo que entendía bien el turquesco, y se lo había oído tratar a Yzuf y a Fetala. Díjele a mi amo que hiciese de modo como se quedase con la cristiana, y que le daría por su rescate sólo diez mil escudos de oro en oro. Respondióme no ser posible, pero que haría que Yzuf supiese la gran suma que él ofrecía por la cristiana; quizá, llevado del interés, mudaría de intención y la rescataría. Hízolo así, y mandó que todos los de su galeota se embarcasen luego, porque se quería ir a Trípol de Berbería, [24] de donde él era. Yzuf asimismo determinó irse a Biserta; [25] y así se embarcaron con la misma prisa que suelen cuando descubren o galeras de quien temer, o bajeles a quien robar. Movióles a darse prisa, por parecerles que el tiempo mudaba con muestras de borrasca. Estaba Leonisa en tierra; pero no en parte que yo la pudiese ver, sino fue que al tiempo del embarcarnos llegamos juntos a la marina. Llevábala de la mano su nuevo amo y su más nuevo amante, y al entrar por la escala que estaba puesta desde tierra a la galeota, volvió los ojos a mirarme, y los míos, que no se quitaban de ella, la miraron con tan tierno sentimiento y dolor, que sin saber cómo, se me puso una nube ante ellos, que me quitó la vista, y sin ella y sin sentido alguno di conmigo en el suelo. Lo mismo me dijeron después que había sucedido a Leonisa, porque la vieron caer de la escala a la mar, y que Yzuf se había echado tras de ella y la sacó en brazos. Esto me contaron

---

[24] *Trípol de Berbería*: el muy importante puerto de Trípoli en la actual Libia.
[25] *Biserta*: v. nota 13.

dentro de la galeota de mi amo, donde me habían puesto sin que yo lo sintiese; mas cuando volví de mi desmayo y me vi solo en la galeota, y que la otra, tomando otra derrota, [26] se apartaba de nosotros, llevándose consigo la mitad de mi alma, [27] o, por mejor decir, toda ella, cubrióseme el corazón de nuevo, y de nuevo maldije mi ventura y llamé a la muerte a voces; y eran tales los sentimientos que hacía, que mi amo, enfadado de oírme, con un grueso palo me amenazó que si no callaba me maltrataría. Reprimí las lágrimas, recogí los suspiros, creyendo que con la fuerza que les hacía reventarían por parte que abriesen puerta al alma, que tanto deseaba desamparar este miserable cuerpo; mas la suerte, aun no contenta de haberme puesto en tan encogido estrecho, [28] ordenó de acabar con todo, quitándome las esperanzas de todo mi remedio; y fue que en un instante se declaró la borrasca que ya se temía, y el viento que de la parte de mediodía soplaba y nos embestía por la proa, comenzó a reforzar con tanto brío, que fue forzoso volverle la popa y dejar correr el bajel por donde el viento quería llevarle.

"Llevaba designio el arráez de despuntar [29] la isla y tomar abrigo en ella por la banda del norte; mas sucedióle al revés su pensamiento, porque el viento cargó con tanta furia, que todo lo que habíamos navegado en dos días, en poco más de catorce horas nos vimos a seis millas o siete de la propia isla de donde habíamos partido, y sin remedio alguno íbamos a embestir en ella, y no en ninguna playa, sino en unas muy levantadas peñas que a la vista se nos ofrecían, amenazando de inevitable muerte a nuestras vidas. Vimos a nuestro lado la galeota de nuestra conserva, donde estaba Leonisa, y todos sus turcos y cautivos remeros haciendo fuerza con los remos para en-

---

[26] *Otra derrota*: "Derrota. Rumbo de la mar, que siguen en su navegación las embarcaciones", *Dicc. Aut.*, s. v.

[27] *Mitad de mi alma*: v. nota 140 de *La gitanilla*.

[28] *Estrecho*: "Estar puesto en estrecho, estar en necessidad y en peligro", Covarrubias, s. v.

[29] *Despuntar*: "En la Náutica significa montar o doblar algún cabo o punta que forma la tierra", *Dicc. Aut.*, s. v.

tretenerse y no dar en las peñas. Lo mismo hicieron los
de la nuestra, con más ventaja y esfuerzo, a lo que pareció, que los de la otra, los cuales, cansados del trabajo
y vencidos del tesón del viento y de la tormenta, soltando
los remos, se abandonaron y se dejaron ir a vista de
nuestros ojos a embestir en las peñas, donde dio la galeota
tan grande golpe que toda se hizo pedazos. Comenzaba
a cerrar la noche, y fue tamaña la grita de los que se per-
dían y el sobresalto de los que en nuestro bajel temían
perderse, que ninguna cosa de las que nuestro arráez mandaba se entendía ni se hacía; sólo se atendía a no dejar
los remos de las manos, tomando por remedio volver la
proa al viento y echar las dos áncoras a la mar para entretener con esto algún tiempo la muerte que por cierta
tenían. Y aunque el miedo de morir era general en todos,
en mí era muy al contrario, porque con la esperanza en-
gañosa de ver en el otro mundo a la que había tan poco
que de éste se había partido, cada punto que la galeota tardaba en anegarse o en embestir en las peñas, era para mí
un siglo de más penosa muerte. Las levantadas olas que por
encima del bajel y de mi cabeza pasaban, me hacían estar atento a ver si en ellas venía el cuerpo de la desdichada Leonisa.

"No quiero detenerme ahora, ¡oh Mahamut!, en contar-
te por menudo los sobresaltos, los temores, las ansias, los
pensamientos que en aquella luenga y amarga noche tuve
y pasé, por no ir contra lo que primero propuse de con-
tarte brevemente mi desventura. Basta decirte que fueron
tantos y tales, que si la muerte viniera en aquel tiempo,
tuviera bien poco que hacer en quitarme la vida.

"Vino el día con muestras de mayor tormenta que la
pasada, y hallamos que el bajel había virado un gran trecho, habiéndose desviado de las peñas un buen trecho,
y llegádose a una punta de la isla: y viéndose tan a pique
de doblarla, turcos y cristianos, con una nueva esperanza
y fuerzas nuevas, al cabo de seis horas doblamos la punta,
y hallamos más blando el mar y más sosegado, de modo
que más fácilmente nos aprovechamos de los remos, y

abrigados con la isla tuvieron lugar los turcos de saltar en tierra para ir a ver si había quedado alguna reliquia de la galeota que la noche antes dio en las peñas; mas aun no quiso el cielo concederme el alivio que esperaba tener de ver en mis brazos el cuerpo de Leonisa, que, aunque muerto y despedazado, holgara de verle, por romper aquel imposible que mi estrella me puso de juntarme con él como mis buenos deseos merecían; y así rogué a un renegado que quería desembarcarse que le buscase y viese si la mar lo había arrojado a la orilla. Pero, como ya he dicho, todo esto me negó el cielo, pues al mismo instante tornó a embravecerse el viento de manera que el amparo de la isla no fue de algún provecho. Viendo esto Fetala, no quiso contrastar contra la fortuna, [30] que tanto le perseguía, y así mandó poner el trinquete al árbol [31] y hacer un poco de vela; volvió la proa a la mar y la popa al viento; y tomando él mismo el cargo del timón, se dejó correr por el ancho mar, seguro que ningún impedimento le estorbaría su camino; iban los remos igualados en la crujía y toda la gente sentada por los bancos y ballesteras, [32] sin que en toda la galeota se descubriese otra persona que la del cómitre, [33] que por más seguridad suya se hizo atar fuertemente al estanterol. [34] Volaba el bajel con tanta ligereza, que en tres días y tres noches, pasando a la vista de Trápana, de Melazo [35] y de Palermo, embocó por

---

[30] *Contra la fortuna*: esta vez es el italianismo apuntado en nota 19.

[31] *Trinquete al árbol*: vale decir la vela del trinquete al árbol.

[32] *Ballesteras*: "la tronera o abertura por donde en las naves o muros se disparaban las ballestas", *Dicc. Aut.*, s. v.

[33] *Cómitre*: "cierto ministro de la galera, a cuyo cargo está la orden y castigo de los remeros", Covarrubias, s. v.

[34] *Estanterol*: "una columna que media entre la popa de la galera y crujía, a donde el capitán de la nave o galera asiste para mirar si va bien", Covarrubias, s. v.

[35] *Melazo*: Milazzo, ciudad y puerto cerca del extremo noreste de Sicilia. El bajel vuela de oeste a este, por lo cual la mención de Palermo está fuera de orden; debería ser Trápani-Palermo-Milazzo.

el faro de Micina, [36] con maravilloso espanto de los que iban dentro y de aquellos que desde la tierra los miraban.

"En fin, por no ser tan prolijo en contar la tormenta como ella lo fue en su porfía, digo que cansados, hambrientos y fatigados con tan largo rodeo, como fue bajar casi toda la isla de Sicilia, llegamos a Trípol de Berbería, adonde a mi amo, antes de haber hecho con sus levantes [37] la cuenta del despojo, y dádoles lo que les tocaba, y su quinto al rey, como es costumbre, le dio un dolor de costado tal, que dentro de tres días dio con él en el infierno. Púsose luego el virrey de Trípol en toda su hacienda, y el alcaide de los muertos que allí tiene el Gran Turco, que, como sabes, es heredero de los que no le dejan en su muerte; estos dos tomaron toda la hacienda de Fetala, mi amo, y yo cupe a éste que entonces era virrey de Trípol, y de allí a quince días le vino la patente de virrey de Chipre, con el cual he venido hasta aquí sin intento de rescatarme, porque él me ha dicho muchas veces que me rescate, pues soy hombre principal, como se lo dijeron los soldados de Fetala, jamás he acudido a ello, antes le he dicho que le engañaron los que le dijeron grandezas de mi posibilidad. Y si quieres, Mahamut, que te diga todo mi pensamiento, has de saber que no quiero volver a parte donde por alguna vía pueda tener cosa que me consuele, y quiero que juntándose a la vida del cautiverio los pensamientos y memorias que jamás me dejan de la muerte de Leonisa, vengan a ser parte para que yo no la tenga jamás de gusto alguno. Y si es verdad que los conti[n]uos dolores forzosamente se han de acabar o acabar a quien los padece, los míos no podrán dejar de hacerlo, porque pienso darles rienda de manera que a pocos días den alcance a la miserable vida que tan contra mi voluntad sostengo.

---

[36] *Faro de Micina*: el faro de Messina definía el viejo reino de las Dos Sicilias. La parte continental (Nápoles) era Sicilia *ultra farum,* y la isla de Sicilia propia era Sicilia *citra farum.*

[37] *Levantes*: lo mismo que *leventes,* nota 16.

"Éste es, ¡oh Mahamut hermano!, el triste suceso mío; ésta es la causa de mis suspiros y de mis lágrimas; mira tú ahora y considera si es bastante para sacarlos de lo profundo de mis entrañas y para engendrarlos en la sequedad de mi lastimado pecho. Leonisa murió, y con ella mi esperanza, que puesto que la que tenía ella viviendo se sustentaba de un delgado cabello, todavía, todavía...

Y en este "todavía" se le pegó la lengua al paladar, de manera que no pudo hablar más palabra ni detener las lágrimas que, como suele decirse, hilo a hilo le corrían por el rostro en tanta abundancia, que llegaron a humedecer el suelo. Acompañóle en ellas Mahamut; pero pasándose aquel parasismo causado de la memoria renovada en el amargo cuento, quiso Mahamut consolar a Ricardo con las mejores razones que supo; mas él se las atajó, diciéndole:

—Lo que has de hacer, amigo, es aconsejarme qué haré yo para caer en desgracia de mi amo y de todos aquellos con quien yo comunicare, para que, siendo aborrecido de él y de ellos, los unos y los otros me maltraten y persigan de suerte que, añadiendo dolor a dolor y pena a pena, alcance con brevedad lo que deseo, que es acabar la vida.

—Ahora he hallado ser verdadero —dijo Mahamut—, lo que suele decirse, que lo que se sabe sentir se sabe decir, puesto que algunas veces el sentimiento enmudece la lengua; pero como quiera que ello sea, Ricardo, ora llegue tu dolor a tus palabras, ora ellas se le aventajen, siempre has de hallar en mí un verdadero amigo o para ayuda o para consejo; que aunque mis pocos años y el desatino que he hecho en vestirme este hábito están dando voces que de ninguna de estas dos cosas que te ofrezco se puede fiar ni esperar alguna, yo procuraré que no salga verdadera esta sospecha, ni pueda tenerse por cierta tal opinión, y puesto que tú no quieras ni ser aconsejado ni favorecido, no por eso dejaré de hacer lo que te conviniere, como suele hacerse con el enfermo que pide lo que no le dan y le dan lo que le conviene. No hay en toda esta ciudad quien pueda ni valga más que el cadí, mi amo, ni aun el tuyo, que viene por visorrey de ella, ha de poder tanto; y siendo esto así, como lo es, yo puedo decir que soy el que más puede en la ciudad, pues puedo con mi patrón todo lo que quiero. Digo esto, porque podría ser dar traza con él para que vinieses a ser suyo, y estando en mi compañía, el tiempo nos dirá lo que habemos de hacer, a ti para consolarte, si quieres o pudieres tener consuelo, y a mí para salir de ésta a mejor vida, o, al menos, a parte donde la tenga más segura cuando la deje.

—Yo te agradezco —respondió Ricardo—, Mahamut, la amistad que me ofreces, aunque estoy cierto que, con cuanto hicieres, no has de poder cosa que en mi provecho resulte. Pero dejemos ahora esto, y vamos a las tiendas, porque, a lo que veo, sale de la ciudad mucha gente, y sin duda es el antiguo virrey que sale a estarse en la campaña por dar lugar a mi amo que entre en la ciudad a hacer la residencia.

—Así es —dijo Mahamut—; ven, pues, Ricardo, y verás las ceremonias con que se reciben; que sé que gustarás de verlas.

—Vamos en buena hora —dijo Ricardo—; quizá te habré menester, si acaso el guardián de los cautivos de mi amo me ha echado menos, que es un renegado, corso de nación y de no muy piadosas entrañas.

Con esto dejaron la plática, y llegaron a las tiendas a tiempo que llegaba el antiguo bajá, y el nuevo le salía a recibir a la puerta de la tienda.

Venía acompañado Alí Bajá, que así se llamaba el que dejaba el gobierno, de todos los jenízaros [38] que de ordinario están de presidio en Nicosia después que los turcos la ganaron, que serían hasta quinientos. Venían en dos alas o hileras, los unos con escopetas y los otros con alfanjes desnudos. Llegaron a la puerta del nuevo bajá Hazán, la rodearon todos, y Alí Bajá, inclinando el cuerpo, hizo reverencia a Hazán, y él con menos inclinación le saludó; luego se entró Alí en el pabellón de Hazán, y los turcos le subieron sobre un poderoso caballo, ricamente

---

[38] *Jenízaros*: "soldado de infantería de la antigua guardia del emperador de los turcos", *Dicc. Ac.*, s. v.

aderezado, y trayéndole a la redonda de las tiendas[39] y por todo un buen espacio de la campaña, daban voces y gritos, diciendo en su lengua: "¡Viva, viva Solimán sultán[40] y Hazán Bajá en su nombre!" Repitieron esto muchas veces, reforzando las voces y los alaridos, y luego le volvieron a la tienda, donde había quedado Alí Bajá, el cual, con el cadí y Hazán, se encerraron en ella por espacio de una hora solos.

Dijo Mahamut a Ricardo que se habían encerrado a tratar de lo que convenía hacer en la ciudad acerca de las obras que Alí dejaba comenzadas. De allí a poco tiempo salió el cadí a la puerta de la tienda, y dijo a voces en lengua turquesca, arábiga y griega, que todos los que quisiesen entrar a pedir justicia, u otra cosa contra Alí Bajá, podrían entrar libremente; que allí estaba Hazán Bajá, a quien el Gran Señor enviaba por virrey de Chipre que les guardaría toda razón y justicia. Con esta licencia, los jenízaros dejaron desocupada la puerta de la tienda y dieron lugar a que entrasen los que quisiesen. Mahamut hizo que entrase con él Ricardo, que, por ser esclavo de Hazán, no se le impidió la entrada.

Entraron a pedir justicia, así griegos cristianos como algunos turcos, y todos de cosas de tan poca importancia, que las más despachó el cadí sin dar traslado a la parte,[41] sin autos, demandas ni respuestas, que todas las causas, si no son las matrimoniales, se despachan en pie y en un punto, más a juicio de buen varón que por ley alguna. Y entre aquellos bárbaros, si lo son en esto, el cadí es el

---

[39] *Redonda de las tiendas*: alrededor de las tiendas.

[40] *Solimán sultán*: este, desde luego, no es el Gran Turco Solimán el Magnífico, que había muerto antes de que comenzase la acción de la novela (m. 1566), sino alguno de los generales turcos, históricos o literarios. Como se dice más abajo, el Gran Turco en esta ocasión es Selim II (*infra*, nota 50).

[41] *Sin dar traslado a la parte*: "Salen a ejecutar la sentencia, aun bien apenas no habiendo sido puesta en ejecución la culpa, porque entre moros no hay 'traslado a la parte' ni 'a prueba y estése', como entre nosotros", *Quijote*, II, xxvi. Esta estima de la justicia turca por lo expeditiva, y desestima de la propia por lo opuesto, es general en la época.

juez competente de todas las causas, que las abrevia en la uña y las sentencia en un soplo, sin que haya apelación de su sentencia para otro tribunal.

En esto entró un chauz, que es como alguacil, y dijo que estaba a la puerta de la tienda un judío que traía a vender una hermosísima cristiana; mandó el cadí que le hiciese entrar; salió el chauz, y volvió a entrar luego, y con él un venerable judío, que traía de la mano a una mujer vestida en hábito berberisco, tan bien aderezada y compuesta, que no lo pudiera estar tan bien la más rica mora de Fez ni de Marruecos, que en aderezarse llevan la ventaja a todas las africanas, aunque entren las de Argel con sus perlas tantas. Venía cubierto el rostro con tafetán carmesí; por las gargantas de los pies que se descubrían, parecían dos carcajes, [42] que así se llaman las manillas en arábigo, al parecer de puro oro; y en los brazos, que asimismo por una camisa de cendal [43] delgado se descubrían o traslucían, traía otros carcajes de oro sembrados de muchas perlas; en resolución, en cuanto el traje, ella venía rica y gallardamente aderezada.

Admirados de esta primera vista el cadí y los demás bajáes, antes que otra cosa dijesen ni preguntasen, mandaron al judío que hiciese que se quitase el antifaz la cristiana; hízolo así, y descubrió un rostro que así deslumbró los ojos y alegró los corazones de los circunstantes, como el sol que por entre cerradas nubes, después de mucha oscuridad, se ofrece a los ojos de los que le desean: tal era la belleza de la cautiva cristiana, y tal su brío y su gallardía. Pero en quien con más efecto hizo impresión la maravillosa luz que había descubierto, fue en el lastimado Ricardo, como en aquel que mejor que otro la conocía, pues era su cruel y amada Leonisa, que tantas veces y con tantas lágrimas por él había sido tenida y llorada por

---

[42] *Parecían dos carcajes*: se veían dos "manillas, axorcas o argollas que las moras usan traher en los pies por adorno como en lugar de joyas", *Dicc. Aut.*, s. v. *carcax*.

[43] *Cendal*: "tela de seda muy delgada, o de otra tela de lino muy sutil", Covarrubias, s. v.

muerta. Quedó a la improvisa vista de la singular belleza de la cristiana, traspasado y rendido el corazón de Alí, y en el mismo grado y con la misma herida se halló el de Hazán, sin quedarse exento de la amorosa llaga el del cadí, que más suspenso que todos, no sabía quitar los ojos de los hermosos de Leonisa. Y para encarecer las poderosas fuerzas de amor, se ha de saber que en aquel mismo punto nació en los corazones de los tres una, a su parecer, firme esperanza de alcanzarla y de gozarla; y así, sin querer saber el cómo, ni el dónde, ni el cuándo había venido a poder del judío, le preguntaron el precio que por ella quería.

El codicioso judío respondió que cuatro mil doblas, que vienen a ser dos mil escudos; mas apenas hubo declarado el precio, cuando Alí Bajá dijo que él los daba por ella, y que fuesen luego a contar el dinero a su tienda; empero Hazán Bajá, que estaba de parecer de no dejarla, aunque aventurase en ello la vida, dijo:

—Yo asimismo doy por ella las cuatro mil doblas que el judío pide, y no las diera ni me pusiera a ser contrario de lo que Alí ha dicho si no me forzara lo que él mismo dirá que es razón que me obligue y fuerce, y es que esta gentil esclava no pertenece para ninguno de nosotros, sino para el Gran Señor solamente; y así digo que en su nombre la compro: veamos ahora quién será el atrevido que me la quite.

—Yo seré —replicó Alí—, porque para el mismo efecto la compro, y estáme a mí más a cuento hacer al Gran Señor este presente por la comodidad de llevarla luego a Constantinopla, granjeando con él la voluntad del Gran Señor; que como hombre que quedo, Hazán, como tú ves, sin cargo alguno, he menester buscar medios de tenerle, de lo que tú estás seguro por tres años, pues hoy comienzas a mandar y a gobernar este riquísimo reino de Chipre; así que por estas razones y por haber sido yo el primero que ofrecí el precio por la cautiva, está puesto en razón, ¡oh Hazán!, que me la dejes.

—Tanto más es de agradecerme a mí —respondió Hazán— el procurarla y enviarla al Gran Señor, cuanto lo hago sin moverme a ello interés alguno; y en lo de comodidad de llevarla, una galeota armaré con sola mi chusma [44] y mis esclavos, que la lleve.

Azoróse con estas razones Alí, y, levantándose en pie, empuñó el alfanje, diciendo:

—Siendo, ¡oh Hazán!, mis intentos unos, que es presentar y llevar esta cristiana al Gran Señor, y habiendo sido yo el comprador primero, está puesto en razón y en justicia que me la dejes a mí; y cuando otra cosa pensares, este alfanje que empuño defenderá mi derecho y castigará tu atrevimiento.

El cadí, que a todo estaba atento, y que no menos que los dos ardía, temeroso de quedar sin la cristiana, imaginó cómo poder atajar el gran fuego que se había encendido, y juntamente quedarse con la cautiva, sin dar alguna sospecha de su dañada intención; y así, levantándose en pie, se puso entre los dos, que ya también lo estaban, y dijo:

—Sosiégate, Hazán, y tú, Alí, estáte quedo; que yo estoy aquí, que sabré y podré componer vuestras diferencias de manera que los dos consigais vuestros intentos, y el Gran Señor, como deseais, sea servido.

A las palabras del cadí obedecieron luego; y aun si otra cosa más dificultosa les mandara, hicieran lo mismo, tanto es el respeto que tienen a sus canas los de aquella dañada secta. Prosiguió, pues, el cadí, diciendo:

—Tú dices, Alí, que quieres esta cristiana para el Gran Señor, y Hazán dice lo mismo; tú alegas que por ser el primero en ofrecer el precio ha de ser tuya; Hazán te lo contradice; y aunque él no sabe fundar su razón, yo hallo que tiene la misma que tú tienes, y es la intención, que sin duda debió de nacer a un mismo tiempo que la tuya, en querer comprar la esclava para el mismo efecto; sólo le llevaste tú la ventaja en haberte declarado primero, y esto no ha de ser parte para que de todo en todo quede defraudado su buen deseo; y así me parece ser bien con-

---

[44] *Chusma*: "la gente de servicio en la galera", Covarrubias, s. v.

certaros en esta forma: que la esclava sea de entrambos, y pues el uso de ella ha de quedar a la voluntad del Gran Señor, para quien se compró, a él toca disponer de ella y en tanto pagarás tú, Hazán, dos mil doblas, y Alí otras dos mil, y quedárase la cautiva en poder mío para que en nombre de entrambos yo la envíe a Constantinopla, por que no quede sin algún premio, siquiera por haberme hallado presente; y así me ofrezco de enviarla a mi costa, con la autoridad y decencia que se debe a quien se envía, escribiendo al Gran Señor todo lo que aquí ha pasado y la voluntad que los dos habeis mostrado a su servicio.

No supieron, ni pudieron, ni quisieron contradecirle los dos enamorados turcos, y aunque vieron que por aquel camino no conseguían su deseo, hubieron de pasar por el parecer del cadí, formando y criando cada uno allá en su ánimo una esperanza que, aunque dudosa, les prometía poder llegar al fin de sus encendidos deseos. Hazán, que se quedaba por virrey en Chipre, pensaba dar tantas dádivas al cadí, que, vencido y obligado, le diese la cautiva. Alí imaginó de hacer un hecho que le aseguró salir con lo que deseaba, y teniendo por cierto cada cual su designio, vinieron con facilidad en lo que el cadí quiso, y de consentimiento y voluntad de los dos se la entregaron luego, y luego pagaron al judío cada uno dos mil doblas. Dijo el judío que no la había de dar con los vestidos que tenía, porque valían otras dos mil doblas, y así era la verdad, a causa que en los cabellos que parte por las espaldas sueltos traía, y parte atados y enlazados por la frente, se parecían algunas hileras de perlas que con extremada gracia se enredaban con ellos. Las manillas de los pies y manos asimismo venían llenas de gruesas perlas. El vestido era una almalafa [45] de raso verde, toda bordada y llena de trencillas de oro: en fin, les pareció a todos que el judío anduvo corto en el precio que pidió por el vestido, y el cadí, por no mostrarse menos liberal que los dos ba-

---

[45] Almalafa: gran manto de los moros. "Vestida una almalafa que de los hombros a los pies la cubría", así aparece Zoraida en la venta, Quijote, I, xxxvii.

jáes, dijo que él quería pagarle, porque de aquella manera se presentase al Gran Señor la cristiana. Tuviéronlo por bien los dos competidores, creyendo cada uno que todo había de venir a su poder.

Falta ahora por decir lo que sintió Ricardo de ver andar en almoneda su alma, [46] y los pensamientos que en aquel punto le vinieron, y los temores que le sobresaltaron viendo que el haber hallado a su querida prenda era para más perderla; no sabía darse a entender si estaba durmiendo o despierto, no dando crédito a sus mismos ojos de lo que veían, porque le parecía cosa imposible ver tan impensadamente delante de ellos a la que pensaba que para siempre los había cerrado; llegóse en esto a su amigo Mahamut, y díjole:

—¿No la conoces, amigo?

—No la conozco —dijo Mahamut.

—Pues has de saber —replicó Ricardo— que es Leonisa.

—¿Qué es lo que dices, Ricardo? —dijo Mahamut.

—Lo que has oído —dijo Ricardo.

—Pues calla y no la descubras —dijo Mahamut—, que la ventura va ordenando que la tengas buena y próspera, porque ella va a poder de mi amo.

—¿Parécete —dijo Ricardo— que será bien ponerme en parte donde pueda ser visto?

—No —dijo Mahamut—, por que no la sobresaltes o te sobresaltes, y no vengas a dar indicio de que la conoces ni que la has visto; que podría ser que redundase en perjuicio de mi designio.

—Seguiré tu parecer —respondió Ricardo.

Y así anduvo huyendo de que sus ojos se encontrasen con los de Leonisa, la cual tenía los suyos, en tanto que esto pasaba, clavados en el suelo, derramando algunas lágrimas. Llegóse el cadí a ella, y asiéndola de la mano se la entregó a Mahamut, mandándole que la llevase a la ciudad y se entregase a su señora Halima, y le dijese la tratase como esclava del Gran Señor. Hízolo así Ma-

---

[46] *Almoneda su alma*: su amor puesto en subasta pública.

hamut y dejó solo a Ricardo, que con los ojos fue siguiendo a su estrella hasta que se le encubrió con la nube de los muros de Nicosia. Llegóse al judío y preguntóle que adónde había comprado, o en qué modo había venido a su poder aquella cautiva cristiana. El judío le respondió que en la isla de la Pantanalea la había comprado a unos turcos que allí habían dado al través; [47] y queriendo proseguir adelante, lo estorbó el venirle a llamar de parte de los bajáes, que querían preguntarle lo que Ricardo deseaba saber; y con esto se despidió de él.

En el camino que había desde las tiendas a la ciudad, tuvo lugar Mahamut de preguntar a Leonisa en lengua italiana que de qué lugar era. La cual le respondió que de la ciudad de Trápana; preguntóle asimismo Mahamut si conocía en aquella ciudad a un caballero rico y noble que se llamaba Ricardo. Oyendo lo cual Leonisa, dio un gran suspiro y dijo:

—Sí, conozco, por mi mal.

—¿Cómo por vuestro mal? —dijo Mahamut.

—Porque él me conoció a mí por el suyo y por mi desventura —respondió Leonisa.

—¿Y por ventura —preguntó Mahamut— conocisteis también en la misma ciudad a otro caballero de gentil disposición, hijo de padres muy ricos, y él por su persona muy valiente, muy liberal y muy discreto, que se llamaba Cornelio?

—También le conozco —respondió Leonisa—, y podré decir más por mi mal que no a Ricardo; mas ¿quién sois vos, señor, que los conoceis y por ellos me preguntais?

—Soy —dijo Mahamut— natural de Palermo, que por varios accidentes estoy en este traje y vestido diferente del que yo solía traer, y conózcolos porque no ha muchos días que entrambos estuvieron en mi poder, que a Cornelio le cautivaron unos moros de Trípol de Berbería y le vendieron a un turco que le trajo a esta isla, donde vino con

---

[47] *Dado al través*: "cerca del arte de navegar, henderse el navío y empeçarse a hundir por la popa", Covarrubias, s. v. *través*.

mercancías, porque es mercader de Rodas, el cual fiaba de Cornelio toda su hacienda.

—Bien se la sabrá guardar —dijo Leonisa— porque sabe guardar muy bien la suya; pero decidme, señor, ¿cómo o con quién vino Ricardo a esta isla?

—Vino —respondió Mahamut— con un corsario que le cautivó estando en un jardín de la marina de Trápana, y con él dijo que habían cautivado a una doncella que nunca me quiso decir su nombre. Estuvo aquí algunos días con su amo, que iba a visitar el sepulcro de Mahoma, que está en la ciudad de Almedina, [48] y al tiempo de la partida cayó Ricardo tan [49] enfermo e indispuesto, que su amo me lo dejó por ser de mi tierra, para que le curase y tuviese cargo de él hasta su vuelta, o que si por aquí no volviese, se le enviase a Constantinopla, que él me avisaría cuando allá estuviese; pero el cielo lo ordenó de otra manera, pues el sin ventura de Ricardo, sin tener accidente alguno, en pocos días se acabaron los de su vida, siempre llamando entre sí a una Leonisa, a quien él me había dicho que quería más que a su vida y a su alma; la cual Leonisa me dijo que en una galeota que había dado al través en la isla de Pantanalea se había ahogado, cuya muerte siempre lloraba y siempre plañía, hasta que le trajo a término de perder la vida, que yo no le sentí enfermedad en el cuerpo, sin muestras de dolor en el alma.

—Decidme, señor —replicó Leonisa—, ese mozo que decís, en las pláticas que trató con vos, que, como de una patria, debieron ser muchas, ¿nombró alguna vez a esa Leonisa con todo el modo con que a ella y a Ricardo cautivaron?

—Sí, nombró —dijo Mahamut—, y me preguntó si había aportado por esta isla una cristiana de ese nombre, de tales y tales señas, a la cual holgaría de hallar para rescatarla, si es que su amo se había ya desengañado de que no era tan rica como él pensaba, aunque podía ser que por haberla gozado la tuviese en menos; que como no pa-

---

[48] *Almedina*: Medina, en la Arabia Saudita.
[49] 1613: *muy*.

sasen de trescientos o cuatrocientos escudos, él los daría de muy buena gana por ella, porque un tiempo la había tenido alguna afición.

—Bien poca debía de ser —dijo Leonisa—, pues no pasaba de cuatrocientos escudos; más liberal es Ricardo, y más valiente y comedido: Dios perdone a quien fue causa de su muerte, que fui yo, que soy la sin ventura que él lloró por muerta; y sabe Dios si holgara de que él fuera vivo para pagarle con el sentimiento que viera que tenía de su desgracia el que él mostró de la mía. Yo, señor, como os ya he dicho, soy la poco querida de Cornelio y la bien llorada de Ricardo, que por muy muchos y varios casos he venido a este miserable estado en que me veo; y aunque es tan peligroso, siempre por favor del cielo he conservado en él la entereza de mi honor, con la cual vivo contenta en mi miseria. Ahora ni sé dónde estoy, ni quién es mi dueño, ni adónde han de dar conmigo mis contrarios hados, por lo cual os ruego, señor, siquiera por la sangre que de cristiano teneis, me aconsejeis en mis trabajos; que puesto que el ser muchos me han hecho algo advertida, sobrevienen cada momento tantos y tales, que no sé cómo me he de avenir con ellos.

A lo cual respondió Mahamut que él haría lo que pudiese en servirla, aconsejando y ayudándola con su ingenio y con sus fuerzas; advirtióla de la diferencia que por su causa habían tenido los dos bajáes, y cómo quedaba en poder del cadí su amo para llevarla presentada al Gran Turco Selín, [50] a Constantinopla; pero que antes que esto tuviese efecto, tenía esperanzas en el verdadero Dios, en quien él creía, aunque mal cristiano, que lo había de disponer de otra manera, y que la aconsejaba se hubiese bien con Halima, la mujer del cadí su amo, en cuyo poder había de estar hasta que la enviasen a Constantinopla, advirtiéndola de la condición de Halima; y con ésas le dijo otras cosas de su provecho, hasta que la dejó en su casa

[50] *Gran Turco Selín*: Selim II (1524-1574), hijo y heredero de Solimán el Magnífico (nota 40).

y en poder de Halima, a quien dijo el recado [51] de su amo.

Recibióla bien la mora por verla tan bien aderezada y tan hermosa. Mahamut se volvió a las tiendas a contar a Ricardo lo que con Leonisa le había pasado; y hallándole, se lo contó todo punto por punto, y cuando llegó al del sentimiento que Leonisa había hecho cuando le dijo que era muerto, casi se le vinieron las lágrimas a los ojos. Díjole cómo había fingido el cuento del cautiverio de Cornelio por ver lo que ella sentía; advirtióle la tibieza y la malicia con que de Cornelio había hablado; todo lo cual fue píctima [52] para el afligido corazón de Ricardo, el cual dijo a Mahamut:

—Acuérdome, amigo Mahamut, de un cuento que me contó mi padre, que ya sabes cuán curioso fue, y oíste cuánta honra le hizo el Emperador Carlos V, a quien siempre sirvió en honrosos cargos de la guerra. Digo que me contó que cuando el Emperador estuvo sobre Túnez, y la tomó con la fuerza de la Goleta, estando un día en la campaña y en su tienda, le trajeron a presentar una mora por cosa singular en belleza, y que al tiempo que se la presentaron entraban algunos rayos del sol por unas partes de la tienda y daban en los cabellos de la mora, que con los mismos del sol en ser rubios competían, [53] cosa nueva en las moras que siempre se precian de tenerlos negros. Contaba que en aquella ocasión se hallaron en la tienda, entre otros muchos dos caballeros españoles; el uno era andaluz y el otro catalán, ambos muy discretos, y ambos poetas; y habiéndola visto el andaluz, comenzó con admiración a decir unos versos que ellos llaman coplas, con unas consonancias o consonantes dificultosos, y parando en los cinco versos de la copla, se detuvo sin darle fin ni a la copla ni a la sentencia, por no ofrecérsele tan de improviso los consonantes necesarios para

[51] 1613: *recaudo*.

[52] *Píctima*: "el emplasto o socrocio que se pone sobre el corazón para desahogarlo y alegrarlo", Covarrubias, s. v. *pítima*.

[53] *En ser rubios competían*: desde luego, se trata de un dechado poético completamente alejado de la realidad.

acabarla; mas el otro caballero, que estaba a su lado, y
había oído los versos, viéndole suspenso, como si le hur-
tara la media copla de la boca, la prosiguió y acabó con
las mismas consonancias. Y esto mismo se me vino a la
memoria cuando vi entrar a la hermosísima Leonisa por
la tienda del bajá, no solamente oscureciendo los rayos
del sol si la tocaran, sino a todo el cielo con sus estrellas.

—Paso, no más —dijo Mahamut—; detente, amigo Ricardo, que a cada paso temo que has de pasar tanto la
raya en las alabanzas de tu bella Leonisa, que, dejando de
parecer cristiano, parezcas gentil. [54] Dime, si quieres, esos
versos o coplas, o como los llamas, que después hablare-
mos en otras cosas que sean de más gusto, y aun quizá
de más provecho.

—En buen hora —dijo Ricardo—, y vuélvote a advertir que los cinco versos dijo el uno, y los otros cinco el
otro, todos de improviso, y son éstos:

> Como cuando el sol asoma,
> por una montaña baja,
> y de súbito nos toma,
> y con su vista nos doma
> nuestra vista, y la relaja;
>   como la piedra balaja, [55]
> que no consiente carcoma,
> tal es tu rostro, Aja,
> dura lanza de Mahoma,
> que las mis entrañas raja.

—Bien me suenan al oído —dijo Mahamut—, y mejor
me suena y me parece que estés para decir versos, Ricardo,

---

[54] *Parezcas gentil*: "Síguese la tragicomedia de Calisto y Meli-
bea, compuesta en reprehensión de los locos enamorados que,
vencidos en su desordenado apetito, a sus amigas llaman y dicen
ser su dios", Fernando de Rojas, *Celestina*.

[55] *Piedra balaja*: "piedra preciosa, una de las nueve especies de
beryllo", Covarrubias, s. v. *balax*. Estas dos quintillas son reci-
tadas, en versión literal, por el sacristán en *Los baños de Argel*,
jornada III.

porque el decirlos o el hacerlos requieren ánimos de ánimos desapasionados.

—También se suelen —respondió Ricardo— llorar en-
dechas, como cantar himnos, y todo es decir versos; pero,
dejando esto aparte, dime qué piensas hacer en nuestro
negocio, que puesto que no entendí lo que los bajáes trataron en la tienda, en tanto que tú llevaste a Leonisa, me
lo contó un renegado de mi amo, veneciano, que se halló
presente y entiende bien la lengua turquesca; y lo que es
menester ante todas cosas es buscar traza cómo Leonisa
no vaya a mano del Gran Señor.

—Lo primero que se ha de hacer —respondió Mahamut— es que tú vengas a poder de mi amo; que esto hecho, después nos aconsejaremos en lo que más nos conviniere.

En esto vino el guardián de los cautivos cristianos de
Hazán, y llevó consigo a Ricardo; el cadí volvió a la ciudad con Hazán, que en breves días hizo la residencia de
Alí y se la dio cerrada y sellada, para que se fuese a Constantinopla. Él se fue luego, dejando muy encargado al
cadí, que con brevedad enviase la cautiva, escribiendo al
Gran Señor de modo que le aprovechase para sus preten-
siones. Prometióselo el cadí con traidoras entrañas, porque
las tenía hechas ceniza por la cautiva. Ido Alí lleno de
falsas esperanzas, y quedando Hazán no vacío de ellas, Mahamut hizo de modo que Ricardo vino a poder de su
amo. Íbanse los días, y el deseo de ver a Leonisa apre-
taba tanto a Ricardo, que no alcanzaba un punto de sosiego. Mudóse Ricardo el nombre en el de Mario, porque
no llegase el suyo a oídos de Leonisa antes que él la viese,
y el verla era muy dificultoso a causa de que los moros
son en extremo celosos y encubren de todos los hombres
los rostros de sus mujeres, puesto que en mostrarse ellas
a los cristianos no se les hace de mal; quizá debe de ser
que por ser cautivos no los tienen por hombres cabales.

Avino, pues, que un día la señora Halima vio a su esclavo Mario, y tan visto y tan mirado fue, que se le quedó
grabado en el corazón y fijo en la memoria; y quizá poco
contenta de los abrazos flojos de su anciano marido, con

facilidad dio lugar a un mal deseo, y con la misma dio cuenta de él a Leonisa, a quien ya quería mucho por su agradable condición y proceder discreto, y tratábala con mucho respeto, por ser prenda del Gran Señor. Díjole cómo el cadí había traído a su casa un cautivo cristiano de tan gentil donaire y parecer, que a sus ojos no había visto más lindo hombre en toda su vida, y que decían que era chilibí, [56] que quiere decir caballero, y de la misma tierra de Mahamut, su renegado, y que no sabía cómo darle a entender su voluntad sin que el cristiano la tuviese en poco por habérsela declarado. Preguntóle Leonisa cómo se llamaba el cautivo, y díjole Halima que se llamaba Mario; a lo cual replicó Leonisa:

—Si él fuera caballero y del lugar que dicen, yo le conociera; mas de ese nombre Mario no hay ninguno en Trápana; pero haz, señora, que yo le vea y hable, que te diré quién es y lo que de él se puede esperar.

—Así será —dijo Halima—, porque el viernes, cuando esté el cadí haciendo la zalá [57] en la mezquita, le haré entrar acá dentro, donde le podrás hablar a solas, y si te pareciere darle indicios de mi deseo, haráslo por el mejor modo que pudieres.

Esto dijo Halima a Leonisa, y no habían pasado dos horas cuando el cadí llamó a Mahamut y a Mario, y con no menos eficacia que Halima había descubierto su pecho a Leonisa, descubrió el enamorado viejo el suyo a sus dos esclavos, pidiéndoles consejo en lo que haría para gozar de la cristiana y cumplir con el Gran Señor, cúya ella era, diciéndoles que antes pensaba morir mil veces que entregarla una al Gran Turco. Con tales afectos decía su pasión el religioso moro, que la puso en los corazones de sus dos esclavos, que todo lo contrario de lo que él pensaba, pen-

---

[56] *Chilibí*: en turco, efectivamente, la voz *chelebí* quiere decir 'caballero', como me observa mi querido amigo el orientalista Julio Cortés.

[57] *Zalá*: "la adoración o reverencia que hacen los moros a Dios y a Mahoma, doblando el cuerpo y poniendo la mano en el pecho con varias ceremonias y palabras", *Dicc. Aut.*, s. v. El viernes, claro está, es el día santo de los musulmanes.

saban. Quedó puesto entre ellos que Mario, como hombre de su tierra, aunque había dicho que no la conocía, tomase la mano [58] en solicitarla y en declararle la voluntad suya, y cuando por este modo no se pudiese alcanzar, que usaría él de la fuerza, pues estaba en su poder. Y esto hecho, con decir que era muerta se excusarían de enviarla a Constantinopla.

Contentísimo quedó el cadí con el parecer de sus esclavos, y con la imaginada alegría ofreció desde luego libertad a Mahamut, mandándole la mitad de su hacienda después de sus días; asimismo prometió a Mario, si alcanzaba lo que quería, libertad y dineros con que volviese a su tierra rico, honrado y contento. Si él fue liberal en prometer, sus cautivos fueron pródigos ofreciéndole de alcanzar la luna del cielo, cuanto más a Leonisa, como él diese comodidad de hablarla.

—Ésa daré yo a Mario cuanta él quisiera —respondió el cadí—, porque haré que Halima se vaya en casa de sus padres, que son griegos cristianos, por algunos días, y estando fuera, mandaré al portero que deje entrar a Mario dentro de casa todas las veces que él quisiere, y diré a Leonisa que bien podrá hablar con su paisano cuando le diere gusto.

De esta manera comenzó a volver el viento de la ventura de Ricardo, soplando en su favor, sin saber lo que hacían sus mismos amos.

Tomando, pues, entre los tres este apuntamiento, quien primero le puso en práctica [59] fue Halima, bien así como mujer, cuya naturaleza es fácil y arrojadiza para todo aquello que es de su gusto. Aquel mismo día dijo el cadí a Halima que cuando quisiese podría irse a casa de sus padres a holgarse con ellos los días que gustase. Pero como ella estaba alborozada con las esperanzas que Leonisa le había dado, no sólo no se fuera a casa de sus pa-

---

[58] *Tomase la mano*: "tomar la mano se dice el que se adelanta a los demás para hacer algún razonamiento", Covarrubias, s. v. *tomar*.
[59] 1613: *en plática*.

dres, sino al fingido paraíso de Mahoma no quisiera irse; y así le respondió que por entonces no tenía tal voluntad y que cuando ella la tuviese lo diría, mas que había de llevar consigo a la cautiva cristiana.

—Eso no —replicó el cadí—, que no es bien que la prenda del Gran Señor sea vista de nadie, y más que se le ha de quitar que converse con cristianos, pues sabeis que en llegando a poder del Gran Señor la han de encerrar en el serrallo y volverla turca, quiera o no quiera.

—Como ella ande conmigo —replicó Halima—, no importa que esté en casa de mis padres, ni que comunique con ellos, que más comunico yo, y no dejo por eso de ser buena turca; y más que lo más que pienso estar en su casa serán hasta cuatro o cinco días, porque el amor que os tengo no me dará licencia para estar tanto ausente y sin veros.

No la quiso replicar el cadí por no darle ocasión de engendrar alguna sospecha de su intención.

Llegóse en esto el viernes, y él se fue a la mezquita, de la cual no podía salir en casi cuatro horas; y apenas le vio Halima apartado de los umbrales de casa, cuando mandó llamar a Mario; mas no le dejaba entrar un cristiano corso que servía de portero en la puerta del patio si Halima no le diera voces que le dejase, y así entró confuso y temblando, como si fuera a pelear con un ejército de enemigos.

Estaba Leonisa del mismo modo y traje que cuando entró en la tienda del Bajá, sentada al pie de una escalera grande de mármol, que a los corredores subía. Tenía la cabeza inclinada sobre la palma de la mano derecha y el brazo sobre las rodillas, los ojos a la parte contraria de la puerta por donde entró Mario, de manera que, aunque él iba hacia la parte donde ella estaba, ella no le veía. Así como entró Ricardo, paseó toda la casa con los ojos, y no vio en toda ella sino un mudo y sosegado silencio, hasta que paró la vista donde Leonisa estaba. En un instante, al enamorado Ricardo le sobrevinieron tantos pensamientos, que le suspendieron y alegraron, considerándose veinte pasos a su parecer, o poco más, desviado de su felicidad y contento; considerábase cautivo, y a su gloria en poder ajeno. Estas cosas revolviendo entre sí mismo, se movía poco a poco, y con temor y sobresalto, alegre y triste, temeroso y esforzado, se iba llegando al centro donde estaba el de su alegría, cuando a deshora volvió el rostro Leonisa, y puso los ojos en los de Mario, que atentamente la miraba. Mas cuando la vista de los dos se encontraron, con diferentes efectos dieron señal de lo que sus almas habían sentido. Ricardo se paró y no pudo echar pie adelante; Leonisa, que por la relación de Mahamut tenía a Ricardo por muerto, y el verle vivo tan no esperadamente, llena de temor y espanto, sin quitar de él los ojos ni volver las espaldas, volvió atrás cuatro o cinco escalones, y sacando una pequeña cruz del seno, la besaba muchas veces, y se santiguó infinitas, como si alguna fantasma u otra cosa del otro mundo estuviera mirando.

Volvió Ricardo de su embelesamiento, y conoció por lo que Leonisa hacía la verdadera causa de su temor, y así le dijo:

—A mí me pesa, ¡oh hermosa Leonisa!, que no hayan sido verdad las nuevas que de mi muerte te dio Mahamut, porque con ella excusara los temores que ahora tengo de pensar si todavía está en su ser y entereza el rigor que continuo [60] has usado conmigo. Sosiégate, señora, y baja, y si te atreves a hacer lo que nunca hiciste, que es llegarte a mí, llega y verás que no soy cuerpo fantástico; Ricardo soy, Leonisa; Ricardo, el de tanta ventura cuanta tú quisieres que tenga.

Púsose Leonisa en esto el dedo en la boca, por lo cual entendió Ricardo que era señal de que callase o hablase más quedo; y tomando algún poco de ánimo, se fue llegando a ella en distancia que pudo oír estas razones:

— Habla paso, [61] Mario, que así me parece que te llamas ahora, y no trates de otra cosa de la que yo te tratare; y advierte que podría ser que el habernos oído fuese parte

---

[60] 1613: *Contino.*

[61] *Habla paso*: "hablar passo, hablar quedo", Covarrubias, s. v. *passo.*

para que nunca nos volviésemos a ver. Halima, nuestra
ama, creo que nos escucha, la cual me ha dicho que te
adora; hame puesto por intercesora de su deseo. Si a él
quisieres corresponder, aprovecharte ha más para el cuerpo que para el alma; y cuando no quieras, es forzoso que
lo finjas, siquiera porque yo te lo ruego y por lo que merecen deseos de mujer declarados.

A esto respondió Ricardo:

—Jamás pensé ni pude imaginar, hermosa Leonisa, que
cosa que me pidieras trajera consigo imposible de cum-
plirla; pero la que me pides me ha desengañado. ¿Es por
ventura la voluntad tan ligera que se pueda mover y llevar donde quisieren llevarla, o estarle ha bien al varón
honrado y verdadero fingir en cosas de tanto peso? Si a ti
te parece que alguna de estas cosas se debe o puede hacer,
haz lo que más gustares, pues eres señora de mi voluntad;
mas ya sé que también me engañas en esto, pues jamás la
has conocido, y así no sabes lo que has de hacer de ella.
Pero a trueco que no digas que en la primera cosa que
me mandaste dejaste de ser obedecida, yo perderé el derecho que debo a ser quien soy, y satisfaré tu deseo y el
de Halima fingidamente, como dices, si es que se ha de
granjear con esto el bien de verte; y así finge tú las respuestas a tu gusto, que desde aquí las firma y confirma
mi fingida voluntad. Y en pago de esto que por ti hago, que
es lo más que a mi parecer podré hacer, aunque de nuevo
te dé el alma que tantas veces te he dado, te ruego que
brevemente me digas cómo escapaste de las manos de los
corsarios y cómo viniste a las del judío que te vendió.

—Más espacio —respondió Leonisa— pide el cuento
de mis desgracias; pero con todo eso, te quiero satisfacer
en algo. Sabrás, pues, que a cabo de un día que nos apar-
tamos, volvió el bajel de Yzuf con un recio viento a la
misma isla de Pantanalea, donde también vimos a vuestra
galeota, pero la nuestra, sin poderlo remediar, embistió en
las peñas. Viendo, pues, mi amo tan a los ojos [62] su perdición, vació con gran presteza dos barriles que estaban

---

[62] *Tan a los ojos*: tan cercano e inmediato.

llenos de agua, tapólos muy bien, y atólos con cuerdas el uno con el otro; púsome a mí entre ellos, desnudóse luego, y tomando otro barril entre los brazos, se ató con un cordel el cuerpo, y con el mismo cordel dio cabo a mis barriles, y con grande ánimo se arrojó a la mar, llevándome tras sí. Yo no tuve ánimo para arrojarme, que otro turco me impelió y me arrojó tras Yzuf, donde caí sin ningún sentido, ni volví en mí hasta que me hallé en tierra en brazos de dos turcos, que vuelta la boca al suelo me tenían, derramando gran cantidad de agua que había bebido. Abrí los ojos, atónita y espantada, y vi a Yzuf junto a mí, hecha la cabeza pedazos; que, según después supe, al llegar a tierra dio con ella en las peñas, donde acabó la vida. Los turcos asimismo me dijeron que tirando de la cuerda me sacaron a tierra casi ahogada; solas ocho personas se escaparon de la desdichada galeota.

"Ocho días estuvimos en la isla, guardándome los turcos el mismo respeto que si fuera su hermana, y aun más. Estábamos escondidos en una cueva, temerosos ellos que no bajasen de una fuerza de cristianos [63] que está en la isla, y los cautivasen; sustentáronse con el bizcocho [64] mojado que la mar echó a la orilla, de lo que llevaban en la galeota, lo cual salían a coger de noche. Ordenó la suerte, para mayor mal mío, que la fuerza estuviese sin capitán, que pocos días había que era muerto, y en la fuerza no había sino veinte soldados; esto se supo de un muchacho que los turcos cautivaron, que bajó de la fuerza a coger conchas a la marina. A los ocho días llegó a aquella costa un bajel de moros que ellos llaman caramuzales; [65] viéronle los turcos, y salieron de donde estaban, haciendo señas al bajel, que estaba cerca de tierra, tanto que conoció ser turcos los que los llamaban. Ellos contaron sus desgracias,

[63] *Fuerza de cristianos*: fortaleza.

[64] *Bizcocho*: "el pan que se cuece de propósito para la provisión y matalotaje de las armadas y todo género de bajeles", Covarrubias, s. v. *vizcocho*.

[65] *Caramuzales*: "embarcación de que usan los moros, la cual sirve por lo común para transportar géneros", *Dicc. Aut.*, s. v.

y los moros los recibieron en su bajel, en el cual venía un judío, riquísimo mercader, y toda la mercancía del bajel, o más, era suya; era de barraganes [66] y alquiceles, [67] y de otras cosas que de Berbería se llevaban a Levante. En el mismo bajel los turcos se fueron a Trípol, y en el camino me vendieron al judío, que dio por mí dos mil doblas, precio excesivo, si no le hiciera liberal el amor que el judío me descubrió.

"Dejando, pues, los turcos en Trípol, tornó el bajel a hacer su viaje, y el judío dio en solicitarme descaradamente. Yo le hice la cara que merecían sus torpes deseos. Viéndose, pues, desesperado de alcanzarlos, determinó de deshacerse de mí en la primera ocasión que se le ofreciese; y sabiendo que los dos bajáes Alí y Hazán estaban en esta isla, donde podía vender su mercadería tan bien como en Xío, [68] en que pensaba venderla, se vino aquí con intención de venderme a alguno de los dos bajáes, y por eso me vistió de la manera que ahora me ves, por aficionarles la voluntad a que me comprasen. He sabido que me ha comprado este cadí para llevarme a presentar al Gran Turco, de que estoy no poco temerosa. Aquí he sabido de tu fingida muerte, y séte decir, si lo quieres creer, que me pesó en el alma y que te tuve más envidia que lástima, y no por quererte mal, que ya que soy desamorada, no soy ingrata ni desconocida, sino porque habías acabado con la tragedia de tu vida.

—No dices mal, señora —respondió Ricardo—, si la muerte no me hubiera estorbado el bien de volver a verte; que ahora en más estimo este instante de gloria que gozo en mirarte, que otra ventura, como no fuera la eterna, que en la vida o en la muerte pudiera asegurarme mi deseo. El que tiene mi amo el cadí, a cuyo poder he venido por

---

[66] *Barraganes*: *"Barragán*. Género de tela hilada sutilmente y hecha de lana de diferentes colores", *Dicc. Aut.*, s. v.

[67] *Alquiceles*: *"Alquicel*. Texido de lana u de lino y algodón, de bastante anchura, hecho todo de una pieza, para diferentes usos, como para capas, sobremesas, cubiertas de bancos, mantas, etcétera", *Dicc. Aut.*, s. v.

[68] *Xío*: la isla de Chíos.

no menos varios accidentes que los tuyos, es el mismo para contigo que para conmigo lo es el de Halima; hame puesto a mí por intérprete de sus pensamientos. Acepté la empresa, no por darle gusto, sino por el que granjeaba en la comodidad de hablarte, porque veas, Leonisa, el término a que nuestras desgracias nos han traído, a ti a ser medianera de un imposible, que en lo que me pides, conoces, a mí a serlo también de la cosa que menos pensé, y de la que daré por no alcanzarla la vida, que ahora estimo en lo que vale la alta ventura de verte.

—No sé qué te diga, Ricardo —replicó Leonisa—, ni qué salida se tome al laberinto donde, como dices, nuestra corta ventura nos tiene puestos. Sólo sé decir que es menester usar en esto lo que de nuestra condición no se puede esperar, que es el fingimiento y engaño; y así digo que de ti daré a Halima algunas razones que antes la entretengan que desesperen. Tú de mí podrás decir al cadí lo que para seguridad de mi honor y de su engaño vieres que más convenga; y pues yo pongo mi honor en tus manos, bien puedes creer de él que le tengo con la entereza y verdad que podían poner en duda tantos caminos como he andado y tantos combates como he sufrido. El hablarnos será fácil y a mí será de grandísimo gusto el hacerlo, con presupuesto que jamás me has de tratar cosa que a tu declarada pretensión pertenezca, que en la hora que tal hicieres, en la misma me despediré de verte, porque no quiero que pienses que es de tan pocos quilates mi valor que ha de hacer con él la cautividad lo que la libertad no pudo: como el oro tengo de ser, con el favor del cielo, que mientras más se acrisola, queda con más pureza y más limpio. Conténtate con que he dicho que no me dará, como solía, fastidio tu vista, porque te hago saber, Ricardo, que siempre te tuve por desabrido y arrogante, y que presumías de ti algo más de lo que debías. Confieso también que me engañaba, y que podría ser que [al] hacer ahora la experiencia me pusiese la verdad delante de los ojos el desengaño, y estando desengañada, fuese con ser honesta más humana. Vete con Dios, que temo no nos haya escuchado Halima, la cual entiende algo de la lengua cristiana, a lo menos de aquella mezcla de lenguas [69] que se usa, con que todos nos entendemos.

—Dices muy bien, señora —respondió Ricardo—, y agradézcote infinito el desengaño que me has dado, que le estimo en tanto como la merced que me haces en dejar verte; y como tú dices, quizá la experiencia te dará a entender cuán llana es mi condición y cuán humilde, especialmente para adorarte; y sin que tú pusieras término ni raya a mi trato, fuera él tan honesto para contigo, que no acertaras a desearle mejor. En lo que toca a entretener al cadí, vive descuidada; haz tú lo mismo con Halima, y entiende, señora, que después que te he visto ha nacido en mí una esperanza tal, que me asegura que presto hemos de alcanzar la libertad deseada. Y con esto quédate a Dios, que otra vez te contaré los rodeos por donde la fortuna me trajo a este estado, después que de ti me aparté, o, por mejor decir, me apartaron.

Con esto se despidieron, y quedó Leonisa contenta y satisfecha del llano proceder de Ricardo, y él contentísimo de haber oído una palabra de la boca de Leonisa sin aspereza.

Estaba Halima cerrada en su aposento, rogando a Mahoma trajese Leonisa buen despacho de lo que le había encomendado. El cadí estaba en la mezquita recompensando con los suyos los deseos de su mujer, teniéndolos solícitos y colgados de la respuesta que esperaba oír de su esclavo, a quien había dejado encargado hablase a Leonisa, pues para poderlo hacer le daría comodidad Mahamut, aunque Halima estuviese en casa. Leonisa acrecentó en Halima el torpe deseo y el amor, dándole muy buenas esperanzas que Mario haría todo lo que pidiese; pero que había de dejar pasar primero dos lunes antes que concediese con lo que deseaba él mucho más que ella, y este tiempo y término pedía a causa que hacía una plegaria y oración a Dios para que le diese libertad. Contentóse Halima de la disculpa y de la relación de su querido Mario,

---

[69] *Mezcla de lenguas*: la famosa *lingua franca* del Mediterráneo.

202 MIGUEL DE CERVANTES

a quien ella diera libertad antes del término devoto, como
él concediera con su deseo; y así rogó a Leonisa le rogase
dispensase con el tiempo y acortase la dilación, que ella
le ofrecía cuanto el cadí pidiese por su rescate.

Antes que Ricardo respondiese a su amo, se aconsejó
con Mahamut de qué le respondería; y acordaron entre
los dos que le desesperasen y le aconsejasen que lo más
presto que pudiese la llevase a Constantinopla, y que en
el camino, o por grado o por fuerza, alcanzaría su deseo;
y que para el inconveniente que se podía ofrecer de cumplir con el Gran Señor, sería bueno comprar otra esclava,
y en el viaje fingir o hacer de modo como Leonisa cayese
enferma, y que una noche echarían la cristiana comprada
a la mar, diciendo que era Leonisa, la cautiva del Gran
Señor, que se había muerto; y que esto se podía hacer y
se haría en modo que jamás la verdad fuese descubierta,
y él quedase sin culpa con el Gran Señor, y con el cumplimiento de su voluntad; y que, para la duración de su
gusto, después se daría traza conveniente y más prove-
chosa. Estaba tan ciego el mísero y anciano cadí, que si
otros mil disparates le dijeran, como fueran encaminados
a cumplir sus esperanzas, todos los creyera, cuanto más
que le pareció que todo lo que decían llevaba buen camino y prometía próspero suceso; y así era la verdad, si la
intención de los dos consejeros no fuera levantarse con
el bajel y darle a él la muerte en pago de sus locos pensamientos. Ofreciósele al cadí otra dificultad, a su parecer
mayor de las que en aquel caso se le podía ofrecer; y era
pensar que su mujer Halima no le había de dejar ir a
Constantinopla si no la llevaba consigo; pero presto la facilitó, diciendo que en cambio de la cristiana que habían
de comprar para que muriese Leonisa, serviría Halima, de
quien deseaba librarse más que de la muerte.

Con la misma facilidad que él lo pensó, con la misma
se lo concedieron Mahamut y Ricardo; y quedando firmes
en esto, aquel mismo día dio cuenta el cadí a Halima del
viaje que pensaba hacer a Constantinopla a llevar a la
cristiana al Gran Señor, de cuya liberalidad esperaba que
le hiciese Gran Cadí del Cairo o de Constantinopla. Hali-

ma le dijo que le parecía muy bien su determinación, creyendo que se dejaría a Ricardo en casa; mas cuando el cadí le certificó que le había de llevar consigo y a Mahamut también tornó a mudar de parecer y a desaconsejarle lo que primero le había aconsejado. En resolución, concluyó que si no la llevaba consigo no pensaba dejarle ir en ninguna manera. Contentóse el cadí de hacer lo que ella quería, porque pensaba sacudir presto de su cuello aquella para él tan pesada carga.

No se descuidaba en este tiempo Hazán Bajá de solicitar al cadí le entregase la esclava, ofreciéndole montes de oro, y habiéndole dado a Ricardo de balde, cuyo rescate apreciaba en dos mil escudos, facilitábale la entrega con la misma industria que él se había imaginado de hacer muerta la cautiva cuando el Gran Turco enviase por ella. Todas estas dádivas y promesas aprovecharon con el cadí no más de ponerle en la voluntad que abreviase su partida; y así solicitado de su deseo y de las importunaciones de Hazán, y aun de las de Halima, que también fabricaba en el aire vanas esperanzas, dentro de veinte días aderezó un bergantín de quince bancos, [70] y le armó de buenas boyas, [71] moros y de algunos cristianos griegos. Embarcó en él toda su riqueza, y Halima no dejó en su casa cosa de momento, y rogó a su marido que la dejase llevar consigo a sus padres para que viesen a Constantinopla. Era la intención de Halima la misma que la de Mahamut: hacer con él y con Ricardo que en el camino se alzasen con el bergantín; pero no les quiso declarar su pensamiento hasta verse embarcada, y esto con voluntad de irse a tierra de cristianos, y volverse a lo que primero había sido, y casarse con Ricardo, pues era de creer que llevando tantas riquezas consigo, y volviéndose cristiana, no dejaría de tomarla por mujer.

En este tiempo habló otra vez Ricardo con Leonisa, y le declaró toda su intención, y ella le dijo la que tenía

[70] *Quince bancos*: de quince bancos de remeros.
[71] *Buenas boyas*: "galeote que se reengancha... del it. *buona voglia*, 'buena voluntad, buena gana'", Corominas, s. v. *boya*, II.

Halima, que con ella había comunicado; encomendáronse los dos el secreto, y encomendándose a Dios, esperaban el día de la partida, el cual llegado, salió Hazán, acompañándolos hasta la marina con todos sus soldados, y no los dejó hasta que se hicieron a la vela, ni aun quitó los ojos del bergantín hasta perderle de vista; y parece que el aire de los suspiros que el enamorado moro arrojaba, impelía con mayor fuerza las velas, que le apartaban y llevaban el alma. Mas como aquel a quien el amor había tanto tiempo que sosegar no le dejaba, pensando en lo que había de hacer para no morir a manos de sus deseos, puso luego por obra lo que con largo discurso y resoluta determinación tenía pensado; y así, en un bajel de diez y siete bancos, que en otro puerto había hecho armar, puso en él cincuenta soldados, todos amigos y conocidos suyos, y a quien él tenía obligados con muchas dádivas y promesas, y dióles orden que saliesen al camino y tomasen el bajel del cadí y sus riquezas, pasando a cuchillo cuantos en él iban, si no fuese a Leonisa la cautiva; que a ella sola quería por despojo aventajado a los muchos haberes que el bergantín llevaba; ordenóles también que le echasen a fondo, de manera que ninguna cosa quedase que pudiese dar indicio de su perdición. La codicia del saco les puso alas en los pies y esfuerzo en el corazón, aunque bien vieron cuán poca defensa habían de hallar en los del bergantín, según iban desarmados y sin sospecha de semejante acontecimiento.

Dos días había ya que el bergantín caminaba, que al cadí se le hicieron dos siglos, porque luego en el primero quisiera poner en efecto su determinación; mas aconsejáronle sus esclavos que convenía primero hacer de suerte que Leonisa cayese mala, para dar color a su muerte, y que esto había de ser con algunos días de enfermedad. Él no quisiera sino decir que había muerto de repente, y acabar pronto con todo, y despachar a su mujer, y aplacar el fuego que las entrañas poco a poco le iba consumiendo; pero, en efecto, hubo de condescender con el parecer de los dos.

Ya en esto había Halima declarado su intento a Mahamut y a Ricardo, y ellos estaban en ponerlo por obra al
pasar de las cruces de Alejandría, [72] o al entrar de los
castillos de la Natolia. [73] Pero fue tanta la prisa que el
cadí les daba, que se ofrecieron de hacerlo en la primera
comodidad que se les ofreciese. Y un día, al cabo de seis
que navegaban y que ya le parecía al cadí que bastaba el
fingimiento de la enfermedad de Leonisa, importunó a sus
esclavos que otro día concluyesen con Halima, y la arro-
jasen al mar amortajada, diciendo ser la cautiva del Gran
Señor.

Amaneciendo, pues, el día en que, según la intención
de Mahamut y de Ricardo, había de ser el cumplimiento
de sus deseos, o del fin de sus días, descubrieron un bajel
que a vela y remo les venía dando caza. Temieron fuese
de corsarios cristianos, de los cuales ni los unos ni los otros
podían esperar buen suceso; porque, de serlo, se temía
ser los moros cautivos, y los cristianos, aunque quedasen
con libertad, quedarían desnudos y robados; pero Mahamut y Ricardo con la libertad de Leonisa y de la de entrambos se contentaron; con todo esto que se imaginaban,
temían la insolencia de la gente corsaria, pues jamás la que
se da a tales ejercicios, de cualquiera ley o nación que
sea, deja de tener un ánimo cruel y una condición insolente. Pusiéronse en defensa, sin dejar los remos de las
manos y hacer todo cuanto pudiesen. Pero pocas horas
tardaron que vieron que les iban entrando, de modo que
en menos de dos se les pusieron a tiro de cañón. Viendo
esto, amainaron, soltaron los remos, tomaron las armas
y los esperaron, aunque el càdí dijo que no temiesen, porque el bajel era turquesco, y que no les haría ningún daño.
Mandó poner luego una banderita blanca de paz en el
peñol de la popa, por que le viesen los que ya ciegos y
codiciosos venían con gran furia a embestir el mal defen-
dido bergantín. Volvió en esto la cabeza Mahamut y vio

---

[72] *Cruces de Alejandría*: a la entrada de los Dardanelos, lo que
hoy es Kumkale y antes fue Troya.
[73] *Natolia*: Anatolia, la Turquía asiática.

que de la parte de poniente venía una galeota, a su parecer de veinte bancos, y díjoselo al cadí, y algunos cristianos que iban al remo dijeron que el bajel que se descubría era de cristianos; todo lo cual les dobló la confusión y el miedo, y estaban suspensos sin saber lo que harían, temiendo y esperando el suceso que Dios quisiese darles.

Paréceme que diera [74] el cadí en aquel punto por hallarse en Nicosia toda la esperanza de su gusto: tanta era la confusión en que se hallaba, aunque le quitó presto de ella el bajel primero, que sin respeto de las banderas de paz ni de lo que a su religión debían, embistieron con el del cadí con tanta furia, que estuvo poco en echarle a fondo. Luego conoció el cadí los que le acometían, y vio que eran soldados de Nicosia, y adivinó lo que podía ser, y diose por perdido y muerto; y si no fuera que los soldados se dieron antes a robar que a matar, ninguno quedara con vida. Mas cuando ellos andaban más encendidos y más atentos en su robo, dio un turco voces diciendo:

—Arma, soldados, que un bajel de cristianos nos embiste.

Y así era la verdad, porque el bajel que descubrió el bergantín del cadí venía con insignias y banderas cristianescas, el cual llegó con toda furia a embestir el bajel de Hazán; pero antes que llegase preguntó uno desde la proa en lengua turquesca que qué bajel era aquel. Respondiéronle que era de Hazán Bajá, virrey de Chipre.

—¿Pues, cómo —replicó el turco— siendo vosotros musulmanes, [75] embestís y robais a ese bajel, que nosotros sabemos que va en él el cadí de Nicosia?

· A lo cual respondieron que ellos no sabían otra cosa más de que el bajel les había ordenado le tomasen, y que ellos como sus soldados y obedientes habían hecho su mandamiento.

---

[74] *Paréceme que diera*: irrupción subjetiva del autor, v. nota 98 de *La gitanilla*.
[75] 1613: *Mosolimanes*.

Satisfecho de lo que saber quería, el capitán del segundo bajel que venía a la cristianesca dejóle embestir al de Hazán, y acudió al del cadí, y a la primera rociada mató más de diez turcos de los que dentro estaban, y luego le entró con grande ánimo y presteza; mas apenas hubieron puesto los pies dentro, cuando el cadí conoció que el que le embestía no era cristiano, sino Alí Bajá, el enamorado de Leonisa, el cual, con el mismo intento que Hazán, había estado esperando su venida, y por no ser conocido había hecho vestidos a sus soldados como cristianos, para que con esta industria fuese más cubierto su hurto. El cadí, que conoció las intenciones de los amantes y traidores, comenzó a grandes voces a decir su maldad, diciendo:

—¿Qué es esto, traidor Alí Bajá? ¿Cómo siendo tú musulmán [75a] (que quiere decir turco), me salteas como cristiano? Y vosotros, traidores soldados de Hazán, ¿qué demonio os ha movido a cometer tan grande insulto? ¿Cómo por cumplir el apetito lascivo del que aquí os envía quereis ir contra vuestro natural señor?

A estas palabras suspendieron todos las armas, y unos a otros se miraron y se conocieron, porque todos habían sido soldados de un mismo capitán y militado debajo de una bandera, y confundiéndose con las razones del cadí y con su mismo maleficio, ya se les embotaron los filos de los alfanjes y se les desmayaron los ánimos: sólo Alí cerró los ojos y los oídos a todo, y arremetiendo al cadí, le dio una tal cuchillada en la cabeza, que si no fuera por la defensa que hicieron cien varas de toca [76] con que venía ceñida, sin duda se la partiera por medio; pero con todo esto le derribó entre los bancos del bajel, y al caer dijo el cadí:

—¡Oh cruel renegado, enemigo de mi profeta! ¿Y es posible que no ha de haber quien castigue tu crueldad y tu grande insolencia? ¿Cómo, maldito, has osado poner las manos y las armas en tu cadí, y en un ministro de Mahoma?

[75a] 1613: *mosolimán*.
[76] *Varas de toca*: se refiere al turbante.

Estas palabras añadieron fuerza a fuerza a las primeras,
las cuales oídas de los soldados de Hazán, y movidos de
temor que los soldados de Alí les habían de quitar la
presa, que ya ellos por suya tenían, determinaron de ponerlo todo en aventura; y comenzando uno y siguiéndole
todos, dieron en los soldados de Alí con tanta prisa, ren-
cor y brío, que en poco espacio los pararon tales, que, aunque eran muchos más que ellos, los redujeron a número
pequeño; pero los que quedaron, volviendo sobre sí, ven-
garon a sus compañeros, no dejando de los de Hazán apenas cuatro con vida, y ésos muy malheridos.

Estábanlos mirando Ricardo y Mahamut, que de cuando
en cuando sacaban la cabeza por el escotillón de la cámara de popa, por ver en qué paraba aquella grande he-
rrería que sonaba; y viendo cómo los turcos estaban casi
todos muertos, y los vivos malheridos, y cuán fácilmente
se podía dar cabo de todos, llamó a Mahamut y a dos
sobrinos de Halima, que ella había hecho embarcar consigo para que ayudasen a levantar el bajel, y con ellos y
con su padre, tomando alfanjes de los muertos, saltaron
en crujía, y apellidando "Libertad, libertad", y ayudados
de las buenas boyas, cristianos griegos, con facilidad y sin
recibir herida, los degollaron a todos, y pasando sobre la
galeota de Alí, que sin defensa estaba, la rindieron y ganaron con cuanto en ella venía. De los que en el segundo
encuentro murieron, fue de los primeros Alí Bajá, que un
turco, en venganza del cadí, le mató a cuchilladas.

Diéronse luego todos, por consejo de Ricardo, a pasar
cuantas cosas había de precio en su bajel y en el de Hazán a la galeota de Alí, que era bajel mayor y acomodado
para cualquier cargo o viaje, y ser los remeros cristianos,
los cuales, contentos con la alcanzada libertad y con muchas cosas que Ricardo repartió entre todos, se ofrecieron de llevarle hasta Trápana, y aun hasta el cabo del
mundo si quisiese. Y con esto Mahamut y Ricardo, llenos
de gozo por el buen suceso, se fueron a la mora Halima y
le dijeron que, si quería volverse a Chipre, que con las
buenas boyas le armarían su mismo bajel, y le darían la
mitad de las riquezas que había embarcado; mas ella, que

en tanta calamidad aun no había perdido el cariño y amor
que a Ricardo tenía, dijo que quería irse con ellos a tierra
de cristianos, de lo cual sus padres se holgaron en extremo.

El cadí volvió de su acuerdo, y le curaron como la ocasión les dio lugar, a quien también dijeron que escogiese
una de dos: o que se dejase llevar a tierra de cristianos, o
volverse en su mismo bajel a Nicosia. Él respondió que,
ya que la fortuna le había traído a tales términos, les
agradecía la libertad que le daban, y que quería ir a Constantinopla a quejarse al Gran Señor del agravio que de
Hazán y de Alí había recibido; mas cuando supo que
Halima le dejaba y se quería volver cristiana, estuvo en
poco de perder el juicio. En resolución, le armaron su
mismo bajel y le proveyeron de todas las cosas necesarias
para su viaje, y aun le dieron algunos cequíes [77] de los
que habían sido suyos, y despidiéndose de todos con determinación de volverse a Nicosia, pidió antes que se
hiciese a la vela que Leonisa le abrazase, que aquella merced y favor sería bastante para poner en olvido toda su
desventura. Todos suplicaron a Leonisa diese aquel favor
a quien tanto la quería, pues en ello no iría contra el
decoro de su honestidad. Hizo Leonisa lo que le rogaron,
y el cadí le pidió le pusiese las manos sobre la cabeza,
por que él llevase esperanzas de sanar de su herida; en
todo le contentó Leonisa. Hecho esto, y habiendo dado
un barreno [78] al bajel de Hazán, favoreciéndoles un levante fresco que parecía que llamaba las velas para en-
tregarse en ellas, se las dieron, y en breves horas perdieron de vista al bajel del cadí, el cual, con lágrimas en los
ojos, estaba mirando cómo se llevaban los vientos su hacienda, su gusto, su mujer y su alma.

---

[77] *Cequíes*: "moneda de oro que usaron los árabes en España",
Covarrubias, s. v.
[78] *Dado un barreno*: "*Barrenar los navíos*. Es taladrarlos por la
parte inferior de los costados para que entrando dentro del bu-
que el agua den al través y se vayan a fondo", *Dicc. Aut.*, s. v.

Con diferentes pensamientos de los del cadí navegaban
Ricardo y Mahamut; y así, sin querer tocar en tierra en
ninguna parte, pasaron a la vista de Alejandría de golfo
lanzado, [79] y sin amainar velas, y sin tener necesidad de
aprovecharse de los remos llegaron a la fuerte isla del
Corfú, donde hicieron agua, y luego sin detenerse pasaron
por los infamados riscos Acroceraunos, [80] y desde lejos al
segundo día descubrieron a Paquino, promontorio de la
fertilísima Tinacria, [81] a la vista de la cual y de la insigne
isla de Malta volaron, que no con menos ligereza nave-
gaba el dichoso leño. [82]

En resolución, bajando la isla, de allí a cuatro días descubrieron la Lampadosa, [83] y luego la isla donde se perdieron, con cuya vista [Leonisa] se estremeció toda, vinién-
dole a la memoria el peligro en que en ella se había visto;
otro día vieron delante de sí la deseada y amada patria;
renovóse la alegría en sus corazones, alborotáronse sus
espíritus con el nuevo contento, que es uno de los mayores
que en esta vida se puede tener, llegar después de luengo
cautiverio salvo y sano a la patria. [84] Y al que a éste se le
puede igualar es el que se recibe de la victoria alcanzada
de los enemigos.

Habíase hallado en la galeota una caja llena de bande-
retas y flámulas de diversas colores de sedas, con las cuales hizo Ricardo adornar la galeota. Poco después de ama-

[79] *Golfo lanzado*: velozmente, sin detenerse. Jerónimo de Ba-
rrionuevo, *Avisos*, ed. A. Paz y Melia, III (Madrid), 308: "Ha
venido una faluca sutil de Italia, a golfo lanzado." Sobre el significado de esta expresión hubo una tormentilla crítica entre A.
Bonilla y San Martín y F. A. de Icaza.
[80] *Acroceraunos*: 1613: "Acrocerauros". *Infamados* es adjetivo
de estirpe horaciana: "Infames scopulos Acroceraunia", oda III.
[81] *Tinacria*: Paquino = Pachino es población y promontorio en
la costa sudeste de Sicilia, cerca de Siracusa. *Tinacria*, 'Trinacria',
es el epíteto clásico para Sicilia.
[82] *Leño*: barco.
[83] *Lampadosa*: Lampedusa, isla al sur de Sicilia y al este de
Túnez.
[84] *A la patria*: es indiscutible el sentir personal de toda esta
frase.

necer sería, cuando se hallaron a menos de una legua de
la ciudad, y bogando a cuarteles, [85] y alzando de cuando en
cuando alegres voces y gritos, se iban llegando al puerto,
en el cual en un instante pareció infinita gente del pueblo, que habiendo visto cómo aquel bien adornado bajel
tan despacio se llegaba a tierra, no quedó gente en toda
la ciudad que dejase de salir a la marina.

En este entretanto había Ricardo pedido y suplicado a
Leonisa que se adornase y vistiese de la misma manera que
cuando entró en la tienda de los bajáes, porque quería
hacer una graciosa burla a sus padres. Hízolo así, y añadiendo galas a galas, perlas a perlas, y belleza a belleza,
que suele acrecentarse con el contento, se vistió de modo
que de nuevo causó admiración y maravilla. Vistióse asimismo Ricardo a la turquesca, y lo mismo hizo Mahamut
y todos los cristianos del remo, que para todos hubo en
los vestidos de los turcos muertos.

Cuando llegaron al puerto serían las ocho de la mañana, que tan serena y clara se mostraba, que parecía que
estaba atenta mirando aquella alegre entrada. Antes de
entrar en el puerto hizo Ricardo disparar las piezas de la
galeota, que eran un cañón de crujía y dos falconetes; respondió la ciudad con otras tantas.

Estaba toda la gente confusa, esperando llegase el bizarro bajel; pero cuando vieron de cerca que era turquesco,
porque se divisaban los blancos turbantes de los que moros parecían, temerosos y con sospecha de algún engaño,
tomaron las armas y acudieron al puerto todos los que en
la ciudad son de milicia, y la gente de a cáballo se tendió
por toda la marina; de todo lo cual recibieron gran contento los que poco a poco se fueron llegando hasta entrar en el puerto, dando fondo junto a tierra, y arrojando
en ella la plancha, soltando a una los remos, todos, uno
a uno, como en procesión, salieron a tierra, la cual con
lágrimas de alegría besaron una y muchas veces, señal

---

[85] *Bogando a cuarteles*: "phrase náutica que significa remar
unos y descansar otros alternativamente", *Dicc. Aut.*, s. v. *bogar*.
Así usada en *Quijote*, I, xli.

clara que dio a entender ser cristianos que con aquel bajel se habían alzado. A la postre de todos salieron el padre
y madre de Halima, y sus dos sobrinos, todos, como está
dicho, vestidos a la turquesca; hizo fin y remate la hermosa Leonisa, cubierto el rostro con un tafetán carmesí;
traíanla en medio Ricardo y Mahamut, cuyo espectáculo
llevó tras sí los ojos de toda aquella infinita multitud que
los miraba.

En llegando a tierra hicieron como los demás, besán-
dola postrados por el suelo. En esto llegó a ellos el capitán y gobernador de la ciudad, que bien conoció que eran
los principales de todos; mas apenas hubo llegado cuando
conoció a Ricardo, y corrió con los brazos abiertos y con
señales de grandísimo contento a abrazarle. Llegaron con
el gobernador Cornelio y su padre, y los de Leonisa con
todos sus parientes, y los de Ricardo, que todos eran los
más principales de la ciudad. Abrazó Ricardo al gobernador, y respondió a todos los parabienes que le daban;
trabó de la mano a Cornelio, el cual, como le conoció y se
vio asido de él, perdió la color del rostro, y casi comenzó
a temblar de miedo, y teniendo asimismo de la mano a
Leonisa, dijo:

—Por cortesía os ruego, señores, que antes que entremos en la ciudad y en el templo a dar las debidas gracias
a Nuestro Señor de las grandes mercedes que en nuestra
desgracia nos ha hecho, me escucheis ciertas razones que
deciros quiero.

A lo cual el gobernador respondió que dijese lo que
quisiese, que todos le escucharían con gusto y con silencio.

Rodeáronle luego todos los más de los principales, y él,
alzando un poco la voz, dijo de esta manera:

—Bien se os debe acordar, señores, de la desgracia que
algunos meses ha en el jardín de las Salinas me sucedió
con la pérdida de Leonisa; también no se os habrá caído
de la memoria la diligencia que yo puse en procurar su
libertad, pues, olvidándome del mío, ofrecí por su rescate toda mi hacienda, aunque ésta, que al parecer fue

liberalidad, no puede ni debe redundar en mi alabanza, pues la daba por el rescate de mi alma. Lo que después acá a los dos ha sucedido requiere para más tiempo otra sazón y coyuntura, y otra lengua no tan turbada como la mía; baste deciros por ahora que, después de varios y extraños acaecimientos, y después de mil perdidas esperanzas de alcanzar remedio de nuestras desdichas, el piadoso cielo, sin ningún merecimiento nuestro, nos ha vuelto a la deseada patria, cuanto llenos de contento, colmados de riquezas; y no nace de ellas ni de la libertad alcanzada el sin igual gusto que tengo, sino del que imagino que tiene ésta en paz y en guerra dulce enemiga mía, así por verse libre, como por ver, como ve, el retrato de su alma; todavía me alegro de la general alegría que tienen los que me han sido compañeros en la miseria. Y aunque las desventuras y tristes acontecimientos suelen mudar las condiciones y aniquilar los ánimos valerosos, no ha sido así con el verdugo de mis buenas esperanzas; porque con más valor y entereza que buenamente decirse puede, ha pasado el naufragio de sus desdichas y los encuentros de mis ardientes cuanto honestas importunaciones; en lo cual se verifica que mudan el cielo, y no las costumbres, los que en ellas tal vez hicieron asiento. De todo esto que he dicho quiero inferir que yo le ofrecí mi hacienda en rescate, y le di mi alma en mis deseos; di traza en su libertad y aventuré por ella, más que por la mía, la vida; y todos éstos que en otro sujeto más agradecido pudieran ser cargos de algún momento, no quiero yo que lo sean; sólo quiero lo sea éste en que te pongo ahora.

Y diciendo esto, alzó la mano y con honesto comedimiento quitó el antifaz del rostro de Leonisa, que fue como quitarse la nube que tal vez cubre la hermosa claridad del sol, y prosiguió diciendo:

—Ves aquí, ¡oh Cornelio!, te entrego la prenda que tú debes de estimar sobre todas las cosas que son dignas de estimarse; y ves aquí tú, ¡hermosa Leonisa!, te doy al que tú siempre has tenido en la memoria. Esta sí quiero que se tenga por liberalidad, en cuya comparación dar la hacienda, la vida y la honra no es nada. [86] Recíbela, ¡oh venturoso mancebo!, recíbela, y si llega tu conocimiento a tanto que llegue a conocer valor tan grande, estímate por el más venturoso de la tierra. Con ella te daré asimismo todo cuanto me tocare de parte en lo que a todos el cielo nos ha dado, que bien creo que pasará de treinta mil escudos; de todo puedes gozar a tu sabor con libertad y quietud y descanso, y plega al cielo que sea por luengos y felices años. Yo sin ventura, pues quedo sin Leonisa, gusto de quedar pobre, que a quien Leonisa le falta, la vida le sobra.

Y en diciendo esto calló, como si al paladar se le hubiera pegado la lengua; pero desde allí a un poco, antes que ninguno hablase, dijo:

—¡Válame Dios, y cómo los apretados trabajos turban los entendimientos! Yo, señores, con el deseo que tengo de hacer bien, no he mirado lo que he dicho, porque no es posible que nadie pueda demostrarse liberal de lo ajeno: ¿qué jurisdicción tengo yo en Leonisa para darla a otro? O ¿cómo puedo ofrecer lo que está tan lejos de ser mío? Leonisa es suya, y tan suya, que, a faltarle sus padres, que felices años vivan, ningún opósito tuviera a su voluntad; y si se pudieran poner las obligaciones que como discreta debe de pensar que me tiene, desde aquí las borro, las cancelo y doy por ningunas; y así de lo dicho me desdigo, y no doy a Cornelio nada, pues no puedo; sólo confirmo la manda de mi hacienda hecha a Leonisa, sin querer otra recompensa sino que tenga por verdaderos mis honestos pensamientos, y que crea de ellos que nunca se encaminaron ni miraron a otro punto que el que pide su incomparable honestidad, su grande valor e infinita hermosura.

Calló Ricardo en diciendo esto, a lo cual Leonisa respondió en esta manera:

—Si algún favor, ¡oh Ricardo!, imaginas que hice a Cornelio en el tiempo que tú andabas de mí enamorado y ce-

[86] *No es nada*: esta gradación (hacienda-vida-honra) es propia de la axiología del español de la época: por la honra dar la vida, por la vida dar la hacienda.

loso, imagina que fue tan honesto como guiado por la
voluntad y orden de mis padres, que, atentos a que le mo-
viesen a ser mi esposo, permitían que se los diese; si quedas de esto satisfecho, bien lo estarás de lo que de mí te
ha mostrado la experiencia acerca de mi honestidad [87] y
recato. Esto digo por darte a entender, Ricardo, que siempre fui mía, sin estar sujeta a otro que a mis padres, a
quien ahora humildemente, como es razón, suplico que
me den licencia y libertad para disponer [de] la que tu
mucha valentía y liberalidad me ha dado.

Sus padres dijeron que se la daban, porque fiaban de
su discreción que usaría de ella de modo que siempre redundase en su honra y en su provecho.

—Pues con esa licencia —prosiguió la discreta Leonisa—, quiero que no se me haga de mal mostrarme desenvuelta, a trueque de no mostrarme desagradecida; y así,
¡oh valiente Ricardo!, mi voluntad, hasta aquí recatada,
perpleja y dudosa, se declara en favor tuyo; porque sepan
los hombres que no todas las mujeres son ingratas, mos-
trándome yo siquiera agradecida. Tuya soy, Ricardo, y
tuya seré hasta la muerte, si ya otro mejor conocimiento
no te mueve a negar la mano que de mi esposo te pido.

Quedó como fuera de sí a estas razones Ricardo, y no
supo ni pudo responder con otras a Leonisa, que con hin-
carse de rodillas ante ella y besarle las manos, que le tomó
por fuerza muchas veces, bañándoselas en tiernas y amorosas lágrimas. Derramólas Cornelio de pesar, y de alegría
los padres de Leonisa, y de admiración y de contento
todos los circunstantes. Hallóse presente el obispo o arzobispo de la ciudad, y con su bendición y licencia los llevó
al templo, y dispensando en el tiempo, los desposó en el
mismo punto. Derramóse la alegría por toda la ciudad, de
la cual dieron muestra aquella noche infinitas luminarias,
y otros muchos días la dieron juegos y regocijos que hicieron los parientes de Ricardo y de Leonisa. Reconciliá-
ronse con la Iglesia Mahamut y Halima, la cual imposibi-
litada de cumplir el deseo de verse esposa de Ricardo, se

[87] 1613: *Cerca de mi honestidad.*

contentó con serlo de Mahamut. A sus padres y a los sobrinos de Halima dio la liberalidad de Ricardo, de las
partes que le cupieron del despojo, suficientemente con
que viviesen. Todos, en fin, quedaron contentos, libres y
satisfechos, y la fama de Ricardo, saliendo de los términos
de Sicilia, se extendió por todos los de Italia y de otras
muchas partes, debajo del nombre del *amante liberal,* y
aun hasta hoy dura en los muchos hijos que tuvo en Leonisa, que fue ejemplo raro de discreción, honestidad, recato y hermosura. [88]

[88] Análogo desenlace, de aspiraciones seudo-históricas, nos brin-
da *La fuerza de la sangre,* aunque en un contexto muy distinto:
Toledo, no Sicilia.

NOVELA DE
RINCONETE Y CORTADILLO

En la venta del Molinillo, [1] que está puesta en los fines de los famosos campos de Alcudia, [2] como vamos de Castilla a la Andalucía, un día de los calurosos del verano se hallaron en ella acaso dos muchachos de hasta edad de catorce a quince años; el uno ni el otro no pasaban de diecisiete; ambos de buena gracia, pero muy descosidos, rotos y maltratados. Capa, no la tenían; los calzones eran de lienzo, y las medias, de carne. Bien es verdad que lo enmendaban los zapatos, porque los del uno eran alpargatas, [3] tan traídos como llevados, y los del otro picados y sin suelas, de manera que más le servían de cormas [4] que de zapatos. Traía el uno montera [5] verde de cazador; el otro, un sombrero sin toquilla, [6] bajo de copa

[1] *Venta del Molinillo*: venta histórica, quedaba casi equidistante entre Toledo y Córdoba, y a unas cuatro leguas de Almodóvar del Campo.

[2] *Campos de Alcudia*: en la parte sur de la actual provincia de Ciudad Real.

[3] 1613: *alpargates*.

[4] *Cormas*: "es un pedaço de madera que antiguamente echavan al pie del esclavo fugitivo, y agora en algunas partes la echan a los muchachos que se huyen de sus padres o amos", *Covarrubias*, s. v.

[5] *Montera*: "cobertura de cabeça de que usan los monteros, y a su imitación los demás de la ciudad", Covarrubias, s. v.

[6] *Toquilla*: adorno como la actual cinta del sombrero.

y ancho de falda. [7] A la espalda, y ceñida por los pechos,
traía el uno una camisa de color de camuza, [8] encerada,
y recogida todo en en una manga; [9] el otro venía escueto
y sin alforjas, puesto que en el seno se le parecía [10] un
gran bulto, que, a lo que después pareció, era un cuello
de los que llaman valones, [11] almidonado con grasa, y tan
deshilado de roto, que todo parecía hilachas. Venían en
él envueltos y guardados unos naipes de figura ovada,
porque de ejercitarlos se les habían gastado las puntas,
y porque durasen más se las cercenaron y los dejaron
de aquel talle. Estaban los dos quemados del sol, las uñas
caireladas [12] y las manos no muy limpias; el uno tenía una
media espada, y el otro, un cuchillo de cachas amarillas,
que los suelen llamar vaqueros.

Saliéronse los dos a sestear en un portal o cobertizo que
delante de la venta se hace, y sentándose frontero el uno
del otro, el que parecía de más edad dijo al más pequeño:

—¿De qué tierra es vuesa merced, señor gentilhombre,
y para adónde bueno camina?

—Mi tierra, señor caballero —respondió el pregunta-
do—, no la sé, ni para dónde camino, tampoco.

—Pues en verdad —dijo el mayor— que no parece vuesa merced del cielo, y que éste no es lugar para hacer su
asiento en él: que por fuerza se ha de pasar adelante.

—Así es —respondió el mediano—; pero yo he dicho
verdad en lo que he dicho; porque mi tierra no es mía,
pues no tengo en ella más de un padre que no me tiene

---

[7] *Ancho de falda*: la falda (ala) del sombrero era caída y
ancha.

[8] *Camuza*: gamuza, "la piel de la cabra montés", *Dicc. Aut.*,
s. v. *camuza*. La referencia del texto es al color de esta piel, y la
camisa va aderezada con cera.

[9] *Manga*: "se llama cierto género de coxín o maleta, abierta
por las dos cabeceras por donde se cierra y assegura con unos
cordones", *Dicc. Aut.*, s. v.

[10] *Se le parecía*: se le veía, v. nota 42 de *El amante liberal*.

[11] *Llaman valones*: v. nota 57 de *La Gitanilla*.

[12] *Uñas caireladas*: uñas largas y negras, como el cairel que es
"vn entretexido que se echa en las extremidades de las guarniciones, a modo de pasamanillo", Covarrubias, s. v.

por hijo y una madrastra que me trata como alnado; [13] el camino que llevo es a la ventura, y allí le daría fin donde hallase quien me diese lo necesario para pasar esta miserable vida.

—Y ¿sabe vuesa merced algún oficio? —preguntó el grande.

Y el menor respondió:

—No sé otro sino que corro como una liebre, y salto como un gamo, y corto de tijera muy delicadamente.

—Todo eso es muy bueno, útil y provechoso —dijo el grande—, porque habrá sacristán que le dé a vuesa merced la ofrenda de Todos Santos [14] porque para el Jueves Santo le corte florones de papel para el monumento.

—No es mi corte de esa manera —respondió el menor—, sino que mi padre, por la misericordia del cielo, es sastre [15] y calcetero, y me enseñó a cortar antíparas, [16] que, como vuesa merced bien sabe, son medias calzas con avampiés, [17] que por su propio nombre se suelen llamar polainas, [18] y córtolas tan bien, que en verdad que me podría examinar de maestro, sino que la corta suerte me tiene arrinconado.

—Todo eso y más acontece por los buenos —respondió el grande—, y siempre he oído decir que las buenas habilidades son las más perdidas; pero aun edad tiene vuesa merced para enmendar su ventura. Mas si yo no

[13] *Alnado*: "el hijo que trae qualquiera de los casados al segundo matrimonio, que también llaman antenado", Covarrubias, s. v.

[14] *Todos Santos*: las ofrendas de Todos los Santos solían ser de pan y vino, a lo que se debe agregar que el día siguiente es de Todos los Difuntos, todo lo cual implicaba muy copiosas ofrendas.

[15] *Sastre*: es folklórica la fama de ladrones que tienen los sastres.

[16] *Antíparas*: "es también cierto género de medias calzas o polainas que cubren las piernas y los pies sólo por la parte de adelante", *Dicc. Aut.*, s. v.

[17] *Avampiés*: "el guardapolvo o pedazo de tela pegado a la polaina, que sirve para cubrir los pies", *Dicc. Aut.*, s. v.

[18] *Polainas*: "medias calças de labradores sin soleta, que caen encima del çapato sobre el empeine", Covarrubias, s. v.

me engaño y el ojo no me miente, otras gracias tiene vuesa merced secretas, y no las quiere manifestar.

—Sí tengo —respondió el pequeño—; pero no son para el público, como vuesa merced ha muy bien apuntado.

A lo cual replicó el grande:

—Pues yo le sé decir que soy uno de los más secretos mozos que en gran parte se puedan hallar; y para obligar a vuesa merced que descubra su pecho y descanse conmigo, le quiero obligar con descubrirle el mío primero; porque imagino que no sin misterio nos ha juntado aquí la suerte, y pienso que habemos de ser, de éste hasta el último día de nuestra vida, verdaderos amigos. Yo, señor hidalgo, soy natural de la Fuenfrida,[19] lugar conocido y famoso por los ilustres pasajeros que por él de continuo pasan; mi nombre es Pedro del Rincón; mi padre es persona de calidad, porque es ministro de la Santa Cruzada: quiero decir que es bulero, o buldero,[20] como los llama el vulgo. Algunos días le acompañé en el oficio, y le aprendí de manera, que no daría ventaja en echar las bulas al que más presumiese en ello. Pero habiéndome un día aficionado más al dinero de las bulas que a las mismas bulas, me abracé con un talego, y di conmigo y con él en Madrid, donde con las comodidades que allí de ordinario se ofrecen, en pocos días saqué las entrañas al talego, y le dejé con más dobleces que pañizuelo de desposado. Vino el que tenía a cargo el dinero tras mí; prendiéronme; tuve poco favor; aunque, viendo aquellos señores mi poca edad, se contentaron con que me arrimasen al aldabilla[21] y me mosqueasen[22] las espaldas por un rato y con que saliese

---

[19] *Fuenfrida*: puerto de la sierra de Guadarrama, a tres leguas de Segovia, bien concurrido hoy en día, que se llama Fuenfría.

[20] *Buldero*: predicaban y vendían la Bula de la Santa Cruzada, y tenían fama folklórica de pícaros y tunantes, como el quinto amo de Lazarillo de Tormes.

[21] *Aldabilla*: "Aldabilla, arrimar o asir a la. Germ. Azotar el verdugo a un reo atado a la aldabilla que había en las cárceles", Alonso Hernández, s. v.

[22] *Mosqueasen*: "Mosquear. Azotar el verdugo al reo por castigo", Alonso Hernández, s. v.

desterrado por cuatro años de la Corte. Tuve paciencia, encogí los hombros, sufrí la tanda y mosqueo, y salí a cumplir mi destierro, con tanta prisa, que no tuve lugar de buscar cabalgaduras. Tomé de mis alhajas las que pude y las que me parecieron más necesarias, y entre ellas saqué estos naipes (y a este tiempo descubrió los que se han dicho, que en el cuello traía), con los cuales he ganado mi vida por los mesones y ventas que hay desde Madrid aquí, jugando a la veintiuna; [23] y aunque vuesa merced los ve tan astrosos y maltratados, usan de una maravillosa virtud con quien los entiende, que no alzará que no quede un as debajo. Y si vuesa merced es versado en este juego, verá cuánta ventaja lleva el que sabe que tiene cierto un as a la primera carta, que le puede servir de un punto y de once; que con esta ventaja, siendo la veintiuna envidada, el dinero se queda en casa. Fuera de esto, aprendí de un cocinero de un cierto embajador ciertas tretas de quínolas, [24] y del parar, a quien también llaman el andaboba, [25] que así como vuesa merced se puede examinar en el corte de sus antiparas, así puedo yo ser maestro en la ciencia vilhanesca. [26] Con esto voy seguro de no morir de hambre, porque aunque llegue a un cortijo, hay quien quiera pasar tiempo jugando un rato. Y de esto hemos de hacer luego la experiencia los dos: armemos la red, y veamos si cae algún pájaro de estos arrieros que aquí hay: quiero decir que jugaremos los dos a la veintiuna como

[23] *Veintiuna*: juego de naipes en que ganaba el que tenía veintiún puntos o llegaba más cerca de ellos.

[24] *Quínolas*: "juego de naipes en que el lance principal consiste en hacer quatro cartas, cada una de su palo, y si la hacen dos gana la que incluye más puntos", *Dicc. Aut.*, s. v.

[25] *Parar... andaboba*: "Juego de naipes que se hace entre muchas personas, sacando el que le lleva una carta de la baraja, a la qual apuestan lo que quieran los demás (que si es encuentro como de rey y rey, gana el que lleva el naipe), y si sale primero la de éste, gana la parada, y la pierde si sale el de los paradores", *Dicc. Aut.*, s. v. *parar*.

[26] *Ciencia vilhanesca*: porque la invención de los naipes se atribuía a un tal Vilhán, de misterioso origen. Más adelante se hablará del "floreo de Vilhán".

si fuese de veras; que si alguno quisiese ser tercero, él será el primero que deje la pecunia.

—Sea en buen hora —dijo el otro—, y en merced muy grande tengo la que vuesa merced me ha hecho en darme cuenta de su vida, con que me ha obligado a que no le encubra la mía, que, diciéndola más breve, es ésta: Yo nací en el piadoso lugar [27] puesto entre Salamanca y Medina del Campo, mi padre es sastre; enseñóme su oficio, y de corte de tijera, [28] con mi buen ingenio, salté a cortar bolsas. Enfadóme la vida estrecha del aldea y el desamorado trato de mi madrastra. Dejé mi pueblo, vine a Toledo a ejercitar mi oficio, y en él he hecho maravillas; porque no pende relicario de toca ni hay faldriquera tan escondida que mis dedos no visiten ni mis tijeras no corten, aunque le estén guardando con ojos de Argos. [29] Y en cuatro meses que estuve en aquella ciudad, nunca fui cogido entre puertas, [30] ni sobresaltado ni corrido de corchetes, ni soplado de ningún cañuto. [31] Bien es verdad que habrá ocho días que una espía doble dio noticia de mi habilidad al Corregidor, el cual, aficionado a mis buenas partes, quisiera verme; mas yo, que, por ser humilde, no quiero tratar con personas tan graves, procuré de no verme con él, y así, salí de la ciudad con tanta prisa, que no tuve lugar de acomodarme de cabalgaduras ni blancas, ni de algún coche de retorno, o por lo menos de un carro.

—Eso se borre —dijo Rincón—; y pues ya nos conocemos, no hay por qué aquesas grandezas ni altiveces: confesemos llanamente que no teníamos blanca, ni aún zapatos.

---

[27] *Piadoso lugar*: en el ms. Porras se dice "mi aldea, que es Mollorido, lugar entre Medina del Campo y Salamanca, recámara de su obispo". Mollorido, por lo demás, es aldea desaparecida desde hace siglos.

[28] 1613: *tisera*.

[29] *Ojos de Argos*: v. nota 18 de *La gitanilla*.

[30] *Entre puertas*: "Koxer entre puertas. A semexanza de un perro que le aprietan en ellas, al ke koxen dentro en kasa i le apalean o hazen kasar", Correas, 711a.

[31] *Soplado de ningún cañuto*: "Soplado. Germ. Delincuente delatado a la justicia", Alonso Hernández, s. v., *cañuto*, 'soplón'.

—Sea así —respondió Diego Cortado, que así dijo el menor que se llamaba—; y pues nuestra amistad, como vuesa merced, señor Rincón, ha dicho, ha de ser perpetua, comencémosla con santas y loables ceremonias.

Y levantándose Diego Cortado, abrazó a Rincón, y Rincón a él, tierna y estrechamente, y luego se pusieron los dos a jugar a la veintiuna con los ya referidos naipes, limpios de polvo y de paja, [32] mas no de grasa y malicia, y a pocas manos, alzaba tan bien por el as Cortado, como Rincón, su maestro.

Salió en esto un arriero a refrescarse al portal, y pidió que quería hacer tercio. Acogiéronle de buena gana, y en menos de media hora le ganaron doce reales y veinte y dos maravedís, que fue darle doce lanzadas y veinte y dos mil pesadumbres. Y creyendo el arriero que por ser muchachos no se lo defenderían, [33] quiso quitarles el dinero; mas ellos, poniendo el uno mano a su media espada y el otro al de las cachas amarillas, le dieron tanto que hacer, que a no salir sus compañeros, sin duda lo pasara mal.

A esta sazón pasaron acaso por el camino una tropa de caminantes a caballo, que iban a sestear a la venta del Alcalde, [34] que está media legua más adelante, los cuales, viendo la pendencia del arriero con los dos muchachos, los apaciguaron, y les dijeron que si acaso iban a Sevilla, que se viniesen con ellos.

—Allá vamos —dijo Rincón—, y serviremos a vuesas mercedes en todo cuanto nos mandaren.

Y sin más detenerse, saltaron delante de las mulas y se fueron con ellos, dejando al arriero agraviado y enojado, y a la ventera admirada de la buena crianza de los pícaros, que les había estado oyendo su plática sin que ellos advirtiesen en ello. Y cuando dijo al arriero que les había

---

[32] *Limpios de polvo y de paja*: "lo que se da apurado y sin ninguna carga ni estorvo", Covarrubias, s. v. *limpio*.

[33] *Defenderían*: "defender vale vedar", Covarrubias, s. v.

[34] *Venta del Alcalde*: otra venta histórica, en el mismo camino de León a Sevilla y a media legua de la Venta del Molinillo.

oído decir que los naipes que traían eran falsos, se pelaba las barbas y quisiera ir a la venta tras ellos a cobrar su hacienda, porque decía que era grandísima afrenta y caso de menos valer que dos muchachos hubiesen engañado a un hombrazo tan grande como él. Sus compañeros le detuvieron y aconsejaron que no fuese, siquiera por no publicar su inhabilidad y simpleza. En fin, tales razones le dijeron, que aunque no le consolaron, le obligaron a quedarse.

En esto, Cortado y Rincón se dieron tan buena maña en servir a los caminantes, que lo más del camino los llevaban a las ancas; y aunque se les ofrecían algunas ocasiones de tentar las valijas de sus medios amos, no las admitieron, por no perder la ocasión tan buena del viaje de Sevilla, donde ellos tenían grande deseo de verse.

Con todo esto, a la entrada de la ciudad, que fue a la oración, y por la puerta de la Aduana,[35] a causa del registro y almojarifazgo que se paga, no se pudo contener Cortado de no cortar la valija o maleta que a las ancas traía un francés de la camarada; y así, con el de sus cachas le dio tan larga y profunda herida, que se parecían patentemente las entrañas, y sutilmente le sacó dos camisas buenas, un reloj de sol y un librillo de memoria, cosas que cuando las vieron no les dieron mucho gusto, y pensaron que pues el francés llevaba a las ancas aquella maleta, no la había de haber ocupado con tan poco peso como era el que tenían aquellas preseas, y quisieran volver a darle otro tiento; pero no lo hicieron, imaginando que ya lo habrían echado menos y puesto en recaudo lo que quedaba.

Habíanse despedido antes que el salto hiciesen[36] de los que hasta allí los habían sustentado, y otro día vendieron las camisas en el malbaratillo[37] que se hace fuera de la

---

[35] *Puerta de la Aduana*: caía junto a las Atarazanas, y allí en 1587 se construyó una aduana.

[36] *El salto hiciesen*: el asalto, robo, hiciesen.

[37] *Malbaratillo*: este sitio de venta pública caía, aproximadamente, adonde hoy en día está la plaza de toros de la Maestranza.

puerta del Arenal, [38] y de ellas hicieron veinte reales. Hecho esto, se fueron a ver la ciudad, y admiróles la grandeza y suntuosidad de su mayor iglesia, el gran concurso de gentes del río, porque era en tiempo de cargazón
de flota y había en él seis galeras, cuya vista les hizo
suspirar, y aun temer el día que sus culpas les habían de
traer a morar en ellas de por vida. [39] Echaron de ver los
muchos muchachos de la esportilla que por allí andaban;
informáronse de uno de ellos qué oficio era aquél, y si era
de mucho trabajo, y de qué ganancia.

Un muchacho asturiano, [40] que fue a quien le hicieron
la pregunta, respondió que el oficio era descansado y de
que no se pagaba alcabala, y que algunos días salía con
cinco y con seis reales de ganancia, con que comía y bebía
y triunfaba como cuerpo de rey, libre de buscar amo a
quien dar fianzas y seguro de comer a la hora que quisiese, pues a todas lo hallaba en el más mínimo bodegón
de toda la ciudad.

No les pareció mal a los dos amigos la relación del as-
turianillo, ni les descontentó el oficio, por parecerles que
venía como de molde para poder usar el suyo con cubierta y seguridad, por la comodidad que ofrecía de entrar en
todas las casas; y luego determinaron de comprar los
instrumentos necesarios para usarle, pues lo podían usar
sin examen. [41] Y preguntándole al asturiano qué habían
de comprar, les respondió que sendos costales pequeños,
limpios o nuevos, y cada uno tres espuertas de palma, dos
grandes y una pequeña, en las cuales se repartía la carne,
pescado y fruta, y en el costal, el pan; y él los guió donde

---

[38] *Puerta del Arenal*: gran viveza y gracia adquieren estas es-
cenas en la comedia de Lope de Vega, *El Arenal de Sevilla*.
[39] *De por vida*: remar en las galeras como condena de por
vida.
[40] *Muchacho asturiano*: interesante dato acerca de la migra-
ción interna de aquella época.
[41] *Usar sin examen*: o sea que, al contrario de tantos otros gre-
mios y carreras universitarias, no hay que examinarse para quedar
capacitado.

lo vendían, y ellos, del dinero de la galima [42] del francés, lo compraron todo, y dentro de dos horas pudieran estar graduados en el nuevo oficio, según les ensayaban las esportillas y asentaban los costales. Avisóles su adalid de los puestos dónde habían de acudir; por las mañanas, a la Carnicería [43] y a la plaza de San Salvador; [44] los días de pescado, a la Pescadería [45] y a la Costanilla, [46] todas las tardes, al río; los jueves, a la Feria. [47]

Toda esta lección tomaron bien de memoria, y otro día bien de mañana se plantaron en la plaza de San Salvador, y apenas hubieron llegado, cuando los rodearon otros mozos del oficio, que por lo flamante de los costales y espuertas vieron ser nuevos en la plaza; hiciéronles mil preguntas, y a todas respondían con discreción y mesura. En esto llegaron un medio estudiante y un soldado, y convidados de la limpieza de las espuertas de los dos novatos, el que parecía estudiante llamó a Cortado, y el soldado, a Rincón.

—En nombre sea de Dios —dijeron ambos.

—Para bien se comience el oficio —dijo Rincón—, que vuesa merced me estrena, señor mío.

A lo cual respondió el soldado:

—La estrena no será mala, [48] porque estoy de ganancia

---

[42] *Galima*: "hurto pequeño y frecuente", Alonso Hernández, s. v., aunque él lo acentúa gálima. Vuelve a aparecer en *La española inglesa*.

[43] *A la Carnicería*: la principal estaba en la antigua collación de San Isidro, hoy San Isidoro.

[44] *Plaza de San Salvador*: junto a la iglesia de tal nombre había dos plazas, una la del norte o de arriba, y la otro del sur o de abajo.

[45] *Pescadería*: desde 1493 había pasado de la Plaza de San Francisco a una de las Naves de las Atarazanas.

[46] *Costanilla*: placeta cerca de la iglesia de San Isidro o San Isidoro, mercado desde el siglo XIV.

[47] *La Feria*: se celebraba todos los jueves alrededor de la iglesia de Omnium Sanctorum.

[48] *La estrena no será mala*: Rincón habla de que el soldado será su primer cliente (*estrenar*), y el soldado responde que la *estrena* no será mala, en el sentido de "aguinaldo y presente que se da al principio del año", Covarrubias, s. v.

y soy enamorado, y tengo de hacer hoy banquete a unas amigas de mi señora.

—Pues cargue vuesa merced a su gusto, que ánimo tengo y fuerzas para llevarme toda esta plaza, y aun si fuere menester que ayude a guisarlo, lo haré de muy buena voluntad.

Contentóse el soldado de la buena gracia del mozo, y díjole que si quería servir, que él le sacaría de aquel abatido oficio; a lo cual respondió Rincón que, por ser aquel día el primero que le usaba, no le quería dejar tan presto, hasta ver, a lo menos, lo que tenía de malo y bueno; y cuando no le contentase, él daba su palabra de servirle a él antes que a un canónigo.

Rióse el soldado, cargóle muy bien, mostróle la casa de su dama para que la supiese de allí adelante y él no tuviese necesidad, cuando otra vez le enviase, de acompañarle. Rincón prometió fidelidad y buen trato. Diole el soldado tres cuartos, y en un vuelo volvió a la plaza, por no perder coyuntura; porque también de esta diligencia les advirtió el asturiano, y de que cuando llevasen pescado menudo, conviene a saber, albures, o sardinas, o acedías, bien podían tomar algunas y hacerles la salva, [49] siquiera para el gasto de aquel día; pero que esto había de ser con toda sagacidad y advertimiento, por que no se per-

---

[49] *Hacerles la salva*: "muy antigua cosa es el recatarse los reyes y príncipes, y particularmente los tiranos que reynan con injusto título, y assí se aperciben de guarda de soldados que cercan su persona; habitan alcáçares fuertes y fíanse de pocas personas dentro de sus palacios; pero aun esto no les basta porque quando el hierro no les empeça, suele matarlos aquello en que más gusto tienen y más sabor, como es la vianda y la bevida. Previnieron que el maestre sala poniendo el servicio delante del señor le gustase primero, sacando del plato alguna cosa de aquella parte de donde el príncipe avía de comer, haziendo lo mesmo con la bevida, derramando del vaso en que ha de bever el señor alguna parte sobre una fuentecica y beviéndola. Esta ceremonia se llamó hazer la salva, porque da a entender que está salvo de toda trayción y engaño", Covarrubias, s. v. *salva*. El consejo es de que prueben libremente de la comida que llevaren.

diese el crédito, que era lo que más importaba en aquel ejercicio.

Por presto que volvió Rincón, ya halló en el mismo puesto a Cortado. Llegóse Cortado a Rincón, y preguntóle que cómo le había ido. Rincón abrió la mano y mostróle los tres cuartos. Cortado entró la suya en el seno y sacó una bolsilla, que mostraba haber sido de ámbar en los pasados tiempos; venía algo hinchada, y dijo:

—Con ésta me pagó su reverencia del estudiante, y con dos cuartos; mas tomadla vos, Rincón, por lo que puede suceder.

Y habiéndosela ya dado secretamente, veis aquí do vuelve el estudiante trasudado y turbado de muerte, y viendo a Cortado, le dijo si acaso había visto una bolsa de tales y tales señas, que, con quince escudos de oro en oro y con tres reales de a dos y tantos maravedís en cuartos y en ochavos, le faltaba, y que le dijese si la había tomado en el entretanto que con él había andado comprando. A lo cual, con extraño disimulo, sin alterarse ni mudarse en nada, respondió Cortado:

—Lo que yo sabré decir de esa bolsa es que no debe de estar perdida, si ya no es que vuesa merced la puso a mal recaudo.

—¡Eso es ello, pecador de mí —respondió el estudiante—: que la debí de poner a mal recaudo, pues me la hurtaron!

—Lo mismo digo yo —dijo Cortado—; pero para todo hay remedio, si no es para la muerte, y el que vuesa merced podrá tomar es, lo primero y principal, tener paciencia; que de menos nos hizo Dios [50] y un día viene tras otro día, [51] y donde las dan las toman, y podría ser que,

---

[50] *De menos nos hizo Dios*: "de menos le hizo Dios ... nos hizo Dios ... la hizo Dios. Dízese dando esperanza en la vida de alguno kuando otros le desahuzian", Correas, 685a.

[51] *Tras otro día*: "un día viene tras otro i un tiempo tras otro. Ke se hará lo ke no se pudo hazer antes", Correas, 177a.

con el tiempo, el que llevó la bolsa se viniese a arrepentir y se la volviese a vuesa merced sahumada. [52]

—El sahumerio le perdonaríamos —respondió el estudiante.

Y Cortado prosiguió, diciendo:

—Cuanto más, que cartas de descomunión hay, paulinas, [53] y buena diligencia, que es madre de la buena ventura; aunque, a la verdad, no quisiera yo ser el llevador de tal bolsa, porque si es que vuesa merced tiene alguna orden sacra, parecermehía a mí que había cometido algún grande incesto, o sacrilegio.

—Y ¡cómo que ha cometido sacrilegio! —dijo a esto el adolorido estudiante—: que puesto que yo no soy sacerdote, sino sacristán de unas monjas, el dinero de la bolsa era del tercio de una capellanía, que me dio a cobrar un sacerdote amigo mío, y es dinero sagrado y bendito.

—Con su pan se lo coma —dijo Rincón a este punto—; no le arriendo la ganancia: día de juicio hay, donde todo saldrá en la colada, [54] y entonces se verá quién fue Callejas [55] y el atrevido que se atrevió a tomar, hurtar y menoscabar el tercio de la capellanía. Y ¿cuánto renta cada año? Dígame, señor sacristán, por su vida.

—¡Renta la puta que me parió! Y ¿estoy yo agora para decir lo que renta? —respondió el sacristán con algún

---

[52] *Sahumada*: "bolber una cosa a su dueño sahumada es bolverla más bien tratada que él la dió", Covarrubias, s. v. *sahumerio*.

[53] *Cartas de descomunión hay, paulinas*: las antiguas cartas de excomunión eran episcopales, pero *paulina* era "la carta o edicto de excomunión que se expide en el tribunal de la Nunciatura, u otro pontificio. Llamóse así porque en tiempo del Papa Paulo III [de 1534 a 1549] tomó fuerza la costumbre de estos edictos", *Dicc. Aut.*, s. v. *paulina*. Mantengo *descomunión* como vulgarismo, y muchos más, en esta novelita.

[54] *Saldrá en la colada*: "de alguna cosa que parece se dexa sin advertir y castigar, suelen dezir: Todo saldrá en la colada", Covarrubias, s. v.

[55] *Quién fue Callejas*: "expresión familiar con que alguno se jacta de su poder o autoridad. También se dice en sentido irónico hablando del poder o habilidad de otra persona", *Dicc. Ac.*, s. v. *Calleja*.

tanto de demasiada cólera—. Decidme, hermano, si sabeis algo; si no, quedad con Dios, que yo la quiero hacer pregonar.

—No me parece mal remedio ése —dijo Cortado—; pero advierta vuesa merced que no se le olviden las señas de la bolsa, ni la cantidad puntualmente del dinero que va en ella; que si yerra en un ardite, no parecerá en días del mundo, y esto le doy por hado. [56]

—No hay que temer de eso —respondió el sacristán—, que lo tengo más en la memoria que el tocar de las campanas: no me erraré en un átomo.

Sacó, en esto, de la faldriquera un pañuelo randado [57] para limpiarse el sudor, que llovía de su rostro como de alquitara, y apenas le hubo visto Cortado, cuando le marcó por suyo. Y habiéndose ido el sacristán, Cortado le siguió y le alcanzó en las Gradas, [58] donde le llamó y le retiró a una parte, y allí le comenzó a decir tantos disparates, al modo de lo que llaman bernardinas, [59] cerca del hurto y hallazgo de su bolsa, dándole buenas esperanzas, sin concluir jamás razón que comenzase, que el pobre sacristán estaba embelesado escuchándole. Y como no acababa de entender lo que le decía, hacía que le replicase la razón dos y tres veces.

Estábale mirando Cortado a la cara atentamente y no quitaba los ojos de sus ojos. El sacristán le miraba de la misma manera, estando colgado de sus palabras. Este tan grande embelesamiento dio lugar a Cortado que concluyese su obra, y sutilmente le sacó el pañuelo de la fal-

---

[56] *Le doy por hado*: hado, *fatum*, destino. Era la fórmula final de la buenaventura gitanesca.

[57] *Pañuelo randado*: "adorno que se suele poner en vestidos y ropas, y es una especie de encaxe labrado con aguja o texido, el qual es más gruesso y los nudos más apretados que los que se hacen con palillos", *Dicc. Aut.*, s. v. *randa*.

[58] *Gradas*: las gradas de la catedral de Sevilla, uno de los más famosos mentideros de toda aquella época.

[59] *Bernardinas*: "son unas razones que ni atan ni desatan, y no sinificando nada, pretende el que las dize, con su disimulación, engañar a los que le están oyendo". Covarrubias, s. v.

driquera, y despidiéndose de él, le dijo que a la tarde procurase de verle en aquel mismo lugar, porque él traía entre ojos que un muchacho de su mismo oficio y de su mismo tamaño, que era algo ladroncillo, le había tomado la bolsa, y que él se obligaba a saberlo, dentro de pocos o de muchos días.

Con esto se consoló algo el sacristán, y se despidió de Cortado, el cual se vino donde estaba Rincón, que todo lo había visto un poco apartado de él; y más abajo estaba otro mozo de la esportilla, que vio todo lo que había pasado y cómo Cortado daba el pañuelo a Rincón, y llegándose a ellos les dijo:

—Díganme, señores galanes: ¿voacedes [60] son de mala entrada, [61] o no?

—No entendemos esa razón, señor galán —respondió Rincón.

—¿Que no entrevan, [62] señores murcios [63]? —respondió el otro.

—No somos de Teba ni de Murcia —dijo Cortado—. Si otra cosa quiere, dígala; si no, váyase con Dios.

—¿No lo entienden? —dijo el mozo—. Pues yo se lo daré a entender, y a beber, con una cuchara de plata: quiero decir, señores, si son vuesas mercedes ladrones. Mas no sé para qué les pregunto esto, pues sé ya que lo son. Mas díganme: ¿cómo no han ido a la aduana del señor Monipodio?

—¿Págase en esta tierra almojarifazgo [64] de ladrones, señor galán? —dijo Rincón.

—Si no se paga —respondió el mozo—, a lo menos regístranse ante el señor Monipodio, que es su padre, su

---

[60] *Voacedes*: una de tantas etapas intermedias en el desarrollo de *vuestra merced* a *usted*, ésta, al menos en la literatura, favorita de personajes apicarados.

[61] *Mala entrada*: ser ladrón.

[62] *No entrevan*: "entrevar. Germ. Darse cuenta, comprender. Conocer", Alonso Hernández, s. v.

[63] *Murcios*: "Murcio. Germ. ladrón", Alonso Hernández, s. v.

[64] *Almojarifazgo*: una suerte de derecho de importación o entrada que pagaban todas las mercaderías al entrar en población.

maestro y su amparo; y así, les aconsejo que vengan conmigo a darle obediencia, o si no, no se atrevan a hurtar sin su señal, que les costará caro.

—Yo pensé —dijo Cortado— que el hurtar era oficio libre, horro de pecho [65] y alcabala, [66] y que si se paga, es por junto, [67] dando por fiadores a la garganta y a las espaldas; [68] pero pues así es, y en cada tierra hay su uso, guardemos nosotros el de ésta, que por ser la más principal del mundo será el más acertado de todo él. Y así puede vuesa merced guiarnos donde está ese caballero que dice, que ya yo tengo barruntos, según lo que he oído decir, que es muy calificado y generoso, y además [69] hábil en el oficio.

—¡Y cómo que es calificado, hábil y suficiente! —respondió el mozo—. Eslo tanto, que en cuatro años que ha que tiene el cargo de ser nuestro mayor y padre no han padecido sino cuatro en el *finibusterrae*, [70] y obra de treinta envesados [71] y de sesenta y dos en gurapas. [72]

—En verdad, señor —dijo Rincón—, que así entendemos esos nombres como volar.

—Comencemos a andar, que yo los iré declarando por el camino —respondió el mozo—, con otros algunos que así les conviene saberlos como el pan de la boca.

---

[65] *Horro de pecho*: del arabismo *horro*, 'libre, exento de', y de *pactum, pactare*, 'pagar un tributo'. Los hidalgos no pechaban.

[66] *Alcabala*: "tributo u derecho real que se cobra de todo lo que se vende", *Dicc. Aut.*, s. v.

[67] *Por junto*: "modo adverbial que vale en gruesso, o por mayor", *Dicc. Aut.*, s. v. *junto*.

[68] *Las espaldas*: la garganta para la cuerda, y las espaldas para el látigo.

[69] *Y además*: "vale también con excesso, con demasía", *Dicc. Aut.*, s. v.

[70] *Finibusterrae*: "horca", Alonso Hernández, s. v.

[71] *Envesados*: "azotado, porque con los golpes tiene la espalda 'curtida', como el cordobán, cuero que tiene el envés curtido", Alonso Hernández, s. v.

[72] *Gurapas*: "galera a que se condenaba a los delincuentes para que remasen en ella". Alonso Hernández, s. v.

Y así, les fue diciendo y declarando otros nombres de
los que ellos llaman *germanescos* o *de la germanía,* en el
discurso de su plática, que no fue corta, porque el camino
era largo. En el cual dijo Rincón a su guía:

—¿Es vuesa merced, por ventura, ladrón?

—Sí —respondió él—, para servir a Dios[73] y a las buenas gentes, aunque no de los muy cursados; que todavía
estoy en el año del noviciado.

A lo cual respondió Cortado:

—Cosa nueva es para mí que haya ladrones en el mundo para servir a Dios y a la buena gente.

A lo cual respondió el mozo:

—Señor, yo no me meto en tologías;[74] lo que sé es que
cada uno en su oficio puede alabar a Dios, y más con
la orden que tiene dada Monipodio a todos sus ahijados.

—Sin duda —dijo Rincón— debe de ser buena y santa,
pues hace que los ladrones sirvan a Dios.

—Es tan santa y buena —replicó el mozo—, que no sé
yo si se podrá mejorar en nuestro arte. Él tiene ordenado
que de lo que hurtáremos demos alguna cosa o limosna
para el aceite de la lámpara de una imagen muy devota
que está en esta ciudad, y en verdad que hemos visto
grandes cosas por esta buena obra; porque los días pasados dieron tres ansias[75] a un cuatrero[76] que había mur-
ciados dos roznos,[77] y con estar flaco y cuartanario, así
las sufrió sin cantar[78] como si fueran nada. Y esto atribui-
mos los del arte a su buena devoción, porque sus fuerzas no eran bastantes para sufrir el primer desconcierto

[73] *Para servir a Dios*: se comienza a plantear el gracioso y
apasionante problema de que todos estos pícaros, con sus pecados, creen servir a Dios.

[74] *Tologías*: teologías.

[75] *Ansias*: tormento de agua, también tormento de toca, v.
nota 100 de *La gitanilla.*

[76] *Cuatrero*: "ladrón que hurta bestias", Alonso Hernández,
s. v.

[77] *Murciado dos roznos*: hurtado dos asnos, v. nota 63.

[78] *Sin cantar*: "Cantar. Confesar o declarar un reo los delitos
que ha cometido, en el tormento", Alonso Hernández, s. v. *Cantar
en el ansia.*

del verdugo. [79] Y porque sé que me han de preguntar algunos vocablos de los que he dicho, quiero curarme en salud y decírselo antes que me lo pregunten. Sepan voacedes que *cuatrero* es ladrón de bestias; *ansia* es el tormento; *roznos,* los asnos, hablando con perdón; [80] *primer desconcierto* es las primeras vueltas de cordel que da el verdugo. Tenemos más: que rezamos nuestro rosario, repartido en toda la semana, y muchos de nosotros no hurtamos el día del viernes, ni tenemos conversación con mujer que se llame María el día del sábado.

—De perlas me parece todo eso —dijo Cortado—; pero dígame vuesa merced: ¿hácese otra restitución u otra penitencia más de la dicha?

—En eso de restituir no hay que hablar —respondió el mozo—, porque es cosa imposible, por las muchas partes en que se divide lo hurtado, llevando cada uno de los ministros y contrayentes [81] la suya; y así, el primer hurtador no puede restituir nada; cuanto más que no hay quien nos mande hacer esta diligencia, a causa que nunca nos confesamos, y si sacan cartas de excomunión, jamás llegan a nuestra noticia, porque jamás vamos a la iglesia al tiempo que se leen, si no es los días de jubileo, por la ganancia que nos ofrece el concurso de la mucha gente.

—¿Y con sólo eso que hacen, dicen esos señores —dijo Cortadillo— que su vida es santa y buena?

—Pues ¿qué tiene de malo? —replicó el mozo—. ¿No es peor ser hereje o renegado, o matar a su padre y madre, o ser solomico?

—*Sodomita* querrá decir vuesa merced —respondió Rincón.

—Eso digo —dijo el mozo.

---

[79] *El primer desconcierto del verdugo*: "las primeras vueltas que el verdugo da a la clavija para apretar los cordeles al reo durante el tormento de cuerda", Alonso Hernández, s. v. *desconcierto.*

[80] *Con perdón*: se pedía perdón a los oyentes al ir a nombrar alguna cosa sucia o vil.

[81] *Ministros y contrayentes*: chusca yuxtaposición, como si se tratase de matrimonios y no de robos.

—Todo es malo —replicó Cortado—. Pero pues nuestra suerte ha querido que entremos en esta cofradía, vuesa merced alargue el paso; que muero por verme con el señor Monipodio, de quien tantas virtudes se cuentan.

—Presto se les cumplirá su deseo —dijo el mozo—, que ya desde aquí se descubre su casa. Vuesas mercedes se queden a la puerta, que yo entraré a ver si está desocupado, porque éstas son las horas cuando él suele dar audiencia.

—En buena sea —dijo Rincón.

Y adelantándose un poco el mozo, entró en una casa no muy buena, sino de muy mala apariencia, y los dos se quedaron esperando a la puerta. Él salió luego y los llamó, y ellos entraron, y su guía les mandó esperar en un pequeño patio ladrillado, que de puro limpio y aljimifrado [82] parecía que vertía carmín de lo más fino. Al un lado estaba un banco de tres pies y al otro un cántaro desbocado, con un jarrillo encima, no menos falto que el cántaro; a otra parte estaba una estera de enea, y en el medio, un tiesto, que en Sevilla llaman *maceta*, [83] de albahaca.

Miraban los mozos atentamente las alhajas [84] de la casa en tanto que bajaba el señor Monipodio; y viendo que tardaba, se atrevió Rincón a entrar en una sala baja, de dos pequeñas que en el patio estaban, y vio en ella dos espadas de esgrima y dos broqueles de corcho, pendientes de cuatro clavos, y una arca grande, sin tapa ni cosa que la cubriese, y otras tres esteras de enea tendidas por el suelo. En la pared frontera estaba pegada a la pared una imagen de Nuestra Señora, de estas de mala estampa, y más abajo pendía una esportilla de palma, y, encajada

---

[82] *Aljimifrado*: "nimiamente pulcro, acicalado", *Diccionario histórico de la lengua española,* fascículo 14 (Madrid, 1979), s. v.

[83] *Maceta*: como tantos otros andalucismos, éste también ha pasado a la América hispana.

[84] *Alhajas*: "lo que comúnmente llamamos en casa colgaduras, tapizería, camas, sillas, vancos, mesas", Covarrubias, s. v.

en la pared, una almofía [85] blanca, por do coligió Rincón que la esportilla servía de cepo para limosna, [86] y la almofía, de tener agua bendita, y así era la verdad.

Estando en esto, entraron en la casa dos mozos de hasta veinte años cada uno, vestidos de estudiantes, y de allí a poco, dos de la esportilla y un ciego; y sin hablar palabra ninguno, se comenzaron a pasear por el patio. No tardó mucho, cuando entraron dos viejos de bayeta, [87] con anteojos, [88] que los hacían graves y dignos de ser respetados, con sendos rosarios de sonadoras cuentas en las manos. Tras ellos entró una vieja halduda, [89] y, sin decir nada, se fue a la sala, y habiendo tomado agua bendita, con grandísima devoción se puso de rodillas ante la imagen, y a cabo de una buena pieza, habiendo primero besado el suelo y levantados los brazos y los ojos al cielo otras tantas, se levantó y echó su limosna en la esportilla, y se salió con los demás al patio. En resolución, en poco espacio se juntaron en el patio hasta catorce personas de diferentes trajes y oficios. Llegaron también de los postreros dos bravos y bizarros mozos, de bigotes largos, sombreros de grande falda, cuellos a la valona, medias de color, ligas de gran balumba, [90] espadas de más de marca, [91] sendos pistoletes cada uno en lugar de dagas, y sus broqueles pendientes de la pretina; los cuales, así como

---

[85] *Almofía*: "escudilla grande, tendida y no honda", Covarrubias, s. v.

[86] *Cepo para limosna*: "cepo es la media coluna, que por lo alto está hueca y cerrada con una tapa de hierro y una abertura por donde se pueda echar la moneda que se da de limosna", Covarrubias, s. v.

[87] *Viejos de bayeta*: expresión elíptica, 'viejos vestidos de bayeta'. "Vayeta. Una especie de paño floxo y de poco peso, del qual usamos en Castilla, para aforros y para lutos", Covarrubias.

[88] 1613: *antojos*.

[89] *Halduda*: de gran falda.

[90] *Balumba*: "el bulto que hazen muchas cosas cubiertas, mal juntas y amontonadas", Covarrubias, s. v.

[91] *Espadas de más de marca*: "longura y medida cierta, como espadas de la marca", Covarrubias, s. v. *marca*. En 1564, y por premática, se había establecido la marca de la hoja en cinco cuartas de vara.

entraron, pusieron los ojos de través en Rincón y Cortado, a modo de que los extrañaban y no conocían. Y llegándose a ellos, les preguntaron si eran de la cofradía. Rincón respondió que sí, y muy servidores de sus mercedes.

Llegóse en esto la sazón y punto en que bajó el señor Monipodio, tan esperado [92] como bien visto de toda aquella virtuosa compañía. Parecía de edad de cuarenta y cinco a cuarenta y seis años, alto de cuerpo, moreno de rostro, cejijunto, [93] barbinegro y muy espeso; los ojos, hundidos. Venía en camisa, y por la abertura de delante descubría un bosque: tanto era el vello que tenía en el pecho. Traía cubierta una capa de bayeta casi hasta los pies, en los cuales traía unos zapatos enchancletados, [94] cubríanle las piernas unos zaragüelles [95] de lienzo, anchos y largos hasta los tobillos; el sombrero era de los de la hampa, campanudo de copa y tendido de falda; atravesábale un tahalí por espalda y pechos, a do colgaba una espada ancha y corta, a modo de las del perrillo: [96] las manos eran cortas, pelosas, y los dedos, gordos, y las uñas, hembras [97] y remachadas; las piernas no se le parecían; pero los pies eran descomunales, de anchos y juanetudos. En efecto, él representaba el más rústico y disforme bárbaro del mundo. Bajó con él la guía de los dos, y trabándoles de las manos, los presentó ante Monipodio, diciéndole:

---

[92] *Tan esperado*: dada la continua intromisión de lo religioso y espiritual en lo picaresco que se observa a todo lo largo de esta novelita, Monipodio, en este momento, se aparece a su congregación (cofradía) como una especie de Mesías laico.

[93] 1613: *cecijunto*.

[94] *Enchancletados*: "Chancletas. Un género de calçado sin talón, como chinelas; y de allí dezimos llevar los çapatos enchancletados quando no alçamos el talón", Covarrubias.

[95] *Zaragüelles*: "especie de calzones que se usaban antiguamente, anchos y follados en pliegues", *Dicc. Aut.*, s. v.

[96] *Del perrillo*: espadas anchas y cortas que labró en Toledo Julián del Rey, y así denominadas porque tenían un perro grabado en la hoja; las vuelve a recordar Cervantes en *Quijote*, II, xvii.

[97] *Uñas hembras*: "*hembras* está dicho por *anchas* y *cortas*, como todavía lo dice la gente vulgar", Rodríguez Marín, *Rinconete*, 400.

—Estos son los dos buenos mancebos que a vuesa merced dije, mi sor [98] Monipodio: vuesa merced los desamine [99] y verá como son dignos de entrar en nuestra congregación.

—Eso haré yo de muy buena gana —respondió Monipodio.

Olvidábaseme de decir [100] que así como Monipodio bajó, al punto todos los que aguardándole estaban le hicieron una profunda y larga reverencia, excepto los dos bravos, que a medio magate, [101] como entre ellos se dice, se quitaron los capelos, y luego volvieron a su paseo por una parte del patio, y por la otra se paseaba Monipodio, el cual preguntó a los nuevos el ejercicio, la patria y padres:

A lo cual Rincón respondió:

—El ejercicio ya está dicho, pues venimos ante vuesa merced; la patria no me parece de mucha importancia decirla, ni los padres tampoco, pues no se ha de hacer información para recibir algún hábito honroso.

A lo cual respondió Monipodio:

—Vos, hijo mío, estais en lo cierto, y es cosa muy acertada encubrir eso que decís; porque si la suerte no corriere como debe, no es bien que quede asentado debajo de signo de escribano, ni en el libro de las entradas: "Fulano, hijo de Fulano, vecino de tal parte, tal día le ahorcaron, o le azotaron", o otra cosa semejante, que, por lo

---

[98] *Mi sor*: de *señor, seor* y de éste *sor,* que, claro está, no tiene nada que ver con *sor* de *soror.*

[99] *Desamine*: examine. Aumenta el ritmo de uso de barbarismos, como brochazo lingüístico que definirá el patio de Monipodio y la vida de sus concurrentes.

[100] *Olvidábaseme de decir*: irrupción objetiva, nota 98 de *La gitanilla,* aquí en un momento en que el ritmo narrativo está a punto de comenzar a adquirir gran viveza con las diversas interrupciones. Sirve como una suerte de introito.

[101] *A medio magate*: "hacer algo a medias, sin interesarse mucho por la perfección de lo que se hace; hacer algo sin darle la importancia debida. Se emplea muy frecuentemente para describir la mímica de bravos y rufianes", Alonso Hernández, s. v. *Mogate.*

menos, suena mal a los buenos oídos; y así, torno a decir que es provechoso documento callar la patria, encubrir los padres y mudar los propios nombres; aunque para entre nosotros no ha de haber nada encubierto, y sólo ahora quiero saber los nombres de los dos.

Rincón dijo el suyo, y Cortado también.

—Pues de aquí adelante —respondió Monipodio— quiero y es mi voluntad que vos, Rincón, os llameis *Rinconete,* y vos, Cortado, *Cortadillo,* que son nombres que asientan como de molde a vuestra edad y a nuestras ordenanzas, debajo de las cuales cae tener necesidad de saber el nombre de los padres de nuestros cofrades, porque tenemos de costumbre de hacer decir cada año ciertas misas por las ánimas de nuestros difuntos y bienhechores, sacando el estupendo [102] para la limosna de quien las dice de alguna parte de lo que se garbea, [103] y estas tales misas, así dichas como pagadas, dicen que aprovecha[n] a las tales ánimas por vía de naufragio; [104] y caen debajo de nuestros bienhechores: el procurador que nos defiende, el guro [105] que nos avisa, el verdugo que nos tiene lástima, el que, cuando [alguno] de nosotros va huyendo por la calle y detrás le van dando voces: "¡Al ladrón, al ladrón! ¡Deténganle, deténganle!", uno se pone en medio y se opone al raudal de los que le siguen, diciendo: "¡Déjenle al cuitado, que harta malaventura lleva! ¡Allá se lo haya; castíguele su pecado!" Son también bienhechoras nuestras las socorridas [106] que de su sudor nos socorren, así en la

---

[102] *Estupendo*: estipendio.

[103] *Se garbea*: "Garbear. Robar. En ocasiones significa más lo que se mira como susceptible de ser robado, que lo robado en sí", Alonso Hernández, s. v.

[104] *Naufragio*: sufragio.

[105] *Guro*: alguacil, con jerarquizaciones germanescas: "guro mayor", "guro de grado", Alonso Hernández, s. v. *guro*.

[106] *Socorridas*: "prostituta que ayuda y socorre con sus ganancias a los condenados por justicia", Alonso Hernández, s. v. No se termina de definir el término ya que el autor ilustra con el mismo texto aquí citado.

trena [107] como en las guras; [108] y también lo son nuestros padres y madres, que nos echan al mundo, y el escribano, que si anda de buena [109] no hay delito que sea culpa ni culpa a quien se dé mucha pena; y por todos estos que he dicho hace nuestra hermandad cada año su adversario [110] con la mayor popa y solenidad [111] que podemos.

—Por cierto —dijo Rinconete, ya confirmado con este nombre— que es obra digna del altísimo y profundísimo ingenio que hemos oído decir que vuesa merced, señor Monipodio, tiene. Pero nuestros padres aun gozan de la vida; si en ella les alcanzáremos, daremos luego noticia a esta felicísima y abogada confraternidad, para que por sus almas se les haga ese naufragio o tormenta, o ese adversario que vuesa merced dice, con la solenidad y pompa acostumbrada, si ya no es que se hace mejor con *popa y soledad,* como también apuntó vuesa merced en sus razones.

—Así se hará, o no quedará de mí pedazo —replicó Monipodio.

Y llamando a la guía, le dijo:

—Ven acá, Ganchuelo; ¿están puestas las postas?

—Sí —dijo la guía, que Ganchuelo era su nombre—: tres centinelas quedan avizorando, [112] y no hay que temer que nos cojan de sobresalto.

—Volviendo, pues, a nuestro propósito —dijo Monipodio—, querría saber, hijos, lo que sabéis, para daros el oficio y ejercicio conforme a vuestra inclinación y habilidad.

---

[107] *Trena*: cárcel, Alonso Hernández, s. v.

[108] *Las guras*: las galeras, Alonso Hernández, s. v., v. nota 72.

[109] *Anda de buena*: elipsis, 'anda de buena voluntad, disposición'.

[110] *Adversario*: aniversario.

[111] *Popa y solenidad*: así 1613, pero Cervantes tiene que haber escrito "popa y soledad", por el carácter de la muy irónica respuesta de Rinconete.

[112] *Quedan avizorando*: "Avizorar. Mirar, vigilar, observar. En algunos casos, traslaticiamente, observar", Alonso Hernández, s. v.

—Yo —respondió Rinconete— sé un poquito de floreo de Vilhán; [113] entiéndeseme el retén; [114] tengo buena vista para el humillo; [115] juego bien de la sola, [116] de las cuatro [117] y de las ocho; [118] no se me va por pies el raspadillo, [119] verrugueta [120] y el colmillo; [121] éntrome por la boca de lobo [122] como por mi casa, y atreveríame a hacer un tercio de chanza [123] mejor que un tercio de Nápoles, y a

[113] *Floreo de Vilhán*: "Floreo. Conjunto de trampas y astucias empleadas para robar en el juego", Alonso Hernández, s. v. *floreo*. *Vilhán*, v. nota 26.

[114] *El retén*: "en el juego fullería que consiste en retener un fullero una carta que no le corresponde o tener otras escondidas entre su ropa para sacarlas en el momento oportuno", Alonso Hernández, s. v.

[115] *Humillo*: "fullería que consistía en tiznar ligeramente con humo los naipes de la baraja", Alonso Hernández, s. v.

[116] *Sola*: "en el juego del hombre y otros de naipes, lance en que se hacen todas las bazas necesarias para ganar, sin ayuda de robo ni de compañero", Alonso Hernández.

[117] *Las cuatro*: "fullería que consiste en guardar un fullero varias cartas y colocarlas después durante el juego en la baraja para que salgan cuando él quiera o para que se queden en la baraja", Alonso Hernández, s. v.

[118] *Las ocho*: "una fullería en el juego de naipes", Alonso Hernández, s. v.

[119] *Raspadillo*: "raspado que el fullero hace a los naipes para reconocerlos durante el juego y hacer así trampas", Alonso Hernández, s. v.

[120] *Verrugueta*: "en el juego de naipes trampa que consiste en marcar las cartas con verruguilla", Alonso Hernández, s. v.

[121] *Colmillo*: "trampa en el juego de naipes que consistía en marcarlos bruñéndolos en algunas partes con un colmillo de cerdo de donde toma el nombre", Alonso Hernández, s. v.

[122] *Boca de lobo*: "trampa que consiste en que el fullero se deja ganar poco a poco para que el contrario se confíe y entonces ganarlo con más facilidad", Alonso Hernández, s. v. Esto no es muy satisfactorio. "Un hueco que se hace entre los naipes en la baraja y señala el lugar donde se la debe cortar", Harry Sieber, *NE*.

[123] *Tercio de chanza*: "el que ayuda a otro en un robo; el que tercia en un robo", Alonso Hernández, s. v. Lo que hicieron los dos pícaros a comienzos de la novela en la venta del Molinillo con el arriero.

dar un astillazo [124] al más pintado mejor que dos reales prestados.

—Principios son —dijo Monipodio—; pero todas ésas son flores de cantueso [125] viejas, y tan usadas, que no hay principiante que no las sepa, y sólo sirven para alguno que sea tan blanco, [126] que se deje matar de media noche abajo; pero andará el tiempo, y vernos hemos: que asentando sobre ese fundamento media docena de lecciones, yo espero en Dios que habeis de salir oficial famoso, y aun quizá maestro.

—Todo será para servir a vuesa merced y a los señores cofrades —respondió Rinconete.

—Y vos, Cortadillo, ¿qué sabéis? —preguntó Monipodio.

—Yo —respondió Cortadillo— sé la treta que dicen mete dos y saca cinco, [127] y sé dar tiento a una faldriquera con mucha puntualidad y destreza.

—¿Sabeis más? —dijo Monipodio.

—No, por mis grandes pecados —respondió Cortadillo.

—No os aflijais, hijo —replicó Monipodio—, que a puerto y a escuela habeis llegado donde ni os anegareis ni dejareis de salir muy bien aprovechado en todo aquello que más os conviniere. Y en esto del ánimo, ¿cómo os va, hijos?

—¿Cómo nos ha de ir? —respondió Rinconete— sino muy bien? Ánimo tenemos para acometer cualquier empresa de las que tocaren a nuestro arte y ejercicio.

[124] *Astillazo*: "cuando se reparten las cartas entre los jugadores de un juego, meter alguna entre ellas, aunque sea de la misma baraja, pero que tenía que estar en otro sitio, de manera que el contrario no reciba las cartas que le venían por suerte, sino otras diferentes y peores, de todas formas conocidas de antemano por el que hace la trampa", Alonso Hernández, s. v.

[125] *Flores de cantueso*: *flores*, 'trampas' como en *floreo de Vilhán*, nota 113. *Cantueso*, 'de poco valor, insignificantes'.

[126] *Tan blanco*: "el jugador novato y sin experiencia. Jugador sin malicia", Alonso Hernández, s. v.

[127] *Mete dos y saca cinco*: "robar; meter el ratero dos dedos en una bolsa para robar lo que tiene dentro", Alonso Hernández, s. v. *mete*.

—Está bien —replicó Monipodio—; pero querría yo que también la tuviésedes para sufrir, si fuese menester, media docena de ansias [128] sin desplegar los labios y sin decir "esta boca es mía".

—Ya sabemos aquí —dijo Cortadillo—, señor Monipodio, qué quiere decir *ansias,* y para todo tenemos ánimo; porque no somos tan ignorantes que no se nos alcance que lo que dice la lengua paga la gorja, [129] y harta merced le hace el cielo al hombre atrevido, por no darle otro título, que le deja en su lengua su vida o su muerte: ¡como si tuviese más letras un *no* que un *sí!*

—¡Alto, no es menester más! —dijo a esta sazón Monipodio—. Digo que sola esta razón me convence, me obliga, me persuade y me fuerza a que desde luego asenteis por cofrades mayores y que se os sobrelleve el año del noviciado.

—Yo soy de ese parecer —dijo uno de los bravos.

Y a una voz lo confirmaron todos los presentes, que toda la plática habían estado escuchando, y pidieron a Monipodio que desde luego les concediese y permitiese gozar de las inmunidades de su cofradía, porque su presencia agradable y su buena plática lo merecía todo.

Él respondió que, por darles contento a todos, desde aquel punto se las concedía, advirtiéndoles que las estimasen en mucho, porque eran no pagar media nata [130] del primer hurto que hiciesen; no hacer oficios menores en todo aquel año, conviene a saber: no llevar recado de ningún hermano mayor a la cárcel, ni a la casa, de parte de sus contribuyentes; piar el turco [131] puro; hacer banquete cuándo, cómo y adónde quisieren, sin pedir licencia a su mayoral; entrar a la parte, desde luego, con lo que

---

[128] *Media docena de ansias:* v. nota 75.

[129] *Gorja:* garganta, Alonso Hernández, s. v.

[130] *Media nata:* media annata, "La renta y frutos, o emolumentos, que produce en un año un beneficio eclesiástico, o un puesto político", *Dicc. Aut.,* s. v. *annata.*

[131] *Piar el turco:* 'beber el vino', v. Alonso Hernández, s. v. *piar* y *turco.*

entrujasen [132] los hermanos mayores, como uno de ellos, y otras cosas que ellos tuvieron por merced señaladísima, y los demás, con palabras muy comedidas, las agradecieron mucho.

Estando en esto, entró un muchacho corriendo y desalentado, y dijo:

—El alguacil de los vagabundos viene encaminado a esta casa, pero no trae consigo gurullada. [133]

—Nadie se alborote —dijo Monipodio—, que es amigo y nunca viene por nuestro daño. Sosiéguense, que yo le saldré a hablar.

Todos se sosegaron, que ya estaban algo sobresaltados, y Monipodio salió a la puerta, donde halló al alguacil, con el cual estuvo hablando un rato, y luego volvió a entrar Monipodio, y preguntó:

—¿A quién le cupo hoy la plaza de San Salvador?

—A mí —dijo el de la guía.

—Pues ¿cómo —dijo Monipodio— no se me ha manifestado una bolsilla de ámbar que esta mañana en aquel paraje dio al traste con quince escudos de oro y dos reales de a dos y no sé cuántos cuartos?

—Verdad es —dijo la guía— que hoy faltó esa bolsa; pero yo no la he tomado, ni puedo imaginar quién la tomase.

—¡No hay levas [134] conmigo! —dijo Monipodio—. ¡La bolsa ha de parecer, porque la pide el alguacil, que es amigo y nos hace mil placeres al año!

Tornó a jurar el mozo que no sabía de ella. Comenzóse a encolerizar Monipodio de manera que parecía que fuego vivo lanzaba por los ojos, diciendo:

—¡Nadie se burle con quebrantar la más mínima cosa de nuestra orden, que le costará la vida! Manifiéstese la

[132] *Entrujasen*: "robar, allegar o reunir mediante robo", Alonso Hernández, s. v.
[133] *Gurullada*: "tropa de corchetes y alguaciles", Alonso Hernández, s. v.
[134] *Levas*: "treta, artimaña, flor o trampa mediante la cual se puede allegar dinero", Alonso Hernández, s. v.

cica, [135] y si se encubre por no pagar los derechos, yo le daré enteramente lo que le toca, y pondré lo demás de mi casa, porque en todas maneras ha de ir contento el alguacil.

Tornó de nuevo a jurar el mozo y a maldecirse, diciendo que él no había tomado tal bolsa ni vístola de sus ojos; todo lo cual fue a poner más fuego a la cólera de Monipodio y dar ocasión a que toda la junta se alborotase, viendo que se rompían sus estatutos y buenas ordenanzas.

Viendo Rinconete, pues, tanta disensión y alboroto, parecióle que sería bien sosegarle y dar contento a su mayor, que reventaba de rabia, y aconsejándose con su amigo Cortadillo, con parecer de entrambos, sacó la bolsa del sacristán y dijo:

—Cese toda cuestión, mis señores; que ésta es la bolsa, sin faltarle nada de lo que el alguacil manifiesta; que hoy mi camarada Cortadillo le dio alcance, con un pañuelo que al mismo dueño se le quitó, por añadidura.

Luego sacó Cortadillo el pañizuelo y lo puso de manifiesto; viendo lo cual Monipodio, dijo:

—Cortadillo *el Bueno,* que con este título y renombre ha de quedar de aquí en adelante, se quede con el pañuelo y a mi cuenta se quede la satisfacción de este servicio; y la bolsa se ha de llevar el alguacil, que es de un sacristán pariente suyo y conviene que se cumpla aquel refrán que dice: "No es mucho que a quien te da la gallina entera, tú des una pierna de ella." [136] Más disimula este buen alguacil en un día que nosotros le podemos ni solemos dar en ciento.

De común consentimiento aprobaron todos la hidalguía de los dos modernos y la sentencia y parecer de su mayoral, el cual salió a dar la bolsa al alguacil, y Cortadillo se quedó confirmado con el renombre de *Bueno,* bien como si fuera don Alonso Pérez de Guzmán *el Bueno,* que

[135] *Cica*: "bolsa", Alonso Hernández, s. v.
[136] *Tú des una pierna della*: Campos-Barella, "refrán que enseña que debemos ser agradecidos a los bienhechores".

arrojó el cuchillo por los muros de Tarifa para degollar a su único hijo. [137]

Al volver que volvió Monipodio, entraron con él dos mozas, afeitados los rostros, [138] llenos de color los labios y de albayalde [139] los pechos, cubiertas con medios mantos de anascote, [140] llenas de desenfado y desvergüenza: señales claras por donde, en viéndolas Rinconete y Cortadillo, conocieron que eran de la casa llana, [141] y no se engañaron en nada; y así como entraron se fueron con los brazos abiertos, la una a Chiquiznaque y la otra a Maniferro, que éstos eran los nombres de los dos bravos; y el de Maniferro era porque traía una mano de hierro, en lugar de otra que le habían cortado por justicia. Ellos las abrazaron con grande regocijo, y les preguntaron si traían algo con que mojar la canal maestra.

—Pues ¿había de faltar, diestro [142] mío? —respondió la una, que se llamaba la Gananciosa—. No tardará mucho a venir Silbatillo tu trainel, [143] con la canasta de colar atestada de lo que Dios ha sido servido.

---

[137] *Su único hijo*: anécdota histórica ocurrida en agosto de 1294. Alonso Pérez de Guzmán, alcaide de Tarifa, prefirió la muerte de su hijo a manos de los musulmanes que sitiaban la plaza a la entrega de ésta, lo que le valió el calificativo de *el Bueno*.

[138] *Afeitados los rostros*: las caras con afeites. "Afeite. El adereço que se pone a alguna cosa para que parezca bien, y particularmente el que las mugeres se ponen en la cara, manos y pechos para parecer blancas y roxas, aunque sean negras y descoloridas", Covarrubias, s. v.

[139] *Albayalde*: "es un género de polvo o pastilla blanca con que las mugeres suelen adereçar sus rostros muy a costa suya, porque les come el color y les gasta la dentadura", Covarrubias, s. v. *alvayalde*.

[140] *Medios mantos de anascote*: los medios mantos eran mantos doblados con que debían salir a la calle las prostitutas sevillanas. "Anascote. Especie de tela o texido que se fabrica de lana", *Dicc. Aut.*, s. v.

[141] *Casa llana*: mancebía, prostíbulo.

[142] *Diestro*: "fullero … maestro de esgrima matemática y maestro de esgrima en general", Alonso Hernández, s. v.

[143] *Trainel*: "criado de la mujer pública o del rufián, que trae y lleva recados y nuevas", Alonso Hernández, s. v.

Y así fue verdad, porque al instante entró un muchacho con una canasta de colar cubierta con una sábana.

Alegráronse todos con la entrada de Silbato, y al momento mandó sacar Monipodio una de las esteras de enea que estaban en el aposento, y tenderla en medio del patio. Y ordenó asimismo que todos se sentasen a la redonda; porque en cortando la cólera, [144] se trataría de lo que más conviniese. A esto dijo la vieja que había rezado a la imagen:

—Hijo Monipodio, yo no estoy para fiestas, porque tengo un vaguido [145] de cabeza dos días ha que me trae loca; y más que antes que sea mediodía tengo de ir a cumplir mis devociones y poner mis candelicas a Nuestra Señora de las Aguas [146] y al Santo Crucifijo de Santo Agustín, [147] que no lo dejaría de hacer si nevase y ventiscase. A lo que he venido es que anoche el Renegado y Centopiés llevaron a mi casa una canasta de colar, algo mayor que la presente, llena de ropa blanca, y en Dios y en mi ánima que venía con su cernada [148] y todo, que los pobretes no debieron de tener lugar de quitarla, y venían sudando la gota tan gorda, que era una compasión verlos entrar ijadeando y corriendo agua de sus rostros, que parecían unos angelicos. Dijéronme que iban en seguimiento de un ganadero que había pesado ciertos carneros en la Carnicería, por ver si le podían dar un tiento en un grandísimo gato [149] de reales que llevaba. No desembanastaron ni contaron la

[144] *Cortando la cólera*: "Cortada, pues, la cólera", *Quijote,* I, xxi; merendar.

[145] *Vaguido*: "es un desvanecimiento de cabeça, por estar vacía de buenos espíritus y ocupada de ciertos humos que le andan a la redonda", Covarrubias, s. v.

[146] *Nuestra Señora de las Aguas*: la imagen estaba y está en la parroquia de San Salvador.

[147] *Santo Agustín*: se veneraba en una capilla de la iglesia del mismo nombre, hoy en día en la de San Roque.

[148] *Cernada*: "la ceniza con que se ha hecho la lexía para colar los paños", Covarrubias, s. v.

[149] *Gato*: "bolsa o faltriquera. Dícese así porque habitualmente estaba hecha con la piel de un gato desollado sin abrir más que por las patas y cabeza", Alonso Hernández, s. v.

ropa, fiados en la entereza de mi conciencia; y así me cumpla Dios mis buenos deseos y nos libre a todos de poder de justicia que no he tocado a la canasta y que se está tan entera como cuando nació.

—Todo se le cree, señora madre —respondió Monipodio—, y estése así la canasta, que yo iré allá, a boca de sorna, [150] y haré cala y cata [151] de lo que tiene, y daré a cada uno lo que le tocare, bien y fielmente, como tengo de costumbre.

—Sea como vos lo ordenáredes, hijo —respondió la vieja—; y porque se me hace tarde, dadme un traguillo, si teneis, para consolar este estómago, que tan desmayado anda de continuo. [152]

—Y ¡qué tal lo bebereis, madre mía! —dijo a esta sazón la Escalanta, que así se llamaba la compañera de la Gananciosa.

Y descubriendo la canasta, se manifestó una bota a modo de cuero, con hasta dos arrobas [153] de vino, y un corcho que podría caber sosegadamente y sin apremio hasta una azumbre; [154] y llenándole la Escalanta, se le puso en las manos a la devotísima vieja, la cual, tomándole con ambas manos, y habiéndole soplado un poco la espuma, dijo:

—Mucho echaste, hija Escalanta; pero Dios dará fuerzas para todo.

Y aplicándoselo a los labios, de un tirón, sin tomar aliento, lo trasegó del corcho al estómago, y acabó diciendo:

—De Guadalcanal [155] es, y aun tiene un es no es de yeso

---

[150] *Sorna*: "noche", Alonso Hernández, s. v.; "boca de noche, al crepúsculo vespertino", Covarrubias, s. v. *boca*.

[151] *Haré cala y cata*: "Hazer kala i kata. Kuando se haze tanteo i kuenta de kosas i personas", Correas, 761b.

[152] 1613: *De contino*: v. nota 45 de *La gitanilla*.

[153] *Arroba*: "peso de veinticinco libras", Covarrubias, s. v.

[154] *Azumbre*: "medida de capacidad para líquidos, compuesta de 4 cuartillos, y equivalente a 2 litros y 16 mililitros", *Dicc. Ac.*, s. v.

[155] *Guadalcanal*: en la actual provincia de Sevilla era lugar famoso por sus vinos.

el señorico. Dios te consuele, hija, que así me has consolado; sino que temo que me ha de hacer mal, porque
no me he desayunado.

—No hará, madre —respondió Monipodio—, porque
es trasañejo. [156]

—Así lo espero yo en la Virgen —respondió la vieja.

Y añadió:

—Mirad, niñas, si tenéis acaso algún cuarto para comprar las candelicas de mi devoción, porque con la prisa
y gana que tenía de venir a traer las nuevas de la canasta
se me olvidó en casa la escarcela. [157]

—Yo sí tengo, señora Pipota [158] —(que éste era el nombre de la buena vieja) respondió la Gananciosa—; tome:
ahí le doy dos cuartos; del uno le ruego que compre una
para mí, y se la ponga al señor San Miguel; y si puede
comprar dos, ponga la otra al señor San Blas, [159] que son
mis abogados. Quisiera otra a la señora Santa Lucía, [160]
que, por lo de los ojos, también le tengo devoción; pero
no tengo trocado; [161] mas otro día habrá donde se cumpla
con todos.

—Muy bien harás, hija, y mira no seas miserable: que
es de mucha importancia llevar la persona las candelas delante de sí antes que se muera, y no aguardar a que las
pongan los herederos o albaceas.

—Bien dice la madre Pipota —dijo la Escalanta.

Y echando mano a la bolsa, le dio otro cuarto, y le encargó que pusiese otras dos candelicas a los santos que

---

[156] *Trasañejo*: de tresañejo, vino de tres años.

[157] *Escarcela*: "cierta bolsa larga, que cahía desde la cintura
sobre el muslo, adonde se llevava la yesca y el pedernal para en-
cender lumbre en caso de necessidad", Covarrubias, s. v.

[158] *Señora Pipota*: "Pipa. La cubeta para el vino", Covarrubias, s. v.

[159] *San Miguel … San Blas*: San Miguel vence al diablo y San
Blas es el patrono contra los males de garganta, y la horca afectaba por igual diablos y gargantas.

[160] *Santa Lucía*: es patrona contra las enfermedades de la
vista.

[161] *No tengo trocado*: 'no tengo sencillo, suelto'.

a ella le pareciesen que eran de los más aprovechados y agradecidos. Con esto, se fue la Pipota, diciéndoles:

—Holgaos, hijos, ahora que teneis tiempo; que vendrá la vejez, y llorareis en ella los ratos que perdistes en la mocedad, como yo los lloro; y encomendadme a Dios en vuestras oraciones, que yo voy a hacer lo mismo por mí y por vosotros, porque Él nos libre y conserve en nuestro trato peligroso sin sobresaltos de justicia.

Y con esto, se fue.

Ida la vieja, se sentaron todos alrededor de la estera, y la Gananciosa tendió la sábana por manteles; y lo primero que sacó de la cesta fue un grande haz de rábanos y hasta dos docenas de naranjas y limones, y luego una cazuela grande llena de tajadas de bacallao frito. Manifestó luego medio queso de Flandes, y una olla de famosas aceitunas, y un plato de camarones, y gran cantidad de cangrejos, con su llamativo [162] de alcaparrones ahogados en pimientos, [163] y tres hogazas blanquísimas de Gandul. [164] Serían los del almuerzo hasta catorce, y ninguno de ellos dejó de sacar su cuchillo de cachas amarillas, si no fue Rinconete, que sacó su media espada. A los dos viejos de bayeta y a la guía tocó el escanciar con el corcho de colmena. Mas apenas habían comenzado a dar asalto a las naranjas, [165] cuando les dio a todos gran sobresalto los golpes que dieron a la puerta. Mandóles Monipodio que se sosegasen, y entrando en la sala baja, y descolgando un broquel, puesto mano a la espada, llegó a la puerta, y con voz hueca y espantosa preguntó:

—¿Quién llama?

---

[162] *Llamativo*: "rajitas de queso de Tronchón que servirán de llamativo y despertador de la sed", *Quijote*, II, lxvi.

[163] *Alcaparrones, ahogados en pimientos*: para darles color, olor y sabor picante.

[164] *Gandul*: lugar cercano a Alcalá de Guadaira, en la actual provincia de Sevilla, famoso por su pan.

[165] *Asalto a las naranjas*: la comida se comenzaba con fruta, como aclaro en mi ed. del *Quijote*, II, xlvii, nota 2, por eso allí hay que leer "plato de fruta del ante", porque *ante* era el primer plato. Todo esto lo amplío ahora en " 'Del ante': *Don Quijote*, II, xlvii", Studia in Honorem M. de Riquer (Barcelona, 1985).

Respondieron de fuera:

—Yo soy, que no es nadie, señor Monipodio: Tagarete soy, centinela de esta mañana, y vengo a decir que viene aquí Juliana la Cariharta, toda desgreñada y llorosa, que parece haberle sucedido algún desastre.

En esto llegó la que decía, sollozando, y sintiéndola Monipodio, abrió la puerta, y mandó a Tagarete que se volviese a su posta, y que de allí adelante avisase lo que viese con menos estruendo y ruido. Él dijo que así lo haría. Entró la Cariharta, que era una moza del jaez de las otras y del mismo oficio. Venía descabellada y la cara llena de tolondrones, [166] y así como entró en el patio se cayó al suelo desmayada. Acudieron a socorrerla la Gananciosa y la Escalanta, y desabrochándola el pecho, la hallaron toda denegrida y como magullada. Echáronle agua en el rostro, y ella volvió en sí, diciendo a voces:

—¡La justicia de Dios y del Rey venga sobre aquel ladrón desuellacaras, sobre aquel cobarde bajamanero, [167] sobre aquel pícaro lendroso, [168] que le he quitado más veces de la horca que tiene pelos en las barbas! ¡Desdichada de mí! ¡Mirad por quién he perdido y gastado mi mocedad y la flor de mis años, sino por un bellaco desalmado, facineroso e incorregible!

—Sosiégate, Cariharta —dijo a esta sazón Monipodio—, que aquí estoy yo, que te haré justicia. Cuéntanos tu agravio, que más estarás tú en contarle que yo en hacerte vengada; dime si has habido algo con tu respeto, [169] que si así es y quieres venganza, no has menester más que boquear.

—¿Qué respeto? —respondió Juliana—. Respetada me vea yo en los infiernos si más lo fuere de aquel león con

---

[166] *Tolondrones*: "el bulto que se levanta en la cabeça quando ha recebido algún golpe, sin que salga sangre", Covarrubias, s. v.

[167] *Bajamanero*: "el ladrón que entra en una tienda y señalando con la una mano una cosa, hurta con la otra lo que tiene junto a sí", Alonso Hernández, s. v.

[168] *Lendroso*: "lo que está lleno de liendres", *Dicc. Aut.*, s. v.

[169] *Respeto*: "compañero o rufián de prostituta: el que tiene relaciones ilícitas en la rufianesca", Alonso Hernández, s. v.

las ovejas y cordero con los hombres. ¿Con aquél había yo de comer pan a manteles, [170] ni yacer en uno? Primero me vea yo comida de adivas [171] estas carnes, que me ha parado de la manera que ahora vereis.

Y alzándose al instante las faldas hasta la rodilla, y aun un poco más, las descubrió llenas de cardenales.

—De esta manera —prosiguió— me ha parado aquel ingrato del Repolido, debiéndome más que a la madre que le parió. Y ¿por qué pensais que lo ha hecho? ¡Montas, [172] que le di yo ocasión para ello! No, por cierto, no lo hizo más sino porque estando jugando y perdiendo, me envió a pedir con Cabrillas, su trainel, treinta reales, y no le envíe más de veinticuatro, que el trabajo y afán con que yo los había ganado ruego yo a los cielos que vayan en descuento de mis pecados. [173] Y en pago de esta cortesía y buena obra, creyendo él que yo le sisaba algo de la cuenta que él allá en su imaginación había hecho de lo que yo podía tener, esta mañana me sacó al campo, detrás de la Güerta del Rey [174] y allí, entre unos olivares, me desnudó, y con la petrina, [175] sin excusar ni recoger los hierros, que en malos grillos y hierros le vea yo, me dio tantos azotes, que me dejó por muerta. De la cual verdadera historia son buenos testigos estos cardenales que mirais.

Aquí tornó a levantar las voces, aquí volvió a pedir justicia, y aquí se la prometió de nuevo Monipodio y todos los bravos que allí estaban.

La Gananciosa tomó la mano a consolarla, diciéndole que ella diera de muy buena gana una de las mejores pre-

---

[170] *Comer pan a manteles*: fórmula de juramento que circulaba, entre otros, en los romances muy populares del marqués de Mantua, v. *Quijote*, I, x.

[171] *Adivas*: chacales.

[172] *Montas*: ¡a fe mía!, *Quijote*, I, xxi.

[173] *Mis pecados*: extremo culminante, quizá, de la miópica perspectiva que separa virtud y pecado, propia de la cofradía de Monipodio.

[174] *Güerta del Rey*: a la salida de Sevilla y junto a los Caños de Carmona.

[175] *Petrina*: es la forma etimológica de *pretina*.

seas que tenía porque le hubiera pasado otro tanto con su querido.

—Porque quiero —dijo— que sepas, hermana Cariharta, si no lo sabes, que a lo que se quiere bien se castiga; y cuando estos bellacones nos dan, y azotan, y acocean, entonces nos adoran; si no, confiésame una verdad, por tu vida: después que te hubo Repolido castigado y brumado, ¿no te hizo alguna caricia?

—¿Cómo una? —respondió la llorona—. Cien mil me hizo, y diera él un dedo de la mano por que me fuera con él a su posada; y aun me parece que casi se le saltaron las lágrimas de los ojos después de haberme molido.

—No hay dudar en eso —replicó la Gananciosa—. Y lloraría de pena de ver cuál te había puesto: que estos tales hombres, y en tales casos, no han cometido la culpa cuando les viene el arrepentimiento. Y tú verás, hermana, si no viene a buscarte antes que de aquí nos vamos, y a pedirte perdón de todo lo pasado, rindiéndosete como un cordero.

—En verdad —respondió Monipodio— que no ha de entrar por estas puertas el cobarde envesado [176] si primero no hace una manifiesta penitencia del cometido delito. ¿Las manos había él de ser osado ponerlas en el rostro de la Cariharta, ni en sus carnes, siendo persona que puede competir en limpieza y gan[an]cia con la misma Gananciosa que está delante, que no lo puedo más encarecer?

—¡Ay! —dijo a esta sazón la Juliana—. No diga vuesa merced, señor Monipodio, mal de aquel maldito: que con cuán malo es, le quiero más que a las telas de mi corazón, y hanme vuelto el alma al cuerpo las razones que en su abono me ha dicho mi amiga la Gananciosa, y en verdad que estoy por ir a buscarle.

—Eso no harás tú por mi consejo —replicó la Gananciosa—, porque se extenderá y ensanchará y hará tretas en ti como en cuerpo muerto. Sosiégate, hermana, que

---

[176] *Envesado*: v. nota 71.

antes de mucho le verás venir tan arrepentido como he dicho, y si no viniese, escribirémosle un papel en coplas, que le amargue.

—¡Eso sí! —dijo la Cariharta—: que tengo mil cosas que escribirle!

—Yo seré el secretario cuando sea menester —dijo Monipodio—; y aunque no soy nada poeta, todavía, si el hombre se arremanga, se atreverá a hacer dos millares de coplas en daca las pajas; [177] y cuando no salieren como deben, yo tengo un barbero amigo, gran poeta, que nos henchirá las medidas a todas horas; y en la de ahora acabemos lo que teníamos comenzado del almuerzo, que después todo se andará.

Fue contenta la Juliana de obedecer a su mayor, y así, todos volvieron a su *gaudeamus,* y en poco espacio vieron el fondo de la canasta y las heces del cuero. Los viejos bebieron *sine fine;* los mozos adunia; [178] las señoras, los quiries. [179] Los viejos pidieron licencia para irse. Diósela luego Monipodio, encargándoles viniesen a dar noticia con toda puntualidad de todo aquello que viesen ser útil y conveniente a la comunidad. Respondieron que ellos se lo tenían bien en cuidado, y fuéronse.

Rinconete, que de suyo era curioso, pidiendo primero perdón y licencia, preguntó a Monipodio que de qué servían en la cofradía dos personajes tan canos, tan graves y apersonados. A lo cual respondió Monipodio que aquéllos, en su germanía y manera de hablar, se llamaban *avispones,* [180] y que servían de andar de día y por toda la ciu-

---

[177] *Daca las pajas:* "en dácame las pajas", *Quijote,* I, xxix, 'en un instante, de inmediato'.

[178] *Adunia:* "corta tocino adunia", *Quijote,* II, 1, 'abundantemente'.

[179] *Los quiries:* "Beber los Kirios. Parece que esta fórmula tuvo origen de que antiguamente se brindaba por los Santos, y para dar a entender que uno avía bebido mucho suponían que avía bebido por todos los santos de la Ledanía, y que bebería también los Kiries", Francisco del Rosal, *La razón de algunos refranes,* ed. B. Bussell Thompson (Londres, 1975), 26.

[180] *Avispones:* "el que descubre los sitios propicios para robar y lo comunica a los ladrones para que éstos hagan su oficio. Era

dad avispando en qué casas se podía dar tiento de noche, y en seguir los que sacaban dinero de la Contratación, [181] o Casa de la Moneda, [182] para ver dónde lo llevaban, y aun dónde lo ponían; y en sabiéndolo, tanteaban la groseza del muro de la tal casa y diseñaban el lugar más conveniente para hacer los guzpátaros —que son agujeros— para facilitar la entrada. En resolución, dijo que era la gente de más o de tanto provecho que había en su hermandad, y que de todo aquello que por su industria se hurtaba llevaban el quinto, como su Majestad de los tesoros; y que, con todo esto, eran hombres de mucha verdad, y muy honrados, y de buena vida y fama, temerosos de Dios y de sus conciencias, [183] que cada día oían misa con extraña devoción.

—Y hay de ellos tan comedidos, especialmente estos dos que de aquí se van ahora, que se contentan con mucho menos de lo que por nuestros aranceles les toca. Otros dos que hay son palanquines, [184] los cuales, como por momentos mudan casas, saben las entradas y salidas de todas las de la ciudad, y cuáles pueden ser de provecho y cuáles no.

—Todo me parece de perlas —dijo Rinconete—, y querría ser de algún provecho a tan famosa cofradía.

—Siempre favorece el cielo a los buenos deseos —dijo Monipodio.

Estando en esta plática, llamaron a la puerta; salió Monipodio a ver quién era, y preguntándolo, respondieron:

—Abra voacé, sor Monipodio, que el Repolido soy.

Oyó esta voz Cariharta, y alzando al cielo la suya, dijo:

---

un experto en conocer el grosor de los muros con el fin de saber en qué lugar podría hacerse un agujero que permitiese la entrada en la casa". Alonso Hernández, s. v. *avispón*.

[181] *Contratación*: Casa de la Contratación o Lonja, en la plaza del mismo nombre, es donde hoy está situado el Archivo de Indias.

[182] *Casa de la Moneda*: está próxima a la plaza de Santo Tomás.

[183] *Sus conciencias*: se aprieta la malla que rodea a esta cofradía de pícaros religiosos.

[184] *Palanquines*: "ladrón", Alonso Hernández, s. v.

—No le abra vuesa merced, señor Monipodio; no le abra a ese marinero de Tarpeya, [185] a ese tigre de Ocaña. [186]

No dejó por esto Monipodio de abrir a Repolido; pero viendo la Cariharta que le abría, se levantó corriendo y se entró en la sala de los broqueles, y cerrando tras sí la puerta, desde dentro, a grandes voces decía:

—Quítenmele de delante a ese gesto de por demás, [187] a ese verdugo de inocentes, asombrador de palomas duendas. [188]

Maniferro y Chiquiznaque tenían a Repolido, que en todas maneras quería entrar donde la Cariharta estaba; pero como no le dejaban, decía desde afuera:

—¡No haya más, enojada mía: por tu vida que te sosiegues, así te veas casada!

—¿Casada yo, maligno? —respondió la Cariharta—. ¡Mirá en qué tecla toca! [189] ¡Ya quisieras tú que lo fuera contigo, y antes lo sería yo con una sotomía [190] de muerte que contigo!

—¡Ea, boba —replicó Repolido—, acabemos ya, que es tarde, y mire no se ensanche por verme hablar tan manso y venir tan rendido; porque, ¡vive el Dador!, si se me sube la cólera al campanario que sea peor la recaída que la caída! Humíllese, y humillémonos todos, y no demos de comer al diablo.

[185] *Marinero de Tarpeya*: es graciosa variante del romance que comienza "Mira Nero de Tarpeya", que canta la inaudita crueldad de Nerón al quemar a Roma.

[186] *Tigre de Ocaña*: v. nota 53 de *La gitanilla*.

[187] *Gesto de por demás*: al parecer, cara de pocos amigos, mal encarado.

[188] *Palomas duendas*: "Lo mismo que manso y casero. Es epítheto que de ordinario se da a las palomas mansas y caseras, para distinguirlas de las demás especies", *Dicc. Aut.*, s. v. *duendo*. *Paloma duenda* también se decía de la prostituta, ya que *palomar* era 'mancebía', Alonso Hernández, s. v. *palomar*; *Persiles*, mi ed., 443-44: "Nunca les falta a estas palomas duendas milanos que las persigan".

[189] *Qué tecla toca*: "Tokar tekla. Toka tekla. Kuando uno, kon alegoría, da a entender en lo ké dize kosa ke los otros entienden", Correas, 736a.

[190] *Sotomía*: notomía, anatomía, esqueleto.

—Y aun de cenar le daría yo —dijo la Cariharta— por que te llevase donde nunca más mis ojos te viesen.

—¿No os digo yo? —dijo Repolido—. ¡Por Dios que voy oliendo, señora trinquete, [191] que lo tengo de echar todo a doce, [192] aunque nunca se venda!

A esto dijo Monipodio:

—En mi presencia no ha de haber demasías: la Cariharta saldrá, no por amenazas, sino por amor mío, y todo se hará bien: que las riñas entre los que bien se quieren son causa de mayor gusto cuando se hacen las paces. ¡Ah Juliana! ¡Ah niña! ¡Ah Cariharta mía! Sal acá fuera, por mi amor, que yo haré que el Repolido te pida perdón de rodillas.

—Como él eso haga —dijo la Escalanta—, todas seremos en su favor y en rogar a Juliana salga acá fuera.

—Si esto ha de ir por vía de rendimiento que güela [193] a menoscabo de la persona —dijo el Repolido—, no me rendiré a un ejército formado de esguízaros; [194] mas si es por vía de que la Cariharta gusta de ello, no digo yo hincarme de rodillas, pero un clavo me hincaré por la frente en su servicio.

Riéronse de esto Chiquiznaque y Maniferro, de lo cual se enojó tanto el Repolido, pensando que hacían burla de él, que dijo con muestra de infinita cólera:

—Cualquiera que se riere o se pensare reír de lo que la Cariharta contra mí, o yo contra ella, hemos dicho o dijéremos, digo que miente y mentirá todas las veces que se riere o lo pensare, como ya he dicho.

---

[191] *Trinquete*: "con un sentido despectivo, prostituta, porque para su negocio usaba sobre todo las camas de cordel o trinquetes", Alonso Hernández, s. v.

[192] *Echar todo a doce*: "phrase que significa desbarrar, enfadarse y meter a bulla alguna cosa", *Dicc. Aut.*, s. v. *doce*. Idéntica expresión usa Sancho en la Sierra Morena, *Quijote*, I, xxv.

[193] *Güela*: huela, vulgarismo corriente hoy en día.

[194] *Esguízaros*: en sentido recto 'suizos', que eran las tropas mercenarias más formidables de la época. Además, en germanía significaba "pobre, mendigo", Alonso Hernández, s. v.

Miráronse Chiquiznaque y Maniferro de tan mal garbo [195] y talle, que advirtió Monipodio que pararía en un
gran mal si no lo remediaba; y así, poniéndose luego en
medio de ellos, dijo:

—No pase más adelante, caballeros; cesen aquí palabras mayores, y deshágase entre los dientes; y pues las
que se han dicho no llegan a la cintura, nadie las tome
por sí.

—Bien seguros estamos —respondió Chiquiznaque—
que no se dijeron ni dirán semejantes monitorios por nosotros: que si se hubiera imaginado que se decían, en manos estaba el pandero que lo supieran bien tañer.

—También tenemos acá pandero, sor Chiquiznaque
—replicó el Repolido—, y también, si fuere menester,
sabremos tocar los cascabeles, y ya he dicho que el que
se huelga, miente; y quien otra cosa pensare, sígame, que
con un palmo de espada menos hará el hombre que sea
lo dicho dicho.

Y diciendo esto, se iba a salir por la puerta afuera.

Estábalo escuchando la Cariharta, y cuando sintió que
se iba enojado, salió diciendo:

—¡Ténganle, no se vaya, que hará de las suyas! ¿No
ven que va enojado, y es un Judas Macarelo [196] en esto de
la valentía? ¡Vuelve acá, valentón del mundo y de mis
ojos!

Y cerrando con él, le asió fuertemente de la capa, y
acudiendo también Monipodio, le detuvieron. Chiquiznaque y Maniferro no sabían si enojarse o si no, y estuviéronse quedos esperando lo que Repolido haría; el cual,
viéndose rogar de la Cariharta y de Monipodio, volvió
diciendo:

—Nunca los amigos han de dar enojo a los amigos ni

[195] *Mal garbo*: "garbo, el buen aire y talante en las personas",
Covarrubias, s. v. *Algarbe*.
[196] *Judas Macarelo*: "Judas, que por su valentía fue llamado
Macabeo, que en lengua griega vale tanto como peleador o valiente guerrero", Covarrubias, s. v. *Macabeos*.

hacer burla de los amigos, y más cuando ven que se enojan los amigos.

—No hay aquí amigo —respondió Maniferro— que
quiera enojar ni hacer burla de otro amigo; y pues todos
somos amigos, dense las manos los amigos.

A esto dijo Monipodio:

—Todos voacedes han hablado como buenos amigos, y
como tales amigos se den las manos de amigos.

Diéronselas luego, y la Escalanta, quitándose un chapín, [197] comenzó a tañer en él como un pandero; la Gananciosa tomó una escoba de palma nueva, que allí se halló
acaso, y, rascándola, hizo un son que, aunque ronco y
áspero, se concertaba con el del chapín. Monipodio rompió un plato e hizo dos tejoletas, que, puestas entre los
dedos y repicadas con gran ligereza, llevaba el contrapunto al chapín y a la escoba.

Espantáronse Rinconete y Cortadillo de la nueva invención de la escoba, porque hasta entonces nunca la habían
visto. Conociólo Maniferro, y díjoles:

—¿Admíranse de la escoba? Pues bien hacen, pues música más presta y más sin pesadumbre, ni más barata, no
se ha inventado en el mundo; y en verdad que oí decir
el otro día a un estudiante que ni el Negrofeo, [198] que sacó
a la Arauz [199] del infierno; ni el Marión, [200] que subió sobre el delfín y salió del mar como si viniera caballero sobre una mula de alquiler; ni el otro gran músico [201] que
hizo una ciudad que tenía cien puertas y otros tantos pos-
tigos, nunca inventaron mejor género de música, tan fácil de deprender, [202] tan mañera de tocar, tan sin trastes,
clavijas ni cuerdas, y tan sin necesidad de templarse; y

---

[197] *Chapín*: "calçado de las mugeres, con tres o quatro corchos,
y algunas ay que llevan treze por dozena", Covarrubias, s. v.

[198] *Negrofeo*: Orfeo.

[199] *Arauz*: Eurídice.

[200] *Marión*: Arión.

[201] *Gran músico*: Anfión, arpista tan consumado que a su música las piedras se pusieron en su sitio para fundar la ciudad de
Tebas, de las cien puertas, en Beocia.

[202] *Deprender*: aprender.

262 MIGUEL DE CERVANTES

aun voto a tal que dicen que la inventó un galán de esta
ciudad, que se pica de ser un Héctor en la música. [203]

—Eso creo yo muy bien —respondió Rinconete—; pero
escuchemos lo que quieren cantar nuestros músicos, que
parece que la Gananciosa ha escupido, señal de que quiere cantar.

Y así era la verdad, porque Monipodio le había rogado
que cantase algunas seguidillas de las que se usaban; mas
la que comenzó primero fue la Escalanta, y con voz sutil
y quebradiza [204] cantó lo siguiente:

Por un sevillano rufo a lo valón [205]
tengo socarrado todo el corazón.

Siguió la Gananciosa cantando:

Por un morenico de color verde,
¿cuál es la fogosa que no se pierde?

Y luego Monipodio, dándose gran prisa al meneo de
sus tejoletas, dijo:

Riñen dos amantes; hácese la paz:
si el enojo es grande, es el gusto más.

No quiso la Cariharta pasar su gusto en silencio, porque tomando otro chapín, se metió en danza, y acompañó
a las demás diciendo:

Detente, enojado, no me azotes más:
que si bien lo miras, a tus carnes das.

—Cántese a lo llano [206] —dijo a esta sazón Repolido—,

---

[203] *Héctor en la música*: gracioso elogio, precisamente por lo
disparatado.
[204] *Voz sutil y quebradiza*: "Quebradiza. Se suele llamar alguna
vez la voz, para alabar los quiebros, pausas y gorgeos", *Dicc.
Aut.*, s. v.
[205] *Rufo a lo valón*: rufián; "balones, gente alemana del Ducado de Borgoña", Covarrubias, s. v. *balón*.
[206] *A lo llano*: llanamente, sin malicias.

y no se toquen estorias pasadas, que no hay para qué: lo pasado sea pasado, y tómese otra vereda, y basta.

Talle llevaban de no acabar tan presto el comenzado cántico, si no sintieran que llamaban a la puerta aprisa, y con ella salió Monipodio a ver quién era, y la centinela le dijo como al cabo de la calle había asomado el alcalde de la justicia, y que delante de él venían el Tordillo y el Cernícalo, corchetes neutrales. Oyéronlos los de dentro, y alborotáronse todos de manera que la Cariharta y la Escalanta se calzaron sus chapines al revés, dejó la escoba la Gananciosa, Monipodio sus tejoletas, y quedó en turbado silencio toda la música; enmudeció Chiquiznaque, pasmóse el Repolido y suspendióse Maniferro, y todos, cuál por una y cuál por otra parte, desaparecieron, subiéndose a las azoteas y tejados, para escaparse y pasar por ellos a otra calle. Nunca ha disparado arcabuz a deshora, ni trueno repentino espantó así bandada de descuidadas palomas, como puso en alboroto y espanto a toda aquella recogida compañía y buena gente la nueva de la venida del alcalde de la justicia. Los dos novicios, Rinconete y Cortadillo, no sabían qué hacerse, y estuviéronse quedos, esperando ver en qué paraba aquella repentina borrasca, que no paró en más de volver la centinela a decir que el alcalde se había pasado de largo, sin dar muestra ni resabio de mala sospecha alguna.

Y estando diciendo esto a Monipodio, llegó un caballero mozo a la puerta, vestido, como se suele decir, de barrio; [207] Monipodio le entró consigo, y mandó llamar a Chiquiznaque, a Maniferro y al Repolido, y que de los demás no bajase alguno. Como se habían quedado en el patio Rinconete y Cortadillo, pudieron oír toda la plática que pasó Monipodio con el caballero recién venido, el cual dijo a Monipodio que por qué se había hecho tan mal lo que le había encomendado. Monipodio respondió que aun no sabía lo que se había hecho; pero que allí es-

---

[207] *De barrio*: "Andar de barrio o vestido de barrio. Es andar en trage acomodado, sin formalidad, con conveniencia y familiaridad", *Dicc. Aut.*, s. v. *barrio*.

taba el oficial a cuyo cargo estaba su negocio, y que él daría muy buena cuenta de sí.

Bajó en esto Chiquiznaque, y preguntóle Monipodio si había cumplido con la obra que se le encomendó de la cuchillada de a catorce. [208]

—¿Cuál? —respondió Chiquiznaque—. ¿Es la de aquel mercader de la encrucijada?

—Ésa es —dijo el caballero.

—Pues lo que en eso pasa —respondió Chiquiznaque— es que yo le aguardé anoche a la puerta de su casa, y él vino antes de la oración; lleguéme cerca de él, marquéle el rostro con la vista, y vi que le tenía tan pequeño que era imposible de toda imposibilidad caber en él cuchillada de catorce puntos; y hallándome imposibilitado de poder cumplir lo prometido y de hacer lo que llevaba en mi destruición...

—*Instrucción* querrá decir vuesa merced —dijo el caballero—, que no *destruición*.

—Eso quise decir —respondió Chiquiznaque—. Digo que viendo que en la estrecheza y poca cantidad de aquel rostro no cabían los puntos propuestos, por que no fuese mi ida en balde, di la cuchillada a un lacayo suyo, que a buen seguro que la pueden poner por mayor de marca.

—Más quisiera —dijo el caballero— que se la hubiera dado al amo una de a siete que al criado la de a catorce. En efecto, conmigo no se ha cumplido como era razón, pero no importa; poca mella me harán los treinta ducados que dejé en señal. Beso a vuesas mercedes las manos.

Y diciendo esto, se quitó el sombrero y volvió las espaldas para irse; pero Monipodio le asió de la capa de mezcla [209] que traía puesta, diciéndole:

—Voacé se detenga y cumpla su palabra, pues nosotros hemos cumplido la nuestra con mucha honra y con mu-

---

[208] *De a catorce*: puntos, sobreentendido, como hace claro Chiquiznaque poco después.

[209] *Capa de mezcla*: "la contextura de diversas colores en los paños", Covarrubias, s. v. *mezcla*.

cha ventaja: veinte ducados faltan, y no ha de salir de aquí voacé sin darlos, o prendas que lo valgan.

—Pues ¿a esto llama vuesa merced cumplimiento de palabra —respondió el caballero—: dar la cuchillada al mozo habiéndose de dar al amo?

—¡Qué bien está en la cuenta el señor! —dijo Chiquiznaque—. Bien parece que no se acuerda de aquel refrán que dice: "Quien bien quiere a Beltrán, bien quiere a su can."

—¿Pues en qué modo puede venir aquí a propósito ese refrán? —replicó el caballero.

—¿Pues no es lo mismo —prosiguió Chiquiznaque— decir: "Quien mal quiere a Beltrán, mal quiere a su can."? Y así, Beltrán es el mercader, voacé le quiere mal, su lacayo es su can, y dando al can se da a Beltrán, y la deuda queda líquida y trae aparejada ejecución: por eso no hay más sino pagar luego sin apercibimiento de remate.

—Eso juro yo bien —añadió Monipodio—, y de la boca me quitaste, Chiquiznaque amigo, todo cuanto aquí has dicho; y así, voacé, señor galán, no se meta en puntillos con sus servidores y amigos, sino tome mi consejo y pague luego lo trabajado y si fuere servido que se le dé otra al amo, de la cantidad que pueda llevar su rostro, haga cuenta que ya se la están curando.

—Como eso sea —respondió el galán—, de muy entera voluntad y gana pagaré la una y la otra por entero.

—No dude en esto —dijo Monipodio— más que en ser cristiano: que Chiquiznaque se la dará pintiparada, de manera que parezca que allí se le nació.

—Pues con esa seguridad y promesa —respondió el caballero—, recíbase esta cadena en prendas de los veinte ducados atrasados y de cuarenta que ofrezco por la venidera cuchillada. Pesa mil reales, y podría ser que se quedase rematada, porque traigo entre ojos [210] que serán menester otros catorce puntos antes de mucho.

---

[210] *Traigo entre ojos*: "Traher entre ojos. Phrase que vale observar a alguno por el rezelo que se tiene de él, o porque se teme le suceda algún contratiempo", *Dicc. Aut.*, s. v. *ojo*.

Quitóse, en esto, una cadena de vueltas [211] menudas del cuello, y diósela a Monipodio, que al color y al peso bien vio que no era de alquimia. [212] Monipodio la recibió con mucho contento y cortesía, porque era en extremo bien criado; la ejecución quedó a cargo de Chiquiznaque, que sólo tomó término de aquella noche. Fuese muy satisfecho el caballero, y luego Monipodio llamó a todos los ausentes y azorados. Bajaron todos, y poniéndose Monipodio en medio de ellos, sacó un libro de memoria que traía en la capilla de la capa, y dióselo a Rinconete que leyese, porque él no sabía leer. Abrióle Rinconete, y en la primera hoja vio que decía

MEMORIA DE LAS CUCHILLADAS QUE SE HAN DE DAR ESTA SEMANA

La primera, al mercader de la encrucijada: vale cincuenta escudos. Están recibidos treinta a buena cuenta. Ejecutor, [213] *Chiquiznaque.*

—No creo que hay otra, hijo —dijo Monipodio—; pasá adelante, y mirá [214] donde dice: *Memoria de palos.*

Volvió la hoja Rinconete, y vio que en otra estaba escrito: *Memoria de palos.* Y más abajo decía:

Al bodegonero de la Alfalfa, [215] *doce palos de mayor cuantía a escudo cada uno. Están dados a buena cuenta ocho. El término, seis días. Ejecutor, Maniferro.*

—Bien podía borrarse esa partida —dijo Maniferro—, porque esta noche traeré finiquito de ella.

—¿Hay más, hijo? —dijo Monipodio.

—Sí, otra —respondió Rinconete— que dice así:

---

[211] *Cadena de vueltas*: eslabones.
[212] *No era de alquimia*: "Alchimia. Se llama también el azófar, latón u otro metal dorado", *Dicc. Aut.*, s. v.
[213] 1613: *secutor.*
[214] *Pasá ... mirá*: pronunciación vulgar.
[215] *La Alfalfa*: la plaza de la Alfalfa, en Sevilla.

Al sastre corcovado que por mal nombre se llama el Silguero, seis palos de mayor cuantía, a pedimiento de la dama que dejó la gargantilla. Ejecutor, el Desmochado.

—Maravillado estoy —dijo Monipodio— cómo todavía está esa partida en ser. Sin duda alguna debe de estar mal dispuesto [216] el Desmochado, pues son dos días pasados del término y no ha dado puntada en esta obra.

—Yo le topé ayer —dijo Maniferro—, y me dijo que por haber estado retirado por enfermo el corcovado no había cumplido con su débito.

—Eso creo yo bien —dijo Monipodio—, porque tengo por tan buen oficial al Desmochado, que si no fuera por tan justo impedimento, ya él hubiera dado al cabo con mayores empresas. ¿Hay más, mocito?

—No, señor —respondió Rinconete.

—Pues pasad adelante —dijo Monipodio—, y mirad donde dice: *Memorial de agravios comunes.*

Pasó adelante Rinconete, y en otra hoja halló escrito:

Memorial de agravios comunes, conviene a saber: redomazos, [217] untos de miera, clavazón de sambenitos y cuernos, matracas, espantos, alborotos y cuchilladas fingidas, publicación de nibelos, etcétera.

—¿Qué dice más abajo? —dijo Monipodio.

—Dice —dijo Rinconete— *unto de miera en la casa...*

—No se lea la casa, que ya yo sé dónde es —respondió Monipodio—, y yo soy el *tuáutem* [218] y ejecutor de esa

---

[216] *Estar mal dispuesto*: indispuesto.

[217] *Redomazos*: golpe con una redoma, llena, con seguridad, de algo maloliente en extremo; *untos de miera*: "Miera. El azeyte que llaman de enebro, de que parece usan los pastores para curar su ganado", Covarrubias, s. v., maloliente y aceitoso; *clavazón de sambenitos*: pública acusación de no ser cristiano viejo, una suerte de muerte social; *cuernos*: pública acusación de cornudo; *matracas*: "significa también burla y chasco que se da a uno, zahiriéndole y reprehendiéndole alguna cosa que ha hecho", *Dicc. Aut.*, s. v., evidentemente, podían ser muy pesadas; *nibelos*: libelos.

[218] *Tuáutem*: "el sugeto que se tiene por principal y necesario para alguna cosa", *Dicc. Aut.*, s. v.

niñería, y están dados a buena cuenta cuatro escudos, y el principal es ocho.

—Así es la verdad —dijo Rinconete—, que todo eso está aquí escrito; y aún más abajo dice: *Clavazón de cuernos.*

—Tampoco se lea —dijo Monipodio— la casa ni adónde: que basta que se les haga el agravio, sin que se diga en público: que es un gran cargo de conciencia. A lo menos, más querría yo clavar cien cuernos y otros tantos sambenitos, como se me pagase mi trabajo, que decirlo sola una vez, aunque fuese a la madre que me parió.

—El ejecutor de esto es —dijo Rinconete— el Narigueta.

—Ya está eso hecho y pagado —dijo Monipodio—. Mirad si hay más, que, si mal no me acuerdo, ha de haber ahí un espanto de veinte escudos; está dada la mitad, y el ejecutor es la comunidad toda, y el término es todo el mes en que estamos, y cumpliráse al pie de la letra, sin que falte una tilde, y será una de las mejores cosas que hayan sucedido en esta ciudad de muchos tiempos a esta parte. Dadme el libro, mancebo, que yo sé que no hay más, y sé también que anda muy flaco el oficio; pero tras este tiempo vendrá otro y habrá que hacer más de lo que quisiéremos: que no se mueve la hoja sin la voluntad de Dios, y no hemos de hacer nosotros que se vengue nadie por fuerza, cuanto más que cada uno en su casa suele ser valiente y no quiere pagar las hechuras de la obra que él se puede hacer por sus manos.

—Así es —dijo a esto el Repolido—. Pero mire vuesa merced, señor Monipodio, lo que nos ordena y manda, que se va haciendo tarde y va entrando el calor más que de paso. [219]

—Lo que se ha de hacer —respondió Monipodio— es que todos se vayan a sus puestos, y nadie se mude hasta el domingo, que nos juntaremos en este mismo lugar y se repartirá todo lo que hubiere caído, sin agraviar a nadie. A Rinconete *el bueno* y a Cortadillo se les da por distrito hasta el domingo desde la Torre del Oro, por defue-

---

[219] *Más que de paso*: con prisa y precipitación.

ra de la ciudad, hasta el postigo del Alcázar, [220] donde se puede trabajar a sentadillas [221] con sus flores; que yo he visto a otros de menos habilidad que ellos salir cada día con más de veinte reales en menudos, [222] amén de [223] la plata, con una baraja sola, y ésa, con cuatro naipes menos. Este distrito os enseñará Ganchoso; y aunque os extendais hasta San Sebastián y San Telmo, [224] importa poco, puesto que es justicia mera mixta [225] que nadie se entre en pertenencia de nadie.

Besáronle la mano los dos por la merced que se les hacía, y ofreciéronse a hacer su oficio bien y fielmente, con toda diligencia y recato.

Sacó, en esto, Monipodio un papel doblado de la capilla de la capa, donde estaba la lista de los cofrades, y dijo a Rinconete que pusiese allí su nombre y el de Cortadillo; mas porque no había tintero, le dio el papel para que lo llevase, y en el primer boticario los escribiese, poniendo: "Rinconete y Cortadillo, cofrades: noviciado, ninguno, Rinconete, floreo; [226] Cortadillo, bajón", [227] y el día, mes

---

[220] *Torre del Oro ... Alcázar*: su distrito cubría la parte sur de la ciudad desde el Guadalquivir (Torre del Oro) hasta el Alcázar.

[221] *A sentadillas*: "voz que solo tiene uso en el modo adverbial a sentadillas, y vale lo mismo que con un modo particular de estar sentado, como el que usan las mugeres quando van a caballo, con ambas piernas hacia un lado", *Dicc. Aut.*, s. v.

[222] *En menudos*: "las monedas de cobre, a diferencia de las de plata y oro", Covarrubias, s. v.

[223] *Amén de*: "phrase vulgar con que se expressa que aun después del que se suponía fin de alguna cosa, queda más que hacer o decir, y así vale tanto como además, u de más a más", *Dicc. Aut.*, s. v.

[224] *San Sebastián y San Telmo*: la primera está en el antiguo y extenso campo de Tablada y la segunda junto al río.

[225] *Justicia mera mixta*: formada sobre la frase 'mero mixto imperio', vale decir con justicia para juzgar y castigar, con absoluto dominio jurídico.

[226] *Floreo*: "conjunto de trampas y astucias empleadas para robar en el juego. Trampería", Alonso Hernández, s. v.

[227] *Bajón*: "ladrón; que hace disminuir o menoscaba el caudal de alguien con una técnica semejante a la del bajamanero", Alonso Hernández, s. v., nota 167.

y año, callando padres y patria. Estando en esto, entró uno de los viejos avispones y dijo:

—Vengo a decir a vuesas mercedes como ahora, ahora, topé en Gradas [228] a Lobillo el de Málaga, y díceme que viene mejorado en su arte de tal manera, que con naipe limpio quitará el dinero al mismo Satanás; y que por venir maltratado no viene luego a registrarse y a dar la sólita [229] obediencia; pero que el domingo será aquí sin falta.

—Siempre se me asentó a mí —dijo Monipodio— que este Lobillo había de ser único en su arte, porque tiene las mejores y más acomodadas manos para ello que se pueden desear; que para ser uno buen oficial en su oficio, tanto ha menester los buenos instrumentos con que le ejercita como el ingenio con que le aprende.

—También topé —dijo el viejo— en una casa de posadas, de la calle de Tintores, al Judío, en hábito de clérigo, que se ha ido a posar allí por tener noticia que dos peruleros [230] viven en la misma casa, y querría ver si pudiese trabar juego con ellos aunque fuese de poca cantidad, que de allí podría venir a mucha. Dice también que el domingo no faltará a la junta y dará buena cuenta de su persona.

—Ese Judío también —dijo Monipodio— es gran sacre [231] y tiene gran conocimiento. Días ha que no le he visto, y no lo hace bien, pues a fe que si no se enmienda, que yo le deshaga la corona; [232] que no tiene más órdenes el ladrón que las tiene el turco, ni sabe más latín que mi madre. ¿Hay más de nuevo?

—No —dijo el viejo—; a lo menos que yo sepa.

[228] *En Gradas*: en las gradas de la catedral.
[229] *Sólita*: "lo acostumbrado, que se suele hacer ordinariamente", *Dicc. Aut.*, s. v.
[230] *Peruleros*: "el que ha venido rico de las Indias, del Perú", Covarrubias, s. v.
[231] *Sacre*: "hábil, sagaz, como el ave de rapiña del mismo nombre", Alonso Hernández, s. v.
[232] *La corona*: de clérigo, religioso, con el pelo cortado de la cabeza.

—Pues sea en buen hora —dijo Monipodio—. Voacedes tomen esta miseria —y repartió entre todos hasta cuarenta reales—, y el domingo no falte nadie, que no faltará nada de lo corrido.

Todos le volvieron las gracias. Tornáronse a abrazar Repolido y la Cariharta, la Escalanta con Maniferro y la Gananciosa con Chiquiznaque, concertando que aquella noche, después de haber alzado de obra [233] en la casa, se viesen en la de la Pipota, donde también dijo que iría Monipodio, al registro de la canasta de colar, y que luego había de ir a cumplir y borrar la partida de la miera. Abrazó a Rinconete y a Cortadillo, y echándolos su bendición, los despidió, encargándoles que no tuviesen jamás posada cierta ni de asiento, porque así convenía a la salud de todos. Acompañólos Ganchoso hasta enseñarles sus puestos, acordándoles que no faltasen el domingo, porque, a lo que creía y pensaba, Monipodio había de leer una lección de oposición [234] acerca de las cosas concernientes a su arte. Con esto se fue, dejando a los dos compañeros admirados de lo que habían visto.

Era Rinconete, aunque muchacho, de muy buen entendimiento, y tenía un buen natural; y como había andado con su padre en el ejercicio de las bulas, [235] sabía algo de buen lenguaje, y dábale gran risa pensar en los vocablos que había oído a Monipodio y a los demás de su compañía y bendita comunidad, y más cuando por decir *per modum sufragii* había dicho *per modo de naufragio;* y que sacaban el *estupendo,* por decir *estipendio,* de lo que se garbeaba; [236] y cuando la Cariharta dijo que era Repolido como un *Marinero de Tarpeya* y un tigre de *Ocaña,* por decir *Hircania,* con otras mil impertinencias (especialmente le cayó en gracia cuando dijo que el tra-

---

[233] *Alzado de obra*: "Alçar la obra, acabar el trabajo", Covarrubias, s. v. *alçar.*

[234] 1613: *Lición de posición*: lección de oposición, como en las universidades, *ex cathedra,* Monipodio disertaría el domingo sobre las artes del latrocinio.

[235] *Las bulas*: v. nota 20.

[236] *Garbeaba*: v. nota 103.

bajo que había pasado en ganar los veinticuatro reales
lo recibiese el cielo en descuento de sus pecados) a estas
y a otras peores semejantes; y, sobre todo, le admiraba la
seguridad que tenían y la confianza de irse al cielo con
no faltar a sus devociones, estando tan llenos de hurtos,
y de homicidios, y de ofensas a Dios. Y reíase de la otra
buena vieja de la Pipota, que dejaba la canasta de colar
hurtada, guardada en su casa y se iba a poner candelillas
de cera a las imágenes y con ello pensaba irse al cielo
calzada y vestida. No menos le suspendía la obediencia
y respeto que todos tenían a Monipodio, siendo un hombre bárbaro, rústico y desalmado. Consideraba lo que
había leído en su libro de memoria y los ejercicios en
que todos se ocupaban. Finalmente, exageraba cuán descuidada justicia había en aquella tan famosa ciudad de
Sevilla, pues casi al descubierto vivía en ella gente tan
perniciosa y tan contraria a la misma naturaleza, y propuso en sí de aconsejar a su compañero no durasen mucho en aquella vida tan perdida y tan mala, tan inquieta,
y tan libre y disoluta. Pero, con todo esto, llevado de sus
pocos años y de su poca experiencia, pasó con ella adelante algunos meses, en los cuales le sucedieron cosas que
piden más luenga escritura, [237] y así se deja para otra ocasión contar su vida y milagros, con los de su maestro Monipodio, y otros sucesos de aquéllos de la infame academia, que todos serán de grande consideración y que
podrán servir de ejemplo y aviso a los que las leyeren.

---

[237] *Luenga escritura*: el *Guzmán de Alfarache,* que sí es "luenga escritura", termina su segunda parte (1604) prometiendo tercera parte. Claro está que no hay evidencia alguna de que Cervantes haya continuado, ni siquiera pretendido continuar, el *Rinconete.* Se atiene, más bien, a un lugar común de la novelística de
la época.

RINCONETE Y CORTADILLO

Ms. Porras

Según la edición Bosarte

NOVELA

DE RINCONETE Y CORTADILLO,

*famosos ladrones que hubo en Sevilla, la
qual pasó asi en el año
de 1569.*

En la venta del Molinillo, que está en
los campos de Alcudia, viniendo de Castilla para la Andalucía, ya en la entrada
de Sierra morena, un dia de los calurosos del verano del año 1569 se hallaron
dos muchachos zagalejos, el uno de edad
de quince años, y el otro de diez y siete, ambos de buena habilidad y talle, pero muy rotos, descosidos y maltratados;
capa no cubria sus hombros, los calzones eran de lienzo, y las medias calzas
de carne, bien es verdad que lo enmendaban los zapatos, pues los del uno eran
unos rotos aipargates, y los del otro
eran picados, y sin suelas; traia uno una
montera verde de cazador, ó quadrille-
ro de la Hermandad, y el otro un som-
bre-

b

Primera página de *Rinconete y Cortadillo*, versión de Bosarte
según el Ms. Porras, publicada en *Gabinete de lectura española*, IV, Madrid, 1793 (?).

NOVELA DE RINCONETE Y CORTADILLO, FAMOSOS LADRONES

que hubo en Sevilla, la qual pasó así en el año de 1569 [1]

En la venta del Molinillo, que está en los campos de Alcudia, viniendo de Castilla para la Andalucía, ya en la entrada de Sierra Morena, un día de los calurosos del verano del año 1569 se hallaron dos muchachos zagalejos, el uno de edad de quince años y el otro de diez y siete, ambos de buena habilidad y talle; pero muy rotos, descosidos y maltratados: capa no cubría sus hombros; los calzones eran de lienzo, y las medias calzas de carne; bien es verdad que lo enmendaban los zapatos, pues los del uno eran unos rotos alpargates, y los del otro eran picados y sin suelas; traía uno una montera verde de cazador ó cuadrillero de la Hermandad, [2] y el otro un sombrero sin toquilla, baxo de copa y largo de falda. A las espaldas y ceñida por el pecho. traía el uno una camisa de color de gamuza, metida toda en la una manga; y el otro

---

[1] En su edición de *Rinconete* (Sevilla, 1905) Francisco Rodríguez Marín cambió esta fecha de la ed. Bosarte a 1589, con fines de hacerla corresponder a los años sevillanos de Cervantes. No veo perentoria necesidad para tal cambio y mantengo la fecha de Bosarte.

[2] *Cuadrillero de la Hermandad*: la Santa Hermandad fue creación de los Reyes Católicos para mantener el orden público y reprimir delitos y violencias, particularmente en los campos y despoblados. Su milicia estaba constituida por cuadrilleros, soldados a caballo.

venía escueto y sin alforjas, puesto que en el seno se le parecía un gran bulto, que después pareció ser un cuello almidonado de estos que llaman valones; pero tan deshilado de roto, que todo era hilachas, y envueltos en él unos naypes de figura ovada, porque de traídos, se les habían gastado las puntas. Estaban los muchachos quemados del sol, los ojos sumidos, los cabellos crecidos, las uñas caireladas y las manos no muy limpias; el uno tenía media espada puesta en un puño de palo, y el otro un cuchillo jifero [3] de cachas amarillas.

Saliéronse los dos á sestear en un portal con su ramada, que delante la venta se hace. Sentóse uno contra el otro [4] y el que parecía mayor comenzó la siguiente plática:

—¿De qué tierra es vuesé, [5] señor gentilhombre, y para do bueno camina?

—Mi tierra, señor caballero, no la sé, ni para do camino.

—Pues en verdad, dixo el mayor, que no parece vuesé del cielo, y que éste no es lugar para hacer asiento en él; que de fuerza ha de pasar adelante.

—Así es verdad, respondió el menor; pero yo he dicho verdad en lo que he dicho, porque mi tierra no es mía, pues no tengo en ella más de un padre que no me tiene por hijo, y una madrasta que me trata como a entenado; [6] y el camino que llevo es a la gruesa ventura, [7] y allí le daría fin donde hallase quien me mantuviese.

---

[3] *Cuchillo jifero:* jifería era "el exercicio de matar y desollar las reses", y jifero "lo que pertenece al matadero, y por alusión vale sucio, puerco y soez. Úsase como substantivo, y a veces vale el cuchillo con que matan y descuartizan las reses", *Dicc. Aut.,* s. v. *xifería, xifero.*

[4] *Uno contra el otro:* enfrente de.

[5] *Vuesé:* en la evolución de *vuestra merced* (siglo xv) a *usted* (1620) hay muchas formas intermedias, y ésta es una. Algunas formas, como ésta, son más características y propias de la rufianesca que otras.

[6] *Entenado:* lo mismo que *alnado,* 'hijastro', nota 13 en *Rinconete y Cortadillo* (1613).

[7] *Gruesa ventura:* modo adverbial análogo a *buena ventura.* No se vuelve a encontrar en el léxico cervantino.

—Y ¿sabe vuesé algún oficio?, le dixo el grande.

Respondió el menor:

—[No sé otro] sino que corro como una liebre, y salto como un gamo, y corto de tisera muy delicadamente.

—Todo es muy útil y provechoso, porque habrá sacristán que le dé toda la ofrenda de Todos Santos porque le corte florones para el monumento.

—No es mi corte de esa suerte, replicó el menor, sino que mi padre es sastre y calcetero y me enseñó a cortar antiparas, que son medias calzas, y córtolas de suerte, que me podrían examinar de maestro; sino que la mala mía me tiene arrinconado.

—Todo eso acontece por los buenos, dixo el grande, y siempre oí decir que las buenas habilidades son más perdidas; pero aún edad tiene vuesa merced para enmendar su ventura. Mas si no me engaño y mi ojo no me miente, otras gracias debe tener vmd. más secretas, que no las quiere manifestar.

—Sí tengo; pero no son para en público, como vmd. dice.

—Pues yo le certifico, respondió el mayor, que soy uno de los más secretos mozos que tiene la edad presente; y para obligarle que descubra su pecho conmigo, le quiero primero descubrir el mío; porque voy adivinando que no sin misterio nos juntó hoy aquí nuestra fortuna, y que habemos de ser desde este día verdaderos amigos fasta el último de la vida. Yo, señor hidalgo, soy natural de la Fuenfrida, lugar bien conocido y famoso por los muchos pasajeros que por él pasan; mi nombre, Pedro Rincón; mi padre es persona de qualidad, porque es ministro de la Santa Cruzada: quiero decir que es bulero, como los llama el vulgo (aunque otros los llaman echacuervos). [8] Al-

---

[8] *Echacuervos*: insulto referido en un comienzo a los exorcistas fraudulentos y que luego se identificó con los bulderos o ministros de la Santa Cruzada, como los denomina Rinconete, v. J. E. Gillet, "Spanish *echacuervo(s)*", *Romance Philology*, X (1957), 148-55.

gunos días le acompañé en el oficio, y aprendílo de suerte, que no daba ventaja en echar las bulas al mejor predi-
cador del mundo; pero habiéndome un día aficionado más
al dinero de las bulas que a las mismas bulas, me abracé
con un talego y di conmigo en Madrid, donde, con la
comodidad que allí se ofrece de ordinario, en pocos días
le saqué las entrañas y lo dexé con más dobleces que pañuelo de desposado. Vino el tesorero tras mí, prendiéronme,
tuve poco favor y no se me guardó justicia. Vieron aquellos señores mi poca edad, arbitrando que más fue mu-
chachería que delito; azotáronme al aldabilla dentro de la
cárcel y desterráronme por cuatro años. Salgo a cumplir
mi destierro, tan desacomodado como vmd. me ve, porque
con la priesa que me daban no pude buscar cabalgadura;
tomé de mis alhajas las que pude, y entre ellas estos naypes
(y sacó los que tenía en el seno, envueltos en el cuello),
con los cuales he ganado mi vida por los mesones y ventas
que hay de Madrid aquí, jugando á la veinte y una; porque, aunque vmd. los ve tan astrosos y maltratados, tienen
una maravillosa virtud con quien los entiende, y es que
no alzará vez, que no quede un az debaxo; porque vea
vmd., si es jugador de este juego, con quánta ventaja va
el que es mano, si le han de dar un az a la primera carta
que pida, el qual puede hacer un punto y once, y si es
embidada, el dinero se queda en casa. Fuera de esto, aprendí de un mozo de cocina, en casa del Embaxador de Sa-
boya, ciertas tretas de quínolas y parar, en viéndolas, que
así como vmd. se puede examinar en el corte de sus antiparas, así puedo yo ser, y seré, maestro en la ciencia de
la fullería, con lo cual voy seguro de no morir de hambre,
y de hallar padre y madre dondequiera que llegue; porque
dondequiera que sea, aunque sea en un cortijo, se halla
quien desee pasar tiempo jugando; y podemos hacer de
esto la experiencia luego, armando vmd. y yo la red, y
veamos si cae en ella algún pajarote de estos harrieros.
Digo que juguemos á la veinte y una los dos, como si fuese
de veras; que si alguno llegare a ser tercio, él será el primero que deje la pecunia.

—Sea en buena hora, dixo el otro, y en merced tengo muy grande la que me ha hecho en darme cuenta de su vida, y así, será razón no encubrirle yo la mía, aunque seré más breve en decirla. El negocio es que yo no pude sufrir a mi madrasta, ni la vida estrecha de mi aldea, que es la de Mollorido, [9] lugar entre Medina del Campo y Salamanca, recámara de su obispo; del corte de las tiseras en las medias salté con mi buen ingenio en cortar bolsas y cordones, que no hay faldriquera tan retraída y guardada a que no visiten mis dedos, que son más agudos que navajas, ni pende relicario de cabo de tocas ni de hilo de perlas, aunque lo estén mirando con ojos de linces, que a unas tisericas que conmigo traigo puedan resistir. Hasta ahora tengo hechas hartas, hartas experiencias, y, bendito sea Dios, jamás he sido cogido entre puertas, ni ha tenido el verdugo que ver conmigo en ninguna cosa; bien es verdad que me corrió la justicia habrá ocho días en Toledo, y me hicieron salir de la ciudad más que de paso, y por este respecto no tuve lugar de, acomodarme de cabalgadura o carro, o de algún coche de retorno.

—Eso se borre, dixo Rincón; y pues ya nos conocemos, no hay para qué sean grandezas ni altivezes; confesemos llanamente que no teníamos blanca, ni aun zapatos para caminar a pie.

—Sea así, respondió Cortado, que así dijo el menor se llamaba; y, pues nuestra amistad, como vmd. ha dicho, ha de ser perpetua, comencémosla con santas y loables ceremonias.

Y levantándose Cortado, abrazó estrechamente a Rincón, y Rincón a Cortado. Hecho esto, comenzaron á jugar la veinte y una con los dichos naypes, limpios de polvo y paja, mas no de grasa y malicia, y á pocas manos alzaba Cortado por el az tan bien o mejor que Rincón su maestro.

Salió en esto un harriero a dar agua a sus mulos, y vio

---

[9] *Mollorido*: v. nota 27 en *Rinconete y Cortadillo* (1613). En *Los baños de Argel,* jornada I, el sacristán es interrogado por el bajá acerca de su tierra, y contesta: "No está en el mapa. / Es mi tierra Mollorido, / un lugar muy escondido / allá en Castilla la Vieja."

jugar a los muchachos, y en volviendo del arroyo salió a
ver despacio el juego, y pidióles que quería terciar; aco-
giéronlo de buena gana y en menos de media hora le
ganaron doce reales, de lo cual corrido el harriero, se los
quiso quitar, creyendo que, por ser tan muchachos, no
se lo defenderían; mas ellos, poniendo mano el uno a su
media espada y el otro a su cuchillo, daban bien que hacer al harriero, si no salieran los compañeros.

Y a este punto pasaron ciertos caminantes, que iban a
comer y sestear a la venta del Alcalde, y, viendo la pendencia de los dos muchachos con el harriero, los apaciguaron y dixeron a los muchachos se viniesen con ellos,
si caminaban hacia Sevilla.

—Allá vamos, respondieron, y serviremos a vmds. en
cuanto nos mandaren.

Y sin más detenerse, se fueron adelante y caminaron
con ellos, dejando a los harrieros agraviados y enojados,
y a la ventera admirada y atónita de la buena crianza de
los pícaros, que los había estado oyendo su plática sin
que ellos advirtiesen en ello; mas quando dixo que les había oído decir que los naypes que traían eran falsos, se
pelaba el harriero las barbas, y quería ir a la otra venta
a cobrar su hacienda, porque se tenía por afrentado que
dos muchachos se la hubiesen ganado con flores; [10] mas
los compañeros lo detuvieron y aconsejaron que no fuese,
siquiera por no mostrar su inhabilidad.

Rincón y Cortado se dieron tales mañas y mostraron tal
agrado en servir a los caminantes que los llevaban, que
era gente rica y principal, que lo más de las jornadas los
llevaban a las ancas de sus mulas; y aunque se les ofrecían buenas ocasiones y puestos de poder tentar las bolsas
de sus medios amos, no quisieron, por no perder la ocasión y comodidad tan buena de su viaje, que para Sevilla
llevaban; mas, con todo eso, al entrar de la ciudad, que
fue a la oración, y por la puerta de la Aduana, a causa

---

[10] *Flores*: "trampa de cualquier tipo que sea, particularmente
en el juego de naipes, pero también el de dados y otros juegos",
Alonso Hernández, s. v.

del registro de cosas que traían de que pagar almojarifazgo, no se pudo contener Cortado de cortar una maleta
que a las ancas traía un francés de la camarada, y con el
de cachas amarillas le dio una tan larga y profunda herida, que se le parecían las entrañas, y subtilmente sacó
de ella todo lo que había, que fueron dos camisas buenas
y un relox de sol, un estadal de cera [11] y un librito de memoria, joyas que, quando las vieron, no les dieron mucho
gusto; mas, con todo, las vendieron otro día en el Bara-
tillo por diez y seis reales; y, despidiéndose de los caballeros, se dieron a pasear la ciudad.

Cuya grandeza los admiró juntamente con la suntuosidad de la Iglesia Mayor y el gran concurso de gente que
acude al río (porque era en tiempo de cargazón de flota
y había en él ocho galeras), también los embobó, y aun los
hizo suspirar con el temor que les habían cobrado, cuando el recelo de su honesta vida les hacía barruntar que
algún tiempo las habían de tener por casas de por vida, a
mejor librar; echaron de ver, hacia la Sardina y puente, [12]
en los muchos muchachos de su edad e suficiencia que
andaban á la esportilla, e, informándose de uno de ellos
qué oficio era aquél, y si era de dificultad y trabajo, y de
algún provecho y ganancia, un muchacho gallego, que era
de quien se informaban, les dijo que el oficio era descansado y libre, del qual no se pagaba alcabala alguna, y que
había día que salían con cinco ó seis reales de ganancia, y,
por lo menos menos, eran quatro, con que comía, bebía

[11] *Estadal de cera*: "Estadal. También es medida que se toma
en el espacio que ay de las puntas de los dedos de una mano a
otra, que es la mesma que ay de pies a cabeça, de manera que
la estatura de un hombre se puede tomar de pies a cabeça, o de
mano a mano, estendiéndolas, y de aquí se llamó estadal de cera,
la hilada que descogiéndola tendrá comúnmente el largo de la
estatura del hombre, y della se nombró al principio, aunque agora
no llevan esa cuenta, sino las onças o libras que pesan", Covarrubias, s. v.

[12] *La Sardina y puente*: la Sardina era el desembarcadero donde se lavaba el pescado, en el lugar donde está el Barranco, y la
puente que unía a la ciudad con Triana era de barcas.

y triunfaba como cuerpo de rey, sin que tuviese amo a quien obedescer y esperar a comer quando tenía gana.

No les paresció mal la relación del galleguillo, antes les paresció oficio tan a propósito para el suyo, por la comodidad que se les ofrecía de entrar en todas las casas de la ciudad, que luego determinaron comprar los instrumentos necesarios para poner tienda, pues no habían menester otro examen; y preguntando al gallego qué habían de comprar, les dixo que sendos costales y cada uno tres espuertas de palma, dos grandes y una pequeña, en las cuales se repartía la carne, pescado y fructa, y el costal, para llevar el pan. Dixeron que los guiase donde se vendía lo que decía, y así lo hizo; y del dinero del relox y del libro de memoria y estadal, con las camisas del francés, compraron todo el aderezo y herramienta para el nuevo oficio, y dentro de una hora pudieron estar graduados en él, según les asentaban bien los costales y espuertas. Avisóles también el gallego de los puestos donde habían de acudir, que fueron: por la mañana, a la Carnecería y plaza de Sant Salvador, con la calle de la Caza, [13] en los días de carne; y en los de pescado, a la Pescadería, río y Costanilla; y por las tardes, al río, Aduana y Altozano, [14] o por toda la ciudad, a sus aventuras, y los jueves, a la Feria.

Tomada esta lición, otro día de mañana se plantaron en la plaza de Sant Salvador, donde apenas hubieron llegado cuando los rodearon otros mancebos del oficio, que, por ser flamantes los costales y espuertas, vieron ser nuevos en la plaza, haciéndoles mil preguntas, a todas las cuales respondían con grande mesura y disimulo. En esto llegaron un clérigo y un soldado, y, por ver limpias las

[13] *La calle de la Caza*: en el *Coloquio de los perros* dirá Berganza: "Tres cosas tenía el Rey por ganar en Sevilla: la calle de la Caza, la Costanilla y el Matadero." Eran dos calles, la *de la Caza grande,* que remataba en la plaza de la Alfalfa, y la *de la Caza chica,* que iba hasta la plaza de San Isidoro.
[14] *Altozano*: la puente de barcas que unía Sevilla con Triana, remataba en Triana en el Altozano.

espuertas de los dos compañeros, aunque había allí otros
muchos, el clérigo llamó a Cortado y el soldado a Rincón.

—En nombre de Dios, dixeron ambos.

El soldado cargó muy bien a Rincón, porque la noche
antes había ganado, y hacía banquete a unas amigas de la
suya.

Contentóse de la gracia del mozo y díxole que si quería
servir, que él lo sacaría de aquel mal oficio; a lo qual
respondió Rincón que aquel día era el primero que lo
profesaba, y quería saber, primero que lo dejase, si era
tan malo como decía; mas que si no le contentase, de
buena gana asentaría por su criado. Dióle el soldado dos
quartos; volvióse á la plaza con mucha diligencia, porque
ésta les había encomendado el gallego que tuviesen, si
querían ganar algo. También les advirtió que quando
llevasen pescado menudo, como albures, mojarras o sardinas, o otro qualquiera menudo, o cosa que no fuese con-
tada, que podían tomar para el gasto de aquel día, como
asimesmo de las añadiduras de la carne.[15]

Mas, por presto que llegó, ya estaba Cortado en el puesto, el qual se llegó a Rincón y le preguntó que cómo le
había ido en su faena. Rincón abrió la mano y mostróle
los dos quartos; Cortado metió la suya en el seno y sacó
una bolsilla de ámbar, algo hinchada, y dixo:

—Con esta me pagó su reverencia, y con dos quartos
más; tomadla vos, por lo que puede suceder.

Y no tardó mucho quando acudió el clérigo todo turbado, y viendo al mozo, le dixo si acaso había visto una
bolza de tales y tales señas, con quince escudos en oro
y dos reales de a dos y tantos quartos, que le faltaba, o
mirase si la habían tomado mientras con él andaba comprando; á lo qual mansí[si]mamente y sin alterarse respondió Cortado:

—Lo que yo sabré decir de esa bolza es que no debe
estar perdida, si acaso no la puso vmd. en mal recaudo.

_____

[15] *Añadiduras de la carne*: "Añadidura. Es lo que se da más
del justo y cabal peso, o el pedaço pequeño que se añade para
que ajuste y venga en fiel", Covarrubias, s. v.

—Esa es ella, pezia mí, replicó el clérigo; que la debí de poner en mal recaudo, pues me la hurtaron.

—Lo mismo digo yo, dixo Cortado; que para todo hay remedio sino es para la muerte; el que vmd. podrá tomar es, lo primero y principal, tener paciencia; que de menos nos hizo Dios, y un día viene tras de otro, y donde las dan las toman, y podrá ser que el que la llevó se arrepienta y se la vuelva a vmd. sahumada(s); quanto más que cartas de excomunión hay, y paulinas, y buena diligencia, que es madre de la buena ventura; aunque, a la verdad, no quisiera yo ser el llevador de la bolza, porque, siendo vmd. sacerdote, parecaríame haber cometido sacrilegio e insexto.

—Y ¡cómo si ha cometido sacrilegio el que la llevó!, dixo el clérigo; que, supuesto que yo no soy sacerdote, sino sacristán, el dinero era del tercio de una capellanía, que me dio a cobrar un capellán de mi iglesia, y es dinero sagrado.

—Con su pan se lo coman, dixo Rincón; no le arriendo la ganancia: dia de juicio hay, donde todo ha de salir a luz, sin quedar nada encubierto, y entonces sabremos quién fue el atrevido y desalmado que se atrevió a tomar el tercio de esta capellanía. Y ¿cuánto renta en cada un año?, me diga, señor padre, por su vida.

—Renta la mala puta que me parió, respondió el sacristán. ¡Bonito estoy yo para dar cuenta de lo que renta la capellanía! Decidme si sabeis algo; si no, quedaos con Dios; que la voy a hacer pregonar.

—No me parece mal remedio ése, dixo Cortado; pero advierta vmd. que no se olviden las señas y quantidad del dinero que llevaba dentro, porque si se yerra en un solo maravedí no parescerá en días de Dios.

—No hay que temer de eso, dixo el sacristán; que las tengo más en la memoria que el tocar las campanas.

Sacó en esto de la faldriquera un pañizuelo randado, con el que se limpió el rostro, que corría dél más sudor que destila una alquitara, con la pena de la negra bolza; [16] y apenas le hubo visto Cortado cuando le marcó por suyo;

---

[16] La negra bolza: desdichada, malhadada bolsa.

y habiéndose ido el clérigo, le siguió y alcanzó en las Gradas, y, llamándolo, lo retiró a una parte, donde le dixo tantos disparates y bernardinas, que llaman, cerca del hurto de la bolza, dándole esperanzas de hallarla, sin concluir razón alguna, que el pobre sacristán estaba embelezado escuchándolo y haciéndole replicar la razón dos veces y tres, no entendiéndole ninguna, porque el bellaco de Cortado ninguna concluía; antes le estaba mirando a la cara atentamente, no quitando los ojos de sus ojos, y el sacristán lo miraba de la misma suerte, colgado de sus palabras; y, en tanto, con la mano izquierda subtilísimamente le sacó el pañizuelo y, concluída su obra, se despidió dél, diciéndole que a la tarde lo viniese á buscar en el mismo puesto, porque él traía entre ojos un muchacho de su mismo oficio, que le parescía ser un poco ladrón, y que podría ser que se la hubiese tomado.

Consolado con esto el sacristán, se despidió dél, y Cortado se vino donde estaba Rincón, que todo lo había visto algo apartado dél; y un poco más abajo estaba un mozo de la esportilla, algo sa(r)je [17] y matrero, [18] y que había visto quanto había pasado, y vió como Cortado dio el pañizuelo á Rincón; y, llegándose a ellos, les dixo así:

—Díganme, señores galanes, ¿vmds. son de mala entrada, o no?

—No entendemos esa razón, señor galán, respondió Rincón.

—¿Que no entrevan, señores murcios?, replicó el otro.

—Ni somos de Tebas ni de Murcia, dixo Cortado; si otra cosa quiere, dígalo; si no, váyase con Dios.

—No está malo el disimulo, dixo el mozo; pero yo se lo daré a beber con una cuchara: quiero decir, señores, que si son vmds. ladrones; mas no sé para qué les pregunto

---

[17] *Saje*: "astuto, hábil; frecuentemente empleado en el vocabulario del juego para designar al fullero que sabe hacer trampas con gran habilidad y que son difíciles de descubrir por sus contrarios", Alonso Hernández, s. v. *saje*.

[18] *Matrero*: "diestro y experimentado", Alonso Hernández, s. v.

esto, que ya sé que lo son. Mas díganme: ¿cómo no han ido vmds. a registrarse a la aduana del señor Monipodio?

—¿Págase en esta tierra almojarifazgo de ladrones, señor galán? dixo Rincón.

—Si no se paga, replicó el mozo, a lo menos, regístranse ante el señor Monipodio, que es su padre, su amparo, su abrigo, su defensor, su abogado, su tutor y su curador *ad litem*; [19] y así, les aconsejo que se vengan conmigo a darle la obediencia; donde no, no se atrevan a hurtar de aquí adelante sin su licencia, que les costará caro.

—Yo pensé, dixo Cortado, que el hurtar era oficio libre de derechos y alcabala, y aun creo que por su franqueza [20] lo aprendí, y si se paga, es por junto, dando por fiadores á la garganta o espaldas; pero, pues así es, y en cada tierra hay su uso, guardemos nosotros el de ésta, y así, podrá vmd. guiarnos donde está ese caballero que dice; que creo he oído decir que es hombre principal y suficiente para el cargo.

—Y ¡cómo si es suficiente y principal!, dixo el mozo; y tanto, que va para quatro años que tomó el oficio, y en todos ellos no han padecido sino quatro en el *finibus terrae*, y obra de veinte y ocho envesados, y setenta y dos de gurapas.

—En verdad, señor, dixo Rincón, que no entendemos esos nombres.

—Comenzemos a andar; que yo se los iré declarando con otros algunos que les conviene saber, como el pan de la boca.

---

[19] *Curador ad litem*: "persona nombrada por el juez para seguir los pleitos y defender los derechos de un menor, representándole", *Dicc. Ac.*, s. v. Como toda esta escena transcurre entre menores de mala vida no debe causar extrañeza este conocimiento de legalismos con ellos asociados.

[20] *Franqueza*: "liberalidad en una sinificación, y en otra libertad y essención", Covarrubias, s. v. *franquear*. Es en este último sentido, de *franquicia*, que usa el vocablo Cortadillo.

—Sea enhorabuena, respondieron los dos amigos, y así encaminaron donde el tercero los llevaba, el cual les dixo que el morir en *finibus terrae* era morir en la horca, y *envesados* quería decir azotados, y condenados á *gurapas* era echados en galeras.

Y así, les fue declarando otros nombres que entre ellos llaman *jermanescos* o de la *jermanía,* y en el discurso de su plática, que no fué poco, porque el camino era largo, dixo Rincón a su guía:

—Dígame vmd., señor mío, ¿es por ventura vmd. ladrón?

—Para servir á Dios y a vmd., respondió el mozo, aunque no de los muy cursados, porque todavía estoy en el año del noviciado.

A lo qual respondió Cortado:

—Cosa nueva es para mí que haya ladrones para servir a Dios.

A lo qual respondió el mozo:

—Señores, yo no me meto en teologías; lo que sé decir es que cada uno en su oficio puede alabar a Dios, y más con la buena y santa orden que tiene dada el señor Monipodio a todos sus ahijados.

—Sin dubda debe ser tan buena y sancta como decís, pues hace que los ladrones sirvan a Dios, dixo Rincón.

—Es tan santa y tan buena, replicó el mozo, que no sé yo si se puede mejorar en nuestra arte.

Ia. devoción. Él tiene ordenado primeramente que de lo que hurtáremos demos alguna cosa para azeyte de la lámpara de una imagen que está en cierta iglesia de esta ciudad, muy devota, y en verdad que hemos visto grandes milagros por esta buena obra; porque los días pasados dieron dos ansias a un quatrero, [21] que había murciado dos roznos, y, con ser flaco y quartanero, [22] así las sufrió como si fuera nada; y el no cantar se atribuyó á su buena devoción, porque sus fuerzas no eran bastantes para su-

[21] Ms. Porras: *quartero,* lo mismo que más abajo.

[22] *Quartanero:* lo mismo que *cuartanario* (1613), 'el que sufre cuartanas'. No figura en *Dicc. Ac.*

frir la primera estrena. [23] Y porque vmds. no me lo pregunten, sabrán que *quatrero* es ladrón de bestias, y *ansias* es el tormento, y *roznos,* asnos o mulos, hablando con perdón.

IIa. Tenemos más: que rezamos nuestro rosario repartido en toda la semana por sus tercias partes. [24]

IIIa. Y muchos de nosotros no hurtamos en sábado, por honra de Nuestra Señora.

IVa. Ni tenemos conversación con mujer que tenga nombre de María en días de viernes.

—No me parece mal todo eso, dixo Cortado; pero dígame: ¿hácese otra penitencia o restitución de lo que se hurta más de la dicha?

—Eso no, dixo el mozo, porque restituir lo que se hurta es imposible, por las muchas partes en que se divide, llevando cada uno de los ministros contrayentes la suya, por lo qual el primer hurtador no puede restituir nada; quanto más que no hay quien nos mande que lo restituyamos, lo uno, porque nunca nos confesamos; y lo otro, porque, aunque saquen cartas de excomunión y paulinas, [25] nunca llegan á nuestra noticia, porque nunca jamás vamos a misa a las iglesias, sino es a jubileos, por la ganancia y provecho que el concurso de la gente nos ofrece.

—Y ¿con todo eso dicen esos señores cofrades que su vida es sancta y buena? le dixo Cortado.

—Pues ¿qué tiene?, replicó el mozo. ¿No es peor ser hereje ó renegado, ó matador de su padre, o ser solomico?

—Sodomito querrá decir vuesa merced, dixo Rincón.

—Eso quiero decir.

—Todo eso es malo, dijo Cortado; pero lo otro tampoco es muy bueno; pero, pues ya nuestra suerte ha que-

[23] *La primera estrena:* aunque Alonso Hernández no registra la voz *estrena,* es evidente que significaba lo mismo que *primer desconcierto,* v. nota 79 de *Rinconete y Cortadillo* (1613).

[24] *Por sus tercias partes:* el rosario, en su expresión completa, son quince dieces, o sea, que rezaban cada día cinco dieces.

[25] *Paulinas:* nota 53 de *Rinconete y Cortadillo* (1613).

rido que entremos en esta lista, alargue el paso vmd.; que
ya muero por verme con el señor Monipodio.

—Presto se cumplirá ese deseo, porque desde esta es-
quina se descubre su casa; vmds. se queden a la puerta,
que yo entraré a ver si está desocupado, porque éstas son
las horas cuando él suele dar audiencia a los que ayer
negociaron.

—Sea en buen hora, dixo Rincón.

Y adelantándose un poco el mozo, entró en una casa no
de muy buena, sino de muy mala apariencia, y quedán-
dose los dos esperando, salió al punto, y llamólos donde
y quando en nombre de Dios entraron.

CASA DE MONIPODIO
PADRE DE LADRONES [26] EN SEVILLA

Halláronse todos tres, luego que entraron por la puerta
de enmedio, en un muy pequeño patio ladrillado, limpísi-
mo, porque estaba aljofifado, [27] como dicen en Sevilla; a
un lado del qual, estaba un banco de tres pies, y al otro,
un cántaro desbocado, con un jarrillo encima, y al otro
rincón, una estera de [e]nea, y en el medio, un tiesto o
maceta de albahaca de olor.

Miraban los dos compañeros las alhajas de la casa, y
en el entretanto que bajaba su dueño entróse Rincón en
una saleta baja de dos que tenía el patio y vio en ella dos
espadas de esgrima, y, colgados, dos broqueles de corcho; un arca grande sin cubierta ni cerradura y otras tres
o cuatro esteras de [e]nea tendidas por el suelo. Miró por
todas las paredes y vio que frontero de la puerta estaba

---

[26] *Padre de ladrones*: así como *padre*, a secas, era el director
y protector de la mancebía, análogo oficio representaba Monipodio
entre la gente ladronesca.

[27] *Aljofifado*: "Aljofifar. Fregar el suelo enladrillado o enlo-
sado, y enxugarle con paños bastos que se llaman aljofifas", *Dicc.
Aut.*, s. v. En 1613 Cervantes usó el parónimo *aljimifrado*, v.
nota 82 de *Rinconete y Cortadillo* (1613).

pegada en la pared con pan mascado una imagen de Nuestra Señora, de estas de mala estampa de papel, con una lámpara de vidrio delante, ardiendo, y una esportilla de palma colgada de un clavo, un poco más abajo de la imagen. Parecióle a Rincón (como es la verdad) que debía servir de cepo donde se echaba la limosna del aceite.

Estando en esto, entraron en la dicha casa dos mozos de hasta veinte años cada uno, vestidos de estudiantes y muy bien aderezados; de allí entraron otros dos de la esportilla y un viejo; y, sin hablar palabra, se comenzaron todos a pasear por el patio. No tardó muncho [28] cuando entraron dos viejos vestidos de bayeta, con muncha gravedad, cada uno con sendos rosarios en la mano, y sus anteojos, que los hacían más graves. Luego entró una vieja gorda, chata, tetuta y barbuda y, sin decir nada a nadie, se fue a la sala, y puesta de rodillas con grandísima devoción, se puso a rezar ante la imagen, y luego echó en la esportilla su limosna. En resolución, antes que bajase Monipodio estaban en el patio más de catorce personas de diferentes sugetos y trages, esperándolo. Llegaron luego, quasi de los postreros, dos bravos y bizarros mancebos, bigotes largos y engomados, sombreros de falda grande, cuellos a la valona, medias de color, ligas de gran balumba con rapacejos [29] de plata, espadas de más de marca, y sus broqueles en la cinta vueltos a las espaldas, con sendos pistoletes cada uno, puestos en lugar de dagas; los quales, así como entraron, pusieron los ojos en Rincón y Cortado, estrañándolos, y luego se llegaron a ellos, preguntándoles si eran de la liga. Rincón dixo:

—Sí, y muy servidores de vmds.

Baxó en este punto Monipodio, el qual era un hombre de hasta cuarenta años, alto de cuerpo, barbispeso, hundi-

---

[28] *No tardó muncho*: *muncho* por *mucho* era usual en el siglo XVI, y no era particular de la pronunciación sevillana, como creyó Rodríguez Marín. El madrileñísimo Gonzalo Fernández de Oviedo usa preferentemente, en sus múltiples obras autógrafas, la forma *muncho*.

[29] *Rapacejos*: "el flueco liso y sin labor particular", *Dicc. Aut.*, s. v.

dos los ojos y cejijunto. Venía en camisa, con unos zaragüelles anchos, muy blancos, y deshilados con pita, [30] que llegaban hasta los tubillos, sin cuello en la camisa y cubierto con una gran capa de bayeta, y un sombrero de viudo, [31] y ceñida una espada muy ancha. Era muy moreno de rostro, y por la abertura de la camisa se le descubría en el pecho un bosque: tanta era la espesura del vello que tenía en él; las manos eran cortas, carnudas y pelosas; los dedos, anchos; chatas [las uñas] y algo torcidas acia dentro; las piernas no se le parescían, pero los pies eran disformes de grandes, anchos y juanetudos; en efecto, representaba un rústico y disforme bárbaro. Baxó con él la guía de los dos modernos cofrades y, llegándose á ellos, los tomó por las manos y los presentó ante Monipodio, diciéndole:

—Estos son los mancebos que a vmd. he dicho.

Olvidábaseme de decir que así como baxó Monipodio, todos le hicieron brava cortesía y muy baxas reverencias, excepto los dos bravos que estaban hablando en puridad [32] a un rincón del patio, los cuales de través y al desgaire le quitaron los sombreros. Paseábase Monipodio con muncha gravedad y a cada vuelta que daba hacía su pregunta a los dos novicios; primero les dixo:

—¿De qué tierra son, galanes?

Respondió Rincón:

—Castellanos.

—El lugar pregunto, y si son ambos de una misma patria.

—De diferente somos, respondió Cortado, y nuestros lugares son de tan poca cuenta, que si no es de importancia, no hay para qué decirlo.

—Y es cosa muy acertada, replicó Monipodio, porque si la suerte corriere no como debe, no quede asentado de-

---

[30] *Deshilados con pita*: "Pita. Yerva de Indias, de la qual hazen un hilo muy delicado para guarniciones, como acá se saca el hilo del cáñamo y del lino", Covarrubias, s. v.

[31] *Sombrero de viudo*: de fieltro y sin toquilla, v. nota 6 de *Rinconete y Cortadillo* (1613).

[32] *En puridad*: en secreto.

baxo de signo de escribano: "Fulano, vecino de tal parte
e hijo de fulano y de fulano, lo ahorcaron, lo azotaron,
le cortaron las orejas tal año y tal mes y tal día", como
sentencia de Inquisición. Y así, hijos míos, ni nombre de
padre ni de patria no hay para qué lo digais, y el propio
aun se debe mudar. ¿Cómo se llaman?

—Yo, Rincón. Yo, Cortado, respondieron los dos.

—Pues de aquí adelante, vos os llamad *Rinconete,* y
vos os llamareis *Cortadillo,* que son nombres que tienen
de todo, y hacen buena consonancia con los que se usan
en nuestra arte.

—Bien, por mi vida, dixo uno de los bravos.

—Pero díganme, dixo Monipodio: ¿hay padres?

—En mi lugar, por ser tan pequeño, respondió Rincón,
no hay monasterio alguno, y así no hay en él padres, sino
es el cura.

—No digo esos padres, respondió Monipodio, sino los
que os engendraron; y esto no lo pregunto sin misterio, [33]
porque tenemos de costumbre en mis ordenanzas de hacer
bien por las ánimas de nuestros difuntos y bienhechores:
por vía de naufragio se dicen algunas misas, sacando el
estupendio de lo que se garbea; y los bienhechores son el
procurador que nos defiende y saca con victoria; el cor-
chete o engarrafador [34] que nos avisa quando la justicia
nos procura; [35] el ayudante, que es quando uno de nosotros
va huyendo de ella, y le van dando caza, diciendo á voces
"al ladrón", se pone por medio y detiene á los que nos
siguen, diciendo: "Dexadle al miserable, que harta mala
ventura se lleva." Son también bienhechores las socorridas, que no nos desamparan en las cárceles ni en las ga-

---

[33] *No lo pregunto sin misterio*: lo pregunta con misterio. "Misterio ... Y así llamamos misterio qualquiera cosa que está encerrada debaxo de velo, o de hecho o de palabras", Covarrubias,
s. v.

[34] *Engarrafador*: "Engarrafar. Agarrar con la garra, mano",
Alonso Hernández, s. v. Vale decir el que nos aprisiona, el cor-
chete.

[35] *La justicia nos procura*: "Procurar. Buscar", Alonso Hernández, s. v.

leras; y con todos estos lo son nuestros padres y madres, que nos echaron al mundo; por todos los quales hacemos decir cada año su adversario en cierto hospital de esta ciudad, con la mayor devoción y pompa que podemos.

—Por cierto, dixo Rinconete, que es obra digna de la invención del altísimo y profundísimo entendimiento que hemos oído decir que vmd. tiene. Padres tenemos por ahora, y por nosotros no es necesario hacer gasto alguno; andando el tiempo podrá ser llegue á nuestra noticia que son muertos, y entonces le daremos á vmd., para que se les haga ese naufragio o tormenta que dice.

—Haráse sin falta, respondió Monipodio, o no quedará de mí pedazo. Ven acá, Ganchoso (que así se llamaba su guía): ¿están puestas las postas por esas encrucijadas?

—Sí, dixo: tres centinelas están avizorando, y no hay que tener miedo que nos cojan de sobresalto.

—Volviendo á nuestro propósito, díganme por su vida: ¿a qué suerte de habilidad se acomodan más, o qué manera de exercicio quieren tomar, y qué ocupación saben de más provecho? que después yo les diré lo que más les conviene.

—Yo, dixo Rinconete, sé un poquito de floreo del Bilhán.

—¿Qué flores, dixo Monipodio, sabéis en el naype?

—Sé un poco del retén y tengo buena vista para el humillo y del lápiz, [36] y no se me desparecen las quatro ni las ocho, respondió Rinconete.

—Principios son, dixo Monipodio; mas todas ésas son flores viejas, que ya no hay sacristán que no las sepa; pero quedará el tiempo y veremos las manos que tenéis; que no faltará en qué ocuparlas. ¿Y vos, Cortadillo, qué sabeis?

—Yo, señor, respondió Cortado, sé la treta que dicen

---

[36] *Humillo y del lápiz*: "Lápiz. Fullería en el juego de naipes que consiste en marcar algunas cartas en el dorso con un lápiz para que sean reconocidas por el que prepara la fullería", Alonso Hernández, s. v. *lápiz*; v. nota 115 de *Rinconete y Cortadillo* (1613).

mete dos y saca cinco, y sé dar tiento a una faldriquera al mismo diablo.

—Bueno, vive Christo, dijo Monipodio. Y en esto del ánimo, ¿cómo les va á entrambos?

—¿Qué es lo del ánimo?, respondió Rinconete.

—Lo del ánimo, replicó Monipodio, si se hallan con disposición y fuerzas para si fuese necesario sufrir media docena de ansias, y de acometer de noche a una fantasma.

—Ya sabemos qué son ansias, dijo Cortadillo, y, poco más ó menos, qué es acometer fantasmas de noche: es querer decir si tendremos ánimo para quitar alguna capa, o embestir alguna casa.

—Rebueno, vive el cielo, dijo Monipodio.

Y haciendo del ojo a uno de los bravos, se llegó uno de ellos a Rinconete y, cogiéndolo descuidado, le dió un gran bofetón enmedio del rostro; y no lo hubo bien dado cuando, echando mano al de cachas, y Cortadillo a su espada media o terciado, arremetieron al bravo con tal denuedo, que si el otro no se metiera de por medio, lo mataran; lo qual hicieron con tal presteza y ánimo, mostrando tanta cólera y orgullo, que todos quedaron admirados. Ni todos bastaban a detenellos y apaciguallos, ni bastaran otros tantos, si Monipodio no les dixera:

—Teneos, hijo Rinconete, que con ese bofetón quedais armado caballero, y os habeis ahorrado seis meses de noviciado; porque con el ánimo que habéis mostrado, os diputo, señalo y consagro a entrambos para que podais comunicar desde luego con los matasietes y asesinos de nuestra cofradía, que es el primero privilegio, y entrar en lo guisado [37] con todo género de armas; y tener vaca [38] en la dehesa, [39] y a los tres meses usar de la ganancia, [40] y a los seis meses no pagar media nata, sino sólo la tercera parte de los fructos; y sentaros a la mesa redonda, y des-

---

[37] *Lo guisado*: "mancebía", Alonso Hernández, s. v.

[38] *Vaca*: "prostituta tributaria de un rufián", Alonso Hernández, s. v.

[39] *Dehesa*: "prostíbulo", Alonso Hernández, s. v.

[40] *La ganancia*: lo que gana la *vaca* con su trabajo en la *dehesa*.

de luego para el trueco *in puribus*; previlegios y gracias no concedidas sino a hombres de pelo en pecho, valerosos y desansiados, [41] corrientes y molientes [42] por todos los sobresaltos y vaivenes de nuestro oficio; porque veais, hijos, cuánto os ha valido el ánimo que habeis mostrado en esta ocasión, acometiendo al señor Chiquiznaque, que es de los más valerosos y esforzados de nuestra orden.

—Como eso sea, yo me allano, respondió Rinconete; pero si fuera por otra guisa, aunque mozo y sin barbas, yo se las quitara al mismo Satanás pelo a pelo, en mi venganza y satisfacción.

—Vive el Dador, que eres milagroso, dixo el bravo Chiquiznaque; daca, mocito, la mano y tenme de aquí adelante por tu favorecedor; que lo haré, vive Roque, con muchas veras.

Y dándole la mano, lo abrazó, haciendo lo mismo todos los de la junta á los nuevos cofrades.

Estando en esto, entró un muchacho corriendo y desalentado, diciendo:

—Señor, el alguacil de los va[ga]bundos viene encaminado a esta casa; pero no trae consigo g[u]rullada de corchetes, como suele.

—Nadie se alborote, dixo Monipodio; que él es mi amigo y nunca viene por nuestro daño. Sosiéguense, que yo le saldré a hablar.

Todos se sosegaron, que estaban algo alborotados, y Monipodio salió á la puerta, donde ya estaba el alguacil, con quien estuvo hablando un rato; y luego entró Monipodio y dixo:

—¿Á quién le cupo hoy la plaza de Sant Salvador?

—Á mí, dixo el de la guía.

—Pues ¿cómo no se me ha manifestado una bolsilla de ámbar que esta mañana se le tomó en aquel parage a un sacristán, con quince escudos de oro y dos reales de a dos, y... quartos en menudos?

---

[41] *Desansiados*: "Ansiado. Se toma también por codicioso, avariento y miserable", *Dicc. Aut.*, s. v.

[42] *Corrientes y molientes*: v. nota 2 de *La gitanilla*.

—Verdad es que hoy faltó esa bolza en ese lugar; pero yo no la tomé, ni puedo imaginar quién la tomó.

—No hay levas para conmigo, replicó Monipodio: la bolza ha de parecer, porque lo pide el alguacil de los vagabundos, que es amigo y nos hace mil placeres al año.

Tornó á jurar el mozo que no sabía de la dicha bolza, y comenzóse á encolerizar Monipodio de suerte, que le salía fuego por los ojos, diciendo:

—Nadie se burle con quebrantar ningún statuto de nuestra orden, que le costará la vida: manifiéstese el hurto; y si se hace la cubierta por no pagar los derechos, yo le daré enteramente lo que le toca, y pondré lo demás de mi casa, porque en todas maneras ha de ser contento el alguacil.

Comenzóse á maldecir el mozo, y á encolorizarse de nuevo Monipodio, y a escandalizarse todos los de la junta, pareciéndoles mal que cosa alguna se encubriesen, siendo tan contra sus statutos y leyes.

Viendo Rinconete tanta disensión y alboroto, parescióle que sería bien sosegalle y dar contento a su mayor, y, aconsejándose con Cortadillo, sacó la bolza del sacristán y dixo:

—Cese toda quistión; que ésta es la bolza sin faltarle nada de todo aquello que el alguacil dice: mi compañero Cortadillo le dió alcance, con un pañizuelo por añadidura.

Y luego Cortadillo sacó el pañizuelo y lo puso de manifiesto. La alegría fue general, como había sido el pesar. Viendo la bolza y el pañizuelo Monipodio, dixo:

—Con el pañizuelo se puede quedar el buen Cortadillo; la bolza llevará el alguacil, y quédese á mi cuenta la satisfacción de esta liberalidad, pues por no estar aún asentado en mi lista Cortadillo, no estaba obligado a esta manifestación, y por recompensa confirmo de nuevo los previlegios dados y añado que en los dos meses los haré trabajar de mayor contía. [43]

---

[43] *Mayor contía*: mayor cuantía, como si fuese, en lo forense, un pleito de mayor cuantía.

Todos se lo agradescieron, diciendo que tenía mucha razón y que el novicio era merecedor de aquella gracia, concedida a pocos.

Salió Monipodio a dar la bolsa al alguacil, y al volverse, entraron con él dos mozas de buen parecer, trabajadoras, [44] aunque muy afeytadas y llenos de color los labios, y en su desenfado y talle luego conoscieron Rinconete y Cortadillo que eran de la casa llana, como era la verdad; y así como vieron a los bravos Chiquinazque y su compañero se fueron a ellos con los brazos abiertos: el qual compañero se llamaba Maniferro, el qual, por haberle cortado por justicia la mano, se servía de una de hierro, de donde se derivaba su nombre. Ellos las abrazaron con gran regocijo y las preguntaron si traían algo con que remojar la canal maestra.

—Pues ¿había de faltar?, respondió la una, que se llamaba la Gananciosa. No tardará que no venga Silvatillo con la coladera [45] atestada.

Y así fue verdad, porque luego entró un muchacho con una canasta pequeña de colar, cubierta con media sábana. Alegráronse todos con la entrada de Silvato, y luego mandó Monipodio sacar una estera de [e]nea y tendella en medio del patio, y ordenó que todos se sentasen a la redonda, porque en cortando la cólera se tratase de lo que más conviniese. Quando dixo la vieja que rezó a la imagen:

—Hijo Monipodio, yo no estoy para fiestas, porque tengo un vaguido de cabeza, tres días ha, que me trae loca de ella; y más, que tengo de ir antes que sea medio día á cumplir con mis devociones y poner mis candelillas á Nuestra Señora de las Aguas y al Sancto Crucifixo de Sant Agustín, que no lo dexaré de hacer aunque tronase y ventease. A lo que venía es a deciros que anoche llevaron a mi casa los dos hermanos nuestros el Renegado y el Cientopiés, una canasta de colar atestada de ropa blanca, y en

[44] *Trabajadoras*: en su oficio, se entiende.
[45] *Coladera*: es la *canasta de colar* de 1613.

Dios y en mi consciencia que venía con su cernada y todo, que los pobretes no tuvieron lugar de vacialla; por señas, que venían sudando la gota tan gorda con el peso, que era la mayor compasión del mundo. Dijéronme que iban en seguimiento de un labrador que había pesado unos carneros, y querían ver si le podían dar un tiento en un zurrón de reales que llevaba. No contaron la ropa, fiados en la entereza y rectitud de mi consciencia; y así Dios cumpla mis buenos deseos y nos libre a todos de poder de justicia, que no he tocado a la canasta, y que se está entera como su madre la parió.

—Está bien, señora madre, dixo Monipodio; estése así la canasta; que yo iré a boca de sorna y haré cala y cata de lo que tiene, y daré a cada uno lo que le tocare, bien y fielmente, como tengo de costumbre.

—Sea como vos mandardes, hijo, respondió la vieja; y porque se me hace tarde, dadme un traguillo para consolar este estómago, que tan desmayado anda de contino.

—Y ¡qué tal lo beberéis, madre!, dixo la Escalanta, que así se llamaba su compañera de la Gananciosa.

Y descubriendo la canasta, paresció un medio cuero de hasta dos arrobas, quasi lleno, y un corcho que podía caber un azumbre; y llenándoselo, se lo pusieron en sus manos pecadoras a la devota vieja, la cual, soplando una poquilla de espuma, dixo:

—Muncho echaste, hija mía; pero Dios dará fuerzas para todo.

Y poniéndoselo a la boca, de un tirón, sin tomar resuello, lo trasegó al estómago. Cuando acabó dixo:

—De Cazalla [46] es, y aun tiene sus polvillos de jiesso el señorito. Dios te consuele, hija, que así me has consolado; sino que temo que me ha de hacer mal, por no haberme desayunado.

---

[46] *Cazalla*: vino de este pueblo de la provincia de Sevilla, famoso aún por su aguardiente. Lo vuelve a recordar Cervantes en *El rufián dichoso* y en *El licenciado Vidriera. Guadalcanal,* que es la solución de 1613, está en el moderno partido judicial de Cazalla de la Sierra.

—No hará, madre, replicó Monipodio, porque es bueno y trasañejo, a lo que paresce.

—Así espero yo en la Virgen, hijos míos, dixo la vieja. Mirad, niñas, si teneis algún cuarto para comprar las candelicas de mi devoción; que en verdad que se me olvidó la escarcela en casa, con la priesa que tuve de venir a dar las buenas nuevas de la canasta.

—Sí tengo, señora Pipota, que así se llamaba la vieja, dixo una de las mozas; tome, ve ahí dos quartos, uno para sus candelas, y otro para que compre otras dos y se las ponga a Sant Miguel y al señor Sant Blas, que son mis abogados; quisiera que pusiera otra á la señora Sancta Lucía, abogada de los ojos; no tengo trocado sino es un real sencillo; mas otro día le daré aun para dos candelas.

—Trueca, hija, dixo la vieja; no seas miserable: que bueno es llevar las personas las candelas delante de sí antes que se mueran, y no aguardar que se las pongan sus herederos y albaceas.

—Bien dice la señora Pipota, dixo la otra.

Y echando mano a la bolza, le dio otro quarto y le encargó que le pusiese otras dos candelas á los santos que le pareciese a ella que eran más agradescidos.

Con lo cual se fue Pipota, diciéndoles:

—Quedaos á Dios, hijos, y encomendadme en vuestras oraciones; que yo voy a hacer lo mismo por todos, para que nos conserve sin sobresalto en este peligroso oficio.

Ida la vieja, se sentaron todos alrededor de la estera con grande regocijo, y la Gananciosa tendió la sábana por manteles sobre ella, y lo primero que sacó de la canasta fue un grande haz de rábanos y luego una cazuela llena de coles, y tajadas de bacallao frito; luego sacó medio queso de Flandes; con una olla de azeytunas gordales, y un plato de camarones, con seis pimientos, y doce limas verdes, y hasta dos docenas de cangrejos, y quatro hogazas de Gandul, blancas y tiernas; todo lo qual se puso de manifiesto. Serían los circunstantes hasta catorce, y ninguno de ellos dexó de sacar su cuchillo de cachas amarillas, sino fue Cortadillo, que no tenía sino su media espada; y también lo sacaron los dos viejos de bayeta. Al mozo de la guía tocó el scanciar con el corcho de colmena. Mas apenas habían comenzado, quando dieron crueles golpes a la puerta, que estaba bien atrancada. Alborotáronse todos; mandóles Monipodio que se sosegasen, y levantándose, entró en la sala y descolgó un broquel, y puesta la mano en su espada, salió a la puerta a ver quién llamaba, y con voz hueca y espantosa dixo:

—¿Quién llama ahí?

Á lo cual respondieron de fuera:

—Yo soy, que no soy nadie, señor Monipodio.

—Digo, ¿quién sois?

—El Tagarete soy; el centinela, respondió el de fuera, que vengo á decir que viene aquí Juliana la Cariharta, toda desgreñada y llorosa, que parece haberle sucedido algún gran desastre, o viene a darnos algunas malas nuevas.

En esto llegó la dicha, sollozando; y, sintiéndola Monipodio, abrió la puerta y mandó a Tagarete que se volviese a su posta, y que de allí adelante, cuando algo hubiese, avisase con menos sobresalto, porque había zozobrado la hermandad.

Abrió, pues, la puerta y entró Juliana Cariharta, que era una moza como las demás, del común oficio; venía desgreñada, mesada, llorosa, y la cara llena de cardenales; y, así como entró en el patio se tendió en él desmayada y hiriendo de pies y manos; [47] que debía de ser enferma de corazón. Acudiéronle luego las dos amigas y, desabrochándola el pecho, la hallaron denegrida; echáronle agua en el rostro y apretándole el dedo del corazón, [48] volvió en sí, diciendo a voces:

—Justicia de Dios y del Rey venga sobre aquel sentenciado, sobre aquel ladrón desuellacaras, sobre aquel virgen por la espada, valiente por el pico, ladrón bajamanero, pícaro landroso, lacayo vil, que lo he librado más

---

[47] *Hiriendo de pies y manos*: "Herir. Vale algunas veces tanto como temblar, o tener convulsiones o movimientos violentos de pies, manos y boca, como sucede a los que tienen alferecía o gota coral", *Dicc. Aut.*, s. v.

[48] *Dedo del corazón*: o dedo del medio.

veces de la horca que pelos tiene en las barbas. ¡Desdichada de mí, que he perdido mi mocedad y la flor de mi vida, por sustentar un tan gran bellaco como éste!

—Sosiégate, Juliana, dixo Monipodio; que aquí estoy yo, que te haré justicia. Cuéntanos tu agravio; que más tardarás en decille que en ser vengada. Dime si lo has habido con tu respeto; [49] que si quieres venganza dél, no has menester más que boqueallo.

—¡Qué respeto, respondió Cariharta; qué respeto...! Que respetada me vea yo en los infiernos, si más lo fuere. ¿Con aquel desalmado había de comer más pan en manteles, ni yacer en beco [50] con hombre que tal me ha puesto? Comida me vea yo de malas adivas ó harp[í]as, si tal comiere ni tal yaciere. Mirad, señores, cuál me ha parado aquel ladrón del Repulido; aquel que me debe más a mí que a la madre que lo parió.

Y diciendo esto, se descubrió hasta los muslos, que tenía llenos de cardenales y azotes, que era compasión miralla.

—Y ¿por qué pensais, señores, que me paró tal? Porque estando jugando, me envió a pedir treinta reales con Culebrilla, su trainel, y no le envié más de veinte y dos, que la noche antes había ganado con el mayor y más insufrible trabajo del mundo, porque vino a mí la Correosa, que todos conoceis, y me puso galana a las mil maravillas, y me llevó a dormir con un bretón [51] que hedía a vino y brea a tiro de arcabuz, que lo que yo padecí con él aquella noche en discuento de mis pecados vaya; y no ha dos días que con los mismos vestidos me llevó a una casa de posadas a dormir con un perulero que vino de Indias, haciéndole creer que era una moza recogida y encerrada,

---

[49] *Lo has habido con tu respeto*: 'habérselas con alguien' se sigue usando, en el mismo sentido, hoy en día; en cuanto a *respeto*, v. nota 169 de *Rinconete y Cortadillo* (1613).

[50] *Yacer en beco*: si *beco* está relacionado con ital. *becco*, 'pico', y si atendemos al sentido en habla rufianesca de *picar*, 'joder', Alonso Hernández, s. v. *picar*, la expresión se entiende más fácilmente de lo que creyó Rodríguez Marín.

[51] *Un bretón*: "un extranjero", Alonso Hernández, s. v.

y me dió seis reales de a ocho, acabados de sacar de la pieza, que aún no tenían bien enjuto el cuño, que parece que ahora los veo, y luego se los puse en las manos descomulgadas de aquel maligno, que ha ocho años que no se confiesa; y esta mañana, en pago de tan buenas obras, me sacó al campo detrás de la Huerta del Rey, donde, entre unos olivares, me desnudó y me ha puesto tal cual me veis.

Tornó a alzar la voz, y a pedir justicia de Dios de nuevo. Volviéronla a rociar, porque se desmayó segunda vez, y, vuelta en sí con grandes ansias y suspiros, la Gananciosa tomó la mano en consolalla, diciendo que ella diera una de sus mejores sayas que tenía por que le hubiera sucedido lo mismo.

—Porque quiero que sepas, hermana Cariharta, si no lo sabes, que no se quiere bien sino lo que se castiga; y que quando estos bellacones nos dan, entonces nos adoran. Si no, dime la verdad, por tu vida: después que te hubo dado y castigado, ¿no te hizo mill caricias?

—¿Cómo mill? Cien mill, respondió Cariharta; y diera él un dedo de la mano por que me fuera con él a su posada; y a fee que quasi le vi saltar las lágrimas de sus ojos y agora caygo en la cuenta que debía ser de pena de haberme dado.

—Puédeslo tener por cierto como el morir, dixo la Gananciosa, y tú verás si antes que de aquí nos partamos no viene en tu busca, y te pide perdón de todo lo pasado, y se rinde á tus pies como un cordero manso.

—No ha de entrar por esas puertas ¡vive el Dador! el bellaco envesado si primero no hace una manifiesta penitencia del pecado cometido. ¿Las manos había él de ser osado a poner en las carnes de Cariharta, que puede competir en limpieza y provecho con la Gananciosa, que está delante, que no lo puedo más encarecer? ¡Vive otra vez, y revive, el Dador, que me lo ha de pagar el apenas salido de la cáscara de trainel! replicó Monipodio.

—¡Ay, señor Monipodio! dixo á esto la Cariharta; no diga vmd. mal de aquel maldito; que, con todo eso, lo quiero más que a las telas de mi corazón, y diera por verle

entrar por aquella puerta dos anillos que tengo, y daré dos
reales a Silvato porque vaya a buscarlo; que me han vuelto
el alma al cuerpo las razones que me ha dicho mi amiga
la Gananciosa.

—Digo que no le envieis a buscar, dixo la Gananciosa,
porque no se estienda y ensanche; déxale, que tú verás
como él viene a buscarte a ti, y arrepentido, como he dicho, antes de muncho; si no, yo haré que le escribas un
papel que le amargue.

—Eso sí, dixo Cariharta; que tengo mill cosas que decirle. ̀

—Yo seré el secretario quando fuere menester, dixo Monipodio; y por agora acabemos lo que teníamos comenzado; que después se dará corte a todo.

Y luego comenzaron su almuerzo, y a pocas idas y venidas dieron fondo con todo cuanto traxo en la cesta la
Gananciosa, y dexaron el cuero en cueros, diciéndose á
cada paso mill requiebros a su usanza, con ciertos vocablos que movieran a risa a las piedras. Los viejos de la
bayeta bebieron *sine fine,* y en acabando se levantaron,
pidiendo licencia a Monipodio para ir a dar una vuelta
por la ciudad; la cual se les concedió luego, encargándoles viniesen a dar noticia de todo en lo que sintiesen
podría venir provecho a la comunidad. Así como se hubieron ido preguntó Rinconete, pidiendo primero perdón
y licencia para ello, que le dijesen de qué servían dos
personas tan autorizadas a la comunidad, que decían. A
lo cual respondió Monipodio que aquéllos, en su germanía, se llamaban *abispones,* y que servían de andar toda
la ciudad mirando en qué casa se podía dar tiento de noche, y en seguir los que sacaban dinero de la Contratación o de la Moneda, y ver dónde los llevaban y a qué
recaudo los ponían; en tantear las paredes de las dichas
casas, y ver dónde tenían más flaqueza y delgadez, para
hacer allí los guzpátaros o agujeros para facilitar la entrada y asalto de lo mal puesto. En efecto, dixo que era
la gente de más provecho e importancia que había en su
hermandad y que de todo cuanto por su aviso e industria

se hurtaba llevaban el quarto, como su Magestad de los tesoros y minas que se descubrían el quinto; y, que, con todo eso, eran hombres muy honrados y de muy buena vida y fama, temerosos de Dios y de sus consciencias, porque cada día oían su misa con muncha devoción, y que había hombre de ellos que oía dos y tres misas sin salir de la iglesia, aunque era verdad que primero que entrase en ella había dado dos vueltas a la ciudad, y cuatro vistas a la Casa de la Contratación, y tres a la de la Moneda, y otras tantas a la Aduana, por cumplir con su oficio; "y en verdad que son tan comedidos, que munchas veces se contentan con menos de lo que les viene de derechos. De estos tenemos seis en nuestra compañía; sino que los dos son palanquines, los cuales nos dan grandísimo provecho, porque, como cada día mudan de una casa a otra las alhajas, y saben dónde y cómo las ponen, soplan con grande facilidad [52] y certeza".

—Todo me parece bien, y todo es menester, dixo Rinconete, y ruego a Nuestro Señor que me traiga a tiempo que pueda yo servir en algo a tan sancta comunidad.

—Siempre favorece su Divina Magestad los buenos deseos, replicó Monipodio.

Y estando en esta plática, llamaron á la puerta, y salió Monipodio a ver quién era y, preguntándolo, respondieron de afuera:

—Abra voacé, señor padre, que Repulido soy.

Oyó esta voz Cariharta, y alzando al cielo la suya, dixo:

—No le abra, señor Monipodio, a ese marinero de Tarpeya, a ese tigre de Ocaña.

No dejó por eso de abrir la puerta Monipodio a Repulido, y luego como Cariharta sintió que entraba se levantó con gran furia y se fué a encerrar en la sala y desde dentro dijo a grandes voces:

—Quítenmelo de delante, quítenmelo de delante, a ese jesto de por demás, a ese ojos de carro de Corpus Chris-

---

[52] *Soplan con grande facilidad*: "descubrir o delatar a alguien o algo", Alonso Hernández, s. v.

ti, [58] a ese matador carnicero de los inocentes, verdugo de palomas duendas, sotalizador de ovejuelas mansas. [54]

Maniferro y Chiquiznaque detenían al Repulido, que en todas maneras quería entrar donde Cariharta estaba; pero como no lo dejaron, decía desde afuera:

—No haya más, enojada mía: voasé se sosiegue, así se vea casada y en el tálamo.

—¿Casada yo, malino?, replicó la Cariharta; y aun quisieras tú que lo fuera contigo; y antes lo fuera con una anotomía de muerte, o con un harriero, que nunca para en casa.

—Acábese el enojo, b[o]ba de mi alma, dixo el Repulido; que, vive Dios, si tanto me haces, que se me vuelva a subir la mostaza al calvatrueno [55] y que de nuevo lo eche todo a doce. Humíllese su reverencia, y humillémonos todos, y no demos de comer al diablo.

—De comer le daría yo, y aun de cenar, si él te llevase, saco de embustes, dixo Cariharta.

—No haya más, señora Trinquete, respondió Repulido; temple su ira y haga lo que digo, si no quiere que ponga por obra lo que prometo.

Á lo cual dixo Monipodio:

—En mi presencia no han de hacerse demasías; por amor mío saldrá la Cariharta y todo se hará muy bien;

[53] *Ojos de carro de Corpus Christi*: en los carros del Corpus, en Sevilla, se representaban los autos sacramentales: "Estos auctos, que porque se representan en unos carros muy pintados y aderezados se llaman vulgarmente así"; "Los oficios que en tiempo antiguo tenían a su cargo la fiesta de Corpus Christi y daban cada uno una danza y un castillo (que agora se llaman carros) de música y representación", Cristóbal Pérez Pastor, "La fiesta del Corpus en Sevilla", *Noticias y documentos relativos a la historia y literatura españolas,* II, *Memorias de la Real Academia Española,* XI (Madrid, 1914), 400, 411.

[54] *Sotalizador de ovejuelas mansas*: "parece que *sotalizar* está dicho en significado de *punzar, mortificar,* o cosa así", Rodríguez Marín, *Rinconete,* 344.

[55] *Calvatrueno*: "vocablo grossero y aldeano; por la cabeça atronada del que es bozinglero y hablador, alocado y vazío de cascos", Covarrubias, s. v.

que las riñas entre quien bien [56] se quiere son causa de mayor gusto cuando se hacen las amistades. Juliana Cariharta, niña, amiga mía, sal acá fuera; que yo haré que Repulido te pida perdón hincado de rodillas.

—Como eso él haga, dijo la Escalanta, todas seremos en su favor.

—Si va por vía de rendimiento, dijo Repulido, no me rendirá un ejército; si es por vía que Juliana gusta, no digo yo solamente hincarme de rudillas, pero hincarme he en su servicio un clavo en la frente.

Riéronse a esto Chiquiznaque y Maniferro, de lo qual se enojó Repulido en tanta manera, creyendo hacían burla de él, que, puesta mano a su espada, sin sacarla de la vayna, dixo:

—Qualquiera que se riere, o se pensare reir, de lo que Cariharta contra mí ha dicho, o yo dixere, o he dicho, digo que miente, y que mentirá todas las veces que lo pensare.

Miráronse Chiquiznaque y Maniferro de tan mal talante, que juzgó Monipodio todo pararía en mal si no lo remediaba; y, poniéndose en medio, dixo:

—Caballeros, no pase más adelante; cesen palabras mayores, pues las que se han dicho no llegan a la cintura, y nadie las tome por sí, y baste.

—Seguros estamos, dijo Chiquiznaque, que no se dixeron, dirán, ni han dicho semejantes monitortes por nosotros; que, si se imaginaba que se decían, en manos estaba el pandero que lo sabría bien tañer.

—Aquí no hay ningún pandero, replicó Maniferro; y si lo hubiera, se tocara de suerte, que se tañeran bien los cascabeles.

A lo qual respondió Repulido:

—Ya he dicho que el que se huelga miente, y basta; y quien otra cosa dixere sígame; que, con un palmo de espada menos, hará el hombre que sea lo dicho dicho.

Y, diciendo esto, se iba a salir por la puerta. Estábalo acechando Cariharta y, viéndolo que se iba enojado, salió:

---

[56] *Entre quien bien*: en el castellano clásico *quien* servía para singular y plural; no se anotará más.

—Ténganlo, ténganlo, no se vaya, que hará de las suyas. ¿No ven que va enojado, y que es un Judas Macarelo en valentías? Vuelve acá, valentón del mundo y de mis ojos.

Y arremetiendo con él, lo asió fuertemente de la capa, y acudió Monipodio y túvolo. Chiquiznaque y Maniferro ni sabían si enojarse o no, y estábanse quedos, a ver lo que Repulido hacía; el cual, viéndose rogar de Cariharta y el padre, volvió diciendo:

—Nunca los amigos de los amigos han de dar enojo a los amigos, ni hacer burla de los amigos, y más quando ven que se enojan los amigos.

—No hay aquí amigo, respondió Maniferro, que quiera enojar a otro amigo; y, pues todos somos amigos, dense las manos los amigos, y todos vuesacedes [57] han hablado como buenos amigos.

Y, dándose las manos los tres, Repulido abrazó a Cariharta, y al punto la Escalanta, quitándose un chapín, lo tomó en las manos y comenzó a tañer en él como en un adufe, [58] y la Gananciosa tomó una escoba de palma, nueva, con la cual comenzó a hacer un son, rascándola con las manos; y viendo esto Monipodio, quebró un plato y hizo dos texoletas, y, puestas entre los dedos, llevaba el contrapunto al chapín y a la escoba.

Estaban admirados Rinconete y Cortadillo de la nueva música y, conociendo su admiración Maniferro, les dixo:

—¿Admíranse de la nueva música? Bien hacen; que mayor melodía no la pudo causar *Gorfeo*, [59] cuando sacó a Arauz del infierno. Pues escuchemos las letrillas; que me parece que ha escombrado la Gananciosa.

Aunque primero comenzó la Escalanta, la cual, con sutil y quebradiza voz, dixo:

[57] *Vuesacedes*: v. nota 5.
[58] *Adufe*: "cierto género de tamboril baxo y quadrado, de que usan las mugeres para bailar, que por otro nombre se llama pandero", *Dicc. Aut.,* s. v.
[59] *Gorfeo*: Orfeo; en 1613, *Negrofeo,* nota 198 de *Rinconete y Cortadillo* (1613).

Por un sevillano rufo a lo valón,
Tengo socabado todo el corazón.

Siguióla luego la Gananciosa con un falsete en tercera:

Por un morenico de color verde,
¿Cuál es la fogosa que no se pierde?

Y luego Monipodio, dándose gran priesa al meneo de
sus texoletas, dixo:

Riñen los amantes, hácese la paz:
Si el enojo es grande, es el gusto más.

No quiso la Cariharta pasar en silencio el que le causaban las nuevas amistades con su galán el Repulido, y,
tomando otro chapín, se metió en el corro y acompañó
a los de la música, diciendo en alta voz:

Detente, enojado: no me azotes más;
Que, si bien lo miras, a tus carnes das.

—Cántese a lo llano, dixo Repulido, y no se toque historia, que no hay para qué. Lo pasado sea pasado, y tómese otra vereda.

Talle llevaban de no acabar tan presto el comenzado
cántico, si no llamaran a la puerta apriesa, muy apriesa.
Salió Monipodio y díxole la centinela como al cabo de la
calle quedaba el alcalde de la Justicia, y que venían delante dél el Tordillo y el Zernícalo, corchetes. Oyéronlo
de dentro y alborotáronse todos. Dexó las texoletas Monipodio, calzóse su chapín la Escalanta, arrojó la escoba
la Gananciosa, enmudecióse la Cariharta, y púsose perpetuo silencio a la música, y todos, cuál por una parte,
cuál por otra, se desaparecieron, subiéndose a las azoteas
y pasándose por ellas a otras casas; que no espantó respuesta de arcabuz banda de simples palomas como la voz
de la Justicia a toda esta sancta congregación. Los novicios, pues, Rinconete y Cortadillo, no sabían qué hacerse:

estuviéronse quedos, a ver en qué paraba aquella borrasca, que no paró en más que en volver la centinela a decir que el alcalde se había pasado de largo, sin dar otra muestra alguna.

Y estando diciendo esto, llegó un caballero mozo a la puerta, vestido de barrio, y Monipodio lo metió en el patio, y mandó llamar a Chiquiznaque y a Repulido y a Maniferro, y que los demás no bajasen; y como se estaban allí los novicios, oyeron la plática que pasó con el caballero, el qual dixo a Monipodio que por qué se había hecho tan mal lo que le habían encomendado. Monipodio respondió que no sabía lo que se había hecho; pero que allí estaba el oficial a quien se le había encargado; que él daría cuenta de sí. Bajó en esto Chiquiznaque y preguntóle Monipodio si había cumplido con la obra que se le encomendó de la cuchillada de a catorce.

—¿Quál?, dixo Chiquiznaque. ¿La de aquel mercader de la encrucijada?

—Ésa es, respondió el caballero.

—Pues lo que pasa en eso es, dixo Chiquiznaque, que yo le aguardé anoche a la puerta de su casa, y él vino antes de la hora un poco, y lleguéme a él y tanteéle y marquéle el rostro con la vista, y vi que le tenía tan pequeño, que era imposible cabelle en él cuchillada de a catorce puntos; y, hallándome imposibilitado de hacer lo prometido y cumplir lo que llevaba en la destruición que el señor Monipodio me dio...

—*Instrucción* querrá decir vmd., dixo el caballero.

—Ésa debo de querer decir, dixo Chiquiznaque. Digo que, viendo la pequeñez y estrechura del rostro del mercader, y hallándome atajado, por no haber ido en balde, le di una cuchillada a un lacayo del dicho mercader, que yo aseguro que si hubiera pregmática en las cuchilladas, que hubiera de ser penada por mayor de marca.

—Más quisiera, dixo el caballero, que se le diera una al amo de siete que al criado de catorce. En efecto, conmigo no se ha cumplido como era razón; pero no importa: poca mella me harán los treinta escudos que he dado. Beso las manos a vmds.

Y diciendo esto, se quitó el sombrero y volvió las espaldas para irse; pero Monipodio, trabándole del ferreruelo de chamelote nevado [60] que traía, dixo:

—Voacé se detenga y cumpla su palabra; que nosotros hemos cumplido nuestra obligación con muncha honra y muncha ventaja. Veinte ducados faltan, y no ha de salir de aquí voacé sin darlos, o prendas que los valgan.

—Pues ¿a esto llaman vmds. cumplimiento de palabra y obligación, dixo el caballero: dar la cuchillada al mozo, habiéndose de dar al amo?

—¡Bien está en la cuenta voacé! replicó Monipodio. ¿No ha oído decir aquel refrán, que *quien mal quiere a Beltrán, mal quiere a su can*? Beltrán es el mercader, a quien voacé quiere mal, y el lacayo es el can, y dándose al can, se da a Beltrán, y la deuda queda líquida y trae aparejada execución: por eso no hay más que pagar luego, sin apercibimiento de remate.

—Eso pido, dijo Chiquiznaque; porque en verdad que la herida es tal, que la pueden ir a ver por maravilla. Voacé, señor galán, no se meta en puntillos con sus servidores, sino tome mi consejo y pague luego lo trabajado; y si fuere servido que se le dé otra al amo, de la cuantidad de puntos que puede llevar su cara, que, á mi parecer, serán diez puntos, haga cuenta que ya se la están curando.

—Como eso sea así, de buena gana pagaré yo la una y la otra, dixo el caballero.

—No dubde voacé más en eso que en ser cristiano.

A lo cual dixo Monipodio:

—Chiquiznaque se la dará pintiparada, y de tal suerte, que parezca que allí se le nació.

—Pues con esa seguridad y promesa, dixo el caballero, recíbase esta cadenilla en prendas de los veinte ducados que quedan por pagar y de otros quarenta que ofrezco por la segunda.

---

[60] *Chamelote nevado*: "Camelote. Comúnmente dicho chamelote; es la tela de la lana del camello. Despide el agua que no la cala, y uno se llama chamelote razo y otro con aguas", Covarrubias, s. v. *ferreruelo*; v. nota 69 de *La gitanilla*.

Y diciendo esto, se quitó una cadenilla de menudos eslabones de oro y se la entregó a Monipodio, el cual la tomó con mucha cortesía y comedimiento, como hombre que era en extremo bien criado. Fuése el caballero y luego llamó Monipodio a todos los ausentes por miedo de la Justicia; baxaron todos, y, puesto en medio de ellos, sacó un libro de memoria, que traía en la capilla de la capa, y dióselo a Rinconete que leyera, porque él no lo sabía. Abrióle Rinconete, y vido en la primera foja las partidas siguientes:

Memoria[61] de las cuchilladas
que se han de dar esta semana

"Primeramente, una cuchillada por el rostro al mercader de la encrucijada, de a catorce. Vale cincuenta ducados. Están recibidos treinta a buena cuenta; débense veinte. Executor, Chiquiznaque..............................DL."

—No creo hay otra herida en esta foja; pasad a otra.

Volvió la hoja Rinconete y leyó en la contraria de la pasada:

Memoria de los palos
que se han de dar esta semana

"Primeramente, se le han de dar al bodegonero de la Alfalfa doce palos de mayor quantía, a ducado cada uno. Están dados a buena cuenta ocho ducados; débense quatro. El término es seis días. Executor, Maniferro. .... CXXXII."

—Bien se podrá borrar mañana esa partida, dixo Maniferro, porque esta noche traeré finiquito de ella.

—¿Hay más? dixo Monipodio.

---

[61] *Memoria*: memorial. Los números romanos representan los reales que entran en la cuenta; once reales eran un ducado.

—Otra hay, respondió Rinconete, que dice así:

"Item: Al sastre que por mal nombre llaman el Silgue-ro se le han de dar seys palos de mayor quantía, a pedi-mento de la dama que dejó la gargantilla. Están concerta-dos en cien reales, dentro del término de ocho días. Executor, el Desmochado...................................C."

—Maravillado estoy, dijo Monipodio, cómo esa partida está todavía en ser. Sin ninguna dubda que el Desmochado debe estar indispuesto, pues son pasados del término diez días y no se ha dado puntada en esta obra.

—Yo le topé ayer, dixo Maniferro, y me dixo que estaba malo el Sastre, por lo qual no había cumplido con su obli-gación y débito.

—Eso debe ser sin dubda, porque tengo yo, dixo Moni-podio, por tan buen oficial al Desmochado, que si no fuera por ese intervalo, ya hubiera dado al traste con el Sastre y con todo el oficio de ellos. ¿Hay más en esa foja, mo-zito?

Respondió Rinconete:

—No, señor.

—Pues pasad adelante.

Hízolo así Rinconete y, pasando la foja, halló otra donde decía:

MEMORIA DE AGRAVIOS COMUNES. CONVIENE A SABER: REDOMAZOS, UNCIONES DE MIERA, CLAVAZÓN DE SANTBENI-TOS, COLGAMIENTO DE CUERNOS, MATRACAS, LADRILLE-JOS, [62] ESPANTOS, ALBOROTOS FINGIDOS, PUBLICACIÓN DE LIBELOS Y DIVULGACIÓN DE SÁTIRAS.

—¿Qué dice más abaxo? replicó Monipodio.

—Dice, señor, leyó Rinconete, así:

---

[62] *Ladrillejos*: "cierta burla que suelen hazer de noche los mo-ços a las puertas, colgando dellas un ladrillo, y desde lexos en parte secreta le menean con un cordel y da golpes a la puerta, que haze despertar los de casa; y quando se assoman a las ven-tanas no veen a nadie y con esto los desassossiegan gran parte de la noche. Burlas de moços, que a vezes suelen costar caro, si no se toman en donaire", Covarrubias, s. v. *ladrillado*.

"Primeramente, se debe dar una unción de miera en casa de...

—No se lea la casa, que ya yo sé dónde es, dijo Monipodio, y tengo de ser el executor, y están dados a buena cuenta quatro ducados. El término es cinco días, y el principal son ocho....................................:LXXXVIII.

—Así es la verdad, dijo Rinconete; que todo eso está aquí escripto al pie de la letra, y más abaxo dice así:

"Item: Se debe poner una colgadura de cuernos..."

—Tampoco se lea a quién ni adónde; que basta que se le haga el agravio, sin decirlo en público, que es gran cargo de conciencia. A lo menos, yo más querría colgar cien cuernos y clavar otros tantos sa[m]benitos, como se me pague bien, que decirlo una vez, aunque fuese a la madre que me parió. Proseguid con la señal y el executor.

—"Está concertada esta partida en doscientos reales. Están dados doce ducados. El término es dentro de ocho días. El executor, Narigueta................................CC."

—Bien está: ya eso está hecho y pagado, dijo Monipodio. ¿Hay otra cosa? Porque, si no me acuerdo mal, ha de haber ahí un espanto de veinte escudos.

—Así es, dijo Rinconete: "Item: se debe hacer un espanto al barbero valiente de la Cruz de la Parra.[63] El precio es veinte ducados. El término es todo este presente mes de agosto. El executor, la Comunidad.........CCXX."

—Cumpliráse al pie de la letra, sin que falte un punto, dixo Monipodio; y confieso haber recibido la mitad de esa partida para en cuenta, y será una cosa de [las de] más gracia y provecho que hayan caído en nuestro almojarifadgo. Mostradme el libro de caxa, mozito; que yo sé que no hay más, y sé también que anda muy flaco el oficio; pero tras estos tiempos vienen otros, y no se mueve la hoja en el árbol sin la voluntad de Dios. Lo que resta agora que hacer es que todos se vayan a sus puestos hasta el domingo, que nos juntemos en este mismo lugar, donde se repartirá quanto hubiere caído, sin agraviar a nadie.

[63] *Cruz de la Parra*: calle que iba de la calle del Clavel al convento de Mercedarios descalzos, Rodríguez Marín, *Rinconete*, 346.

Rinconete se acomodará de aquí al domingo desde la
Torre del Oro, por defuera de las murallas, hasta el postigo del Carbón, señalándole por términos circunvecinos
lo que dice por línea reta desde Sant Telmo hasta Sant
Sebastián y Sant Bernaldo; el qual distrito os enseñará aquí
Ganchoso, porque es razón y justicia que nadie entre en
pertenencia de nadie. Allí podreis usar de vuestras flores
con gente que por allí anda jugando a todos juegos; que
en verdad que me acuerdo yo haber repartido en esta
posta a un muchacho, de Antequera natural, que era un
águila en el oficio, porque no había día que no salía (limpios de alcabala) con más de veinte reales en menudos,
aliende de alguna plata que se le juntaba y algunas prendas. Cortadillo en este mismo tiempo ande en compañía
de Ganchoso, que tiene el distrito de Sant Salvador y Car-
nezerías; que a solos pañuelos, aunque otra cosa no haya,
se puede ganar bien la vida.

Besáronle las manos los dos por la [merced] que les
hacía y, ofreciéndole hacer su oficio con toda fidelidad y
diligencia, luego sacó Monipodio un papel de la capilla
de la capa, doblado a lo largo, donde estaba la lista de
los hermanos, y mandó a Rinconete que escribiese allí su
nombre y el de Cortadillo; mas porque no había tinta ni
pluma en toda la casa, no surtió efecto. Mandóse se llevase el papel al primer boticario, y escribieron sus nombres en esta guisa: "Rinconete y Cortadillo, cofrades; entraron a serlo en 12 de agosto de este presente año. Son
hermanos menores. Noviciado, tres meses. Rinconete, floreo; Cortadillo, bajón."

Volvieron el papel a su padre mayor y, dándosele,
volvió a venir uno de los dos viejos que se hallaron en el
almuerzo, los quales se llaman abispones, y dijo:

—Vuelvo a decir a vmd. como encontré ahora en Gradas
a Lobillo el de Málaga y me dixo que viene mejorado en
suerte de tal manera, que con naype lindo y limpio y acabado de comprar de la estampa quitaría los dineros de
delante al mismo diablo; sino que venía algo maltratadillo,
y había menester rehacerse hasta ponerse en punto de
poder entrar a jugar en casas principales, porque su nueva

flor era tal, que a vista de todo el género humano se exe-
cutaba; y que otro día, estuviese como estuviese, vendría
a dar la obediencia a la comunidad.

—Siempre se me asentó a mí, dixo Monipodio, que este
Lobillo había de ser único en su arte, porque tiene las
mejores y más acomodadas manos para ello que se pueden
desear.

—También topé, dixo el viejo, en una casa de posadas
de la calle de Tintores, al Cojuelo, en hábito de clérigo
reverendo, que se había ido a posar allí aposta, diciendo
ser forastero, porque sabe que en ella posan siempre
huéspedes ricos, y que se juega muncho dinero. Dice también que el domingo no faltará de la junta, y dará cuenta
de su persona.

—También ése es gran sacre, dixo Monipodio, y tiene
grandísima labia, y sabe muncho de la uña, [64] con gran
conocimiento. Días ha que no lo he visto, y no hace bien;
pues a fe que si no se enmienda, que yo le deshaga la
corona; que el ladrón no tiene más órdenes que el Turco,
ni sabe más latín que el Maluco. [65] ¿Hay más de nuevo?

—Sí hay, dixo el viejo: que ahora entraron por la puerta
de Carmona cuatro casas movedizas en cuatro carros bien
cargados, y pararon en la plaza del Marqués de Tarifa, [66]
que no les dieron licencia para pasar adelante; desde donde la andan llevando con palanchines y con dos carros
largos a la casa que llaman la Pila del Tesorero; [67] y sería
bien que, antes que todo aquel menaje se pusiese en su
centro, acudiese allí uno de los nuestros.

---

[64] *Sabe mucho de la uña*: "Uña. Destreza, facilidad o inclinación a defraudar y robar", Alonso Hernández, s. v.

[65] *El Maluco*: personaje histórico, 'Abd al-Malik (1541-1578),
que Cervantes recuerda a menudo, y no sin simpatía, en su comedia *Los baños de Argel*.

[66] *Plaza del Marqués de Tarifa*: donde está la famosa Casa de
Pilatos, que fue obra de don Fadrique Enríquez de Ribera, primer
marqués de Tarifa.

[67] *Pila del Tesorero*: el tesorero había sido, en el siglo xv, Luis
de Medina, y su casa estaba junto a Santa María de Gracia.

—Pues ¿no andan allá los dos palanquines Harpón y Repollo, nuestros paniaguados? dixo Monipodio.

—Sí andarán, dixo el viejo, porque ya yo les di el cañuto. [68]

—Pues eso basta, dixo Monipodio; que si ellos vieren que es necesario socorro, ellos avisarán; y, pues por ahora no hay más que despachar, vean voacedes quál tiene necesidad de alguna ayuda de costa; que yo se la daré á buena cuenta.

Algunos le pidieron dineros y él repartió hasta veinte reales entre ellos.

Juntáronse la Cariharta con Repulido, y la Escalanta con Maniferro, y la Gananciosa con Chiquiznaque, concertando que aquella noche, después que hubiesen alzado de obra en la casa, se viesen en la de Pipota, donde se harían las tornabodas por el contento de las paces. Monipodio dijo que no se podía hallar en el *gaude[a]mus*, porque había de ir a concluir con la partida de la unción de la miera. Con lo qual se fueron todos, y Rinconete y Cortadillo abrazaron a Monipodio, y él a ellos, estrechamente, y, echándoles su bendición, los previno con los siguientes consejos:

Que no tuviesen jamás posada cierta.

Que no durmiesen en una misma más que dos noches.

Que no dixesen quiénes eran sus amigos y consejeros.

Que guardasen el secreto de la comunidad, porque así convenía a la salud y conservación de todos. Y, acompañándolos Ganchoso fasta la plaza de Sant Salvador, los dejó, encargándoles que no faltasen el domingo de acudir a la lección y al repartimiento.

Quedaron los dos compañeros admirados y atónitos de lo que habían visto y oído. Era Rinconete, aunque muchacho, de buen entendimiento y natural. Como había andado con su padre a echar las bulas, sabía algo del buen lenguaje y de propiedad de palabras, y dábale gran risa pensar en los vocablos que les había oído decir, así a Monipodio como a los demás de la bendita compañía, y más quando dixo, por de-

[68] *Cañuto*: soplón, v. nota 31 de *Rinconete y Cortadillo* (1613).

cir *per modum sufragii, por vía de naufragio,* y que sacaban el *estupendio,* por decir *estipendio,* de lo que se garbeaba, con otras mil graciosas impertinencias de este modo; como cuando dijo Cariharta que era Repulido un *marinero de Tarpeya,* por decir *Mira Nero de Tarpeya,* y un tigre *de Ocaña,* por decir *de Hircania;* mas, sobre todo, lo que más le admiraba era la seguridad de consciencia en que vivían y la confianza de irse al Cielo, obrando tales obras, por guardar sus devociones, estando llenos de hurtos, homicidios, infamias, agravios, etc., y la otra vieja malina Pipota, que dejaba la canasta de colar hurtada y encubierta, y se iba a poner las candelitas de cera al Crucifixo, con lo cual se pensaba ir vestida y calzada al Cielo. Admirábase también de la obediencia que todos tenían a Monipodio, siendo un hombre tan rústico y desalmado. Sacábalo de su juicio lo que en el libro de caxa había leído, y los exercicios en que todos se ocupaban, y sobreexageraba quán poca o ninguna justicia había en aquella ciudad, pues quasi públicamente vivía en ella y se conservaba gente de tan contrario trato a la naturaleza humana; y propuso en sí de aconsejar a su compañero no durase mucho en aquella vida tan perdida, peligrosa y disoluta. Mas, con todo, llevado de su poca experiencia y años, y del vicio y ocio de la edad y tierra, quiso pasar más adelante, por ver si descubría en aquel trato cosa de más gusto de lo que imaginaba, y así pasó en él los tres meses del noviciado, en los cuales le pasaron cosas que piden más larga historia, y así, se contará en otra parte la vida, muerte y milagros de ambos, con la de su maestro Monipodio, con otros sucesos de algunos de la infame junta e academia, que todas son cosas dignas de consideración y que pueden servir de ejemplo y aviso a los que las leyeren para huir y abominar una vida tan detestable y que tanto se usa en una ciudad que había de ser espejo de verdad y de justicia en todo el mundo, como lo es de grandeza.

ÍNDICE DE LÁMINAS

Todas las ilustraciones que aparecen en este volumen pertenecen a la edición de Antonio de Sancha, 1783.

ESTE LIBRO
SE TERMINÓ DE IMPRIMIR
EL DÍA 1 DE SEPTIEMBRE DE 1992

clásicos castalia

ÚLTIMOS TÍTULOS PUBLICADOS